譯註 三國演義

삼국연의

1

나관중 지음 / 박을수 역주

〈서사 ~ 제15회〉

보고사

머리의 훈련을 위해

나는 1986년 동남아를 여행할 기회가 있었는데, 그때 대만에 들러서 몇 권의 책을 사왔다. 그 무렵 나는 시조사전(時調事典)을 준비하고 있던 터여서, 주로 중국의 인명·지명·고사성어 등 사전류를 구입해 왔다. 그런데 그 중에 나관중(羅貫中)의 [삼국연의](三國演義, 120回本)가 들어 있었다. 이 책은 계속 책장에 꽂힌 채 먼지만 쓰고 있다가, 정년이 가까워지고 강의 부담이 줄어들게 되어서야 읽어보려 하였다.

그러나 원문[漢文]이어서 술술 읽히는 것이 아니었다. 그래서 중문학과 교수에게 원문에 가깝게 직역된 [삼국지]를 구해 달라 했더니, [정본 삼국지](전 6권)를 구해다 주었다. 이 책은 역자가 '연변대학 삼국지번역조'라고 되어 있었다. 이 번역본을 옆에 놓고 잘 읽히지 않는 곳은 대조해 가면서 읽었다. 주로 방학을 틈 타 읽었으니까 상당한 시간이 걸렸을 것이다.

나는 정년이 가까워지면서 나 개인적으로 제일 걱정되는 일이 '치매'(癡呆)였다. 오랫동안 규칙적인 교직생활을 하다가 갑자기 그런 생활에서 풀리게 되면, 그 풀림에서 오는 후유증 때문에 나에게 이런 일이 생길까 그것이 제일 두려웠다. 그것은 나 자신이 받아들일 수 없음은 물론 내 주변 모두가 겪을 일을 생각하면, 정말 두려움을 넘어서는 두려움이었다. 그동안 책장에 꽂혀 있던 삼국지를 읽게 된 것도 그런 이유의 하나였다. 다시 말해서 '머리의 훈련을 위해'서 시작했던 것이었다.

그런데 이 책을 다 읽고 나서 또 무슨 책을 읽을까 하다가, 이 책을 내가 직접 번역해 보면 어떨까 하는 데 생각이 미치게 되었다. 출판에 목적이 있는 것이 아니니까 출판사의 눈치를 볼 것도 없고, 또 시간을 정해 놓고 하는 일이 아니니까 서둘러야 하는 부담도 없을 것이다. 그러나 머리를 계속 써야 할 터이니까 나의 목적에 가장 알맞은 방법일 듯 싶었다. 그래서 곧 나는 이 일에 착수하였다. 미심쩍은 부분은 번역본과 대조해 가면서 했다. 처음에는 차근차근 서두르지 않으며 시작하였으나, 한 번 집중하게 되니까 자나 깨나 이 일에 매달리게 되어 2011년 10월에 이 작업이 끝이 났다. 어쨌거나 나는 3년 동안 이 일에만 매달려 있었으니까, 애초에 내가 의도했던 목적은 십이분 달성된 셈이었다.

이 책의 번역이 끝나자 나는 또 다른 욕심이 생겼다. 기왕에 번역을 했으니까 이를 출간해 보겠다는 욕심이 그것이었다. 그래서 내 시조사전을 출간했던 출판사에 타진했더니 정중하게 거절하였다. 그 이유는 두 가지였다. 그 하나는 번역본이 이미 여러 종 출판되어서 상업성이 없다는 것이고, 다른 하나는 원고를 입력할 인력이 없다는 것이었다.

그래서 삼국지의 출판 현황을 파악해 보았더니, 번역에서부터 평역에 이르기까지 십여 종이 이미 나와 있었다. 무엇보다도 삼국지 하면 처음부터 끝까지 한 번도 읽어본 적이 없으면서도, 그 내용은 다 아는 것처럼 친근한 소설이니까 출판사에서 꺼려하는 것도 충분히 이해가 되었다.

그러나 막상 출간이 불가능하다 하니, 아쉬웠으나 포기할 수밖에 다른 방법이 없었다. 그런데 국문학과의 후배 교수가 출판사를 알아본다 하더니, 며칠 있다가 연락이 왔다. 출간하겠다는 출판사가 나섰다는 것이었다. 나는 정말 뛸 듯이 기뻤다. 완전히 포기하고 있던 터여서 더욱 그랬다. 더구나 이 책이 내 평생의 마지막이 될 것이란 생각에 더욱 흥분되어서, 며칠 밤 잠이 오지 않았다.

그러나 그 기쁨도 잠시였다. 나는 컴퓨터를 다룰 줄 몰라서 원고를 대학노트에 연필로 썼다. 그런데 그 노트가 14권이었다. 출판사에서 그 원고를 보더니 하품을 하면서, 이 원고를 입력해 주면 출판을 하겠다는 조건이었다. 내가 생각해도 이 노트의 원고를 입력한다는 게 엄두가 나지 않을 것이란 생각이 들었다.

나는 여기서 또 한 번 벽에 부딪치게 되었다. 그래서 초심(初心)으로 돌아가기로 마음을 정했다. 애초부터 출간할 생각이 아니었으니까라며 나 스스로를 위로하였다. 그런데 그 교수가 학생들의 힘을 빌리면 입력할 수 있을 것이라며 나에게 용기를 주었다. 며칠을 초조하게 기다리고 있는데 지원자가 나섰다는 연락이 왔다. 지원자가 나섰다 해도 수고한 대가를 주어야 하지 않겠느냐 했더니, 책이 나오면 교수님이 서명한 책을 한 권씩 주시면 하겠다는 것이었다. 이렇게 해서 나의 가장 큰 고민은 의외로 쉽게(?) 해결이 되고, 8명의 제자들이 원고 노트를 2권씩 가져가 입력을 시작하였다.

그러나 나는 이 책을 진행하면서 몇 번씩이나 후회를 하였다. 너무 욕심을 부린 것이 아닌가 하고 말이다. '이미 농을 얻었는데 또 다시 촉을 바라겠소이까?'(卽得隴 復望蜀耶?)라던 조조(曹操)의 말이 자꾸 떠올랐다. 내친김에 촉을 치자는 참모들의 건의에 '인간의 욕심이란 끝이 없구나' 하며 탄식한 말이다. 이 말이 꼭 나에게 해당하는 듯 싶었다. '이미 정년까지 했는데, 또 다시 무슨 책을 내겠소'라고 말이다.

그러나 나는 이 말을 '조조는 당대의 영웅이니까 그것을 알았겠지만, 나는 범인이기 때문에 그것 자체를 몰라서', 지금까지 매달려 있는 것이라고 합리화 하였다. 이런 후회가 하루에 수도 없이 찾아왔다. 몇 시간씩 앉은뱅이 책상에 앉아 있으려니까 특히 허리가 아팠다. 어떤 때는 움직일 수 없을 만큼 아팠다. 그럴 때마다 나는 나 스스로에게 최면을 걸곤 하였다. '이 일이 끝나기 전에 아프면 안 된다·이 책이 나오기 전에 아프면 안 된다.'라고 말이다. 이 책은 이런 우여곡절(迂餘曲折) 속에서 진행되었다.

그러나 내가 책머리에 이렇게 장황(張皇)하게 쓰는 것은, 후학들에게 다음 몇 가지 이야기를 꼭 하고 싶어서이다.

그 하나는 여러분이 어느 분야에 종사하든 그것은 나이와는 전혀 관계가 없다는 것이다. 나는 38년생이니까 만으로 해서 한 살을 줄인다고 해도 70이 훌쩍 넘었고, 또 내가 2004년 2월에 정년을 했으니까 꼭 11년이 되는 것이다. 그 동안에 강산은 변하지 않고 있는데, 나만 변하고 있음을 절감(切感)하고 있다.

또 다른 하나는 세상에서 나오는 결과물이란, 처음부터 치밀한 계획에 의해서만 이루어지는 것이 아니란 사실이다. 이 책은 애초부터 그 목적이 순전히 '머리의 훈련을 위해'서 출발했다는 사실을 상기할 필요가 있다. 그리고 개인 차가 있겠지만 이 방법이 나에게는 가장 잘 맞는 머리의 훈련 방법이란 사실이다.

그리고 끝으로 우리가 어디에서 근무하든 간에, 그것은 학문적 성과와는 전혀 상관성이 없다는 것이다. 나는 이 대학에 오기를 잘했다는 생각이다. 내가 시조사전을 출간할 때에도 학생이 가져온 유일 필사본 [잡지](雜誌) 때문에 많은 새 자료를 얻게 되었고, 또 이번에도 제자들에 의해서 이 책이 나올 수 있었다는 생각을 하면 더욱 그렇다.

나는 이 책이 나오기까지 고마워해야 할 사람들이 많다. 먼저 김민정·김수진·김희준·서은주·안지향·장용선·정진숙·정효리 등 제자들에게 고맙다는 말을 해야겠다. 그리고 열일 제쳐두고 도와준 '글익는 들'[書熟野]의 권계영 상무에게 고맙고, 또 출판사와의 일에서부터 학생들의 원고 입력·마지막 교열(校閱)까지 도와준 전성운 교수의 노고를 잊을 수가 없다.

끝으로 요즈음처럼 출판 여건이 어려운 속에서도 흔쾌히 출판을 맡아준 보고사(寶庫社)의 김흥국 사장님에게 감사하고, 또 예쁘게 책을 꾸며준 편집진 여러분의 노고에도 고맙다는 마음을 전한다.

2015년 10월

앙상한 나뭇가지에 물 오르는 소리가 들리는

'臥山精舍'에서 朴乙洙

길잡이

1) 나관중의 삼국지는 [삼국지통속연의](三國志通俗演義)이고, 모종강 본은 [회도삼국연의](繪圖三國演義)가 원제이다. 여기서는 [삼국연의](三國演義)를 책명으로 하였다.

2) 이 책은 중국고전소설신간[삼국연의](三國演義: 120回·臺北市 聯經出啟事業公司印行)을 저본(底本)으로 하고, 여러 이본(異本)들을 참고한 완역(完譯)이다. 다만 모종강(毛宗崗) 본에 있는 '삼국지연의서'(三國志演義序·人瑞 金聖嘆氏 題)·'삼국지연의서'(三國志演義序·毛宗崗)·'독삼국지법'(讀三國志法·毛宗岡) 등과 매회 앞에 있는 '서시씨 평'(序始氏 評)과 본문 중간 중간의 (   ) 속에 있는 보충설명(이를 '來評'·'間評'이라고도 함) 등은 번역하지 않았다. 그 이유는 이 부분이 독자들에게는 꼭 필요하지 않을 것이라고 생각했기 때문이다.

3) 지금까지 나온 [삼국지](三國志)는 김구용·박기봉의 번역본에서부터 이문열의 평역본에 이르기까지 여러 종이 있고, 또 책마다 특장(特長)을 지니고 있다. 그러나 삼국지의 원래의 뜻을 충분히 이해하는 데는 한계가 있는 것 같아서 이를 보완하는 데 심혈을 기울였다. 그 것은 각주(脚註)만도 중복되는 것이 있기는 하지만, 2천 6백여 항에 달하고 있음을 보면 이해가 될 것이다.

4) 인명(人名)·지명(地名)·관직(官職) 등은 특별한 경우가 아니면 주석하지 않았다.

5) 주석은 각주로 쉽게 하였으며 참고하기 편하도록 매 권의 끝에 '찾아보기'를 붙였다. 또 연구자들을 위해서 출전(出典)·용례(用例)·전거(典據) 등을 밝히고, 모아서 별책(別冊)으로 간행하였다.

6) 인물(人物)·지도(地圖) 김구용의 [삼국지](三國志)에서 빌려 썼다.

차 례

제2권 차례

제3권 차례

제4권 차례

제5권 차례

제6권 차례

제7권 차례

제8권 차례

삼국연의

나관중 지음 / 박을수 역주

동탁

서 사 [序 詞]★

넘실대는 장강(長江) 물 동해로 흘러가고
물거품 거품마다 영웅의 자취로다
시비와 성패는 자꾸만 바뀌는데
청산은 예와 같이 있건만
석양은 몇 번이나 붉었나.

　　滾滾長江東逝水
　　浪花淘盡英雄
　　是非成敗轉頭空
　　青山依舊在
　　幾度夕陽紅.

강상엔 백발의 어옹과 촌부 뿐
변함없이 가을달과 봄바람을 맞누나
한 병 술 탁주에 서로가 기쁘게 만나서

★ 양신(楊愼)의 「임강선」(臨江仙)이라는 창곡(唱曲)이 바탕이 되고 있으나, 작
자의 의도대로 손질하였음 (※ 蘇軾의 「前赤壁賦」 釃酒臨江 橫槊賦詩).
　본문에 인용된 시 중에는 손질한 부문이 있기도 하나, 원시의 제목만 밝히고
그대로 두었음.

고금의 크고 작은 일들을

모두 다 담소에 붙이도다.

　白髮漁樵江渚上

　慣看秋月春風

　一壺濁酒喜相逢

　古今多少事

　都付笑談中.

제1회

세 호걸이 결의를 맺어 도원에서 잔치를 하고
황건을 베어 영웅의 공을 세우다.

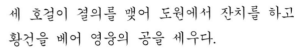

宴桃園豪傑三結義
斬黃巾英雄首立功.

이때[1] 천하의 일이란 나뉜 지 오래면 반드시 합하게 되고, 합한 지
오래 되면 또 다시 나뉘게 되는 법이다.[2] 주(周)나라 말년에는 일곱
나라들로 나뉘어 서로 다투다가 모두 진(秦)에 합병되었고, 진이 망한
뒤에는 초(楚)와 한(漢)이 서로 다투다가 한(漢)으로 합해졌다.

한은 고조(高祖)가 백사(白蛇)를 죽이고 대의(大義)를 일으킨 데서 시
작하여[3] 천하가 하나로 통일되었다. 후에 광무(光武)가 다시 중흥시키

---

1) 이때[話說] : 각설(却說)·차설(且說). 중국식 소설에서 이야기를 시작할 때
   쓰는 말. 화제를 돌려 딴 말을 꺼낼 때 그 첫머리에 쓰는 말. [安氏家訓 風操]「罕
   有面論者 北人無何便爾話說」. [흥부전]「화설 경상 전라 량도 디경에 사는」.
2) 천하의 일이란 …… 또 다시 나뉘게 되는 법이다[天下大勢 分久必合 合久必分]
   : 천하의 일이란 나뉜 지 오래면 반드시 합하게 되고, 합한 지 오래 되면 또
   다시 나뉘게 되는 것임. 「천하대세(天下大勢)」는 '세상이 되어가는 형편'의 뜻
   이나 '역사란 순환하고 흥망성쇠의 반복'이란 의미임. 「천하」. [禮記 大學]「治國
   而後 天下平」. [書經 虞書篇 大禹謨]「奄有四海 爲天下君」.
3) 백사(白蛇)를 죽이고 …… 시작하여[斬白蛇而起義] : 한의 고조(高祖) 유방
   (劉邦)이 추종자들과 늪지대를 지나다가, 큰 백사(白蛇)가 길을 막고 있어 이
   를 죽이고 나서 초병하여 천하를 얻은 것을 말함. 유방이 '진나라를 멸하고
   황제가 된 것은 하늘의 뜻'임을 뒷받침하고 있음. [史記 高祖紀]「高祖醉行澤中

고, 헌제(獻帝)에게 전해졌다가 마침내 삼국으로 나뉘게 되었다. 그토록 어지럽게 되었던 이유를 생각해보면, 환제(桓帝)와 영제(靈帝)가 정사를 게을리했기 때문이다. 환제는 정의로운 인물[善類]들을 파면시키거나 탄압하고4), 환관들의5) 말을 믿고 중용하였다. 환제가 죽고 나자 영제가 즉위하였는데 대장군 두무(竇武)와 태부(太傅) 진번(陳蕃) 등이 같이 보좌하였다. 그때, 환관 중에 조절(曹節) 등이 권력을 농단(弄權)하고 있어 두무와 진번 등이 꾀를 써서 죽이려고 일을 비밀리에 진행하였으나, 오히려 죽임을 당하게 되었다. 이때부터 내시들은6) 더욱 전횡하게 되었다.

건영(建寧) 2년 4월 보름.

영제가 온덕전에 나와 막 황제의 자리에 앉으려 할 때, 전각의 한 모퉁이에서 광풍이 일어나며 한 마리 큰 청사(푸른 구렁이)가 나와서 들보를 타고 아래로 내려와 의자 위에 서리고 앉았다. 영제가 놀라 쓰러지자 좌우가 급히 구하여 궁으로 모시고 백관들이7) 모두 피해 달아났다. 얼마 있자 구렁이가 보이지 않았다. 그러나 갑자기 큰 천둥이 치며 비가 쏟아지고 우박까지 쏟아져 밤중이 되어서야 겨우 그쳤는데 무너

前有**大蛇**當徑 乃拔劍**斬之** 一老嫗夜哭其處曰 吾子白帝子也 化爲蛇當道 今爲赤帝子**斬之」**.

4) 정의로운 인물[善類]들을 파면시키거나 탄압하고 : 죄가 있는 사람의 길을 막아 벼슬길에 나가지 못하게 함. [左傳 成公二年]「**禁錮**勿令仕」. [晉書 謝安傳]「有司奏 安被召 歷年不至 **禁錮**終身」.

5) 환관(宦官) : 내시(內侍)・엄관(閹官). [後漢書]「中興之初 **宦官**悉用**閹人」**.

6) 내시[中涓] : 환관. 본래는 금중(禁中)의 청소를 맡은 벼슬. [漢書 曹參傳]「參以**中涓**從」. [顏注]「如淳曰 **中涓** 如中謁者也 師古曰 涓潔也 言其在中 主知潔淸酒掃之事 蓋親近左右也」.

7) 백관(百官) : 문무 백관(文武百官). 모든 관리. [書經 周官篇]「統**百官** 均四海」. [論語 憲問篇]「君薨 **百官**總己 以聽於家宰 三年」.

진 집이 무수하였다.

건영 4년 2월.

낙양에 지진과 해일이 일어나, 연안에 사는 백성들이 큰 파도에 휩쓸려 들어갔다. 광화 원년. 암탉이 수탉이 되었고, 6월 초하루에는 검은 기운 십여 길이 온덕전으로 날아들었다. 가을 7월에는 옥당[西漢宮殿]에 무지개가 서고, 오원의8) 산기슭이 다 무너졌다. 이처럼 여러 가지 상서롭지 못한 일들이 하나로만 그치지 않았다. 영제가 여러 신하들에게 조서를 내려서 재앙의 원인을 물었다.

의랑 채옹(蔡邕)이 상소하기를,

"무지개가 서고 암탉이 수탉이 되는 것은, 여인과 내시들이 정사에 간여하는 때문입니다."

하였는데, 그 말이 자못 간절하였으나, 영제는 상소문을 보고 탄식하며 일어나 옷을 갈아 입으셨다.9)

조절 등이 뒤에서 엿보고 있다가 이를 좌우에게 다 알렸다. 결국 다른 일로써 채옹을 죄에 빠뜨려 고향으로 돌아가게 하였다. 후에 장양(張讓) · 조충(趙忠) · 봉서(封諝) · 단규(段珪) · 조절(曹節) · 후람(侯覽) · 건석(蹇碩) · 정광(程曠) · 하운(夏惲) · 곽승(郭勝) 등 열 사람이 한 무리가 되어 온갖 행패를 다 부렸는데, 이들을 '십상시'10)라고들 불렀다. 영제는

---

8) 오원(五原) : 장안(長安)의 성 밖에 있는 필원(畢原) · 백록원(白鹿原) · 소릉원(少陵原) · 고양원(高陽原) · 세류원(細柳原) 등을 이르는데, 이는 한(漢)나라의 발상지임. [長安志]「長安萬年二縣之外 有**畢原 白鹿原 小陵原 高陽原 細柳原** 謂之**五原**」.

9) 옷을 갈아 입으셨다[更衣] : 옷을 갈아 입음. 「개의」(改衣). 옷을 갈아 입음의 뜻이나 '측간'(厠間)에 감의 뜻. [宋 成無已 傷寒論注]「古人登廁時必**更衣**」. [論衡]「**更衣**之室可謂臭衣」.

10) 상시(常侍) : 문하부의 좌우에 한 사람씩 둔 정삼품의 벼슬. 「산기상시」(散騎常侍). [康熙字典]「**常侍**漢時宦官名 後遂沿習爲士人官制 加唐高適稱**高常侍**

특히 장양을 믿고 높여서 '아부(阿父)'라고까지 불렀다. 조정은 날로 잘못되어 가고 이로 인해, 천하의 인심은 어지러워져 각처에서 도둑떼가 일어났다.

이때 거록군(鉅鹿郡)에 장각(張角)·장보(張寶)·장량(張梁) 삼형제가 있었다. 장각은 본시 급제하지 못한 수재로서 산에 들어가 약초를 캐다가 한 노인을 만났다. 그 노인은 눈이 푸르고 동안이며 손에 청려장을 들고 있었다. 장각을 불러 한 골짜기로 들어가더니, 천서(天書) 세 권을 주었다.

그리고 말하기를,

"이 책의 이름은 태평요술(太平要術)이다. 네가 이 책을 얻었으니, 마땅히 하늘의 뜻을 펴고 세상 사람을 구하라. 만약 털끝만치라도 다른 마음을 품으면, 반드시 악한 업보를 받게 될 것이다."

하였다.

장각이 절하고 이름을 물으니, 노인이 말하기를

"나는 남화노선(南華老仙)이다."

이라 하고, 말을 마치자 청풍을 타고 가버렸다.

장각은 이 책을 얻은 후 새벽부터 밤까지 익혀, 마침내 바람과 풍우를 불러일으키게 되었고 호를 '태평도인'이라 하였다.

중평(中平) 원년 정월에 돌림병이 퍼지자, 장각은 부수를[11] 행하여

李愬稱**李常侍** 是也」. [後漢書 百官志]「**中常侍**千石」. [中文辭典]「官名……魏文帝黃初初置**散騎** 合於**中常侍** 謂之**散騎常侍** 復用士人」.

11) **부수(符水)** : 황로(黃老 : 도교에서 황제와 노자)에서 부적을 태운 물을 마시게 하여 병을 치료하였음. [能改齋漫錄]「制作**符水**以療病」. [宋書 羊欣傳]「素好黃老 常手自書章 有病不服藥 飲**符水**而已」.

사람들을 고치고 자칭 '대현양사(大賢良師)'라 하였다. 그를 따르는 도제(徒弟)가 5백여 명이나 되었는데, 구름을 타고 사방으로 노닐며 모두 부적을 쓰고 주술을 할 수 있었다.

이후부터 무리들이 날로 많아져, 장각은 이를 36방으로 나누니, 대방(大方)은 만여 명이고 소방(小方)은 6, 7천여 명이나 되었다. 각 방마다 거사(渠師)를 두고 이를 장군이라 불렀다. 한편 와언(訛言)을 퍼뜨렸는데 이런 내용이었다.

창천이 이미 죽고 황천이 선다
갑자년에는 천하가 대길한다.
　蒼天已死　黃天已立
　歲在甲子　天下大吉.

그리고 사람들을 시켜서 백토(白土)로, '갑자(甲子)'란 두 글자를 대문 위에 써놓게 하였다. 청주(淸州)·유주(幽州)·서주(徐州)·기주(冀州)·형주(荊州)·양주(揚洲)·연주(兗州)·예주(豫州) 등 여덟 주의 사람들에게는, 집집마다 대현양사 장각의 이름자를 모시고 받들게 하였다. 장각은 그의 무리 마원의(馬元義)를 시켜 비밀리에 금과 비단을 가지고 가서, 환관(宦官)과 봉서(封諝)에게 내응하게 하였다.

그는 둘째 아우와 의논하며 말하기를,

"가장 얻기 어려운 것이 민심인데 지금 민심이 이미 순종하고 있지만, 만약에 승세를 타서 천하를 얻지 못한다면 진실로 애석한 일이다."

하고, 마침내 황기를 만들어 날짜를 정해 거사하기로 하고 다른 한편으로는 제자 당주(唐周)를 시켜 편지를 써서 봉서에게 보냈으나, 당주는 이를 곧 해당 관청[省中]에 고변 하였다.

영제가 대장군 하진(何進)에게 병사를 풀어 마원의를 잡아 목을 베고, 차례로 봉서 등 천여 명을 하옥시켰다. 장각은 일이 발각된 것을 알고 밤을 도와 거병하여, 자칭 '천공장군'(天公將軍)·장보는 '지공장군'(地公將軍)·장양은 '인공장군'(人公將軍)이라 부르며, 대중들에게,

"이제 한나라의 운명은 다하고 대성인께서 나셨다. 너희들은 다 하늘에 순종하고 정도를 따라서 태평을 즐겨야 한다."

고 말하였다.

사방의 백성들은 속으로 황건을 흠모하여 장각을 따라 모반하는 자가 4, 50만에 이르렀다. 적의 세력이 넓고 커서 관군들은 소문만 듣고서도 싸우지 않고 흩어지는 지경이었다. 이때 하진은 영제에게 황급히 조서를 내리도록 주청하여, 각처의 방비와 방어를 명하게 하였다. 한편으로는 중랑장 노식(盧植)·황보숭(皇甫嵩)·주준(朱儁) 등에게 각각 정병을 이끌고 삼군으로 나뉘어 나가 적을 토벌하게 하였다.

이때 장각의 일군은 앞서 유주의 경계까지 침범하였다. 유주 태수 유언(劉焉)은 강하(江夏)의 경릉인(竟陵人)으로 한나라 노공왕(魯恭王)의 후예였다.

그는 적병이 이르렀음을 듣고 교위 추정(鄒靖)과 의논하기를,

"적병은 그 수가 많고 우리의 군사는 적으니, 공이 하루라도 빨리 군사를 모집(招軍)하여 적을 막도록 하십시오."

라고 하였다.

유언이 그 말을 듣고 그러리라 여겨, 곧 나가서 의병을 모집한다는 방을 붙였다. 방이 탁현(涿縣)으로 들어가매, 탁현에서 한 사람의 영웅을 끌어내게 되었다. 그 사람은 책 읽기를 좋아하는 사람은 아니었다. 성품이 너그럽고 온화하며 말이 적었고, 기쁨과 노여움을 얼굴에 나

타내지 않았다. 평소 마음속에 큰 뜻을 품고 천하의 호걸들과 사귀는 것을 좋아하였다. 태어나면서부터 키가 7척 5촌이며 두 귀가 어깨에 까지 드리웠다. 두 손은 무릎까지 지나고 눈으로는 자신의 귀를 볼 수 있을 뿐 아니라, 얼굴은 관옥과 같고 입술이 마치 연지를 칠한 듯 하였다. 중산정왕 유승(劉勝)의 후예로서 한 경제(漢景帝)의 현손이니, 성은 유(劉)씨요, 이름은 비(備)이며 자는 현덕(玄德)이다.

본래 유승의 아들 유정(劉貞)은 한무제 때 탁록정후(涿鹿亭候)로 봉해 졌는데, 뒤에 주금을12) 바치지 못한 죄로 인하여 삭탈 당해 이 후손 은 탁현에 남게 되었던 것이다.

현덕의 조부는 유웅(劉雄)이고 아버지는 유홍(劉弘)이다. 아버지 유홍 은 일찍이 효렴에13) 뽑혀 벼슬길에 나갔으나, 일찍 세상을 떠났다. 현덕은 어려서 부친을 여의고 어머니 섬기는 효성을 다했다. 집이 가 난하여 미투리를 삼고 자리를 짜는 것으로 생업을 하였다. 집이 탁현 의 누상촌(樓桑村)에 있는데, 집의 동남쪽에 한 그루 큰 뽕나무가 있었 다. 그 나무는 키가 다섯 길이 넘고 멀리서 바라보면, 흡사 거개와14) 같았다.

관상쟁이가 이것을 보고는,

---

12) 주금(酎金) : 한대(漢代)의 한 제도. 제후들이 매년 황제께 바쳐서 제사에 쓰게 했던 헌금. [史記 平準書]「列侯坐酎金 失侯者百餘人」. [漢書 景帝紀]「高 廟酎 (注) 張晏曰 正月旦作酒 八月成 名曰酎 酎之言純也 至武帝時 八月嘗酎會 諸侯廟中 出金助祭 所謂酎金也 師古曰 酎三重醖酢酒 味厚 故薦宗廟」.

13) 효렴(孝廉) : 한조 때 관리를 등용하던 제도가 있었는데 이를 '효렴과'라 했 음. 군의 수(帥)는 효도가 지극하고 청렴한 사람을 조정에 천거하였는데, 이 천거를 받은 사람을 이름. [漢書 武帝記]「初令郡國擧孝廉 各一人」.

14) 거개(車蓋) : 통치자의 수레에 세워 놓은 우산 비슷한 덮개. [漢書 黃霸傳]「賜 車蓋 特高一丈」. [後漢書 五行志]「靈帝 光和元年 六月丁丑……墮北宮溫命殿東庭 中 黑如 車蓋」.

"이 집에서 필시 귀인이 나올 것이다."

라고 하였다.

현덕이 어렸을 때, 마을 아이들과 같이 이 나무 아래에서 놀면서 말하기를,

"내가 천자가 되면 당연히 이 같은 거개를 탈 것이다."

라고 하였다.

숙부 유원기(劉元起)가 그 말을 기이하게 여겨,

"이 아이는 심상한 아이가 아니다."

라고 하였는데, 이로 인해 현덕의 집이 가난하였으나 늘 생활비를 주었다. 현덕이 15살이 되자 어머니께서 그를 유학시켰다.

일찍이 정현(鄭玄)·노식(盧植)을 스승으로 섬기고, 공손찬(公孫瓚) 같은 사람과 친구로 사귀었다. 유언의 초군하는 방이 붙었을 때에 현덕은 이미 나이가 28살이었다. 그날 방문을 보고 슬프게 탄식하였다.

뒤따라 한 사람이 목청을 돋우어 말하기를,

"대장부가 나라를 위해 힘을 내지 않고, 무슨 일로 깊게 탄식을 한단 말이오."

하였다.

현덕이 그 사람을 돌아보니, 신장이 8척이요 표범의 머리에 고리눈 제비의 턱에 호랑이 수염으로, 소리는 큰 우레와 같고 형세는 마치 달리는 말과 같았다. 현덕은 그 외형이 범상치 않은 것을 보고 그의 이름을 물었다.

그 사람은 대답하기를,

"나는 성이 장(張)가이고 이름은 비(飛), 자는 익덕(翼德)이외다. 대대로 탁군에 살며 자못 농토가 좀 있고 술을 팔고 돼지를 잡아 생활하는데, 천하의 호걸들과 교유하기를 좋아하외다. 이제 잠깐 보니 공이 방

문을 보고 탄식하기에 묻는 것이오."

라고 한다.

현덕이 말하기를,

"나는 본시 한실 종친으로 성은 유요 이름은 비라 하오. 이제 황건적이 난을 일으켰다는 소식을 듣고, 뜻 있는 사람들이 나서서 도적들을 파하고 백성들을 안돈하고저 하나, 힘이 미치지 못함을 한탄하고 있다오."

하자, 장비가 대답하기를

"나에게는 제법 재산이 좀 있으니, 당장에 시골의 용감한 사람들을 초모해서 공과 함께 큰 일을 이루면 어떻겠소?"

한다. 현덕이 매우 기뻐하여 함께 마을 주막에 들어가 술을 마셨다. 술을 마시고 있을 때 한 덩치가 큰 사람이 수레를 타고 주막의 문 앞에서 쉬고 있다가, 안으로 들어와 곧 주막장이(酒保)를 불렀다.

그리고는 말하기를,

"빨리 술을 주게. 나는 급히 성에 들어가 초모에 응모하려는 길이네."

라고 하였다.

현덕이 그 사람을 보니 키가 9척이요 수염의 길이가 2자는 되는데, 얼굴빛이 대추처럼 붉고 입술은 연지를 칠한 듯 붉었다. 단봉(丹鳳)의 눈에 누에 눈썹, 얼굴이 당당하고 위풍이 늠름하였다.

현덕이 그를 자기 자리로 초청해 함께 앉아 이름을 물었다.

그가 대답하며 말하기를,

"나는 성이 관(關)이고 명은 우(羽)이며 자는 장생(長生)이나, 뒤에 운장(雲長)이라 바꾸었고 하동(河東) 해량(解良) 사람이외다. 본래 이곳의 세력가가 세력을 믿고 사람을 능멸하기에 내가 저를 죽이고 강호로 도피해 다니는데, 벌써 5, 6년이 되었소. 이제 이곳에서 초군하여 도적들을 친다 하기에 특히 응모하려고 왔소이다. 그의 말을 듣고 현덕은 마침내 자기의 생각하는 바를 말하였다. 관운장이 크게 기뻐하고 장비의 집으로 가서 대사를 의논하였다.

장비가 말하기를,

"저의 집 후원에 도화원이 있는데 지금 꽃이 만개하였소이다. 내일 도화원에서 천지신명께 제사를 드리고 우리 세 사람이 형제의 의를 맺어 힘을 합하고, 마음을 같이 한 뒤에 대사를 도모함이15) 좋을 듯 싶소이다."

하거늘, 현덕과 관우가 일제히 대답하기를

"그렇게 하는 것이 좋겠소이다."

하였다.

다음 날, 도원에서 오우(烏牛)·백마(白馬) 등 제물을 준비하여, 세 사람이 분향하고 재배하며 맹세하기를,

"유비·관우·장비 등 세 사람이 비록 성은 다르나, 이미 형제의 의를 맺고 한 마음으로 힘을 합쳐 곤경에 처한 백성들을16) 구하고 위기에 처한 나라를 붙들어, 위로는 나라에 보답하고 아래로는 늙은 백성들을 편안하게 하소서. 같은 해 같은 달 같은 날 태어나지는 못 하였으나, 원컨대 같은 해 같은 날 죽게 하옵소서. 황천후토(皇天后土)는 이 마음을 굽어 살피시고, 또 의를 배반하고 은혜를 잊게 되면 천인이 함께 죽이소서."

---

15) 도화원이 있는데 …… 대사를 도모함이[有一桃園……然後可圖大事]: [中文辭典]「三國蜀 劉備關羽張飛三人結義於桃園也」.

16) 백성[黎庶]: 여민(黎民). '여'는 흑(黑)의 뜻인데 백성들의 머리가 검다하여 이르는 말임. [書經 虞書篇 堯典]「黎民於變時雍」. [漢書 郊祀志]「每擧其禮 助者懽悅 大路所歷 黎元不知」.

하며 빌기를 다하자, 현덕이 형이 되고 관우가 둘째가 되며 장비가 동생이 되었다. 천지에 제사가 끝나자, 다시 소를 잡고 술자리를 베풀어 시골의 용사들을 불러 모으니 3백여 명이나 되었다. 이들과 도원에서 같이 통음하며 대취하였다.

다음 날 군기를 수습하였으나, 탈 수 있는 마필(馬匹)이 없어 안타까웠다. 서로가 걱정하고 있는데 두 사람이 급히 말떼를 몰고 이 집을 향해 온다고 알려 왔다.

현덕이 말하기를,

"이는 하늘이 우리를 돕는 것이구려!"

하고 말하면서, 세 사람이 나가 맞아들였다.

원래 두 사람은 중산(中山)에 사는 대상인데 한 사람은 장세평(張世平)이라 하고 다른 한 사람은 소쌍(蘇雙)으로 매년 북쪽에 가서 말을 팔았는데, 근자에는 도둑이 일어나 돌아오는 길이었다. 현덕이 두 사람을 청해 집에 이르자 술자리를 베풀고 환대하며, 도적을 토벌하고 백성들을 안심시키고자 한다는 말을 하였다. 두 사람이 크게 기뻐하며, 장차 좋은 말 50필을 보내고 또 금은 5백 냥과 빈철(鑌鐵) 1천 근을 보내어서 무기를 만들 수 있게 하겠다고 하였다.

현덕이 두 사람을 사례하며 보내고 곧 양장(良匠)을 시켜 쌍고검을 만들게 하였다. 운장은 청룡언월도를[17] 만들게 하였는데 일명 '냉염거(冷艷鋸)'라고도 하며, 무게만도 82근이라. 장비는 장팔점강모를[18]

---

17) 청룡언월도(靑龍偃月刀) : 옛 중국 무기의 하나로 관우(關羽)가 썼다 함. [武備志]「刀見於武經者 惟八種 今所用惟四種 **偃月刀** 短刀 長刀 鉤鎌刀 是也 **偃月刀** 以之操習示雄 實不可施於陳也」. [三才圖會]「關王**偃月刀** 刀勢旣大 其三十六刀法 兵伏遇之 無不屈者 刀類中以此爲第一」.

18) 장팔점강모(丈八點鋼矛) : 옛 중국의 무기의 하나로 장비(張飛)가 썼다 함. 「장팔사모」(丈八蛇矛). [晉書 劉曜載記]「手執**丈八蛇矛** 刀矛俱發」. [通俗編 武

만들게 하였다. 그리고 각각 온몸을 휘갑하는 갑옷을 만들게 하였다. 한편 함께 모인 시골의 용사가 5백여 인을 데리고 와서 추정(鄒靖)을 만나보았는데, 그는 저들을 데리고 태수 유언을 뵈러 갔다. 세 사람이 뵙기를 마치고 각기 통성명을 하였다. 현덕이 종파를 설명하니 유언이 크게 기뻐하며 현덕을 조카뻘로 인정하였다.

며칠이 되지 않아서, 황건 적장 정원지(程遠志)가 군사 5만을 이끌고 탁군을 침범한다고 알려 왔다. 유언은 추정에게 명을 내려, 현덕 등 세 사람이 군사 5백 명을 이끌고 앞에 나서서 적도들을 깨뜨리게 하였다. 현덕 등이 흔쾌히 군사들을 이끌고 전진하여, 곧장 대흥산(大興山) 아래에 이르러 적과 맞섰다. 적들은 거의가 다 머리를 풀어 헤치고 황건을 이마에 둘렀다.

양군이 서로 대치하자, 현덕이 말을 몰아 나오고 왼쪽에는 운장, 오른쪽에는 익덕이 말채찍을 휘두르고, 크게 꾸짖으며 말하기를

"나라를 배반한 역적들은 어찌 빨리 항복하지 않느냐?"

고 위협했다. 정원지는 크게 노하여 부장 등무(鄧茂)를 출전시켰다.

장비가 장팔사모를 꼬나들고 곧장 나와서 손을 드는가 싶더니, 등무의 명치를 찌르자 몸을 뒤채며 말에서 떨어졌다. 정원지는 등무가 거꾸러지는 것을 보고, 말을 박차고 칼을 휘두르며 나와 곧 장비를 취하려 하였다. 운장 또한 대도를 춤추며 말을 몰아 나는 듯이 나가 맞았다. 정원지가 깜짝 놀라 손을 써보지도 못하고, 운장의 칼이 일어나는 곳에 두 동강이 나고 말았다.

후세 사람이 두 사람을 예찬한 시가 있다.

功)「**丈八蛇矛**出隴西 灣孤拂箭白狼啼」.

영웅의 본색을 이 아침에 드러내니
한 사람은 창을 쓰고 한 사람은 칼을 쓰네.
　英雄發穎在今朝
　　一試矛兮一試刀.

첫 싸움에서 곧 위력을 크게 떨쳐
이름을 삼분하여 뚜렷하게 표했구려.
　初出便將威力展
　　三分好把姓名標.

　여러 도적들은 정원지가 목이 날아가는 것을 보고는, 모두 창의 자루를 거꾸로 잡고 달아났다. 현덕은 군사를 지휘하여 급히 뒤쫓았는데, 투항한 자는 그 수를 헤아릴 수가 없을 만큼 대승하고 돌아왔다. 유언이 친히 나가 영접하고 군사들을 위로하고 상을 주었다.
　다음 날 청주(靑州) 태수 공경(龔景)의 첩문(牒文)이 왔는데, 황건적이 성을 포위하여 장차 성이 함락될 지경이니 구해 주기를 애걸하였다. 유언이 현덕과 상의하였다.
　현덕이 말하기를,
　"원컨대 제가 가서 저들을 구원 하겠나이다."
하자, 유언이 추정에게 명을 내려 장병 5천을 이끌고 현덕·관우·장비와 함께 청주로 가게 하였다. 적의 무리는 구원군이 이르는 것을 보고 군사를 나누어 혼전하였다. 현덕은 병사가 적어 이기지 못하고 30여 리나 퇴각하여 영채를 세웠다.
　현덕이 관우나 장비에게 이르기를,
　"적은 많고 우리는 적으니 반드시 기병을19) 내어야만 이길 수 있을 것이네."

하며, 이에 관공에게 1천 명의 군사들을 이끌고 산의 왼쪽에 매복하게 하고, 장비에게는 즉시 1천 명의 군사들을 이끌고 산의 오른쪽에 매복하였다가, 금고가 울리는 것을 신호로 하여 일제히 나와 접응하게 하였다.

다음 날 현덕과 추정이 군사들을 이끌고 북을 치면서 나아갔다. 적들이 몰려 나와 맞아 싸우니, 현덕이 군사들을 이끌고 곧 퇴각하였다. 적의 무리가 승세를 타 급히 쫓아오는데 바야흐로 산 고개를 지나 현덕의 군사들이 금고를 울리자, 좌우에 매복하였던 군사들이 일제히 나오고 현덕의 지휘 하에 있던 군사들도 몸을 돌려 다시 짓쳐 왔다. 삼로에서 협공을 하자 적들은 크게 무너졌다. 곧장 쫓아 청주성에 이르니, 태수 공경(龔景)이 또한 민병들을 이끌고 나와 싸움을 도왔다. 적의 세력이 크게 꺾이고 죽은 자가 아주 많아 마침내 청주의 포위를 풀었다.

후세 사람이 현덕을 예찬한 시가 전한다.

기이한 계교를 내어20) 신공을 세우시니
두 마리 호랑이가 한 마리 용만 못하도다.

---

19) **기병(奇兵)** : 적을 기습하는 병사. [漢書 藝文志]「權謀十三家 權謀者 以正守 國 以**奇用兵** 先計而後戰 兼形勢 包陰陽 用技巧者也」.

20) **기이한 계교를 내어[運籌]** : 본래는 유방이 장량(張良)·소하(蕭何)·한신(韓信) 등을 칭찬한 말임. '운주'는 '주판을 놓듯이 이리 저리 궁리함'을 뜻하나, '대장이 장막 안에서 전략을 궁리하여 먼 곳으로 옮겨 승리를 거둔다'는 뜻. [史記 高祖紀]「高祖曰 夫**運籌策帷幄之中** 決勝於千里之外 吾不如子房 鎭國家撫 百姓 給饋饟不絶糧道 吾不如蕭何 連百萬之軍 戰必勝攻必取 吾不如韓信」. [三 國志 魏志 武帝紀]「**運籌**演謀」.

運籌決算有神功
二虎還須遜一龍.

처음에 나아가 위훈을 세웠으니
분정의 기약이[21) 그에게 있었네.
初出便能垂偉績
自應分鼎在孤窮.

　공경이 군사들을 호궤하는[22) 일이 끝나자 추정은 돌아가고자 하였다.
현덕이 말하기를,
"근자에 들으니 중랑장 노식과 적의 수괴 장각이 광종(廣宗)에서 싸
우고 있답니다. 내가 일찍이 노식을 스승으로 섬겼으니 가서 도울까
합니다."
하였다.
　이에 추정은 군사를 이끌고 돌아가고 현덕은 관우·장비와 함께 본
부의 병사 5백 명을 이끌고 광종으로 가게 되었다. 이들이 노식의 군
중에 이르러, 장중에 들어가 예를 마치자 온 뜻을 자세하게 말하였다.
노식은 크게 기뻐하며 장막에 머물면서 지시를 기다리라 하였다.
　이때 장각의 무리는 15만에 이르고 노식의 병사는 5만여 명이었는
데, 서로가 광종에서 대치하고 있었으나 승부가 나지 않았다.

---

21) 분정의 기약(分鼎) : 중국이 삼국으로 나뉘어 대치하는 일. 정분(鼎分)·정치
(鼎峙). [三國志 吳帝 陸凱傳]「近者 漢之衰末 三家鼎立 曹失綱紀 晉有其政」. [三
國志 吳志 孫權傳]「故能 自擅江表 成鼎峙之業」.
22) 호궤(犒饋) : 호군(犒軍). 군사들을 배불리 먹임. [柳宗元 嶺南節度饗軍堂記]
「軍有犒饋宴饗 勞旋勤歸」.

노식이 현덕에게 이르기를,

"내가 지금 적들에게 포위되어 있거니와, 적의 아우 장량과 장보가 영천에 있으면서 황보숭과 주준의 군사들과 대치하고 있다 하오. 자네가 본부의 인마를 이끌고 가면 내가 곧 1천의 관군을 이끌고 가서 도울 것이니, 먼저 영천(潁川)의 소식을 알아보고 약속을 정해 적들을 잡아 없애도록 하세."

라고 하였다.

현덕은 명을 따라 군사들을 이끌고 밤을 도와 영천으로 갔다. 그때 황보숭과 주준은 군사들을 이끌고 적을 막고 있었다. 적들은 싸움이 불리해지자 물러나 장사(長社)로 들어가 풀밭에 영채를 세웠다.

황보숭과 주준이 계획하기를,

"적들이 풀밭에 영채를 세웠으니, 마땅히 화공으로 저들을 칩시다."

고 하고, 군사를 이끌고 매 군사들에게 마른 풀을 한 단씩 가지고 몰래 매복시켰다. 그날 밤 바람이 크게 일자, 이경23) 이후에 일제히 불화살을 쏘았다. 황보숭과 주준은 각기 병사들을 이끌고 적들의 영채를 공격하여, 불꽃이 하늘에 치솟았다. 적들은 놀라고 당황해 말에 안장을 얹지도 못하고, 군사들은 갑옷을 입지도 못한 채 사방으로 흩어져 달아났다. 날이 밝을 때서야 장량과 장보는 패잔 군사들을 이끌고 길을 뺏어 달아났다.

문득 한 떼의 군마가 홍기를 휘날리며 와서 가는 길을 막아섰다. 앞에 갑자기 한 장군이 나타났는데, 키가 7척이고 눈이 가늘고 수염이 길었다. 벼슬이 기도위로서 패국 초군(譙郡)사람이니, 성은 조(曹)씨

---

23) 이경(二更) : 하룻밤을 다섯(五更)으로 나눈 시간의 하나. 대게 밤 9시부터 11시 사이. [宋史 律曆志]「求五更中星置昏 中星爲初更 中星以每更度分加之得 二更 初中星又加之得三更 初中星累加之各得五更 初中星所臨」.

이름은 조(操)이고 자는 맹덕(孟德)이라. 그의 아버지는 조숭(曹嵩)으로 본래 성은 하후씨(夏侯氏)였는데, 중상시(中常侍) 조등(曹騰)의 양자로 들어갔기 때문에 성을 조씨로 하였다. 조숭은 조조를 낳자 아명을 아만(阿瞞) 또는 길리(吉利)라고도 불렀다. 조는 어렸을 때부터 놀며 사냥하기를 좋아하고 가무를 즐겼으며, 권모가 있고 임기응변이 많았다. 조조는 숙부가 있었는데, 조조가 방탕하고 법도가 없는 것을 보고 늘 그것을 노여워하였다.

조숭은 조조를 엄하게 꾸짖었다. 조조는 문득 마음속에 한 가지 계책을 생각해 내고는 숙부를 뵈러 왔다. 거짓 땅에 쓰러져 중풍에 걸린 사람의 흉내를 내었다. 숙부는 놀라 조숭에게 알렸다. 숭이 급히 와서 그 모습을 보았으나, 조조는 아무런 증상이 없었다.

조숭이 말하기를,

"숙부께서 네가 중풍에 걸렸다던데 벌써 다 나았느냐?"

하니, 조조는 말하기를

"저는 어려서부터 이 병이 없었습니다. 숙부의 사랑을 받지 못하기 때문에 애매한 말을 듣는 것입니다."

하였다.

조숭은 그 말만 믿고, 그 후부터는 숙부가 조조의 잘못을 말해도 듣지 않았다. 이 일로 인해 조조는 더욱 방탕해졌다.

그때 교현(橋玄)이란 사람이 있었는데, 조조에게 대답하며

"천하가 장차 어려워져 명세지재가[24] 아니고는 능히 구제할 수가 없을 것이오. 능히 그 혼란을 평안하게 할 사람이 그대가 아닐까 하오."

하였다.

---

24) **명세지재(命世之才)** : 세상을 건질만한 큰 인재. [文選 李陵 答蘇武書] 「皆信 **命世之才** 抱將相之具」. [三國志 魏志 武帝操傳] 「非 **命世之才** 不能濟也」.

또 남양(南陽)의 하옹(何顒)은 조조를 보고는,

"한나라는 장차 망하게 될 것이오. 천하를 평안하게 할 사람은 틀림없이 이 사람이외다."

라고 말하였고, 여남(汝南)의 허소(許劭)란 사람은 사람을 알아보는 점으로서 이름이 알려진 사람인데, 조조가 가서 그 사람에게,

"나는 어떤 사람입니까?"

라고 물었으나, 허소는 대답하지 않았다.

또 묻자 허소는 대답하기를,

"자네는 치세에는 잘 할 사람이나, 난세에는 간웅이 될 걸세."

하자, 조조가 그 말을 듣고는 크게 기뻐하였다. 조조는 나이 20에 효렴에 뽑혀서 낭이25) 되었고, 낙양(洛陽)의 북도위(北都尉)를 제수 받았다. 처음 도임하는 길에 오색봉 10여 개를 현의 4대문에 세웠다. 그리고는 범법을 하는 자는 그 지위 고하를 막론하고 다 책임을 묻게 하였다. 중상시 건석(蹇碩)의 삼촌이 칼을 빼들고 밤에 나가는 것을, 조조가 마침 순시하다가 보고 몽둥이로 쳤다. 이로 말미암아 내외가 감히 어기는 자가 없었으며, 위엄과 이름이 자못 떨쳤고, 후에 돈구령(頓丘 令)이 되었다.

황건적이 일어남으로 하여 기도위가 되어 마보군 5천을 이끌고 영천에 나아가 싸움을 도우러 갔다. 마침 그때 패주하여 달아나던 장량 장보 형제와 맞닥뜨렸다. 조조는 저들과 마주치자 크게 이겨 1만 여의 수급을 베고, 깃발과 금고 등과 수많은 마필을 빼앗았다. 장량과 장보

---

25) 낭(郎) : 관직명. 한조 때 중랑·시랑·낭중 등의 관직을 통틀어 일컫는 말임. 흔히 처음에 관직에 임명되면 '낭'에서 출발하게 됨. [事物紀原]「漢置尙書郎 初止稱守郎中 晉武帝始置諸曹郎中 唐以來韓正郎 武德三年尙書郎改爲郎中 接秦有郎中令 臣瓚以爲主 郎內諸官 則郎中秦官也」.

는 죽기로써 싸워 달아났다. 조조는 황보숭과 주준을 보고는 곧 병사들을 이끌고, 장량과 장보를 추습(追襲)하게 하였다.

　한편 현덕은 관우와 장비를 데리고 영천으로 오는데, 갑자기 함성이 일어나며 또 불길이 치솟는 것이 보였다. 그가 급히 군사를 이끌고 와 보니, 도적이 이미 패하여 흩어진 후였다. 현덕은 황보숭과 주준을 보고 노식의 뜻을 전하였다.
　황보숭이 말하기를,
　"장량과 장보의 세가 궁핍해졌으니, 반드시 광종으로 가서 장각에게 투항할 것이외다. 현덕공은 곧 밤을 도와 가서 도우시오."
하였다.
　현덕은 명을 따라 마침내 병사들을 이끌고 되돌아갔다. 반쯤 갔을 때 문득 한 떼의 군마가 한 수레를 호송하고 가는 것을 보았는데, 함거 안에는 갇혀 있는 죄수는 바로 노식이었다. 현덕이 크게 놀라 말에서 내려 그 까닭을 물었다.
　노식이 말하기를,
　"내가 장각을 포위하고 저를 파하려 할 때, 장각이 요술을 부려 이기지 못하였소. 조정에서 황문인[26] 좌풍(左豐)이 와서 직접 알아보고는[體探], 대뜸 내게 뇌물을 청하데 그려."
　내가 대답하기를,
　"지금 군량도 오히려 부족한데, 어찌 남는 돈이 있어서 천사에게[27]

---

26) 황문(黃門) : 내시(內侍). 원래는 궁정의 금문(禁門)을 말하는데 황문은 황제의 친신(親臣)이기 때문에 그 권세가 매우 컸음. [漢書 元帝記]「罷**黃門**乘輿狗馬」. [張說 侍射詩序]「乃命紫微**黃門**九卿六擧」.
27) 천사(天使) : 황제가 파견한 사자. [通鑑 書記]「大尉**天使**不敬」.

바치겠는가?"

하니, 좌풍이 한을 품고 조정에 돌아가

"내가 '성을 높이 쌓고 싸우지 않아 군심을 게으르게 하였다.' 하여, 이로 인해 조정의 진노를 받았다. 그래서 중랑장 동탁(董卓)이 나 대신 오고 나를 잡아 서울로 가서 죄를 묻는다 하외다."

하였다. 장비가 듣고 나서 크게 노하여, 호송하는 군인들의 목을 베고서 노식을 구하려 하였다.

현덕이 급히 저를 제지하며 말하기를,

"조정의 공론인데 네가 어찌 무엄하게 이렇게 하느냐."

하니, 군사들이 노식을 호위하고 갔다.

관우가 말하기를,

"노중랑이 이미 체포 되었고 다른 사람이 군사를 거느리게 되어, 우리가 간들 의지할 곳이 없어졌으니 탁군으로 가는 것이 낫지 않을까요."

하였다.

현덕은 그 말을 따라 군사들을 이끌고 북쪽으로 향하였다. 행군이 이틀이 못되어, 홀연히 산 후미에서 함성이 크게 들려 왔다. 현덕과 관우·장비 등이 말을 몰아 높은 언덕에 올라가 바라보니, 한군이 대패한 것이 보이고 후면의 얕은 산과 들판에 황건적들이 땅을 덮으며 오고 있는데, 깃발 위에는 '천공장군'이라 크게 쓰여 있었다.

현덕이 말하기를,

"이는 장각이다. 빨리 가서 싸우자."

하니, 세 사람이 말을 나는 듯이 달려 군사를 이끌고 나아갔다.

장각은 마침 동탁을 제패하고는 승세를 타서 급히 쫓아가는 길이었다. 갑자기 세 사람을 맞아 싸우게 되자, 장각의 군사들이 큰 혼란에 빠져서 50여 리나 패주하였다. 세 사람은 동탁을 구하여 영채로 돌아왔다. 동탁은 세 사람이 현재 어떤 직책에 있는지를 물었다.

현덕이 대답하기를,

"우리 모두 백신이외다."[28]

하니, 동탁이 저들을 아주 가볍게 여기며 예를 갖추지 않았다.

현덕이 나가자 장비가 크게 화를 내며,

"우리가 직접 가서 피를 흘려 싸워 저를 구하지 않았소. 그런데 저가 이토록 무례하단 말이요. 만약 저놈을 죽이지 않으면, 내 분이 풀리지 않을 것이오!"

라며, 곧 칼을 빼어 들고 장막으로 들어가 동탁을 죽이려고 하였다.

이에,

인정과 세리는 예나 이제나 한 가지
누가 영웅이 백신인 줄 안다더냐?

人情勢利古猶今
誰識英雄是白身?

어찌하면 장비와 같은 통쾌한 이 구해다가
세상의 썩은 무리들을 다 베어 버릴까!

安得快人如翼德
盡誅世上負心人!

필경 동탁의 목숨은 어찌 되었을까. 하회를 보라.

---

28) 백신(白身) : 평민. 관직이나 공명이 없는 사람. [唐書 選擧志]「白身視有出身 一經三傳皆通者 獎擢之」. [通俗編 仕進 白身]「元典章 選格有白身人員」.

제2회

장비는 화가 나서 도독을 채찍으로 치고
하국구는 환관들을 죽이려 계획하다.
　張翼德怒鞭督郵
　何國舅謀誅宦竪.

　동탁(董卓)의 자는 중영(仲穎)인데 농서(隴西)의 임조(臨洮) 사람이다.
이때 그는 하동(河東)태수였는데, 본래가 교만하고 방자하였다. 이날
현덕을 소홀하게 대하여 장비의 성질을 촉발시켜서 마침내 그를 죽이
려 하였다.
　현덕과 관우가 황급하게 그를 말리면서,
　"저는 조정에서 임명한 관리이다. 어찌 함부로 죽인단 말이냐?"
하니, 장비가 말하기를
　"만약 저자를 죽이지 않는다면 도리어 저의 부하가 되어 명령을 들
어야 하는데, 차마 그렇게는 할 수 없소이다. 두 분 형님께서 여기 머
물러 계시겠다면, 나는 다른 곳으로 가겠수다."
하였다.
　현덕이 대답하기를,
　"우리 세 사람이 의형제를 맺어, 죽어도 함께 죽고 살아도 함께 하
기로 하였는데 어찌 서로 헤어진단 말이냐? 우리가 모두 버리고 다른
곳으로 가는 것만 같지 못하리라."

하니, 장비가 말한다.

"만약 이와 같이 한다면, 저의 한도 풀릴 것이외다."

라고 하였다.

이에 세 사람이 밤을 도와 군사들을 이끌고 와서 주준에게로 갔다. 주준은 저들을 후하게 대우하고, 자신의 군사들과 합쳐 장보를 치기로 하였다. 이때 조조는 황보숭을 따라서 장량을 토벌하며, 곡양(曲陽)에서 크게 싸우고 있었다. 한편 이 편에서는 주준이 장보를 공격하고 있었다. 장보는 도적의 무리 8, 9만을 이끌고 산의 뒤편에 둔치고 있었다. 주준은 현덕을 선봉으로 삼고 적들과 맞서고 있었다. 장보의 부장 고승(高昇)이 나와서 싸움을 돋우고 있었다. 현덕은 장비에게 나가 싸우게 하였다. 장비는 창을 꼬나들고 말을 몰아 나가서, 고승과 싸우기 몇 합이 못 되어 고승을 찔러 발 아래로 떨어뜨렸다.

현덕은 군사들을 몰아 곧장 적진을 향해 들어갔다. 장보가 말 위에서 머리를 풀어 흐트러뜨리고 창을 잡고 서서 요법(妖法)을 부리기 시작하였다. 곧 바람이 일고 우레가 크게 치며, 한 줄기 검은 기운이 하늘에서 내려 왔다. 그 검은 기운 속에는 마치 수많은 인마가 짓쳐 오는 듯했다. 현덕은 당황하여 퇴군령을 내렸다. 군사들은 큰 혼란에 빠져 패하고 돌아와 주준과 함께 적을 칠 계획을 의논하였다.

주준이 말하기를,

"저가 요술을 쓰고 있으니 내가 내일 돼지·양·개를 잡아 피를 준비하고 있겠습니다. 군사들을 산등성이 위에 매복하게 하고 도적들이 쫓아오기를 기다렸다가, 높은 언덕 위에서 저들을 치면 그 술법을 풀 수 있을 것이외다."

하니, 현덕이 명령을 듣고 관공과 장비에게 각기 군사 1천 명을 이끌고 산의 뒤쪽 높은 언덕에 매복시키고, 많은 양의 돼지·양·개의 피와 함께 부정한 물건[穢物]들을 준비하고 기다렸다.

　다음 날 장보가 기를 흔들고 북을 치며 군사들을 이끌고 나와 싸움을 돋우었다. 현덕이 군사들을 이끌고 나가 맞았다. 싸움을 하고 있을 때에 장보가 요술을 부리자, 바람과 우레가 크게 치고 모래가 날리고 돌이 날리며, 검은 기운이 하늘을 덮고 인마가 하늘에서 내려왔다. 현덕은 말머리를 돌려 곧 달아나자, 장보가 병사를 몰고 급히 쫓아 왔다. 바야흐로 산모퉁이를 지나자 관우와 장비의 매복한 군사들이 호포를1) 놓고 예물을 일제히 뿌렸다. 그러자 공중에서 종이로 만든 사람과 짚으로 만든 말들이 어지럽게 모두 땅에 떨어졌다. 그리고는 바람과 우레도 순식간에 그치고 사석은 날리지 않았다. 장보는 요술을 푸는 법을 보고는 급히 군사를 물리고자 하였으나, 왼편의 관우와 오른쪽의 장비 양군이 모두 나가고 배후의 현덕과 주준의 군사들이 일제히 쫓아 올라가 적병들을 대패하였다.

　현덕이 ‘지공장군’이란 깃발을 바라보며 나는 듯이 말을 달려 급히 쫓아가자, 장보가 황급히 달아났다. 현덕이 화살을 뽑아 그의 왼쪽 어깨를 맞혔다. 그러나 장보는 화살을 맞은 채로 도망해, 양성(陽城)으로 들어가 성을 굳게 지키고 나오지 않았다. 주준이 병사들을 이끌고 양성을 에워싸고 공격하는 한편, 사람을 시켜 황보숭의 소식을 알아오게 하였다.

　탐자(探子)가 돌아와서 자세하게 아뢰기를,

　“황보숭이 싸움에서 크게 이기고 동탁은 여러 번 패해, 조정에서는 황보숭에게 동탁을 대신하게 하였다. 그러나 황보숭이 이르렀을 때에는 장각은 이미 죽고 장량이 도적의 무리들을 이끌고 있었으며, 아군

---

1) 호포(號礮) : 호포(號砲). 군호로 놓는 총이나 대포. 원래는 돌을 날려 적을 공격하던 기계임. [水滸傳]「只聽得祝家莊裡 一個號礮 直飛起半天裡云」.

과 더불어 서로 대치하고 있었다. 황보숭이 계속 7번의 싸움에서 연승하여 곡양에서 장량의 목을 베었다. 또 장각의 관을 꺼내 육시효수한 다음2) 수급은 서울로 보내고 남은 무리들은 모두 투항하였다. 조정에서는 황보숭에게 벼슬을 더하여 거기장군 기주목(冀州牧)을 삼다. 황보숭은 또 노식이 공이 많으며 죄가 없음을 아뢰었다. 이에 조정에서는 노식의 본래 관직을 회복시켜주었다. 조조 또한 공이 있으므로 제남상(濟南相)을 제수 받아 그날로 군사를 거느리고 부임하였다.”

고, 자세하게 알렸다.

주준은 이야기를 다 듣고 나서, 힘을 다해 양성을 공격하였다. 적들은 세가 위급해지자 적장 엄정(嚴政)은 장보를 찔러 죽여 목을 드리고 투항하였다. 주준은 마침내 여러 군을 평정하고 황제께 승첩의 소식을 올렸다.

이때 황건의 남은 무리 세 사람 조홍·한충·손중 등이 무리 수만을 모아 불을 지르고 겁략질을 하면서, 이른바 장각의 원수를 갚겠다고 나섰다. 조정에서는 주준에게 명하여 곧 승리한 군사들로써 저들을 토벌하게 하였다. 주준은 조서를 받고 군사들을 거느리고 전진하였다.

그때 적들은 완성(宛城)에 웅거하고 있었는데, 주준이 군사들을 이끌고 가서 그 성을 공격하자, 조홍은 한충을 보내 싸우게 하였다. 주준은 현덕과 관우·장비를 보내 성의 서남쪽의 모서리를 치게 하였다. 한충은 휘하의 정예군을 다 이끌고 서남각에 와서 적을 막았다.

---

2) 육시효수(戮屍梟首) : 혹형의 한 가지. '육시'는 이미 죽은 사람의 시체에 참형(斬刑)을 가한다는 뜻이고, '효수'는 목을 베어 사람들이 볼 수 있도록 매달아 놓는 것을 이름. [通鑑 晉元帝紀]「胡三省 (注) 梟不孝鳥 說文曰 冬至捕梟 磔之以頭 掛之木上 故今謂掛首爲梟首」. [六部成語 戮死 注解]「重罪之犯 未及行刑而死 應戮其死」. [史記 始皇紀]「二十人皆梟首 (注) 集解曰 縣首於本上曰梟」.

주준은 자신이 철기군 2천을 이끌고 곧바로 동북각을 취하였다. 적들은 성을 잃을까 저어하여, 급히 서남각을 버리고 돌아갔다.

현덕이 그 뒤를 쫓아가서 엄살하자 적들은 대패하여 달아나 완성으로 들어가 버렸다. 주준은 군사를 나누어 사방으로 포위하고, 성중의 군량을 공급하는 길을 끊었다. 한충이 사람을 성 밖으로 보내서 투항하려는 뜻을 보였으나, 주준은 이를 받아들이지 않았다.

현덕이 말하기를,

"옛날 고조께서 천하를 얻으실 때에도 투항하기를 권하고 이들을 모두 받아들였는데, 공은 어찌하여 한충의 투항을 거절하십니까?"
하니, 주준이 말하기를

"저도 한 때요 이도 또한 한 때이오이다. 옛날 진 말년 항우(項羽) 때에는 천하가 혼란에 빠져 백성들에게는 정해진 주군이 없었습니다. 그래서 투항을 권유하기도 하고 또 상을 주기도 하여 오기를 권하기도 하였소이다. 그러나 지금은 천하가 통일되어 있는데, 오직 황건적만이 모반을 하고 있소이다. 만약 저들의 투항을 용납한다면 권선(勸善)할 길이 없는 것이오. 적들로 하여금 이로운 때에는 마음대로 겁략을 일삼다가 세가 불리해지면 곧 투항하게 한다면, 이것은 장구지지이지만3) 살려주는 일이니 좋은 계책이 아닐 것이외다."
한다.

현덕이 대답하기를,

"도적의 투항을 용납하지 않는 것은 옳습니다. 다만, 지금 사방으로 철통같이 저들을 포위하고 있는데, 적들이 항복을 애걸해도 얻지 못한다면 반드시 죽기로써 싸울 것이외다. 수많은 적들이 한 마음으로

---

3) 장구지지(長寇之志) : 도적의 뜻만 길러주는 일임. '도적의 기만 살려주는 일'이라는 뜻.

싸운다면, 오히려 감당할 수 없을 것입니다. 하물며 성중에는 수만의 사람들이 죽기를 각오하고 있지 않습니까? 동남각을 철수하고 서북각만 공격한다면, 적들은 반드시 성을 버리고 달아날 것입니다. 싸울 마음이 없을 때 저들을 사로잡을 수 있을 것이외다."

고 하자, 주준이 그러리라 여겨 동남각 두 곳의 군마를 거두고 일제히 서북각만 공격하였다.

한충은 과연 군사를 이끌고 성을 버리고 달아나 버렸다. 주준이 현덕·관우·장비와 함께 삼군을 이끌고 엄살하여, 한충을 활을 쏘아 죽이니 나머지 적들은 다 사방으로 흩어져 달아났다. 한창 쫓고 있는 사이에 조홍과 손중이 적들을 이끌고 이르러 주준과 교전하였다. 주준이 조홍의 세가 큰 것을 보고 군사를 이끌고 잠시 후퇴하였다. 조홍이 승세를 타서 다시 완성을 탈환하였다.

주준이 성에서 십 리쯤 떨어진 곳에 영채를 세우고는, 바야흐로 성을 공격하려 할 때에 문득 정 동쪽을 보니 한 떼의 군마가 이르렀다. 앞에 선 한 장수는 이마가 넓고 얼굴이 크며, 호랑이의 몸에 곰의 허리를 하고 있었다. 그는 오군(吳郡)의 부춘(富春) 사람이라, 성은 손(孫)이요 이름은 견(堅)이고 자는 문대(文臺)니 손무자(孫武子)의 후손이다. 그는 나이 17살 때에 아버지와 함께 전당(錢塘)에 이르렀다. 해적 10여 명이 상인의 재물을 빼앗아 서로 나누는 것을 보고, 손견이 아버지에게 말하기를

"이 도적들을 사로잡을 것입니다."

하고, 마침내 칼을 빼어 들고 강가에 올라 큰 소리를 지르며 마치 동서로 사람들을 부르는 것처럼 하니, 도적들이 관병이 이른 줄 알고 재물들을 버리고 달아났다. 손견이 급히 쫓아가 도적 한 사람을 죽였다. 이로 인해 군에서 이름이 알려져 교위(校尉)에 천거되었다.

그 후 회계(會稽)의 요적(妖賊) 허창(許昌)이 모반을 하여, '양명황제(陽明皇帝)'라 자칭하며 무리 수만을 모았다. 손견이 군사마와 함께 초병하여 용사 1천여 명을 모아 주군(州郡)과 합세하여 도적을 격파하고, 허창과 그 아들 허소(許韶)를 참하였다. 자사 장민(臧旻)이 그 공을 임금께 주달하자, 조정에서는 손견에게 염독승(鹽瀆丞)을 제수하고 또 우이승(盱眙丞) 하비승(下邳丞)을 제수하였다. 이제 황건적들이 일어난 것을 보고 향중(鄕中)의 소년과 여러 보부상들과 회(淮)·사(泗)의 정병 1천 5백여 명을 이끌고 접응하러 온 것이었다. 주준이 크게 기뻐하며 곧 손견에게 명하여 남문을 치게 하고, 현덕에게는 북문을 지키게 하였다. 그리고 자신은 서문을 공격하고, 동문만 남겨두어 적들이 달아나게 하였다. 손견이 제일 먼저 성에 올라가 적 20여 명의 목을 베자, 적의 무리들이 달아나며 흩어졌다. 조홍이 나는 듯이 말을 달려 와 창으로 곧장 손견을 취하려 하였다.

손견이 성 위에서 몸을 날려 조홍의 창을 뺏고 찔러 말 아래 떨어뜨렸다. 급히 조홍이 말을 타고 나는 듯이 오가며 적들을 죽였다.

한편 손중(孫仲)은 적들을 이끌고 북문을 뚫고 나가려 하다가 현덕과 맞닥뜨리자, 싸울 마음이 없어지고 단지 달아나기만 하였다. 현덕이 활을 당겨 쏘자 적중하여 몸을 뒤치며 말에서 떨어졌다. 주준의 대군이 뒤를 따르며 엄살하니, 참수한 수급이 수만이고 항복한 자는 이루 헤아릴 수 없었다. 이리하여 남양 일로의 10여 개 군이 모두 평정되었다. 주준은 군사를 돌려 서울[京師]로 개선하니, 거기장군 하남 윤에 봉해졌다. 주준은 손견과 유비 등의 공을 황제께 아뢰었다. 손견은 연줄이 있어서 별군사마를 제수 받고 부임하여 갔다.

그러나 현덕은 여러 날을 기다렸으나 관직은 제수 받지 못하였다. 세 사람은 울적한 심사를 이기지 못해 거리에 나가 거닐고 있었는데,

마침 중랑 장균(張均)의 수레가 오고 있었다. 현덕이 그를 보자 그네들이 세운 공적을 설명하였다.

장균은 크게 놀라워하며 조정에 따라 들어가 황제를 뵙고 알리기를,

"지난날 황건이 민란을 일으킨 것은 원래 십상시들이 매관매직한데 원인이 있을 것이옵니다. 친하지 않으면 등용하지 않고 원수가 아니면 벌을 주지 않아, 써 천하가 대란에 이르렀던 것입니다. 이제 마땅히 십상시의 무리들을 참하시어 남교에 효수하시고, 사자를 보내어 천하에 알리셔야 합니다. 그리고 공이 있는 자에게는 상을 후하게 내리시면, 천하가 스스로 평정될 것입니다."

하니, 십상시들이 임금께 아뢰기를

"장균은 임금님을 속이고 있습니다."

고 아뢰니, 황제는 무사를 시켜 장균을 끌어내게 하였다.

십상시들이 함께 의논하기를,

"이는 필시 황건적을 파하는 데 공이 있으나, 제수를 받지 못한 자가 원한을 가지고 한 말일 것이오. 우선 낮은 자리라도 주고, 뒤에 곧 다시 모여서 의논해도 늦지 않을 것이외다."

하였다. 이로 인해 현덕은 정주 중산부 안희현위를 제수받고 날짜를 정해 부임하였다.

현덕의 병사들은 각기 흩어져 향리로 돌아가, 겨우 따르는 사람은 20여 명 정도였다. 그는 관우·장비와 함께 안희현에 부임하였다. 그가 현의 일을 맡아 본 지 한 달이 되자, 죄를 범하는 자가 한 사람도 없고, 백성들이 다 감화되었다. 현덕이 도임한 이후 관우와 장비는 함께 먹고, 잠을 자더라도 같이 잤다. 현덕이 여러 사람들과 같이 있을 때도, 관우와 장비가 곁에서 모시고 있으면 하루 종일도 지루해 하지 않았다.

현덕이 안희현에 도임한 지 넉 달이 되지 않았는데, 조정에서 조서를 내렸다.

무릇 군에 있을 때 공이 있다 해서 장리가4) 된 자들은 모두 도태5) 시켜라.

그로 인해 현덕은 의아한 마음으로 지내고 있었다. 마침 독우(督郵)가 관원들의 치적을 감찰하려 현에 이르렀다. 현덕이 성곽까지 나가서 영접하고 독우를 뵙고 예를 올렸다. 그러나 독우는 말 위에 앉아서 오직 미소로써 채찍을 들어 보일 뿐이었다. 관우와 장비 두 사람이 함께 화를 내었다. 독우는 역관에 이르러서는 남면해 높은 곳에 앉고, 현덕은 또 아래서 시립하였다.
한참이 지나서야 독우가 말하기를,
"유현위는 출신이 무엇인가?"
하고 물었다.
현덕이 말하기를,
"저는 중산정왕의 후예이온데, 탁군에서 황건적을 토벌하기 위해 크고 작은 싸움을 30여 차례나 하여, 자못 작은 공이 있어 지금의 자리에 제수되었습니다."
하니, 독우가 크게 꾸짖기를

---

4) 장리(長吏) : 지방 관원의 우두머리. [事物起源]「漢百官表曰 秦置郡丞 其郡當邊 成者 丞爲長吏 卽長吏宜秦所置官也 通典曰 唐五府長吏理府事 餘府州通判而已」.
5) 도태[沙汰] : 도태(淘汰). 쓸데없거나 적당하지 않은 것을 없앰. 본래 「사태」는 '산비탈이나 언덕 따위가 무너지거나 허물어져 내려앉는 현상'을 뜻함. [三國志 蜀志 許靖傳]「天下之士 沙汰穢濁 顯拔幽滯」. [晋書 孫綽傳]「沙之汰之 瓦礫在後」.

"네가 황족을 사칭하여 거짓으로 공적을 보고하였으니, 이제 조정에서 조서를 내린 것이 바로 너와 같은 탐관오리들을 모두 쫓아내라는 것이다."

하자, 현덕이 그저 예, 예를 연발하면서 물러나왔다. 그리고 현에 돌아와 현리들과 의논하였다.

한 관리가 말하기를,

"독우가 위세를 부리는 것은 뇌물을 바치지 않기 때문일 것입니다."

하자, 현덕이 묻기를

"나가 백성들에게 털끝만치도 죄를 범한 것이 없는데, 어찌 재물을 저에게 주겠느냐?"

라고 하였다.

다음 날 독우가 먼저 현리를 잡아가서는, 현위가 백성들을 해치도록 하였다는 자백을 하라고 을러대었다. 현덕이 몇 차례 직접 가서 구하려 하였으나, 그때마다 문지기가 문을 닫아걸고 들이지 않아서 독우를 만나지도 못하였다.

이때 장비가 홧김에 술을 몇 잔 마시고, 말을 타고 역관 앞을 지나다가 5, 60여 명의 노인들이 다 문 앞에서 울고 있는 것을 보았다.

장비가 그 까닭을 물으니, 여러 노인들이 대답하기를

"독우가 현리를 겁박하여 유공을 해하려 합니다. 저희들이 다 와서 그렇지 않다고 말하려 하나 못 들어가게 하고, 도리어 문지기에게 매만 맞았습니다."

고 하였다.

장비가 크게 화를 내며 고리눈을 부릅뜨고6) 이를 갈면서7) 말에서

---

6) **고리눈을 부릅뜨고(睜圓環眼)** : 눈을 부릅뜬다는 뜻. 원래 '고리눈'은 눈동자 주위에 흰 테가 있는 환안(環眼)을 이름.

뛰어내려, 곧장 역관으로 들어가려 하였다. 문지기들이 그를 막을 수 있겠는가! 곧장 후당으로 들어가니 독우가 마침 대청 위에 버티고 앉아 있고, 현리는 묶인 채로 땅에 쓰러져 있었다.

　장비가 큰 소리로 말하기를,

　"이 백성을 해치는 도적놈아 나를 알아보겠느냐?"

하였다.

　독우가 미처 말을 할 사이도 없이 장비는 그의 머리를 움켜쥐고 역관으로 끌어내어 곧, 현의 앞 말 매는 말뚝에 묶어 놓고 버들가지를 꺾어서 독우의 두 넓적다리를 힘을 다해 내리쳤다. 한 번 때려 가지가 부러져 계속해 십여 가지가 부러졌다.

　현덕이 마침 울적해 있다가, 현의 앞에서 시끄러운 소리가 나자 좌우에게 물으니,

　"장장군께서 한 사람을 현아 앞에 묶어 놓고 매를 때리고 있습니다."

고 대답하였다. 현덕이 황급히 달려가 보니 묶여 있는 사람이 다름 아닌 독우였다.

　현덕은 놀라 그 까닭을 물으니, 장비가 대답하기를

　"이 놈은 백성을 해치는 도적입니다. 쳐서 죽이지 않고 어찌하겠습니까?"

하였다.

---

7) 이를 갈면서[咬碎鋼牙] : 이를 부드득 갊. '크게 성냄'에 비유함. [吳越春秋 闔閭內傳]「伍員咬牙切齒 將一切眞情 具實奏於吳王」. [水滸傳 第六十九回]「衆多兄弟 被他打傷 咬牙切齒 盡要來殺張淸」. 「절치부심(切齒腐心)」. [史記 刺客 荊軻傳]「樊於期偏袒 搤椀而進曰 此臣之日夜切齒腐心 (注) 切齒 齒相磨切也」. [戰國策 燕策]「荊軻私見樊於期曰 願得將軍之首 以獻秦王 秦王必喜而召見臣 臣左手把其袖 右手揵其胸 則將軍之仇報 而燕國見陵之恥除矣 樊於期曰 此臣之日夜切齒扼腕 乃今得聞敎 遂自刎」.

독우가 말하기를,

"현덕공 나를 좀 살려 주시오."

하였다.

현덕은 본래 인의의 사람이라, 급히 외쳐 장비의 손을 멈추게 하였다.

그 곁에 관우가 와서 있다가 말하기를,

"형장께서 수많은 큰 공을 세웠는데 겨우 현위요 게다가 독우에게 모욕을 받다니. 내 생각에는 가시나무 속에는 원래 봉황이 깃들지 못하는 법이니,8) 독우 같은 자는 죽여 버리느니만 못합니다. 벼슬을 버리고 고향에 돌아가 다른 계책을 도모하십시다."

하였다.

이에 현덕은 인수를9) 들어 독우의 목에 걸어주고 꾸짖기를,

"너 같이 백성들을 해치는 자는 당장 죽일 것이나, 이제 너의 목숨을 살려 준다. 나의 인수를 받아라. 나는 이 길로 떠난다!"

하였다. 독우가 돌아가 정주태수에게 고하자, 태수는 글을 담아 성부(省府)에 고하고 사람을 시켜 잡아들이게 하였다.

이때 현덕과 관우·장비 세 사람은 대주(代州)로 유회(劉恢)를 찾아갔다. 유회는 현덕이 한실의 종친임을 알고 집에 숨겨주고 말을 내지 않았다.

한편 십상시들은10) 이미 중요한 권세를 장악하고 있었다. 그리고

---

8) 가시나무 속에는 원래 봉황이 깃들지 못하는 법이니 : 오래 머무를 곳이 못 된다는 뜻임. 원문에는 '枳棘叢中 非棲鸞鳳之所'로 되어 있음. [後漢書]「枳棘非 鸞鳳所棲 百里豈豈大賢之路」. [後漢書 楊雄傳]「枳棘之榛榛兮 蝯狖擬而不敢下」.

9) 인수(印綬) : 인끈. 관인(官印). 이는 '기패(旗牌)'와 함께 신분과 권능을 증명하는 도구임. [史記 項羽紀]「項梁持守頭佩其印綬 門下大驚擾亂」. [漢書 百官公卿表]「相國丞相 皆金印紫綬」.

서로 의논하기를 자기들을 따르지 않는 자들은 죽이기로 하였다. 조충과 장양은 사람을 시켜 황건적의 장수들을 죽인 사람들에게 뇌물을 거둬들이는데, 따르지 않는 자들은 관직에서 파직하도록 상주하였다. 황보숭과 주준도 다 저들에게 뇌물을 주지 않다가, 조충 등이 함께 상주하여 관직에서 쫓겨나고 말았다.

황제는 또 조충 등을 봉하여 거기장군을 삼고 장양 등 열 세 사람을 다 열후에 봉하였다. 그리하여 조정은 무너져가고 백성들의 원망은 더욱 더해 갔다. 이에 장사(長沙)에서는 구성(區星)이 난을 일으키고, 어양(漁陽)의 장거(張擧)·장순(張純) 등이 반기를 들고 일어났다. 특히 장거는 자칭 천자라 하고 장순은 대장군이라 칭하였다. 급박한 사정을 고하는 표장(表章)이 빗발치듯 하였지만, 십상시들은 다 감추고 아뢰지 않았다.

하루는 황제가 후원에서 저들과 연회를 베풀고 있었는데, 간의대부 유도(劉陶)가 곧장 황제 앞에 나아가 큰 소리로 통곡하였다.

황제가 그 까닭을 물으시매 도가 대답하기를,

"천하의 위태로움이 조석간에 있는데, 폐하께서는 환관의 무리들과 함께 술을 마시고 계시다니요!"

하였다.

황제가 말하기를,

"나라가 태평한데, 무슨 위급함이 있단 말이냐?"

---

10) **십상시(十常侍)** : 10명의 중상시. [後漢書 宦官傳]「漢靈帝時 張讓 趙忠……皆 爲**中常侍** 封侯貴寵……郎中張鈞請斬**十常侍**以謝百姓見」. 산기상시(散騎常侍). [康熙字典]「**常侍**漢時宦官名 後遂沿習爲士人官制 加唐高適稱**高常侍** 李愬稱**李常 侍** 是也」. [後漢書 百官志]「**中常侍**千石」. [中文辭典]「官名……魏文帝黃初初置 **散騎** 合於**中常侍** 謂之**散騎常侍** 復用士人」.

하였다.

　도가 아뢰기를,

　"사방에서 도적떼들이 동시에 일어나 주군을 침탈하고 있습니다. 그 화가 다 십상시들이 매관해민으로[11] 말미암은 것이요, 임금을 속이는 데서[12] 연유한 것입니다. 조정의 바른 사람들은 다 떠나고 재앙이 눈앞에 있사오이다."

하니, 십상시들이 다 관을 벗고 황제 앞에 엎드려서

　"대신이 용납하지 않으시니 신들은 살 수가 없사옵나이다. 원컨대 저희들의 목숨을 살려 주시며 고향으로 돌아가게 해 주시고, 집의 재산은 다 털어서 군자에 보태게 하옵소서."

하며 통곡하였다.

　황제께서 노여워하시며 도에게 이르기를,

　"너의 집 또한 근시(近侍)하는 사람이 있는 터에, 어찌 혼자서 짐의 근신들을 용납하지 않느냐."

하시고, 무사들을 불러 끌어내어다 목을 베라 하였다.

　유도가 크게 부르짖기를,

　"신이 죽는 것은 아깝지 않사옵나이다. 불쌍한 것은 한실의 천하입니다. 4백여 년의 사직이 이제 하루아침에 망하는 것이 애석할 뿐입니다."

하였다.

---

11) 매관해민(賣官害民) : 벼슬자리를 팔고 하여 백성들에게 해를 끼침. 「매관매직」(賣官賣職)·「매관죽작」(賣官鬻爵). [宋書 鄧琬傳]「至吳父子 竝賣官鬻爵」. [李百藥 贊道賦]「直言正諫 以忠信而獲罪 賣官鬻爵 以貨賄而見親」.

12) 임금을 속이는 데서[欺君罔上] : 임금을 속임. 원래 '속임'을 뜻하는 것은 '기망'임. 「기하망상」(欺下罔上). [中國成語]「謂欺壓在下 蒙蔽上級」.

무사들이 에워싸고 도를 끌어내어 처형하고자 할 때에, 한 대신이 멈추라며 말하기를

"손을 대지 말아라. 내가 간하기를 기다려라."

하였다.

모두가 저를 보니, 바로 사도 진탐(陳耽)이었다.

곧장 들어가 황제에게 간하기를,

"유간의를 무슨 죄로 죽이시려 하십니까?"

하니, 황제가 말하기를

"내 근신(近臣)들을 헐뜯고 짐을 모독하였다."

하니, 진탐이 아뢰기를

"천하의 백성들이 십상시들의 고기를 먹고자 하나이다. 백성들은 폐하를 부모님처럼 공경하고 있사옵고, 저들은 전혀 공이 없는데도 다 열후에 봉해졌습니다. 하물며 봉서 등은 황건적들과 연계되어 내란을 일으키고자 하였는데도 폐하께서는 지금도 살피지 못하신다면 사직의13) 붕괴를 재촉하게 될 것입니다."

하였다.

황제가 또 묻기를,

"봉서 등이 나라를 어지럽혔다는 것은 그 일이 분명하지 않으며, 십상시들 중에 어찌 한두 명의 충신이 없겠는가?"

하니, 진탐이 머리를 제단에 찧으면서 간하였다. 황제가 노하여 끌어내어 유도와 같이 다 하옥시키라 하였다.

---

13) **사직(社稷)** : 나라. 원래 사(社)는 '토신'(土神) '직'(稷)은 곡신(穀神)임. [禮記 祭儀篇]「建國之神位 右社稷而左宗廟」. [後漢書 禮儀志]「考經援神契日 社者土地之主也 稷者五穀之長也 大司農鄭玄說 古者官有大功 則配食其神 故句農配食於社 棄配食於稷」.

그날 밤에 십상시들이 곧 옥중에서 저들을 죽일 계책을 논의하고, 거짓으로 황제의 조서를 꾸며, 손견으로 하여금 장사태수를 삼아 구성을 치게 하였다.

손견은 50일이 못 되어 강하(江夏)를 평정하였다는 첩보를 올렸다. 조정에서는 조서를 내려 손견을 오정후(烏程侯)를 삼고, 유우(劉虞)를 유주목(幽州牧)에 봉해, 군사를 이끌고 가서 어양의 장거와 장순을 정벌하라 하였다. 이때 대주의 유회가 편지로써 천거하여 현덕에게 유우를 만나보게 하였다. 유우는 크게 기뻐하며 현덕을 도위를 삼아 군사들을 이끌고 곧장 적의 소굴을 치게 하였다.

현덕이 적과 더불어 싸운 지 며칠이 못되어, 적들의 예기를 크게 꺾어 놓았다. 장순이 워낙 흉포를 일삼아 군사들의 마음이 변하였다. 휘하의 두목이 장순을 죽여 그 수급을 드리며, 여러 휘하들도 와서 항복하였다. 장거는 세력이 꺾이는 것을 보고 또한 스스로 목을 매어 죽었다. 이로 하여 어양이 모두 평정되었다.

유우는 유비가 큰 공을 세웠음을 황제께 표주하였는데, 조정에서는 독우를 친 죄를 사면하고 하밀승(下密承)을 제수하고 고당위(高堂尉)로 승차하였다. 공손찬이 또 현덕의 전에 세운 공을 아뢰자, 별부사마로 천거되고 평원(平原) 현령이 되었다. 현덕은 평원에 있으면서 군량과 군마를 확보하여 전날의 기상을 갖추게 되었다. 유우는 평원의 도적들을 친 공로로 태위(太尉)에 봉해졌다.

중평 6년 4월에 영제(靈帝)는 병이 중해, 대장군 하진(何進)을 입궐하게 하여 후사를 의논하였다. 본래 하진은 출신이 백정이었는데[14] 누

---

14) 백정[屠家] : 백장·백정(白丁). '백장'은 소·돼지·개 같은 것을 잡거나 업으로 삼는 사람을 뜻함. [李商隱 雜纂 不相稱]「屠家念經」. [太平御覽 資産部

이가 궐에 들어와 귀인이[15) 되었다. 후에 누이가 황자 변(辯)을 낳고 황후가 되었으므로, 이로 말미암아 궁중에 진출하여 권력을 잡고 중임을 맡게 되었다.

영제는 한편으로 왕미인을 총애하여 황자 협(協)을 낳았다. 하황후가 이를 투기해서 왕미인을 독살하고,[16) 황자 협을 동태후의 궁중에서 기르게 하였다. 동태후는 이에 영제의 어머니로 해독정후(解瀆亭候) 유장(劉萇)의 아내이다. 처음에 환제(桓帝)께서 후사가 없어서 해독정후의 아들을 영입하니 이가 곧 영제(靈帝)이다. 영제가 대통을 이었고 마침내 어머니를 궁중에 맞아들여 높여 태후가 되었다. 동태후는 일찍이 황제에게 황자 협을 태자로 삼으라고 하였다. 영제 역시 협을 지극히 사랑하여 저에게 제위를 계승하고 싶어 했다.

그때, 병이 깊어지자 중상시 건석이 아뢰기를

"만약에 협을 세우고자 하신다면, 반드시 먼저 하진을 죽여야만 후환을 없앨 것입니다."

고 하였다. 영제가 그렇겠다고 생각하여 하진을 궁중으로 부른 것이다.

그러나 하진이 궁문에 이르자 사마 반은(潘隱)이 아뢰기를,

"입궁하시면 안 됩니다. 건석이 공을 죽이려 하옵니다."

屠]「王隱晋書曰……斤兩不差 公曰其母 本屠家女」.

15) 귀인(貴人) : 왕비의 관명. 첫째가 후(后)・둘째가 귀인(貴人)・셋째가 미인(美人)이었음. [事物紀原]「漢光武置貴人爲三夫人 歷代不常有 宋朝眞宗復置貴人也」.

16) 독살[鴆殺] : 짐주(鴆酒 ; 독을 탄 술)를 마시게 하여 죽임. 짐해(鴆害). 원래 '짐'은 새의 이름인데 깃에 독이 있어 그것을 술잔에 스치기만 해도 사람이 먹고 곧 죽는다고 함. [漢書 高五王傳]「酌兩扈鴆酒置前」.「짐해」(鴆害). [三國遺事 卷一 太宗春秋公]「又新羅古傳云 定方旣討麗濟二國 又謀伐新羅而留連 於是庾信知其謀 饗唐兵鴆之 皆死坑之」.

하매, 하진이 크게 놀라 급히 사택으로 돌아가 여러 대신들을 모아서, 환관들을 모조리 죽이고자 하였다.

그때, 자리에서 한 사람이 몸을 일으키며 나섰다. 그는,

"환관의 세력이 충제(沖帝)·질제(質帝) 때부터 일어나기 시작하여 조정에 널리 퍼져 있으니, 어찌 저들을 다 죽이겠습니까. 또 비밀을 지키지 못하면 반드시 멸족의 화를[17] 입을 것이니, 청컨대 더 자세하게 의논했으면 합니다."

고 하였다.

하진이 저를 보니, 이에 전군교위(典軍校尉) 조조(曹操)였다. 하진이 묻기를,

"너 같은 소인배가 어찌 조정의 대사를 안단 말이냐?"

며 꾸짖으니, 바로 그때에 반은이 일어나 말하기를

"영제께서 이미 붕어하셨습니다. 이제 건석과 십상시들이 의논하여 비밀리에 발상하지 않고 조서를 꾸며, 하국구를 궁중으로 불러들여 후환을 끊어버리고자 하고 황자 협을 황제로 책봉하려 합니다."

고 말을 마치자, 바로 그때 사신의 명이 이르렀는데 하진은 속히 입궁하여, 써 후사를 정하라 하였다. 조조가 다시 말하였다.

"오늘의 계책은 먼저 군위(君位)를 바로 잡은 후에 적을 도모해야 합니다."

하니, 하진이 또 묻기를

"누가 감히 나와 함께 임금을 바로 세우기 위해 적을 토벌할[正君討賊] 것인가?"

---

17) **멸족의 화[滅族之禍]**: 온 가문이 다 죽임을 당하는 큰 재앙. 「멸문지환」(滅門之患). 「멸문」(滅門). [史記 龜策傳]「因公行誅 恣意所傷 以破族**滅門**者 不可勝數」. [潛夫論 實邊]「類多**滅門** 少能還者」.

하니, 한 사람이 몸을 빼며 말하기를

"원컨대 저에게 군사 5천 명을 주시면 궁중에 들어가서 저들을 베어 새 임금을 책립하고 내시의[18] 무리들을 쓸어내어, 천하를 안정하게 할 것입니다."

하거늘, 하진이 보니, 이에 사마도 원봉(袁逢)의 아들이며 원외(遠隗)의 조카였다. 이름은 소(紹), 자는 본초(本初)로서 벼슬이 사마교위(司馬校尉)였다. 하진이 크게 기뻐하며 마침내 어림군[19] 5천을 내어 주었다. 원소는 온 몸에 갑옷을 입고 투구를 쓰고 칼을 들고 나섰다. 하진은 하옹(何顒)과 순유(荀攸), 그리고 정태(鄭泰) 등 대신 30여 명이 연이어 입궁하여 영제의 영구 앞에 나아가 태자 변을 세우고 황제에 즉위시켰다.

문무백관들의 만세와 배알이 끝나자 원소는 입궁하여 건석을 찾았으나, 그는 당황하여 어원(御園)으로 뛰어 들어갔다. 나무 그늘 아래 십상시 곽숭의 손에 죽고 건석의 금군은 모두 항복하였다.

원소는 하진에게 말하기를,

"환관들이 도당을 짓고 있으니, 오늘 승세를 타서 저들을 다 죽이시옵소서."

하였다.

장양 등이 일이 급박함을 알고 당황하여 들어가 하태후(何太后)에게 상세히 알리며,

"처음에는 대장군을 모해한 자는 건석 한 사람뿐이옵고, 저희들은

---

18) 내시[中官] : 환관(宦官)·중연(中涓)·엄관(閹官). [後漢書]「中興之初 宦官悉用閹人」.

19) 어림군(御林軍) : 금군(禁軍). 궁중을 지키고 임금을 호위하던 군대. [長生殿驚變]「有龍武將軍 陳玄禮 統領御林軍士三千 扈駕前行」.

이 일에 간여하지 않았사온데, 이제 대장군께서 원소의 말만 들으시고 신들을 모두 죽이고자 합니다. 원컨대 마마께옵서는 저희들을 불쌍히 여겨 주옵소서."

하고 애걸하였다.

하태후가 말하기를,

"너희들은 걱정할 것 없다. 내가 너희들을 보호해 주리라."

하시고 하진을 불러들여 전지를 내렸다.

태후는 은근히 이르기를,

"나와 너는 다 같이 한미(寒微)한 출신인데 장양 등이 아니었다면 어찌 능히 이런 부귀를 누리겠는가? 이제 건석이 어질지 못해 이미 죽음을 당했으니, 어찌 다른 사람의 말만 믿고 모든 환관들을 죽이려 하오."

하매, 하진이 듣고 나와 여러 관원들에게

"건석은 계략을 꾸며 나를 해치려 하여 그 집안을 멸족시켰으니, 그 나머지는 반드시 해를 가할 필요가 없소이다."

하니, 원소가 대답하기를

"만약에 풀의 뿌리를 제거하지 않으면, 반드시 몸을 상하게 하는 근본이 것입니다."

하니, 하진이 말하기를

"내 생각은 이미 결정되었으니 더 이상 언급하지 마라."

하매, 다들 물러갔다.

다음 날 하태후는 하진을 녹상서사에 명하고, 나머지에게도 각각 관직에 봉하였다.

이때 동태후는 장양 등을 궁으로 불러 의논하기를,

"하진의 누이는 애초에 내가 천거했는데 오늘날 그 아이가 황제의

자리에 올라서 대외 신료들이 다 그의 심복이 되었다. 더구나 권위가
아주 높아졌으니 내가 앞으로 어찌했으면 좋겠는가?"

하니, 장양이 아뢰기를,

"마마님께서 조회에 참석하셔서, 수렴청정을20) 하시옵소서. 황자
협을 봉해 황제를 삼으시고 국구에게21) 높은 관직을 주시면서 군권을
장악하시고 저희들은 중용하시면, 큰 일을 도모하실 수 있을 것입니다."
하였다. 그 말을 듣고 동태후는 만족해 하였다.

이튿날 조회가 있자, 동태후가 교지를 내려 태자 협을 봉해 진유왕(陳
留王)을 삼고 동중(董重)을 봉해서 표기장군을 삼아서 장양 등이 조정의
정사에 참여하게 하셨다. 하해후는 동태후가 전권을 행사하는 것을
보고, 궁중에서 연회를 베풀고는 동태후를 초청해 자리를 같이 하였다.

술이 어느 정도 이르자, 하태후는 일어나 술잔을 잡고,

"우리들은 다 여인이라 조정의 정사에 참여하는 것은 마땅하지 않
습니다. 옛날 여후(呂后)께서 중권(重權)을 장악하였기 때문에, 종족 1
천여 명이 모두 죽임을 당했습니다. 이제 우리들은 구중에 같이 있으
면서 조정의 대사는 모두 대신과 원로들이 서로 의논하여 행하게 하
는 것이, 이 나라를 위해 다행한 일이 될 것입니다. 원컨대 저의 말씀
을 들어 주시옵소서."
하였다.

동태후가 노하며,

---

20) **수렴청정(垂簾聽政)**: 어린 황제를 대신하여 태후가 조정에 나와 섭정(국정)을
하는 일. '수렴'은 '남녀의 구별' 표시로 신하들과의 사이에 발을 드리웠음. [漢書]
「太后**垂簾聽政**」. [宋史 禮志]「皇太后臨朝**聽政** 與皇帝竝御承明殿 **垂簾**決事」.

21) **국구(國舅)**: 천자나 제후의 외척(外戚). 왕후의 아버지 곧, '임금의 장인'을
일컬음. [遼史 百官志]「南宰相府 掌佐理軍國家之大政 **國舅**五帳」, [東觀奏記]「**國
舅**鄭宣莊不納組」.

"네가 왕미인을 독살시키고 게다가 투기가 심하다 했더니, 이제 네 아들이 황제가 되고 너의 형제 하진이 세력을 얻을 것을 빙자해서, 감히 어지러운 말을 지껄이는가! 내 표기장군에게 칙지를 내려, 네 년의 목을 베는 것은 손바닥을 뒤집듯이[22] 할 수 있을 뿐이다."

고 하자, 하태후 또한 역정을 내면서

"나는 좋은 말로써 권하는 것인데, 어찌 도리어 화를 내시는가요?"

하고 받았다.

동태후가 말하기를,

"너는 출신이 백정질과 술을 팔던 주제에 무얼 안다고 그러느냐?"

고 받으며, 서로가 다투자 장양 등이 말려서 각기 궁으로 돌아갔다.

하태후가 하진을 궁으로 불러들여 밤새도록 그 이야기를 하고 의논하였다. 하진이 나와서는 삼공을 불러 함께 의논하였다.

다음날 아침 조회가 열리자, 정신(廷臣)을 시켜서

동태후는 원래 번비라[23] 마땅히 오래 궁중에 머물 수 없습니다. 이에 하간(河間)에다 안치시키고, 기일을 정해 즉시 서울을 떠나게 하소서.

라고, 주달하였다.

그리고 한편으로는 사람을 동태후에게 보내 호송하게 하고, 또 금군을 내어 표기장군 동중의 집을 포위하여, 인수를 거두게 하였다. 동중은 일이 급박함을 알고 후당에서 목을 찔러 자결하였다. 집안 모두의

---

22) 손바닥을 뒤집듯이[易如反掌] : 손바닥을 뒤집듯이 쉬운 일임. [說苑 正諫 篇]「變所欲爲 **易於反掌**」. [枚乘 書]「變所欲爲 **易于反掌** 安于泰山」.

23) 번비(藩妃) : 지방을 다스리던 제후의 아내. [中文辭典]「藩 王侯之封國」.

곡성을 듣고 나서 군사들도 다 흩어졌다. 장양과 단규(段珪)는 동태후의 일족이 이미 없어진 것을 보고, 마침내 금은보화를 모아 하진의 동생 하묘(何苗)와 그 어머니 무양군(舞陽君)에게 바치고, 조석으로 하태후 궁중에 들어가 출입을 막는 일에 대해 선처해 주기를 청했다. 이로 인해 십상시들은 다시 가까이에서 총애를 받게 되었다.

6월. 하진이 몰래 사람을 시켜 동태후를 하간역(河間驛) 뜰에서 독살하고, 관을 서울로 모셔다가 문릉(文陵)에 장사지냈다.

그때 하진은 병을 핑계로 나가지 않았는데, 사예교위 원소가 들어와 뵙고 하진에게,

"장양과 단규 등이 성 밖에 유언을 퍼뜨리기를, 공이 동태후를 독살(鴆殺)하고 큰 일을 꾸민다고 합니다. 이때를 틈타서 환관들을 죽이지 않으면, 뒷날 반드시 큰 화가 될 것입니다. 옛날 두무(竇武)가 내시들을 죽이고자 하였다가, 그것이 탄로되어 도리어 재앙을 입었습니다. 이제 공의 형제와 군사들의 수하의 장리들이 다 영특한 사람들이니, 만약 힘을 다 한다면 일을 장악할 수 있을 것입니다. 이는 하늘이 주신 기회이니, 놓치지 마소서."

하였다.

하진이 말하기를,

"또 상의하세."

라고 하였다.

이 일을 좌우가 장양 등에게 밀고하였는데, 장양 등이 도리어 하묘에게 알리고 더 많은 뇌물을 보냈다.

하묘가 조정에 들어가 하태후에게 말하기를,

"대장군은 새 임금을 보좌하는데, 인자함으로 하지 않고 살벌한 일들만 전횡하고 있사옵니다. 이제 또 까닭 없이 십상시들을 죽이려 하

오니 이는 나라를 어지럽히는 길입니다."

하니, 하태후가 그 말을 받아들였다.

얼마 있다가 하진이 들어가 하태후에게 아뢰기를,

"환관들을 죽여야 합니다."

하니, 하태후는 말하기를

"중관인 내시들이 금성을[24] 거느리는 것은 한가(漢家)에 예부터 내려오는 일이다. 선제께서 세상을 떠나신 지 얼마 되지 않았는데, 네가 옛 신하들을 죽이고자 한다면 이는 종묘를 중히 여기는 일이 못된다."[25]

하니, 하진은 본래 결단력이 없는 사람이라서 하태후의 말을 듣고 예, 예하며 물러나왔는데, 원소가 그를 막으며 묻기를

"대사는 어찌 되었소이까?"

라고 물었다.

하진은 묻기를,

"하태후께서 윤허하지 않으시니 이를 어찌하면 좋겠는가?"

하였다.

원소는 대답한다.

"사방의 영웅들을 불러 군사들을 이끌고 서울로 오게 하여 환관들을 다 죽이라 하십시오. 이 일은 시급한 일이니 태후의 윤허하지 않음을 따르지 마소서."

라고 권했다.

---

24) **금성(禁省)** : 금성(禁城). 황제가 거처하는 곳. 궁중과 그 안에 있는 관아를 이름. [岑參 早朝詩]「銀燭朝天紫陌長 **禁城**春色曉蒼蒼」.

25) 이는 종묘를 중히 여기는 일이 못된다[非重宗廟] : 종묘(宗廟)·가묘(家廟). 이는 '정권을 중히 여기는 방법이 아니라'는 뜻으로, 너무 경솔하고 위험하다는 지적임. [列子 仲尼]「有善治**宗廟**者」. [歐陽修 論選皇子疏]「荷祖宗之業 承**宗廟**社稷之重」.

하진이 대답하기를,

"이 계책이 아주 좋은 계책이구려."

하고, 즉시 격문을 각 진에 내려 군사들을 서울로 오게 하였다.

그때 주부 진림(陳琳)이 말하기를,

"아니 됩니다. 속담에 이르기를 '눈을 가리고서야 어찌 연작을 잡으리오.'라²⁶⁾ 하였으니 이는 스스로를 속이는 것입니다. 미물도 오히려 속여서는 뜻대로 할 수 없는 일인데, 하물며 나라의 대사이겠습니까? 이제 장군께서 황제의 권위에 의지해서 병권을 장악하고 계시니, 당당하신 위풍으로²⁷⁾ 마음먹은 일들을 못하겠습니까? 만약 환관들을 죽이고자 하신다면, 화롯불을 헤쳐 머리카락을 태우시는 것과 같을 뿐입니다.²⁸⁾ 속히 결단을 내려 행하시면, 누구나 다 순종할 것입니다. 이제 반대로 밖의 대신들을 부추겨 궁궐을 범하게 하신다면, 영웅들이 모여서 각자가 딴 마음을 품을 것입니다. 이른바 '나는 칼날을 쥐고 칼자루는 남에게 맡기는 격이 될 것입니다.²⁹⁾ 일을 이룰 수가 없을 것이고 도리어 분란만 일어날 것입니다.'"

---

26) 눈을 가리고서야 어찌 연작을 잡으리오 : 부질없는 짓을 이르는 말임. 원문에는 '掩目而捕燕雀'으로 되어 있음. [三國志 魏志 陳琳傳]「易稱卽鹿無虞 諺有抱目捕雀……況國之大事 其可以詐立乎」.

27) 당당하신 위풍으로[龍讓虎步] : 무인의 기세가 썩 늠름함을 이르는 말임. 「용양호진」(龍讓虎振)・「용양호시」(龍讓虎視). [三國志 蜀志 諸葛亮傳]「亮之素志 進欲龍讓虎視 苞括四海」.

28) 화롯불을 헤쳐 머리카락을……[如鼓洪爐燎毛髮耳] : 큰 화로를 엎어 머리카락을 태운다는 뜻으로, '쓸데없는 짓을 하여 화를 자초함'의 비유임. [後漢書 何進傳]「次猶鼓洪爐燎毛髮也」. [舊唐書 鄭畋傳]「鼓洪爐於聖代 成庶績於明時」.

29) 나는 칼날을 쥐고 칼자루를 남에게 맡기는 …… : 주도권을 남에게 넘기고 있다는 뜻. 원문에는 '倒持干戈 授人以柄 功必不成 反生亂矣'로 되어 있음. [漢書 梅福傳]「倒持泰阿 授楚其柄 (注)…… 喻倒持劍而以把 授與人也」.

하였다.

그러나 하진은 비웃으면서 말하기를,

"이는 유약한 자의 견해야."

라고 하였다.

그때 곁에 있던 한 사람이 손뼉을 치며 웃으면서,

"이 일은 어려울 게 없는데[30] 어찌 그리 의견이 분분합니까."

하거늘, 모두가 저를 보니 이에 조조였다.

이에,

임금님 곁에 있는 난신들을 없애려면

모름지기 조정에 있는 지사의 계책을 들어야 하리.

欲除君側宵人亂

須聽朝中智士謀.

조조가 무슨 말을 하려는지 알 수가 없다. 하회를 보라.

---

30) 이 일은 어려울 게 없는데[此事易如反掌] : 이 일은 손바닥을 뒤집듯이 쉬움.
「易如反掌」→ 前註 22) 참조. [說苑 正諫篇]「變所欲爲 **易於反掌**」. [枚乘 書]「變
所欲爲 **易于反掌** 安于泰山」.

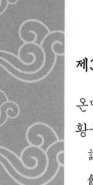

제3회

온명전 논의에서 동탁은 정원을 꾸짖고
황금과 보석으로 이숙은 여포를 설득하다.
　議溫明董卓叱丁原
　餽金珠李肅說呂布.

이때, 조조는 그날로 하진을 만나서

"환관들의 화는 고금에 다 있는 일입니다. 다만 지금의 황제께서 부당하게 권력과 총애를 주어서 일이 여기에까지 이른 것입니다. 만약 저들을 치죄하려 하시면 마땅히 원악[1] 제거하면 되니, 다만 한 사람의 옥리만으로 족할 것입니다. 어찌 밖에 있는 병마까지 불러들이려 하십니까? 저들은 다 죽이시려 한다면 일은 드러나게 될 것이며, 제 생각으로는 반드시 실패하리라 생각됩니다."

라고 하자, 하진이 역정을 내면서

"맹덕, 자네 또한 사사로운 생각을 하고 있지 않느냐?"

하자, 조조가 물러나오며 말하기를

"천하를 어지럽게 할 자가 나왔구나."

하였다.

---

1) 원악(元惡) : 악한 일을 꾸미는 우두머리. 「원악대대」(元惡大憝)는 반역죄를 범한 사람 또는, 극히 악하여 온 세상이 미워하는 사람의 뜻임. [書康誥]「**元惡大憝** 矧惟不孝不友」. [蜀志 諸葛亮傳]「**元惡**未梟」.

하진은 이에 몰래 차사(差使)에게 비밀 조서를 주어 밤을 도와 각 진에 가게 하였다.

한편 전장군 오향후 서량자사 동탁은 전에 황건적을 파하는데 공이 없어 장차 조정의 치죄를 받게 되자, 십상시들에게 뇌물을 주어서 다행히 면하게 되었다. 그 뒤에도 조정의 귀인들과 결탁하여 현관에 임명되어, 서주의 대군 20만을 거느리게 되었으면서도 늘 불신지심을[2] 품고 있었다. 그는 조서를 받고 크게 기뻐하며 군마를 점검하고 계속(陸續) 나아가게 하였다. 또 사위 중랑장 우보(牛輔)에게 남아서 섬서(陜西)를 지키게 하고, 자신은 이각(李催)·곽사(郭氾)·장제(張濟)·번조(樊稠) 등과 함께 병사들을 이끌고 낙양을 향해 발진하였다.

동탁의 사위요 모사인 이유(李儒)가 말하기를,

"이제 비록 패를 받들었다 하나, 중간에 많은 암계가 있을 것입니다. 어찌 사람을 시켜 임금께 알리지 않습니까? 주장함이 바르고 말이 순응하면[3] 대사를 도모할 수 있을 것입니다."

하거늘 동탁이 크게 기뻐하며 마침내 주달하였는데, 그 내용은 대강 다음과 같다.

들자오니 천하에 혼란과 모역이 그치지 않음은 모두가 다 황문상시(黃門常侍) 장양의 무리들이 천상을[4] 어지럽히기 때문입니다. 신

---

2) 불신지심(不臣之心) : 불신의 마음을 가지고 있음. 「불신」(不臣)은 '올바른 신하노릇을 못함'의 뜻임. [左氏成 二]「於是乎 不臣」. [論語 顔淵]「君不君 臣不臣」.

3) 주장함이 바르고 말이 순응하면[名正言順] : 주장하는 바가 정당하면 말하기도 편함. '명분이 정당하고 이치에 맞는 훌륭한 말'이라는 뜻. [論語 子路篇]「名不正 則言不順 言不順則事不成」. (集注) 楊氏曰 名不當其實 則言不順 言不順 則無以考實而事不成」.

은 듣건대 '물이 끓는 것을 그치게 하려면5) 불을 물리는 것뿐이요, 곪은 곳을 터뜨리는 것은 아프기는 하지만 독을 기르는 것보다는 낫다'고 합니다. 신이 감히 종고를6) 울리면서 낙양에 들어감은, 청컨대 장양 등을 제거하려 함입니다. 그리하면 사직에는 심히 다행한 일이고 천하 또한 다행일까 하나이다.

하진이 표문을 읽고 대신들에게 내어 보이니, 시어사7) 정태(鄭泰)가 간하기를

"동탁은 이리입니다. 군사를 이끌고 서울에 들어오면8) 반드시 사람을 잡아먹을 것입니다."

하였다.

---

4) 천상(天常) : 하늘의 상도(常道). 오상(五常)의 도. [揚子法言]「吾見天常」.

5) 물이 끓는 것을 그치게 하려면[揚湯止沸] : 급한 것을 우선 하려 하면. '일의 근원적인 처방'이 필요하다는 뜻. 원문에는 '揚湯止沸 不如去薪 潰癰雖痛 勝於養毒'으로 되어 있음. [史記 酷吏傳]「吏治若救火揚沸」. [三國志 魏志 劉廣傳]「揚湯止沸 使不燋爛」.

6) 종고(鍾鼓) : 금고(金鼓). 징과 북. 징을 치면 군사들이 퇴각하고 북을 치면 전진함. 「종고악지」(鍾鼓樂之)·「오매사복」(寤寐思服)은 종고의 소리와 같이 부부의 소리가 상화(相和)하여 즐거워함을 이름. [詩經 國風篇 周南]「關關雎鳩 在河之洲 窈窕淑女 君子好逑 參差荇菜 左右流之 窈窕淑女 寤寐求之 求之不得 寤寐思服 悠哉悠哉 輾轉反側 參差荇菜 左右采之 窈窕淑女 琴瑟友之 參差荇菜 左右芼之 窈窕淑女 鍾鼓樂之」.

7) 시어사(侍御史) : 주로 관리들의 부정을 규찰·탄핵하고 주군으로 나가 군량 수송을 감독하던 관리. 이는 법률을 담당한 영조(슈曹) 등 5조(五曹)를 관할하였음. 본래 '시어'는 임금에게 시종하는 관리의 이름. [事物紀原]「周爲柱下史 秦時張蒼爲御史 主柱下方書 是也 亦爲侍御史 是則侍御之官 始於柱下也」.

8) 동탁은 이리입니다 …… 서울에 들어오면 : 동탁(董卓)을 살려 두면 반드시 후환이 있을 것이라는 말임. 원문에는 '董卓乃豺狼也 引入京城 必食人矣'로 되어 있음. [左氏閔 元]「戎狄豺狼 不可厭也」. [文選 班固 西都賦]「豺狼攝鼠」.

하진이 묻기를,

"자네는 너무 의심이 많소. 그리고서야 어찌 대의를 도모할 수가 있겠소이까."

하자, 노식이 또한 말하기를

"제가 평소에 동탁의 사람됨을 알고 있사온데, 얼굴은 선하나 마음은 이리와 같은 인물이오니 한 번 궁정에 들이면 반드시 후환이 생길 것입니다. 저가 오지 못하도록 하여 분란을 일으키는 일을 미리 막아야 합니다."

하였으나, 하진이 들으려 하지 않자 정태와 노식이 다 벼슬을 내놓고 가버렸다. 조정의 대신들 중에 이들처럼 떠난 자가 태반이나 되었다. 하진은 사람을 시켜 민지(澠池)에서 동탁을 맞았다. 동탁은 병사들을 위무하며 움직이지 않았다.

장양 등은 외병들이 도착한 것을 알고 함께 의논하기를,

"이는 하진의 모략이니 우리들은 먼저 손을 쓸 필요가 없지만, 일의 형편을 보다가 저를 멸족시키자."

고 하였다.

이에 먼저 도부수(刀斧手) 50인을 장낙궁(長樂宮) 가덕문 안에 매복시키고, 들어가 하태후에게 고하기를

"이제 대장군께서 조서를 꾸며 외병을 불러 서울에 이르렀사와 신들을 멸족시키고자 하오니, 바라건대 마마께서 저희를 불쌍히 여기사 구원해 주시옵소서."

한다.

태후께서 말하기를,

"너희들이 대장군의 부에 가서 사죄를 하거라."

하니, 장양이 말하기를

"만약 저희들이 상부(相府)에 가면 골육은 가루가 될 것이옵니다. 바라건대 마마님께서 대장군을 입궁하시도록 해서 그 일을 그치도록 하여 주옵소서. 그렇게 하지 않으면 신들은 다만 마마님 앞에서 죽을 수밖에 없습니다."

하였다. 태후가 그제서야 하진에게 조서를 내렸다. 하진이 조서를 받고 곧 궁중으로 가려 하였다.

이때 주부 진림이 간하기를,

"태후의 이번 조서는 반드시 십상시들의 음모일 것입니다. 절대로 가셔서는 안 됩니다. 가시면 반드시 화를 당하실 것입니다."

하자, 하진이 묻기를

"태후께서 나를 부르시는데 무슨 화가 있겠는가?"

한다.

원소가 아뢰기를,

"이번의 음모는 이미 드러났는데도 장군께서는 꼭 입궁을 하시겠습니까?"

하자, 조조가 말하기를

"먼저 십상시들을 불러내신 다음에 들어가시면 될 것입니다."

하니, 하진이 웃으면서

"그것은 어린아이의 소견이야, 내 손안에 천하의 권세가 있는데 십상시들이 감히 나를 어찌하겠느냐?"

하자, 원소가 또 아뢰기를

"공이 꼭 가셔야 한다면 저희들이 군사들을 이끌고 호위하여 불칙한 일을 막겠소이다."

하였다.

이에 원소와 조조가 각기 정예병 5백을 뽑아, 원소의 동생 원술에게 저들을 이끌게 하였다. 원술은 갑옷을 입고 병사들을 청쇄문(青瑣門) 밖에 배치하였다. 원소와 조조는 칼을 차고 호송하여 하진이 장락궁 앞에 이르렀다.

내시가 나와서 태후의 뜻을 전하기를,

"태후께서 특별히 대장군만 허락하시고, 다른 사람들은 들이지 말라 하셨소이다."

하자, 원소와 조조 등은 모두 궁문 밖에 남아 있게 되었다.

하진은 의기양양해 곧장 궁중으로 들어갔다. 그가 가덕전의 문에 이르자 장양과 단규 등이 나와 맞는데, 좌우를 포위하여 하진이 크게 놀랐다.

장양이 소리를 높여 하진을 꾸짖으면서 말하기를,

"동태후께서 무슨 죄가 있으시기에 망령되이 독살하였느냐? 또 국모께서 상을 당하셨는데도 칭병하고 나오지 않았으니, 너도 본시 돼지를 잡고 술을 팔던 무리였다.9) 우리들이 천자께 추천하여 부귀영화를 누리게 되었는데, 은혜를 갚을 일을 생각지도 않고 모해를 하려하다니, 너는 우리 모두가 심히 탁하다고 말하니 그럼 깨끗한 자는 누구냐?"

고 물었다.

이에 하진이 당황하고 급해서 나갈 길을 찾고자 하였으나, 궁문은 모두가 닫혔고 매복했던 군사들이 일제히 나와 하진을 찍어 두 동강을 냈다.

후세 사람이 이를 한탄한 시가 있다.

---

9) 돼지를 잡고 술을 팔던 무리였다[汝本屠沽小輩]: 근본이 천민(賤民)이었다는 뜻임. 원문에는 '汝本屠沽小輩'로 되어 있음. [後漢書 郭太傳]「召公士 許偉康 並出屠沽」. [新書 匈奴]「屠沽者 賣飯食者」.

한실은 기울어져 천수가 끝나려는 때에
무모한 하진이 삼공이 되었단 말인가.

　漢室傾危天數終

　無謀何進作三公.

몇 번이나 충신들의 간언을 듣지 않더니
궁중에서 칼 끝을 면하지 못하는구나.

　幾番不聽忠臣諫

　難免宮中受劍鋒.

　장양 등이 하진을 죽였다. 원소는 오랫동안 하진을 볼 수가 없자,
이에 궁문 밖에서 큰 소리로 외치기를,
　"장군께서는 나오셔서 수레에 오르소서!"
하였다.
　장양 등이 하진의 수급을 담장 위로 던져 버리고 선유(宣諭)를 전하
였다.
　"하진은 모반을 하여 이미 죽었고, 그 나머지 협조하고10) 저를 따
르던 무리들은 다 용서할 것이다."
이 말을 듣자, 원소가 큰 소리로 꾸짖기를
　"환관들이 모의하여 대신을 죽이다니! 반드시 악당들을 주살하려
하니, 와서 싸움을 도와라!"
하자, 하진의 부장 오광(吳匡)이 곧 청쇄문 밖에다가 불을 질렀다.
　원술은 군사들을 이끌고 궁중으로 돌입하여 환관들을 보자마자 대

10) 협조[脅從] : 협력하고. [書經 胤征]「殲厥渠魁 **脅從**罔治 (傳) 其**脅從** 距王師
者 皆無治」. [蘇轍 臣事策四]「此其爲禍 非有**脅從**駢起之殃」.

소를 막론하고 모두 죽였다. 원소와 조조도 관문을 부수고 궁내로 진입하였다. 조충·정광·하운·곽승 등 네 사람들이 쫓겨 취화루(翠花樓) 앞에서 난도질당해[11] 죽었고, 궁중에는 불길이 하늘까지 치솟았다. 장양·단규·조절·후람 등이 태후와 태자, 그리고 진류왕에게 급히 가서 살피고는, 뒷길을 따라 북궁으로 달아났다. 이때 노식은 벼슬을 버렸으나 아직 가지 않고 있다가 궁중에 사변이 일어난 것을 보고, 갑옷을 입고 창을 들고 전각 아래 서 있었다.

단규가 하태후를 핍박해 둘러싸고 지나가는 것을 보고, 노식이 큰 소리로

"역적 단규야, 어찌 감히 태후를 핍박하느냐!"

고 외치니, 단규는 몸을 돌려 달아났다. 태후가 창문으로 뛰어나오자 노식이 급히 구원하였다. 오광이 내정으로 짓쳐 들어가다가 하묘가 칼을 들고 서 있는 것을 보았다.

오광이 큰 소리로,

"하묘가 함께 모의하여 제 형을 죽였으니, 당장 저를 죽이자!"

하니, 여러 사람들이 말하기를

"모의하여 형을 죽인 놈을 죽이자!"

하고 외쳤다. 하묘는 달아나려 하였으나, 포위되어 몸이 찍혀 가루가 되고 말았다.

원소는 다시 군사들에게 영을 내려 십상시의 가족들은 대소를 가리지 않고 다 죽이게 하였다. 이때 수염이 없는 무수한 사람들이 잘못 죽기도 하였다.

조조는 한편으로는 궁중의 불길을 잡고 하태후에게 섭정의 권한을

---

11) 난도질당해[剁爲肉泥]: 난도질을 당함. 원래는 '다진 쇠고기떡'(散炙)의 뜻임. [水滸傳 第四十六回]「把儞剁肉泥」.

주도록 청하고, 병사들을 보내 장양 등을 급히 쫓게 하고 어린 황제를 찾아보게 하였다. 이때 장양과 단규는 급히 어린 황제와 진류왕을 옹위하고 불길을 헤치고 나가, 밤을 도와 북망산에12) 이를 때까지 달아났다. 약 2경쯤 되자 뒤쪽에서 함성이 크게 일고 인마가 급히 이르렀다.

당시 하남 중부 연리(掾吏) 민공(閔貢)이 크게 부르짖기를,

"역적들은 달아나지 마라."

하였다.

장양 등은 사세가 급박함을 보고, 마침내 강에 몸을 던져 죽었다. 어린 황제와 진류왕도 그 허실을 알지 못하여 감히 큰 소리도 못하고, 강가의 풀밭에 엎드렸다. 따르던 군마는 사방으로 흩어져 급히 달아나서 어린 황제가 있는 곳을 알 수조차 없었다. 어린 황제와 진류왕은 엎드린 채 4경이 되자, 이슬이 내리기 시작하고 배가 심히 고파 서로 부둥켜안고 울었다. 또 사람이 겁박하는 소리가 들리고 풀숲에서도 소리가 들렸다.

진류왕이 말하기를,

"여기서 오래 머물 수가 없습니다. 모름지기 따로 살길을 찾아야 합니다."

하였다.

이에 두 사람이 서로 옷자락을 매고 기어서 강변 위쪽으로 올라갔다. 곳곳에 가시나무요 칠흑 같은 어둠 속이라 길을 찾을 수가 없었다.

---

12) 북망산(北邙山) : 북망(北邙)·망산(邙山). 하남성 낙양의 동북쪽에 있는 산명. 한나라 이후 공동묘지로 썼기 때문에 '사람이 죽어서 가는 곳'이란 의미로 발전하여 우리나라에까지 전파됨. [辭源]「山名卽邙山 亦曰芒山 又曰北山 又曰北芒 在河南洛陽縣 東北接孟津」. [晉書 楊濟傳]「濟有才藝 嘗從武帝 校獵北邙下」.

정히 어찌 할 수 없는 지경에서, 문득 개똥벌레 수천 마리가 빛을 발해 밝게 비치는데 다만 황제의 앞에서만 날고 있었다.

진류왕이 말하기를,

"이는 하늘이 우리 형제를 돕는 것이다."

하고, 마침내 반딧불이를 따라서 가니 점점 길이 보이기 시작하였다. 그러기를 5경시쯤 되자 발이 아파서 더는 걸을 수가 없었다. 산 언덕에 풀더미가 보여 어린 황제와 진류왕이 그 곁으로 가서 몸을 눕혔다. 풀 더미 앞에 한 작은 장원이 보였다.

장원의 주인은 이날 밤중에 두 개의 붉은 해가 장원의 뒤에 떨어지는 것을 보고, 놀라 깨어 옷을 입고 집 밖으로 나가서 사방을 둘러보았다. 장원 뒤의 풀더미 위에서 붉은 빛이 하늘에 비치거늘 황망하여 가서 보니, 두 사람이 풀 더미에 누워 있었다.

장원의 주인이 묻기를,

"두 분은 누구의 자제입니까?"

하니 어린 황제는 감히 대답하지 못하였다.

진류왕이 어린 황제를 가리키며,

"이 분은 지금의 황제인데, 십상시들의 난을 만나서 도망하여 어렵사리 이곳에 이르렀느니라. 나는 황제의 동생 진류왕이다."

하였다.

장원 주인이 크게 놀라 재배하면서,

"신의 선조(先朝)는 사도였던 최열(崔烈)의 동생 최의(崔毅)이옵니다. 십상시들이 관직을 팔고 사며 어진 이들을 질시하여, 여기에 은거하고 있사옵나이다."

하고, 마침내 어린 황제를 부축하여 장원으로 모시고 무릎을 꿇고 앉아서 주식을 대접하였다.

한편 민공이 급히 단규를 쫓아가 잡고, 천자께서 어디에 계신지를 물었다. 단규는 중로에서 헤어져 어디 계신지를 알 수가 없다고 하자, 민공은 마침내 단규를 죽여 목을 말 목에 걸고 군사들을 나누어 사방으로 찾아보게 하였다. 자신 또한 혼자서 말에 올라 길을 따라가며 찾았다. 우연히 최의의 장원에 이르자, 최의가 말 머리에 걸려 있는 수급을 보고 물으니 민공이 상세하게 설명하였다. 최의가 민공을 안내하여 어린 황제를 만나게 하자, 군신이 다 같이 통곡하였다.

민공이 말하기를,

"조정에는 하루라도 임금이 없으면 안 됩니다. 청컨대 폐하께서는 환도하셔야 합니다."

라고 아뢰었다.

최의가 장원에 있던 비루먹은 말 한 필을 어린 황제를 위해 이를 준비하였다. 민공은 진류왕과 함께 말을 탔다. 장원을 떠난 행차가 3리도 못 가서 사도 왕윤(王允)과 태위 양표(楊彪)·좌군교위 순우경(淳于瓊)·우군교위 조맹(趙萌)·후군교위 포신(鮑信)·중군교위 원소(袁紹) 등 일행과 수많은 신하, 그리고 수백의 인마가 오는 것과 마주쳤다. 군신들이 모두 통곡하였다.

먼저 사람을 시켜 단규의 수급을 서울로 보내 백성들이 보도록 호령하게[13] 하고, 다른 좋은 말을 내어 황제와 진류왕을 태우고 임금을 옹위하고 서울로 돌아왔다.

이에 앞서 낙양의 아이들이 부르는 동요에,

---

13) **호령(號令)** : 호령질. 본래는 '큰 소리로 꾸짖는 짓'을 뜻하나, 죄인의 머리를 장대 끝에 꽂거나 매달아 성문·군문 밖에 세우고 사람들에게 보이고, 누구도 죽은 자를 위해 슬퍼하거나 시수(尸首)를 거두지 못하게 하였음.

황제는 황제가 아니요 왕은 왕이 아니니

천승만기가 모두 북망으로 간다네.

帝非帝 王非王

千乘萬騎走北邙.

하더니, 이제 와서 그 동요가 그대로 들어맞은 것이다.

어가가 몇 리를 못 가서 문득 깃발이 해를 가리고, 먼지가 하늘을 덮으며 한 떼의 군마가 이르렀다. 문무백관들이 놀라고 어린 황제 또한 크게 놀랐다.

원소가 말을 몰아 나아가,

"누구냐?"

하고 물었다.

그러자 수(繡)놓은 깃발의 그림자 속에서 한 장수가 나는 듯이 나서며, 소리쳐 묻기를

"천자께서는 어디에 계시냐?"

한다. 그러나 어린 황제는 놀라서 말을 하지 못하였다.

진류왕이 말고삐를 당기며 앞으로 나서서 꾸짖기를,

"너는 누구냐?"

하니 동탁이 대답하기를,

"서량자사 동탁이다."

하니, 진류왕이 묻기를

"너는 어가를 호위하러 왔느냐 아니면 어가를 겁박하려고 왔느냐?"

하니, 동탁이 대답한다.

"내 특별히 어가를 호위하러 왔소이다."

하자, 진류왕이 말하기를

"어가를 호위하려 왔다면 천자께서 여기 계신데, 어찌 말에서 내리지 않느냐?"

하자, 동탁은 크게 놀라 황급히 말에서 내려 길 왼쪽에 서서 재배하였다. 진류왕이 좋은 말로 동탁을 위로하고, 자초지종을 이야기하는데 한 마디도 실수가 없었다. 동탁은 속으로 기특하게 여겨, 이때부터 이미 폐립할 마음을 가지게 되었다. 이날 환궁하여 하태후를 뵙고 함께 통곡하였다. 궁중을 점검하는 중에 전해오던 옥새가[14] 보이지 않았다. 동탁은 병사들을 성 밖에 둔치고는 매일 철갑 마군을 데리고 입성하여, 시가지를 멋대로 다녀서 백성들은 불안해하였다.

동탁은 성중에 출입한 때에도 전혀 거리낌이 없었다. 후군교위 포신이 원소를 와서 보고, 동탁은 필시 다른 마음을 품고 있는 듯하니, 속히 저를 제거해야 한다고 말하자, 원소는 말하기를

"조정이 새로 구성되었으니 경거망동하지 마십시다."

하였다. 포신은 왕윤을 보고 또한 그 일에 대해 말하였다.

왕윤이 말하기를,

"서서히 의논해 보십시다."

하매, 포신은 스스로 본부병을 이끌고 태산으로 가 버렸다.

동탁은 하진 형제들의 부하 병사들을 유혹하여 모두 손아귀에 넣었다. 그리고 사사로이 이유에게 말하기를,

---

14) **옥새[傳國玉璽]** : 황제의 상징인 도장으로 진시황 때부터 전해 옴. '受命于天 旣壽永昌'의 여덟 자가 새겨져 있는데, '하늘의 명을 받들어 끝없이 번창할 것'이란 뜻임. 자영(子嬰)이 한의 고조 유방에게 바친 이래, 대대로 전해지게 되어 '전국새'라 부르게 되었다 함. [漢書 外戚傳]「初漢高祖入咸陽至霸上 秦王子嬰降於軹道 奉上始皇璽 及高祖誅項籍卽天子位 因御服其璽 世世傳受 號曰漢 **傳國璽**」. [宋書 禮志]「虞喜志林曰 **傳國璽** 自在六璽之外 天子凡七璽也」.

"내가 황제를 폐위하고 진류왕을 옹립하려 하는데, 어떻게 생각하오?"

하고 물었다.

이유가 대답하기를,

"지금의 조정은 주인이 없습니다. 이때에 일을 거행하지 않고 머뭇거린다면 변이 있을 것입니다. 내일 온명원(溫明園)에서 문무백관들을 불러 폐립을 설유하시되 따르지 않는 자들은 모두 참하시면 곧 권위가 행해질 것입니다. 지금이 바로 그때입니다."

하자, 동탁은 기뻐하였다.

다음 날 크게 연회를 베풀고 모든 공경들을 청하였다. 공경들은 다 동탁을 두려워하여, 누구도 감히 불참하는 자가 없었다. 동탁은 백관들이 다 모이자, 그 후에 천천히 온명원 문 앞에서 말에서 내려 칼을 차고 자리에 참석하였다.

술이 여러 순배 돌자 동탁은 술과 음악을 그치게 하고, 이에 목소리를 높여 말하기를

"내가 한 마디 하겠소. 여러분들은 잘 들으시오."

하자, 여러 사람들이 다 귀를 기울였다.

동탁이 말하기를,

"천자는 만백성의 주인이 되시는 것이니, 위의(威儀)가 없으면 써 종묘사직을 맡을 수 없소이다. 이제 금상은 유약하여 진류왕의 총명과 호학으로 대위(大位)를 잇는 것이 가할 것이외다. 나는 황제를 폐하고 진류왕을 세우려고 하는데, 여러 대신들은 어떻게 생각하시오?"

라고 하자, 여러 관리들이 듣고 나서 감히 소리를 내지 못하였다.

자리에서 한 사람이 안석을 밀치고 곧장 나와, 잔치 자리의 앞에 서서 큰 소리로 말하기를,

"안 돼. 절대 안 돼. 너는 도대체 누구인데 감히 그런 말을 하는가? 천자께서는 선제의 적자이고 처음부터 큰 허물이 없거늘 어찌 망령되게 폐위를 논의한다는 말이오. 너는 찬역을 하고자 하는 것이렸다?"
하였다.

동탁이 보니 이에 형주지사 정원(丁原)이었다. 동탁이 노하여 크게 꾸짖기를,

"나에게 순종하는 자는 살 것이나, 나를 거역하는 자는 죽으리라.15)"
하고, 마침내 차고 있던 검으로 정원의 목을 베고자 하였다.

이때 이유가 정원의 뒤에선 한 사람의 기우(器宇)가 헌앙(軒昂)하고 기풍이 늠름하며, 손으로 방천화극을16) 잡고 눈을 부릅뜨고 서 있는 것이 보였다.

급히 나아가서 말하기를,

"오늘은 술을 마시는 자리로, 국정을 논하는 것은 좋지 않습니다. 내일 도당에서17) 공론하여도 늦지 않을 것이외다."
하자, 여러 사람들이 다 정원을 권하여 말에 태워 보내었다.

동탁은 백관들에게 묻기를,

---

15) 나에게 순종하는 자는 살 것이나, 나를 거역하는 자는 죽으리라[順我者生 逆我者死]: '나를 따르면 살고 나와 맞서려 하면 죽는다'의 비유임. 「순역」(順逆). [史記 天官書]「堯日月之行 以揆歲星順逆」. [杜甫 崔少府高齋三十韻詩]「人生半哀樂 天地有順逆」. 하늘의 뜻에 순응하면 편안하고 하늘을 거스르면 고생함. '하늘의 뜻에 순응해야 함'의 비유임. [管子 形勢]「順天者有其功」. [孟子 離婁篇 上]「天下有道 小德役大德 小賢役大賢 斯二者天也 順天者存 逆天者亡」.
16) 방천화극(方天畫戟): 방천극(方天戟). 「화극조궁」(畫戟雕弓). 언월도나 창 모양으로 만든 옛날 무기의 한 가지. [東京夢華錄]「高旗大扇 畫戟長矛 五色介胄」. [長生殿 勦寇]「畫戟雕弓耀彩 軍令分明」.
17) 도당(都堂): 정사당(政事堂)을 이름. 정사를 의논하는 곳. [邻掃編]「唐之政令 雖出於中書門下 然宰相治事之地 別號曰政事堂 猶今之都堂也」.

"내가 말한 바는 공도(公道)에 맞지 않소이까?"

하니, 노식이 말하기를

"명공의 말에 어폐가 있소이다. 옛날 은(殷)의 태갑(太甲)이 명민하지 못하자, 이윤(伊尹)은 동궁(桐宮)에 방치하였소이다. 창읍왕(昌邑王)이 왕위에 오른 지 겨우 27일 만에 3천여 가지 악법을 만들었기 때문에, 곽광(霍光)이 태묘에 고하여 저를 폐한 것입니다. 금상께서 비록 어리시나, 총명하며 인자하고 조금도 허물이 없소이다. 공은 단 외군(外郡)의 자사로서, 평소에 국정에 참여하지 않았고 또 이윤이나 곽광처럼 큰 재주가 없는 터에, 어찌하여 억지로 군주를 폐립하는 일을 한다 하오? 성인께서도 말씀하시기를, '만약에 이윤과 같은 뜻이 있은 즉 가하고, 이윤과 같은 뜻이 없다면 찬역이라' 하였소이다."

하였다.

동탁은 크게 노하여 칼을 빼어 앞으로 나가 노식을 죽이려 하였다.

그때, 시중 채옹(蔡邕)과 의랑 팽백(彭伯)이 간하기를

"노상서는 해내에서 명망이 있는 터에 이제 먼저 저를 해하면 천하가 공포에 떨 것입니다."

하였다. 이에 동탁은 칼을 칼집에 넣었다.

사도 왕윤이 말하기를,

"폐립에 관한 일은 술을 마시는 자리에서 상의할 일이 못됩니다. 다른 날 다시 논의하십시다."

하니, 이에 문무백관들이 다 흩어졌다.

동탁이 칼을 어루만지며 온명원 문에 서 있는데, 문득 한 사람이 말을 타고 쌍지창을 가지고 원문 밖에서 오가는 것을 보았다.

동탁이 이유에게 묻기를,

"저 사람은 누구인가?"

하니, 이유가 대답하기를

"이는 정원의 의자(義子)로 성은 여(呂)이고, 이름은 포(布)라 하며 자는 봉선(奉先)이라 합니다. 주공께서는 모름지기 저를 기피하셔야 합니다."

하였다. 동탁은 이에 정원 안으로 들어가 몸을 피하였다.

다음 날 사람들이 와서 정원이 군사를 이끌고 성 밖에 와서 싸움을 돋우고 있다고 알려 왔다. 동탁이 노하여 군사를 이끌고 이유와 함께 나가 맞았다. 양군이 서로 대치하였다. 여포는 머리에 속발금관(束髮金冠)을 쓰고 몸에는 백화전포(百花戰袍)를 걸치고 당예개갑(唐猊鎧甲)을 입고, 허리에는 사만보대(獅蠻寶帶)를 띠고 쌍지창을 꼬나들고 말을 몰아 정건양(丁建陽)을 따라 진전에 나왔다.

건양이 동탁을 꾸짖기를,

"국가가 불행하고 환관들이 권세를 희롱하여, 만백성들을 도탄에 빠뜨리기에 이르렀다. 너는 털끝만치도 공이 없는 놈이 어찌 감히 폐위의 망령된 말을 하여, 조정을 혼란에 빠뜨리려 하느냐?"

하였다.

동탁이 미처 말을 할 새도 없이, 여포가 말을 달려 곧장 쳐들어왔다. 동탁은 당황하여 달아나고 건양이 군사를 이끌고 엄살하였다. 동탁의 군사는 대패하여, 30여 리나 물러나 하채하고는, 여러 장수들과 의논하였다.

동탁이 말하기를,

"내가 보기에 여포는 보통 사람이 아니오. 내가 만약 저를 얻을 것 같으면, 어찌 천하를 염려하겠소이까?"

하였다.

장막 앞으로 한 사람이 나서면서,

"주공께서는 걱정하지 마옵소서. 저는 여포와 동향으로 그가 용맹은 하나 지모가 없는 줄 압니다. 저는 이익을 보면 의리를 잊는 인물입니다.18) 저에게는 삼촌불란지설이19) 있사오니, 여포를 달래어 항복[拱手]을 드리게 하겠습니다. 어떻습니까?"

하거늘, 동탁이 크게 기뻐하며 그 사람을 보니 호분중랑 이숙(李肅)이다. 동탁이 묻기를,

"자네가 장차 무슨 방법으로 저를 설득하려 하오?"

하니, 이숙이 대답하기를

"제가 듣기에 주군께서는 명마가 한 필이 있어, 이름을 적토마라20) 하며, 하루에 천 리를 간다 들었습니다. 이 말과 또 금은 주단을 써서 이(利)로써 그의 마음을 정하게 하고 그 다음에 제가 다시 말로써 설유하면, 여포는 반드시 정원을 배반하고 주공에게 투항해 올 것입니다."

하였다.

동탁이 이유에게 묻기를,

"저의 말이 맞을 것 같소?"

하니, 이유가 대답하기를

---

18) 이익을 보면 의리를 잊는 인물입니다[見利忘義] : 원문에는 '知其勇而無謀 見利忘義'로 되어 있음. '이익 앞에서는 의리도 저버린다는 뜻'의 비유임. [論語憲問篇]「見利思義 見危授命」.

19) 삼촌불란지설(三寸不爛之舌) : 구변(口辯)이 능한 것을 비유하는 말임. 삼촌설(三寸舌)은 '세 치의 길이에 지나지 아니하는 사람의 혀'를 가리킴. [史記平元君傳]「今以三寸舌 爲帝者師 又毛先生以三寸之舌 强於易萬之師」

20) 적토(赤兎) : 적토마(赤兎馬). 적기(赤驥)·절따말. 관운장(關羽)이 탔다는 준마의 이름인데 하루에 천 리를 달린다 함.「팔준마」(八駿馬). [辭源]「駿馬名(三國志 呂布傳) 布有良馬曰 赤兎」.「천리마」(千里馬). [戰國策 燕策]「郭隗日 古之人君 有以千金使涓人求千里馬者 馬已死 買其骨五百金而歸云云 朞年千里馬至者三」.

"주공께서 천하를 취하고자 하신다면, 한 필의 말을 아끼시겠습니까?"

하자, 동탁이 흔쾌히 저에게 적토마를 내어주었다. 그리고 황금 1천 냥과 명주 수십 알과 옥대(玉帶) 한 개를 주었다.

이숙이 예물을 준비하고 여포의 영채를 향해 오노라니까, 길에 매복해 있던 군사들이 둘러싸며 막았다.

이숙이 말한다.

"속히 여장군에게 옛 친구가 왔다고 아뢰어라."

하니, 군사들이 여포에게 아뢰자, 여포가 들어오라 명하였다.

이숙이 여포를 보고 말하기를,

"형제여, 특별히 무강한가!"

하니, 여포가 읍하며 대답하기를,

"오랫동안 보지 못했소이다. 이제 어디에 계십니까?"

하거늘, 이숙이 말하기를,

"지금 호분중랑의 직책을 맡고 있다네. 아우가 사직을 바로잡기 위해 왔다는 소식을 듣고 기쁨을 이기지 못해, 좋은 말 한 필을 가져왔네. 하루에 천 리를 달린다네. 물을 건너고 산에 오르기를 평지를 다니듯 한다는 '적토마'일세. 특히 아우에게 주려고 가져왔네. 이것으로 자네의 용맹가 위업을 돕자는 것일세."

하자, 여포가 곧 끌고 와 보이게 하였다.

과연 이 말은 전신이 이글거리는 숯불처럼 벌건데, 잡 털이 하나도 없었다. 머리에서 발끝까지 길이가 1장이요 발굽에서 목까지의 높이가 8척이라. 한 번 머리를 들고 포효하니, 마치 공중에 오르고 바다에 드는 형상이라.

후세 사람이 이 적토마를 예찬한 시가 있다.

천 리를 달리며 티끌을 박차니

물을 건너고 산에 오를 때 자운이 피어나네.

奔騰千里蕩塵埃

渡水登山紫霧開.

고삐를 끊고 재갈을 흔드는 그 모습은

화룡이 구천에서 날아오는 듯하구나.

掣斷絲韁搖玉轡

火龍飛下九天來.

여포가 말을 보고나서 크게 기뻐하며, 이숙에게 치하한다.

"형이 이 좋은 말을 주셨으니 장차 무엇으로써 보답하리까?"

하거늘, 이숙이 말하기를

"오늘 내가 의기(義氣)로써 왔는데, 어찌 보답을 바라겠는가!"

하자, 여포가 술자리를 만들어 대접하였다.

술이 거나해지자 이숙이,

"나와 아우가 자주 보지 못했으나, 아버님은 늘상 만나셨다네."

하자, 여포가 말하기를

"형님 취하셨습니다. 아버지께서 세상을 떠나신 지 여러 해가 되었
는데, 어찌 형님께서 아버지를 뵈었단 말입니까."

이숙이 크게 웃으면서,

"아우야, 내가 지금 말하는 것은 정자사(丁刺史)일세."

하였다.

여포가 놀라고 황공하여,

"제가 정건양에게 의탁하고 있는 것은, 또한 어쩔 수 없는 형편입

니다."

고 하자, 이숙이 묻기를

"아우는 하늘도 놀랄 재주를 지니지 않았소. 세상에서 누가 흠모하고 공경하지 않는 이가 있는가. 부귀공명을 주머니 속을 뒤지듯이 가질 수 있는데,21) 어찌 어쩔 수 없이 남의 밑에 있다 하겠는가?"

하니, 여포가 대답한다.

"내가 주군을 만나지 못해서 그런 것을 어쩌겠소. 이를 한탄할 뿐이오."

이숙이 또 말하기를,

"약은 새는 나무를 가려서 둥지를 틀고, 현신은 주군을 가려서 섬긴다오.22) 기회를 빨리 잡지 못하면 후회해도 늦으리다."

하였다.

여포가 묻기를,

"형은 조정에 있으니 어느 누구를 세상의 영웅으로 보시오?"

하거늘, 이숙이 대답하기를

"내가 여러 군신들을 보아 왔으나, 다 동탁만한 사람이 없어요. 동탁은 사람됨이 어진 이를 공경하고 선비를 예로 대하오. 또 상벌을 분명히 하고 있어 끝내는 대업을 이룰 것이외다."

---

21) 주머니 속을 뒤지듯이 가질 수 있는데[探囊取物] : 낭중취물(囊中取物). '자기의 주머니에서 물건을 꺼낸다'는 뜻으로, '손쉽게 할 수 있음'을 비유하는 말임. [五代史 南堂世家]「李穀日 中國用吾爲相 取江南如**探囊中物耳**」. [黃庭堅 李少監惠硯詩]「**探囊贈硯** 頗宜墨 近出黃山非遠求」.

22) 약은 새는 나무를 가려서 둥지를 틀고, 어진 신하는 주군을 가려서 섬긴다오 [良禽擇木而棲] : '일의 되어 감을 잘 파악해서 선택해야 한다'는 뜻임. 새도 가지를 가려 앉는다는 뜻이나 '어진 선비는 어진 군주를 가려서 섬긴다'는 비유임. [左傳 袁十一年]「孔文子之將攻大叔也 訪於仲尼 仲尼日 胡簋之事 則嘗學之矣 甲兵之事 未之聞也 退命駕而行日 **鳥則擇木** 木豈能擇鳥」. [三國志 蜀志]「**良禽擇木而棲 賢臣擇主而事**」.

한다.

여포가 말하기를,

"내가 저를 따르고자 하나, 길이 없음을 한탄하고 있어요."

하거늘, 이숙이 금옥과 옥대를 여포 앞에 펼쳐 놓았다. 여포가 놀라서

"어디서 이런 물건들을 모았소?"

하였다.

이숙은 좌우를 물리고 여포에게,

"이것들은 모두 동탁이 오래전부터 아우의 이름을 흠모하여, 특히 나에게 명하여 바치게 한 것이고, 적토마 또한 동장군이 보낸 선물이네."

하였다.

여포가 묻기를,

"이와 같은 동공(董公)의 사랑을 입으니 내가 어찌하여야 은혜를 갚으리까?"

하니, 이숙이 말하기를

"나와 같이 재주가 없는 사람도 오히려 호분중랑이 되었으니, 아우님이 저에게 가면 귀한 자리를 얻게 될 것은 말할 것도 없네."

하였다.

여포가 대답하기를,

"내가 지금 아무런 공도 세우지 못하였는데,23) 무슨 면목으로 뵈올 수 있단 말이오."

하자, 이숙이 또 말한다.

"공을 세우기란 손을 뒤집듯 쉬운 일이나,24) 아우가 하려 하지 않

---

23) 아무런 공도 세우지 못하였는데[涓埃之功] : 아주 하찮은 작은 공. '연'은 세류(細流) '애'는 가벼운 먼지의 뜻임. [杜甫 望野詩]「惟將遲暮供多病 未有涓埃答聖朝」. [韓愈 爲裵相公讓官表]「無涓埃之微」.

을 뿐이외다."

하였다. 여포가 한참동안 침음하다가,

"내가 정원을 죽이고 군사를 이끌고 동탁에게 돌아가면 어떻겠소?"

한다.

이숙이 말하기를,

"아우님이 그렇게만 할 것 같으면 참으로 큰 공이 될 것이네. 단지
일이 지체되면 안 되니 속히 결정해야 하리다."

하였다. 여포와 이숙이 다음날 항복하기로 약속하고, 헤어져 돌아갔다.

이날 밤 2경쯤 해서 여포가 칼을 들고 곧장 정원의 장중으로 들어
갔다.

마침 정원은 촛불을 밝히고 책을 읽고 있다가, 여포가 들어온 것을
보고

"내 아들이 무슨 일이 있어서 왔느냐?"

하자, 여포가 대답하기를

"저는 당당한 장부입니다. 어찌 당신의 아들 노릇을 하겠습니까."

하니, 정원이 또 말하기를,

"봉선이가 무슨 까닭으로 마음이 변했노?"

하였다.

여포가 앞으로 나서서 한 칼에 정원의 머리를 찍어 좌우에게 부르
짖기를,

"정원은 어질지 못해 내가 이미 저를 죽였다. 기꺼이 나를 따를 자
들은 여기 남아 있고, 따르지 않을 사람들은 가거라!"

---

24) 손을 뒤집듯 쉬운 일이나[翻手之間] : 손을 뒤집는 사이. '아주 짧은 동안'을
    뜻함. 「여반장」. [說苑 正諫篇]「變所欲爲 易於反掌」. [枚乘 書]「變所欲爲 易于
    反掌 安于泰山」.

하자, 군사들은 태반이나 흩어져 갔다. 다음 날 여포가 정원의 수급을 가지고 가서 이숙을 만났다. 이숙은 마침내 여포를 데리고 동탁을 만나게 하였다. 동탁이 크게 기뻐하며 술을 내어 대접하였다.

동탁이 먼저 자리에서 내려와 여포에게 절하며,

"동탁이 이제 장군을 얻은 것은 가뭄이 든 밭에서 단비를 만난 것과 같습니다."

하였다.

여포가 동탁을 자리에 앉히고 절을 하며,

"공이 만약 버리지 않는다면, 저의 의부로 삼고 싶습니다."

하니, 동탁은 여포에게 금갑과 금포를 주었다. 이날 매우 즐겁게 술을 마시고 헤어졌다.

동탁은 이로부터 위세를 더욱 크게 떨쳤다. 그는 스스로 전장군 직을 맡아 보고 아우 동민(董旻)을 좌장군 호후(鄂侯)를 삼고, 여포를 봉하여 기도위중랑장에 도정후를 봉하였다.

이유가 동탁에게 전하여 속히 폐위의 계획을 시행하게 하였다. 동탁은 이에 성중에서 잔치를 베풀고 공경들을 모이게 하였는데, 여포에게 명하여 갑사 1천여 명을 거느리고 좌우에서 시위하게 하였다. 이날 태부 원외와 문무백관들이 모두 모였다.

술이 여러 순배 돌자 동탁이 칼을 빼어 들고서, 말하기를

"금상은 암약하셔서 종묘를 받들 수 없기로, 내가 장차 이윤과 곽광의 고사를 들어 황제를 폐하여 홍농왕(弘農王)을 삼고 진류왕을 황제로 세우려 하오. 따르지 않는 자는 모두 참하겠소."

하자, 여러 신하들이 모두 두려워 감히 대적하지 못하였으나, 중군교위 원소가 앞으로 나서며 말하기를

"금상께서 즉위하신 지 얼마 되지 않았고 아울러 크게 실덕한 일이

없는데, 적자를 폐하고 서자를 세우려 하니 이게 모반이 아니면 무엇이오?"

하였다.

동탁이 노해서 말하기를,

"천하의 일들이 내게 있고 나는 지금 그 일을 하려는 것이외다. 누가 감히 따르지 않을 것이냐? 너의 칼이 날카로우나 나의 칼도 또한 날카롭다."

하자,

원소 또한 칼을 빼며 말하기를,

"너의 칼이 날카롭지만 나의 칼도 또한 날카롭다."

하였다.

두 사람이 마침내 연석에서 마주섰다.

이에,

정원이 의를 위해 먼저 목숨을 잃었는데
원소는 창끝을 다투며 그 형세가 위태하네.
丁原仗義身先喪
袁紹爭鋒勢又危.

마침내 원소의 목숨은 어찌 될 것인가. 하회를 보라.

제4회

동탁이 한제를 폐하여 진류왕을 세우고
동탁을 죽이려다 조조는 칼을 바치다.

　廢漢帝陳留踐位
　謀董賊孟德獻刀.

　이때 동탁이 원소를 죽이려 하였으나, 이유가 만류하기를

"일이 정해지지 않았으니 망령되이 사람을 죽여서는 안 됩니다."

하였다.

　원소는 손에 보도를 잡고 문무백관들에게 하직하며, 부절을 동문에
걸어놓고1) 기주(冀州)로 가 버렸다.

　동탁이 태부 원외에게 묻기를,

"대감의 조카가 무례하오. 내가 대감의 얼굴을 보아 저를 용서하외
다. 황제를 폐위시키는 일에 대해서는 어떻게 생각하오?"

고 물었다.

　원외가 대답하기를,

---

1) 부절을 동문에 걸어놓고 : 벼슬을 버린다는 뜻. 「부절」(符節)은 「부계」(符契)
라고도 하는데, 옛날에 사신이 가지고 다니던 물건으로 둘로 갈라 하나는 조
정에 두고 하나는 본인이 가지고 신표로 썼음. 고급관원이 직권을 행사하던
신표임. [事物紀原]「周禮地官之屬 掌節有玉角虎人龍符璽旄等節 漢文有旄節之
制 西京雜記曰 漢文駕鹵簿有節十六在左右 則漢始用爲儀仗也」. [墨子號令]「無
符節 而橫行軍中者斷」.

"태위께서 보시는 바가 옳습니다."

하자, 동탁이 말하기를

"감히 대의를 막으려는 자가 있으면, 군법으로써 다스릴 것이외다."

하니, 여러 신하들이 매우 두려워 떨며, 모두가 말하기를

"한결같이 명에 따르겠습니다."

하였다.

잔치가 파하자, 동탁은 시중 주비(周毖)와 교위 오경(伍瓊)에게 묻기를,

"원소가 갔으니 이 일을 어찌할까?"

하니, 주비가 말하기를

"원소가 노기를 띠고 갔으니 만약 급하게 저를 잡으려 한다면 사세가 반드시 변할 것이고, 또 원씨는 4대에 걸쳐 은혜를 베풀어 그 문객과 연고 있는 관리들이2) 천하에 널렸습니다. 만약에 호걸들을 불러 모아 무리들을 지으면, 영웅들이 이를 틈 타 모두 일어날 것이오니, 그렇게 되면 산동지방은 공의 것이라 할 수 없을 것입니다. 저를 사면하여 한 군을 다스리게 하면, 원소는 죄를 면하게 해 준 데 대해 기뻐할 것입니다. 그러면 틀림없이 후환이 없을 것입니다."

하였다.

오경은 대답하기를,

"원소는 끊임없이 모의를 좋아하는 인물이니, 크게 염려하지 않아도 됩니다. 어디 군수 자리라도 주어서 민심을 수습하는 것이 좋을 것입니다."

---

2) 연고 있는 관리들이[門生故吏] : '문하생'과 같은 뜻임. 자신을 키워준 가문과 연대를 유지하면서 공존·공영을 유지하는 특성이 있음. [後漢書 袁紹傳]「袁氏 樹恩四世 門生故吏遍於天下」. [隨園隨筆 卷十一]「門生見漢書韋賢傳 顏師古注 門生者 猶云門下生也」.

하니, 동탁은 저들의 생각을 좇아 그날로 사람을 원소에게 보내어 발해태수(渤海太守)로 삼았다.

9월 초하룻날, 황제를 청하여 가덕전에 오르게 하고 문무백관들을 모두 모았다. 동탁이 칼을 빼어 들고, 여러 사람을 향해 말하기를

"천자가 암약하여 족히 천하를 다스릴 수 없소이다. 이제 책문을[3] 읽어 드리시오."

하니, 이유가 책문을 읽었다.

효령황제(孝靈皇帝)께오서 일찍이 신하와 백성을 버리시고, 황제께서 대통을 이으시어 해내의 촉망을 받으셨습니다. 그러나 황제께서 천자(天資)가 경조(輕佻)하여 위의가 삼가지 못하고 거상(居喪)에 태만하니, 부덕이 드러나 대위를 욕되게 하였도다. 황태후께서 국모로서의 위의가 없고 국정을 통섭함에 황량하였도다. 영락태후(永樂太后)께서 갑자기 붕어하시매 백성들의 공론이 분분하니, 삼강의 도와[4] 천지의 기강에[5] 빠진 바가 없는가?

진류왕은 성덕이 넓으시고 규거가 숙연하시며, 거상에 애척(哀戚)하시고 말씀이 사악하지 않으시어, 그 아름다운 소문은 천하에 들리는지라, 가히 홍업(洪業)을 계승하셔서서 만세의 대통을 이으실 것

---

3) **책문(策文)** : 책명(策命). 임금이 신하에게 내려서 명령을 전하는 글인데, '책문'은 이에 답하는 글임. [釋名 釋書契]「**策書**敎交令於上 所以驅策諸下也」. [左氏昭 三]「授之以策 (住) **策**賜命之書」.

4) **삼강의 도[三綱之道]** : 사람이 지켜야 할 떳떳한 도리. 곧, 군신·부자·부부 사이에 지켜야 할 도리를 이름. [禮記]「**君爲臣之綱 父爲子之綱 夫爲婦之綱**」. [白虎通]「**三綱**者何謂也 謂君臣父子夫婦也 故**君爲臣綱 父爲子綱 夫爲婦綱**」.

5) **천지의 기강[天地之紀]** : 천지의 강기(綱紀). 삼강오상과 기율. [禮記 樂記]「作 爲父子君臣 以爲**紀綱**」. [蔡傳]「大者爲綱 小者爲**紀**」.

이다. 이에 황제를 폐하여 홍농왕을 삼고, 황태후에게 대정(大政)을 돌리게(還政) 할 것이다. 진류왕을 받들어 황제를 삼아 하늘의 뜻에 따르고 사람의 뜻에 순응하여, 써 백성들의 바람을 위로하려 한다.

이유가 책문을 읽고 나자, 동탁이 좌우를 꾸짖어 황제를 전각 아래로 내려오게 하고 옥새와 인수를6) 들어 북면하여7) 무릎을 꿇고 칭신청명하게8) 하였다. 또 태후를 불러 조복을 벗게 하고 칙명을 기다리게 하였다. 황제와 태후가 모두 통곡하니 군신들이 슬퍼하지 않는 사람이 없었다.

뜰아래 있던 한 대신이 분노하여 고성을 지르며,

"적신 동탁아, 감히 하늘의 뜻을 속이려 하지 말아라. 내 마땅히 나의 목을 찔러 피를 뿌리리라!"9)

하며, 손에 들고 있던 상간을10) 휘둘러 곧장 동탁을 쳤다.

동탁은 크게 화를 내며 무사들을 꾸짖어 끌어 내리게 하니, 이에 상

---

6) 옥새와 인수(璽綬) : 옥새와 조수(組綬). [漢書 高帝紀]「使陸賈卽授璽綬」. [後漢書 王覇傳]「覇追斬王郎 得其璽綬 封王卿候」.

7) 북면하여(北面) : 신하로서 임금을 섬기게 한다는 뜻. 군신 간에 군은 남면(南面)·신은 북면(北面), 사제 사이에는 사는 남면·제는 북면을 함. [禮記]「君南嚮 答陽也 臣北面 答君也」. [漢書 谷永傳]「王事之綱紀 南面之急務」. [荀子 儒效]「周公北面而朝之」. [書言故事 儒學類]「師問於人曰北面」.

8) 칭신청명(稱臣聽命) : 신복(臣服)하여 임금의 분부를 들음.[儀禮 聘禮]「北面聽命」. [左氏 嬉 二十四] 鄭之人滑也 滑人聽命」.

9) 피를 뿌리리라 : '자신이 죽어서 피를 뿌리겠다'는 뜻. 원문에는 '吾當以頸血濺之!'로 되어 있음.

10) 상간(象簡) : 상홀(象笏). 신하가 임금 앞에 나갈 때 가지고 가는 상아나 대나무로 만든 홀. 관직에 따라 옥·상아·대나무로 그 재질을 구분하였음. [宋史 度宗紀]「陳宜中經筵進講春秋 賜象簡」. [李士瞻 贈貢泰甫牙笏詩]「象簡霜嚴重 蒼髯雪色新」.

서 정관(丁管)이엇다. 동탁은 저를 끌어내어 목을 베게 하였다.

그러나 정관은 입으로 꾸짖기를 그치지 아니하고, 죽음에 이르러서도 낯빛이 변하지 아니하였다.

후세 사람이 저를 예찬한 시가 전한다.

적신 동탁이 폐위와 새 황제를 세우려 획책하니
한나라의 종묘 사직이 구허에 맡겨지네.
　董賊潛懷廢立圖
　漢家宗社委丘墟.

만조한 백관들이 다 손을 묶고 말 없는데
오직 정관 한 사람만이 대장부로구나.
　滿朝臣宰皆囊括
　惟有丁公是丈夫.

동탁은 진류왕을 청하여 전상에 오르게 하고, 군신들 모두에게 조하를 드리게 하였다. 동탁은 또 하태후와 홍농왕 및 황제의 비 당씨(唐氏) 등을 영안궁에 모셔, 한가롭게 있게 하였다. 그리고 궁문을 봉쇄하고 군신들이 무단히 출입하지 못하게 하였다.

가엾다. 어린 황제가 4월에 왕위에 올라 9월에 이르러서 폐위되게 된 것이다. 동탁이 옹립한 진류왕 협은 자를 백화(白和)라 하며 영제의 중자(中子)이니 곧 헌제시라. 이때 나이 9세요 연호를 초평(初平)이라 하였다.

동탁은 상국(相國)이 되어 찬배에 이름을 부르지 않고[11] 조회에 들어갈 때에도 추창(趨蹌)하지 않으며, 칼을 차고 전당에 오르는 등 위복이

비할 데가 없었다. 이유는 동탁에게 명사들을 탁용(擢用)하게 하여 인망
(人望)을 거두도록 권하고, 또 채옹(蔡邕)을 천거하였다. 동탁이 그를 부
르게 하였으나 채옹은 오지 않았다.

동탁은 노하여 사람을 보내,

"정말 오지 않으면 너의 가족을 멸족시키겠다."

하였다. 채옹은 겁이 나서 명에 따라 이르렀다. 동탁은 그를 보고 크
게 기뻐하며, 한 달 동안에 그의 관직을 세 번이나 승차시켰으며, 시
중을 삼을 만큼 그에 대한 신임이 아주 두터웠다.

한편 황제와 하태후 당비 등은 영안궁 속에서 곤궁한 생활을 하면
서, 의복과 음식 등이 점점 부족해지니 눈물이 마르지 않았다. 하루는
우연히 한 쌍의 제비가 뜰 가운데 나는 것을 보고, 마침내 시를 한
수 지었다.

새싹은 파릇파릇 푸르른데
제비는 쌍쌍이 나네.
嫩草綠凝煙
裊裊雙飛燕.

낙수의 강물은 푸른데
오가는 사람 부럽구나.
洛水一條靑
陌上人稱羨.

---

11) 찬배에 이름을 부르지 않고[贊拜不名] : 임금에 대한 예법이나 상국(相國)을
우대하여, 이를 지키지 않아도 되게 함. [後漢書 何熙傳]「贊拜殿中 音動左右」.
[南史 宋武帝傳]「入朝不趨 贊拜不名」.

멀리 푸른 구름 깊은데

그곳이 나의 옛 궁궐이라.

　遠望碧雲深

　是吾舊宮殿.

뉘라서 충의심을 내어서

내 마음속 원한을 풀어주려나.

　何人仗忠義

　洩我心中怨!

　동탁은 계속 사람을 시켜 정탐을 자행하였는데, 어느 날 이 시를 얻어다가 동탁에게 바쳤다.

　동탁이 말하기를,

　"원망의 마음으로 시를 지었으니, 저를 죽여도 명분이 있겠다."

하고, 마침내 이유에게 무사 열 사람을 데리고 입궁하여 황제를 시살하라 명하였다. 황제와 태후 그리고 당비 등은 마침 누상에 있었는데, 궁녀들이 와서 이유가 왔다고 고하자 황제는 크게 놀랐다.

　이유가 짐주를12) 받들어 올리자 황제는 그 까닭을 물었다.

　이유가 대답하기를,

　"봄날이 따뜻하여 동상국께서 수주(壽酒)를 올리는 것입니다."

---

12) 짐주(鴆酒) : 독주. 「짐살」(鴆殺)·짐해(鴆害). 원래 '짐'은 새의 이름인데 깃에 독이 있어 그것을 술잔에 스치기만 해도 사람이 먹고 곧 죽는다고 함. [漢書 高五王傳] 「酌兩鴟鴆酒置前」. 「짐해」(鴆害). [三國遺事 卷一 太宗春秋公] 「又新羅古傳云 定方既討麗濟二國 又謀伐新羅而留連 於是庾信知其謀 饗唐兵鴆之 皆死坑之」.

하니, 태후가 대답하기를

"수주라면 네가 먼저 마셔 보거라."

하매, 이유가 노하여 묻기를

"이래도 마시지 않겠느냐?"

하였다.

좌우들이 가지고 온 단도와 흰 비단줄을 내놓으며 말하기를,

"수주를 마시지 않으려면 이 두 물건을 받으시오!"

하니, 당비가 무릎을 꿇고

"첩이 황제를 대신하여 수주를 마시겠으니, 원컨대 공은 모자의 생명을 살려주소서."

하였다.

이유가 꾸짖으며 묻는다.

"네가 누구이기에 황제의 죽음을 대신하려느냐?"

라고 힐난하며, 술을 들어 하태후에게 주면서

"네가 먼저 마셔라!"

하였다.

태후가 하진이 무모하게 이 도적들을 끌어들여, 오늘의 화를 가져온 것을 크게 꾸짖었다.

이유가 황제를 재촉하며 핍박하자, 황제는 말하기를

"나와 태후가 작별할 시간을 다오."

하고, 이에 큰 소리로 울면서 시를 지었는데 그 시는 이렇다.

천지가 뒤바뀌니 일월이 뒤집히네

만승을 버리고 나니 물러나 번신이 되었구나.

天地易兮日月飜

棄萬乘兮退守藩.

권신이 핍박하니 목숨이 오래지 못하네
대세는 이미 기울었는데 눈물은 무삼일가.
　爲巨逼兮命不久
　大勢去兮空淚潸!

당비 또한 시를 지었다.

황천이 무너지매 후토마저 꺼지누나
이 몸이 제희되니 운명도 기구하도다.
　皇天將崩兮后土頹
　身爲帝姬兮命不隨.

생사길 서로 달라 여기서 헤어지나
애끊는 이 심사를 그 뉘에게 하소하리.
　生死異路兮從此畢
　奈何煢速兮心中悲!

노래가 끝나자 서로 끌어안고 통곡하였다.
이유가 말하기를,
"상국께서 소식을 기다리고 계시니, 너희들이 어찌 자꾸만 지체하
며 누구의 구원을 바라느냐?"
하니, 태후가 크게 꾸짖기를
"동탁이 우리 모자를 핍박하고 황천이 우리 모자를 돕지 않는구나!

너는 악을 돕고 있으니 반드시 멸족할 것이다!"
하였다.

이유가 크게 노하여, 두 손으로 태후를 붙잡아 일으켜 곧장 누각 아래로 밀어 내치고, 무사들을 꾸짖어 당비를 목 졸라 죽이게 하였다. 그리고는 짐주를 입에 부어 황제를 죽게 하고 돌아와 동탁에게 보고하였다.

동탁은 이들을 성 밖에 장사지내게 하였다. 이로부터 매일 밤이면 입궁하여, 궁녀들과 간음하며 밤이면 용상에서 잤다. 어느 날 군사를 이끌고 성 밖에 나가, 행차가 양성 지방에 이르렀는데 때마침 2월이었다. 마을 사람들이 당굿을[13] 하며 남녀가 모두 모여 있었다.

동탁이 군사들을 명하여 에워싸게 하고 저들을 다 죽여 버렸다. 부녀자와 재물들을 약탈하여 수레에 가득 싣고 수레 아래에는 사람의 머리 1천여 개를 달고, 수백 채의 수레를 몰아 성내로 들어왔다. 동탁은 도적떼를 죽이고 크게 이겨 돌아오는 것이라고 큰 소리를 쳤다. 그리고 성문 아래에서 사람의 머리를 태우고, 부녀자와 재물을 여러 군사들에게 나누어 주었다.

월기교위 오부(伍孚)는 자를 덕유(德瑜)라 했는데, 그는 동탁의 잔혹함을 보고 분통과 한으로 늘 불평을 하였다. 일찍이 조복 안에 갑옷을 입고 단도를 감추고 틈을 타서 동탁을 죽이려고 하였다. 하루는 동탁이 입궁할 때에 오부는 그를 맞아 전각 아래에 이르자, 칼을 빼어 곧장 동탁을 찔렀다. 그러나 동탁은 기운과 힘이 세어서 두 손으로 잡고 있는 사이에, 여포가 들어와 오부를 끌어 땅에 넘어뜨렸다.

동탁이 묻기를,

---

13) 당굿[社賽] : 일종의 동제(洞祭). 토지신에게 농사가 잘 되고 전염병을 막아 달라고 제사를 올리고 굿을 하는 것임.

"누가 너에게 반기를 들게 하였느냐?"

하매, 오부가 눈을 부릅뜨고 큰소리로

"너는 내 임금이 아니고 나 또한 너의 신하가 아닌데, 무슨 모반이 있겠느냐? 너의 죄악은 하늘까지 차서[14] 사람마다 너를 죽이기를 원하고 있지 않은가! 내가 너를 거열하지[15] 못함을 한탄한다. 너야말로 이를 하늘에 감사해야 할 것이다."

하였다.

동탁은 크게 화를 내며, 저를 끌어내어 살점을 발라서 죽이게 하였다.

오부는 죽을 때까지 동탁을 꾸짖는 소리를 멈추지 않았다.

후세 사람이 이를 예찬한 시가 있다.

한 말의 충신으로 오부만한 이가 또 있으리

하늘을 찌를 듯한 그 기운 세상에 짝할 이 없네.

　漢末忠臣說伍孚

　沖天豪氣世間無.

조당에서 역적을 쳐 그 이름 높으니

만고에 길이 전해져 대장부라 부르리라.

　朝堂殺賊名猶在

　萬古堪稱大丈夫!

---

14) 너의 죄악은 하늘까지 차서[罪惡盈天] : 「죄충관영」(罪充貫盈). 죄악이 더 할 나위 없이 꽉 참. '관영'은 '가득 참'의 뜻임. [蘇軾 贈錢道人詩]「我生涉憂患 常恐長**罪惡**」. [三國志 魏志 中山恭王傳]「此亦謂大**罪惡**耳」.

15) 거열(車裂) : 환열(轘裂). 형벌의 한 가지로 차열형. 사람의 머리와 사지를 각각 다섯 필의 말에 붙들어 매고 말을 채쳐 내닫게 하여 몸을 찢어 죽이는 형벌임. [戰國策]「**車裂**蘇秦於市」. [史記 秦記]「**車裂**以徇」.

동탁은 이로부터 출입할 때에는 항상 갑사들의 호위를 받았다.

그때, 원소는 발해에 있었는데 동탁이 권력을 농단한다는 소리를 듣고서, 이에 사람을 시켜 편지를 써서 왕윤(王允)에게 보냈다.

그 편지의 내용은 대략 다음과 같다.

"동탁이 하늘을 속이고 주상을 폐했으니, 이는 사람으로서 차마 못할 일입니다. 공이 그가 발호한 허물을 모른 체하시니, 어찌 보국의 효충을 다하는 신하라 하겠습니까? 원소는 지금 군사들을 모아 훈련하고 있으면서 왕실을 깨끗이 하고자 하오나, 감히 경거망동을 하지 못하고 있습니다. 만일 공께서도 마음이 있으시면, 마땅히 기회를 타서 도모하시기 바랍니다. 만약 저를 부르실 일이 있으시면 곧 명을 받들겠나이다."

왕윤은 밀서를 받고 살펴보며 생각해 보았으나 도무지 계책이 서지 않았다. 하루는 시반들의16) 더그매로17) 갔더니, 그 안에 옛 신하들이 모두 모여 있는 것을 보고

"오늘 노부의 생일이오니,18) 저녁에 감히 여러분을 모시고 술자리를 하였으면 합니다."

하니, 여러 관원들이 다 말하기를

"반드시 가서 축수하겠습니다."

---

16) **시반(侍班)** : 「시반」이란 본래 '신하들이 번갈아 행재소(行在所)로 입직(入直)하여 왕을 모시며 있었던 일을 기록했는데, 그 일을 맡은 사람'을 이름.
17) **더그매[閣子]** : 작은 방. 본래 「더그매」는 '지붕 밑과 천장 사이의 빈 공간'을 말함.
18) **노부의 생일(賤降)** : 생일. 자신의 생일을 겸칭하는 표현임. 「천궁」(賤躬)은 자기 자신을 겸양하는 표현임. [鮑照 與荀中書別詩]「連翩感孤志 契闊傷**賤躬**」.

하였다.

그날 저녁에 왕윤은 집의 후원에 자리를 베풀고 모든 공경들이 다 모였다.

술이 몇 순배 돌자, 왕윤이 갑자기 얼굴을 감싸고 큰 소리로 울었다.

여러 관리들이 놀라서 묻기를,

"사도께서 탄생하신 귀한 자리에서 무슨 까닭으로 슬피 우십니까?"

하니, 왕윤이 말하기를

"오늘은 실상 이 사람의 생일이 아닙니다. 여러분들과 함께 회포를 풀기 위해서이나, 동탁이 보고 의심할까 겁이 나서 핑계를 댄 것입니다. 동탁이 임금을 속이고 권세를 농단하여 사직이 조석을 보전하기가 어려운 형편입니다. 생각해 보면 고조 황제께서 진과 초나라를 멸하시고 천하를 얻으셨소이다. 그때 누군들 오늘의 일을 상상이나 했겠습니까. 지금 한조가 동탁의 수중에 들었으니, 이것이 내가 우는 까닭입니다."

하였다. 이에 여러 관원들이 다 함께 울었다.

그때 좌중에서 한 사람이 손뼉을 치며 나오면서 대답하기를,

"만조백관들이 밤낮으로 울기만 하면 능히 동탁이 죽겠습니까? 그래서 웃는 겝니다."

한다. 왕윤이 저를 보니 이에 효기교위 조조(曹操)라.

왕윤이 노하여,

"너의 조상 또한 한조의 녹을 먹었는데, 지금은 보국할 생각은 하지 않고 오히려 비웃기만 하느냐?"

하니, 조조가 웃으며 말하기를

"내가 웃는 것은 다른 일이 아니라, 여러분께서 동탁을 죽일 계책들이 한 가지도 없으심을 웃는 것입니다. 저는 비록 재주가 없사오나

원컨대 곧 동탁의 목을 베어서 성문에 걸어, 천하에 사례할까 합니다."
하였다.

　왕윤이 자리를 피해 묻기를,

"맹덕께서는 무슨 고견이라던 있소?"
하니, 조조가 말하기를

"지금 제가 몸을 동탁에게 의탁하고 있음은, 실은 틈을 타서 일을
도모하고자 할 따름입니다. 이제 동탁이 자못 저를 믿고 있으니, 이로
인하여 동탁을 가까이할 때가 있을 것입니다. 들건대 사도께서 칠보도
(七寶刀) 한 자루가 있으시다 하던데, 원컨대 빌려주시면 상부에 들어가
저를 찔러 죽이면 비록 죽는다 해도 한이 없을 것이외다."
하였다.

　왕윤이 대답하기를

"맹덕께서 과연 옳은 마음이 있으시다니 실로 다행한 일이외다."
하고, 마침내 친히 잔을 내어 조조에게 권하였다. 조조가 술을 뿌려
맹세를 하고, 왕윤은 보도를 조조에게 주었다. 조조는 칼을 감추고 술
자리가 파하자, 곧 몸을 일으켜 여러 관리들과 작별하고 갔다. 여러
관료들은 한동안 있다가 각기 헤어졌다.

　다음 날 조조는 보도를 차고, 상부에 이르러 승상이 어디에 계신지
를 물었다.

　따르는 자가 이르기를,

"소각(小閣)에 계십니다."
하거늘, 조조는 지름길로 들어갔다. 동탁이 침상 위에 앉아 있는 것이
보이고, 여포가 곁에 뫼시고 서 있었다.

　동탁이 또 묻기를,

"맹덕은 무슨 일로 늦었소?"

하자, 조조는 대답한다.

"말이 수척하여 늦었습니다."

하니, 동탁이 여포를 돌아보며

"서량(西凉)에서 온 좋은 말이 있으니, 봉선이 네가 친히 가서 한 필을 골라다가 맹덕에게 주어 타게 하거라."

하니, 여포가 명령을 따라 말을 가지러 갔다.

조조가 속으로 부르짖기를,

"이 도적놈아 너는 이제 죽었다!"

하고 곧장 칼을 빼어 저를 찌르려 하였다.

그러나 동탁이 힘이 센 것을 두려워하여 감히 가벼이 움직이지 못하고 있었다. 동탁은 살이 쪄서 오래 앉아 있지 못하고 마침내 몸을 눕혔는데, 얼굴은 벽 쪽으로 돌려 모로 누웠다.

조조는 또 생각하기를,

"이 도적놈아 마땅히 죽었다."

하고, 보도를 빼어 손에 쥐었다. 그가 막 찌르려는 참에 동탁이 얼굴을 들어 옷을 거울에 비추어 보는 것을 생각지도 못하였다. 그는 조조가 뒤에서 칼을 빼어 든 모습이 거울에 비친 것을 보고 급히 몸을 돌려 묻기를,

"맹덕은 무얼하는가?"

그때 여포가 말을 끌고 소각 밖에 이르렀다.

조조가 당황하여 이에 칼을 가지고 무릎을 꿇고,

"저에게 한 보도가 있어 은혜에 보답하기 위해 바치려 합니다."

하였다. 동탁이 받아들고 보니 그 칼은 길이가 한 자 남짓한데 칠보장식이 되어 있었다.

그리고 아주 예리하고 날카로워 과연 보도라 할 만하였다. 마침내 여포에게 간수하게 하고 칼집을 들어 여포에게 주었다. 동탁은 조조를 데리고 말을 보이기 위해 소각에서 나왔다.

조조가 사례하며 말하기를,

"한 번 타보기를 원하나이다."

동탁은 곧 안장과 말고삐를 주게 하였다.

조조는 말을 타고 상부에서 나와 채찍을 가해 동남쪽으로 가버렸다.

여포가 동탁에게 말하기를,

"꼭 조조의 행동은 자객의 행동과 같았는데, 일이 드러나자 칼을 바친 듯합니다."

한다.

동탁 역시 말하기를,

"나도 또한 의심이 든다."

고 말하고 있는데, 마침 이유가 오자 동탁이 그 이야기를 하였다.

이유가 말하기를,

"조조는 아내와 떨어져 잠깐 동안 서울에 있어 혼자 살고 있는 터입니다. 이제 사람을 시켜 오게 하십시오. 저가 의심 없이 곧 오면 이는 곧 보도를 바친 것이고, 핑계를 대고 오지 않으면 반드시 자객의 행동일 것입니다. 곧 사로잡아 문초를 하십시오."

하였다. 동탁이 그러리라 생각하여 곧 옥졸 네 사람으로 하여금 가서 조조를 불러오게 하였다.

간 지 한참 있다가 돌아와 아뢰기를,

"조조는 아직 돌아오지 않고 말을 달려 동문으로 가길래, 문지기가 물으니 '승상께서 나에게 긴급한 일을 시켰다'며 말을 하고 갔답니다."

하자, 이유가 대답하기를

"조조가 적심(賊心)을 속이고 거짓 도망갔으니, 자객의 행동을 의심할 여지가 없습니다."

하자, 동탁이 크게 노하여,

"내가 저를 중용하였는데, 오히려 나를 해하려 하다니!"

하였다.

이유가 말하기를,

"이는 반드시 함께 모의한 자가 있을 것입니다. 조조만 잡히면 곧 알 수 있을 것이오이다."

하였다.

동탁은 마침내 곧 문서를 두루 돌리고 얼굴을 그려서[19] 각 지방에 돌리며, 조조를 빨리 잡으라 하였다. 또 그를 잡아 바치는 자에게는 상금 천 냥을 주고 만호후에 봉하되, 숨겨 주는 자는 같은 죄로 다스리겠다고 공포하였다.

이때 조조는 성 밖으로 도망쳐 바로 초군(譙郡)으로 달렸다. 가는 길에 중모현(中牟縣)을 지나다가, 성을 지키는 군사에게 붙잡혀 현령에게 끌려갔다.

조조는 대답하기를,

"나는 상인인데 성은 황보올시다."

하니, 현령이 조조를 자세히 뜯어보고 한참 동안이나 말이 없다가, 이에

---

19) 얼굴을 그려서[畵影圖形] : 용모파기(容貌疤記). 죄인을 잡기 위해서 용모와 신체의 특징을 기록함. '파기'는 '몸을 검사하여 그 특징을 적은 기록'을 뜻함. [論語 泰伯篇]「君子所貴乎道者三 動客貌 斯遠暴慢矣 正顏色 斯近信矣 出辭氣 斯遠鄙倍矣」.

"내가 예전에 낙양에서 관직을 구하려 할 때에, 일찍이 네가 조조라는 것을 알고 있다. 어찌 속이려 드느냐! 이놈을 감옥에 가두었다가 내일 서울로 압송하여 상금을 받으리라."

하며, 지키는 군사에게 주식(酒食)을 주고 갔다.

한밤중이 되자, 현령이 친히 수하들을 데리고 몰래 조조를 나가게 하고 곧 후원의 깊은 곳에 이르자 묻기를,

"내 듣건대 승상께서 너를 박대하지 않았는데, 무슨 까닭으로 스스로 화를 자초하였느냐?"

하자, 조조가 묻기를

"제비가 어찌 홍곡의 뜻을 알겠는가!20) 네가 이미 나를 잡았으니, 곧 나를 끌고 가서 상금을 청하면 될 터인데 어찌 말이 많으냐?"

하였다.

현령은 좌우를 물린 후에, 조조에게 말하기를

"자네는 나를 우습게 보지 마시오. 나는 속리(俗吏)가 아니고 따를 주군을 만나지 못했을 뿐이외다."

하자, 조조가 대답하기를

"내 조상은 대대로 한나라의 녹을 받았으니, 만약에 보국을 생각하지 않는다면 금수들과 어찌 다르겠소? 내가 몸을 동탁에게 의탁함은21) 기회를 보아 나라를 위해 저를 제거하려 했음이라. 일이 성사되

---

20) 제비가 어찌 홍곡의 뜻을……[燕雀安知鴻鵠志] : 소인이 어찌 영웅의 큰 뜻을 알겠느냐는 말임. '연작'은 작은 새이고 '홍곡'은 큰 새임. 원문에는 '**燕雀安知鴻鵠志哉**'로 되어 있음. [史記 陳涉世家]「陳涉少時嘗與人傭耕 輟耕之壟上 悵恨久之曰 苟富貴無相忘 傭者笑而應曰 若爲傭耕 何富貴也 陳涉太息曰 嗟呼**燕雀安知鴻鵠之志哉**」. [晉書]「王濬恢廓有大志 嘗起宅 開前路 廣四十步 或謂之曰 何太過曰 吾欲使容長戟幡旗 衆咸笑之 濬曰 陳勝有言**燕雀安知鴻鵠志**」.

21) 몸을 동탁에게 의탁함[屈身事卓] : 몸을 굽혀 동탁을 섬김. '내가 동탁 밑에

지 못함은 이에 하늘의 뜻일 것이오!"

하니, 현령이 말하기를,

"맹덕께서 이번 결행으로 장차 어디에 머무르려 하십니까?"

하매, 조조가 대답하기를

"향리로 돌아가 교서를 발해 천하의 제후와 병사를 초모하여 동탁을 죽이는 것이 나의 할 일이외다."

하자, 현령이 이 말을 듣고는 이에 친히 포박을 풀고 부축하여 윗자리에 앉히고, 두 번 절하며 말하기를

"공께서는 진정 천하의 충의지사이십니다!"

하니, 조조 또한 같이 절하며 현령의 이름을 물었다.

현령이 말하기를,

"나는 성이 진(陳)이요 이름은 궁(宮), 자는 공대(公臺)라 합니다. 노모와 처자식이 다 동군(東郡)에 있습니다. 오늘 공의 충의에 감동을 받아, 이 자리를 버리고 공을 따르겠습니다."

하자, 조조는 매우 기뻐하였다.

이날 밤 진궁은 여비를 수습하고 조조에게 의복을 갈아 입게 하였다. 그리고 칼 한 자루를 짊어지고 말을 타고 고향을 향해 떠났다.

길을 나선 지 3일이 되자 성고(成皐) 지방에 이르러 날이 저물었다. 조조가 채찍으로써 숲이 우거진 곳을 가리키며,

진궁에게 말하기를,

"이곳에 이름이 여(呂), 명이 백사(伯奢)라는 분이 계신데 아버지와 형제를 맺은 사이입니다. 가서 집안 소식도 듣고 하룻밤 묵는 것이 어떻겠소?"

서 저를 섬김'의 비유.[文選 劉琨 勸進表]「知天地不可以乏饗 故**屈其身**奉之」.

하니, 진궁이 대답하기를

"아주 좋습니다."

하였다.

　두 사람이 장원 앞에 이르러 말에서 내려 들어가 백사를 뵈었다. 백사가 말하기를,

"내 들으니 조정에서 두루 문서를 돌려 자네를 급히 잡고자 한다 하고, 자네 아버님께서는 이미 진유(陳留)로 몸을 피하셨는데 자네는 어찌하여 이곳에 왔는가?"

하매, 조조가 지금까지 있었던 일들을 아뢰었다. 그리고,

"만약에 진현령이 아니었다면, 이미 이 몸은 가루가 되었을 것입니다."

하였다.

　백사가 진궁에게 권유하기를,

"내 조카를 군께서 만일 돌보지 않았다면, 조씨 문중은 멸문이 되었을 것이외다. 당신의 너그러움으로 하여 편히 앉아 있소이다. 오늘 저녁 허름한 집[草舍]이기는 하지만 묵어가시오."

하며, 말이 끝나자 곧 몸을 일으켜 안으로 들어갔다.

　한참 있다가 나와 진궁에게,

"우리 집에 좋은 술이 없어 서촌의 주막집에 가서 한 병 술을 사와 대접 하리이다."

하며 말을 마치자, 총총히 나귀에 올라 떠났다.

　조조와 진궁은 오래 앉아 있었다. 문득 장원의 후원에서 칼을 가는 소리가 들렸다.

　조조가 권유하기를,

"여백사께서는 나를 낳아준 부모는 아닌데, 지금 나간 것이 의심스러우니 몰래 숨어서 들어봅시다."

하였다. 두 사람이 가만가만히 초당의 후원에 들어가니, 단지 사람들의 말만 들렸다.

"묶어놓고 죽이는 것이 어떻겠소?"

하자, 조조가 생각하기를

"옳구나! 이제 우리가 먼저 손을 쓰지 않으면, 반드시 저들에게 사로잡히게 되리다."

하고, 칼을 빼어 들고 곧장 들어가 남녀를 불문하고 다 죽였다. 계속 여덟 명을 죽였다. 다시 주방을 수색하니 돼지 한 마리가 묶여 있었다.

진궁이 말하기를

"맹덕이 의심이 많아 잘못하여 사람을 죽였구려!"

하고, 급히 장원을 나와 말을 타고 떠났다.

그들이 2리를 못 가서 백사가 술 2병을 싣고 오는 것과 마주쳤다. 손에는 과실과 채소를 들고 있었다.

"조카와 사군께서 무슨 이유로 곧 가시는가?"

하매, 조조가 말한다.

"죄인을 오래 머물게 마옵소서."

하였다.

백사가 권유하되,

"내가 이미 집사람들에게 돼지 한 마리를 잡으라고 일러두었는데, 조카와 사군께서 하룻밤 묵어간들 무엇이 아깝겠는가? 속히 말을 돌려 들어가세."

하였다.

조조는 돌아보지도 않고 말을 채쳐 갔다. 몇 걸음 못 가서, 문득 칼을 빼어 들고 다시 돌아서서 백사를 보고

"저기 오는 사람이 누굽니까?"

하고, 외치고 백사가 몸을 돌려 돌아다 볼 때에, 조조는 칼을 휘둘러 백사를 찍어 나귀 아래 떨어뜨렸다.

진궁이 크게 놀라서,

"아까는 잘못되었지만 지금은 어찌된 일이오?"

하니, 조조가 대답하기를

"백사가 집에 이르면 많은 사람들이 죽은 것을 볼 것이니, 어찌 가만히 있겠소? 만약 여러 사람을 이끌고 우리를 추적해 온다면, 반드시 화를 만나게 될 것이외다."

하니, 진궁이 말한다.

"알면서 죽이는 것은 크게 불의한 일이외다!"

하였다.

조조가 대답하기를,

"내가 천하의 사람을 저버릴지언정, 천하의 사람들이 나를 저버리게는 두지는 않으리다."[22]

하니, 진궁이 입을 다문 채 말이 없었다.

그날 밤에 수리를 가서 달빛 속에서 열려 있는 객점에서 투숙하였다. 말을 배불리 먹이고 조조는 먼저 잠이 들었다.

진궁은 깊은 생각에 잠겨,

"내가 조조를 좋은 사람이라고 생각하고 관직을 버리고 저를 따랐으나, 원래 이 사람은 이리의 심보를 가진 사람이구나. 오늘날 저를 살려둔다면 반드시 후환이 될 것이다."

하고 곧 칼을 빼어 들고 와서 조조를 죽이고자 하였다.

---

22) 내가 천하의 사람을 저버릴지언정, 천하의 사람들이 나를 저버리게는 두지는 않으리다 : '나를 배신하는 자는 살려 두지 않겠다'는 뜻임. 원문에는 **寧敎我負天下人 休敎天下人負我**로 되어 있음.

이에,

　마음이 이리 같이 독한 자는 선비가 아니니
　조조와 동탁은 원래 같은 길에 서 있네.
　　設心狼毒非良士
　　操卓原來一路人.

마침내, 조조의 목숨은 어찌 되었을까. 다음 회를 보라.

제5회

교서를 내니 여러 제후들이 조조에게 호응하고
관병을 칠 때에 세 영웅이 여포와 싸우다.

發矯詔諸鎮應曹公
破關兵三英戰呂布.

이때, 진궁이 조조를 죽이려고 하다가 갑자기 마음을 돌려 말하기를,
"나는 나라를 위해 저를 따라 이곳에 이르렀는데, 불의한 저를 죽이
기보다 버리고 가느니만 못하다."
하고, 칼을 꽂고 말에 올라 날이 밝기를 기다리지 않고 혼자서 동군(東
郡)으로 갔다.

조조가 깨어 보니 진궁이 보이지 않거늘, 그는 속으로 생각하기를
"이 사람이 내가 말한 이 두 구절을 보고, 내가 어진 사람이 아니라
고 생각하고 나를 버리고 갔구나. 내 마땅히 급히 가야지 오래 머무를
일이 아니다."
하고, 밤을 도와 길을 가서 진유(陳留)에 이르렀다.

아버지를 찾아 지난 일을 자세히 말씀드리고, 집안 재산을 정리하
여 의병을 초모하였다.

아버지는 말하기를,
"자금이 적어서 성사를 못할까 두렵다. 이곳에 효렴 위홍(衛弘)이란
사람이 있는데, 재물을 흩어 의로운 이를 찾고 있으며 그 집 또한 거

부다. 만약 저들의 도움을 얻는다면 일을 도모할 수 있을 것이다."

라고 하였다.

조조는 술자리를 베풀고 위홍의 집으로 가서 초청하며,

"이제 한나라는 주인이 없고 동탁은 전권을 휘둘러 임금을 속이고 백성들을 해하고 있어, 천하가 이를 갈고 있습니다. 제가 사직을 붙들고자 하나 힘이 미치지 못함을 한탄하고 있습니다. 공은 이에 충의지사이오니 서로 도왔으면 합니다."

하니, 위홍이 이르기를

"나는 이런 생각을 해온 지 오래이네. 그러나 아직까지 영웅을 만나지 못함을 한탄하고 있을 뿐이었네. 이제 조맹덕께서 큰 뜻을 가지고 계시니, 원컨대 나라를 위해 돕겠소이다."

하자, 조조가 크게 기뻐하였다.

이에 먼저 교서를 내어 각 도에 알리고, 그런 연후에 의병들을 모으기 위해 흰 깃발을 달아 놓았다. 한쪽에는 '충의(忠義)'란 두 글자를 썼다. 며칠이 못되어 응모해 오는 사람들이 비가 오듯이 모여 들었다.

하루는 양평의 위국(衛國) 사람으로 성은 악(樂)이고, 이름은 진(進)이며 자는 문겸(文謙)이란 사람이 조조를 찾아 왔다. 또한 산양의 거록인(鉅鹿人)으로 성은 이(李)요, 명은 전(典)이며 자는 만성(曼成)이란 이가 찾아왔다. 조조는 다 받아들여 관리로 삼았다. 또 패국 초군(譙郡)의 하후돈(夏候惇)이란 자가 찾아 왔는데, 자는 원양(元讓)으로 하후영(夏候嬰)의 후예이다. 어려서부터 창과 봉을 익혀 왔는데, 나이 14살에 스승을 따라 무예를 배우던 어느 날 어떤 사람이 그 스승을 욕하자 그를 죽였다. 이 일로 하여 외방으로 도망 다니다가 조조가 기병한다는 소문을 듣고, 그의 동생 하후연(夏候淵)과 각기 장사 1천여 명을 모아 왔다. 이 두 사람은 본래 조조와 형제뻘이 되는 사이요 조조의 아버지 조숭은 원래 하후씨의 아들로서 조씨 집에 양자[過房]로 들어갔기 때문에 동족이었던 것이다. 며칠이 지나지 않아 조씨의 형제 조인(曹仁)과 조홍(曹洪)이 각기 병사 천여 명을 이끌고 도우려 왔다.

조인의 자는 자효(子孝)이고, 조홍의 자는 자겸(子廉)으로 두 사람이 다 궁마에 능숙하였으며 무예에 정통하였다. 조조가 크게 기뻐하며 마을에서 군마를 조련하게 하였다. 위홍은 자기의 재산을 다 내어 갑옷과 깃발을 만들게 하고 있었다. 한 편 사방에서 군량을 보내오는 이가 많아 그 수를 알 수가 없을 정도였다.

그때 원소는 조조의 교서를1) 받자, 이에 휘하의 문무를 모아 병사 3만을 이끌고 발해를 떠나 와서 조조와 회맹하러 왔다. 조조는 격문을 다시 지어서 여러 군에 보냈다.

격문의 내용은 다음과 같았다.

조조 등은 삼가 대의(大義)를 만천하에 밝힌다. 동탁은 하늘을 속이고 땅을 기망하며 나라를 멸하고 임금을 시해하며, 궁금(宮禁)을 문란케 하고 더럽혔도다. 남은 백성들에게 해를 끼치고 이리의 눈에는 어진 것이 없고 죄악이 쌓여 가도다. 이제 천자의 밀조(密詔)를 받들어 널리 의병을 모집한다. 맹세코 중국[華夏]을 깨끗이하고 역도들을 초멸하려 한다.

바라건대 모두 일어나서 공분(公憤)을 돕고, 왕실을 지지하여 백성들을 구하기 바라노라. 격문이 이르는 날로 속히 봉행하라!

조조가 격문을 띄운 뒤로 각 진의 제후들이 다 병사들을 일으키어

---

1) 교서[矯詔]: 교명(矯命). 거짓으로 임금의 이름을 대어 내리는 명령. [漢書 石顯傳]「後果有人上書 告顯顓命**矯詔**開宮門」.

상응하니,

제1진은 후장군 남양태수 원술(袁術)이요

제2진은 기주자사 한복(韓馥)이라.

제3진은 예주자사 공주(孔伷)이고

제4진은 연주자사 유대(劉岱)이다.

제5진은 하내군태수 왕광(王匡)이고

제6진은 진유태수 장막(張邈)이라.

제7진은 동군태수 교모(喬瑁)이고

제8진은 산양태수 원유(袁遺)이다.

제9진은 제북상 포신(鮑信)이고

제10진은 북해태수 공융(孔融)이다.

제11진은 광릉태수 장초(張超)이고

제12진은 서주자사 도겸(陶謙)이다.

제13진은 서량태수 마등(馬騰)이요

제14진은 북평태수 공손찬(公孫瓚)이다.

제15진은 상당태수 장양(張楊)이요

제16진은 오정후 장사태수 손견(孫堅)이고

제17진은 기향후 발해태수 원소(袁紹)다.

여러 곳의 군마들이 많고 적음이 같지 않아서, 3만 명에서 1, 2만에 이르기도 하였다. 제각기 문관과 무장들을 거느리고 낙양을 바라고 올라왔다.

이때, 북평태수 공손찬이 정예병 1만 5천을 이끌고 덕주를 지나 평원현을 지나려다가, 마침 그때에 뽕나무 숲을 바라보니 한편으로는 황기를 든 수십 기병들이 와서 맞았다. 공손찬이 저를 보니 이에 유현덕이었다.

　공손찬이 말하기를,

"현제께서 어찌 이곳에 있소이까?"

하니, 현덕이 말하기를

"지난날 형께서 저를 평원현령으로 추천해 주셨는데, 이제 대군이 이곳을 지나신다 하기에 특별히 와서 기다리고 있는 것입니다. 청컨대 형장께서 성에 들어가 쉬었다 가시기 바랍니다."

고 대답하였다.

　공손찬이 관우와 장비를 가리키며,

"이들은 누구인고?"

한다.

　현덕이 말하기를,

"이들은 관우와 장비이온대, 저와 형제의 의를 맺었습니다."

하고 대답하니, 공손찬이 묻기를

"아 저들이 함께 황건적을 격퇴한 자들인가?"

하거늘, 현덕이 대답한다.

"다 저 두 사람의 힘이었습니다."

하였다.

　공손찬이 말하기를,

"지금 무슨 직책을 맡고 있는고?"

하거늘, 현덕이 대답하기를,

"관우는 마궁수(馬弓手)이옵고 장비는 보궁수(步弓手)입니다."

하자, 공손찬이 탄식하며 말하기를

"이를 일러 영웅이 묻혀 있다 하는 것이외다. 이제 동탁이 난을 일으켜 천하의 제후들이 함께 저를 죽이려고 나섰소이다. 현제도 이 낮은 관직을 버리고 함께 적을 토벌하여 한실을 붙들어 세우는 것이 어떻겠소?"

하자, 현덕이 말하기를

"원컨대 함께 가겠습니다."

하였다.

장비가 대답하기를,

"그때 만약 내가 이 도적을 죽여 없앴다면, 오늘의 일은 면할 수 있었을 것입니다."

하니, 운장도 말하기를,

"일이 이미 이 지경에 이르렀으니, 곧 채비를 하여 떠나세."

하였다.

현덕·관우·장비가 몇 기만 데리고 공손찬을 따라 오니 조조가 맞았다. 여러 제후들이 또한 계속 이르러 각기 하채(下寨)하니 그 영채가 2백여 리나 되었다. 조조가 소와 말을 잡아 여러 제후들을 모아놓고 진병지책(進兵之策)을 의논하였다.

태수 왕광이 말하기를,

"이제 대의를 받들려면 반드시 맹주(盟主)를 세워야 합니다. 여러 사람들이 약속을 들은 다음에 진병해야 합니다."

하자, 조조가 말하기를

"원본초(袁本初)가 사세삼공(四世三公)으로 문하에 관리가 많고 한조 명상(名相)의 후예이니, 그가 맹주가 되는 것이 어떻소이까?"

하자, 원소가 재삼 사양하였다. 모두 다 이른다.

"본초가 아니면 안 되겠소이다."

하자, 원소가 바야흐로 허락하였다.

다음 날 3층 축대를 쌓고 두루 5방에 기치를 꽂았는데, 위에는 백모 황월을2) 세우고 병부(兵符)와 장인(將印)을 갖추어 원소에게 단에 오르기를 청하였다. 원소가 의관을 정제하고 칼을 차고 개연히 올라 분향 재배하고 맹서하였다.

한실이 불행하여 황조(皇朝)의 기강이 문란해졌도다. 적신 동탁이 그 틈을 타서 해를 끼치니, 그 화가 황제에까지 미치고 그 간악함이 백성들에게 이르렀다. 이에 원소 등이 사직이 무너질 것을 두려워하여, 의병을 규합하여 함께 국난에 나서려 하오. 무릇 우리 동맹은 마음을 모으고 힘을 합쳐서, 신하로서의 도리를 다 함께 하되 결코 두 가지 뜻이 없을 것이다. 이 맹세를 어기는 일이 있으면, 목숨을 거두시고 후대(子孫)가 없게 하옵소서.

황천후토(皇天后土)와 조종(祖宗)의 밝은 신령께서는 부디 굽어 살피소서!

읽고 나자 피를 마시며 결의를 다졌다. 여러 사람들은 그의 연설로 인해, 기운이 강개해지는 것을 보고 다 눈물을 뿌렸다. 삽혈의 의식이3) 끝나고 하단하였다. 여러 사람들이 원소를 부축하여 장막에 앉

---

2) 백모 황월(白毛黃鉞) : 흰 깃발과 도끼. 주(周)의 무왕(武王)이 은(殷)의 주왕 (紂王)을 정벌할 때 썼다 하여 '정벌'의 상징이 되었음. '백모'는 모우(犛牛:소의 일종)의 꼬리나 날짐승의 깃을 장대 끝에 달아 놓은 기. '황월'은 누런 금빛 도끼(무기). [書經 牧誓篇]「王左杖黃鉞 右秉白旄以麾曰 逖矣 西土之人」. [事物紀 原]「興服志曰 黃鉞黃帝置 內傳曰 帝將伐蚩尤 玄女授帝金鉞以主煞 此其始也」.
3) 삽혈(歃血)의 의식 : 피를 입술에 바르거나 마심. 옛날 서약을 지키겠다고 신에게 맹세하던 일. 서로가 맹세할 때에 희생(犧牲 : 소나 말)을 잡아 그 피를 나누어 마셨던 일을 이름. 「삽혈지맹」(歃血之盟). [戰國策 魏策]「今趙不救 魏 魏歃盟於秦 是趙與强秦爲界也」. [三國遺事 卷一 太宗春秋公]「刑白馬而盟 先

게 하였다. 나이에 따라 두 줄로 나누어 자리를 정해 앉았다.

조조는 술이 여러 순배 돌자, 말하기를

"오늘 이미 맹주를 세웠으니 각각 의견을 들어 함께 국가를 지키며, 서로의 강약을 견주어 따지지 맙시다."

하였다.

원소가 대답하기를,

"제가 비록 재주가 없으나 이미 여러분들의 추천을 받아 맹주가 되었으니, 공이 있는 이는 반드시 상을 받고 죄를 짓는 사람은 필히 벌을 받게 될 것입니다. 나라에는 정해진 형법이 있고 지켜야 할 군율이 있습니다. 각자는 마땅히 이를 준수해서 범법하는 일이 없어야 할 것이외다."

하니, 여러 사람들이 모두 말하기를

"오직 영을 내리시면 곧 지킬 것입니다."

고 대답하였다.

원소는 대답하기를,

"내 아우 원술을 군량과 마초를 다루는 총관으로 삼되 각 영채에서 부족하지 않게 하고, 곧 한 사람을 선봉을 삼아서 곧장 사수관(汜水官)으로 가서 싸움을 돋우게 하고 각자에게 요해처를 점거하여 이로써 맞아 싸우게 하겠소이다."

하였다.

장사태수 손견이 나서며, 말하기를

"제가 선봉(前部)을 맡겠습니다."

하자, 원소가 말하기를

祀天神及山川之靈 然後**歃血爲文而盟**曰 往者百濟先王 迷於逆順 云云」.

"문대(文臺)께서는 용감하셔서 이 임무를 맡으시기에 적임입니다."
하였다.

손견이 마침내 본부의 인마를 이끌고 사수관으로 쳐 나아갔다. 관을 지키고 있던 군사가 유성마를[4] 시켜서 낙양의 승상부에 급히 알렸다. 동탁은 스스로 전권을 잡은 후에는 매일 같이 연회를 베풀었다. 이유가 급한 소식을 접하고는 곧바로 와서 동탁에게 전하였다. 동탁이 크게 놀라서 급히 여러 장수들을 모아 놓고 의논하였다.

온후 여포가 몸을 빼어 내면서,

"아버님께서는 염려 놓으십시오. 저는 관문 밖의 제후들을 초개[5] 같이 보고 있습니다. 원컨대 호랑이 같은 군사들을 이끌고 가서, 저들의 목을 베어 성문에 걸겠습니다."
하자, 동탁이 크게 기뻐하며,

"내게 봉선이 있으니 베개를 돋우 베고 자도 걱정이 없으리라."[6]
하였다.

그러나 말이 끝나기도 전에, 여포의 뒤에서 한 사람이 큰 소리로 묻기를

"닭을 잡는데 소를 잡는 칼을 쓰시렵니까?"[7]

---

4) 유성마(流星馬) : 유성보마(流星報馬). 말을 탄 정탐. 우리의 파발마(擺撥馬)
   비슷한 역할을 했음. 「유성」(流星)은 '빠름'의 비유임. [王昌齡 少年行]「靑槐夾
   兩道 白馬如流星」.
5) 초개(草芥) : 지푸라기. '보잘 것 없음'의 뜻. [孟子 離婁篇]「視天下說而歸已
   猶草芥也」. [文選 夏候湛 東方朔畵像讚]「視儔列如 草芥」.
6) 베개를 돋우 베고 자도 걱정이 없으리라[高枕無憂] : 베개를 높이 베고 자며
   걱정이 없음. [戰國策 齊策]「三窟已就 君姑高枕爲樂矣」. [鏡花緣 第六十回]「將
   來路上得之紫綃 紫瓊 紫菱……可以安然睡覺 叫作高枕無憂」.
7) 닭을 잡는데 소를 잡는 칼을 쓰시렵니까[割雞焉用牛刀] : '격에 맞지 않음'의
   비유. 원문에는 '割鷄焉用牛刀'로 되어 있음. '소 잡는 칼로 닭을 잡는다'는 「우

하고 나서며 말한다.

"온후께서 직접 가지 않아도 되니, 제가 제후들의 수급을 베는 것은 주머니를 더듬어 물건을 찾는 것이나8) 다를 바가 없습니다."

한다. 동탁이 저를 보니, 키가 9척이요 호랑이의 몸에 이리의 허리를 하였고 표범의 머리에 원숭이의 어깨를 하고 있었다.

저는 관서(關西) 사람으로 성은 화(華)요 이름은 웅(雄)이었다. 동탁이 그 말을 듣고 기뻐하며 효기교위를 삼고, 마보군 5만을 주어 이숙(李肅)·호진(胡軫)·조잠(趙岑) 등과 함께 밤을 도와 사수관에 가서 적을 맞게 하였다.

이때 여러 제후들 중에 제북상 포신이 있었는데, 손견이 선봉이 되면 저에게 큰 공을 빼앗길 것을 깊이 염려하고는, 먼저 그 아우 포충(鮑忠)을 뽑아서 마보군 3천을 주어 가까운 길을 따라 곧장 애관에 가서 싸움을 돋우게 하였다.

화웅이 철기군 5백 명을 이끌고 나는 듯이 애관으로 내려가,

"적장은 도망가지 말아라!"

라고 크게 외쳤다. 포충이 급히 물러나려 하였으나, 화웅이 칼을 들어 치자 말 아래로 떨어졌다. 또 사로잡은 장수가 매우 많았다. 화웅이 사람을 시켜 포충의 수급을 상부에 보내 민첩하게 보고하였다.

이 일을 보고 동탁은 화웅을 도독으로 삼았다. 한편 손견은 4명의

도할계」(牛刀割鷄)는 소사(小事)를 처리하는데 대기(大器)로 함을 이름. [論語陽貨篇]「子之武城 聞弦歌之聲 夫子莞爾而笑曰 割鷄焉用牛刀 (孔注) 言治小何須用大道」.

8) 주머니를 더듬어 물건을 찾는 것[探囊取物]: 낭중취물(囊中取物). '자기의 주머니에서 물건을 꺼낸다'는 뜻으로, '손쉽게 할 수 있음'을 비유하는 말임. [五代史 南堂世家]「李穀曰 中國用吾爲相 取江南如探囊中物耳」. [黃庭堅 李少監惠硯詩]「探囊贈硯 頗宜墨 近出黃山非遠求」.

장수를 이끌고 곧장 관아의 앞에 이르렀다. 네 명의 장수란 곧 다음과 같다.

첫째는 북평의 토은(土垠) 사람으로 성은 정(程)이요 이름은 보(普)라 했고 자는 덕모(德謀)인데, 한 자루의 철척사모(鐵脊蛇矛)를 쓰고,

둘째는 성이 황(黃)이요 이름은 개(蓋)이며 자는 공복(公覆)인데, 영릉(寧陵)사람으로 철편(鐵鞭)을 쓰며,

셋째는 성이 한(韓)이요 이름은 당(當)이며 자를 의공(義公)이라 하고 요서의 영지(令支) 사람인데, 한 자루 큰 칼(大刀)를 쓰고,

넷째는 성을 조(祖) 이름을 무(茂)라 하고 자는 대영(大榮)이라 하는데, 오군 부춘(吳郡富春) 사람으로 쌍칼(雙刀)을 쓴다.

손견은 난은개(爛銀鎧)를 입고 속에는 붉은 두건(赤幘)을 썼고, 고정도(古錠刀)를 빗기 들고 화종마(花鬃馬)를 타고 애관의 위를 가리키며 꾸짖기를,

"악의 무리를 돕는 필부야, 어찌 빨리 나와 항복하지 않느냐!"

하였다. 이때 화웅의 부장 호진이 병사 5천을 이끌고 나와 맞아 싸웠다. 정보는 나는 듯이 말을 달려 창을 꽂아들고 나가 호진을 취하였다. 싸움이 몇 합이 못 되어 호진은 정보에게 목을 찔려 말 아래 떨어져 죽었다. 손견은 군사들을 지휘하여 곧장 애관의 앞으로 짓쳐 나아가는데, 성 위에서는 화살과 돌멩이가 비가 오듯이 날아 왔다. 손견은 이끌던 병사들을 돌려 양동(梁東)에 둔치고, 사람을 시켜 원소에게 첩보를 알리고 원술에게는 군량을 재촉하였다.

혹자는 원술에게 말하기를,

"손견은 강동의 맹호입니다. 만약에 저가 낙양을 타파하면 동탁을 죽일 것이니, 이는 이리를 없애면서 호랑이를 얻는 것과 같습니다. 이제 군량을 주지 않으면, 저의 군대는 필연적으로 흩어질 것입니다."

하였다. 원술은 그 말을 듣고 양초를 보내지 않았다. 손견의 군사들은 굶게 되자 군사들 속에서는 스스로 혼란이 일었다. 세작들이[9] 이 사실을 알려 왔다.

이숙은 화웅에게 계책을 말하기를,

"오늘 밤에 내가 일군을 이끌고 소로를 따라 관아에 내려가서 손견의 영채 후미를 공격할 터이니, 장군께서는 영채의 앞을 치시면 손견을 사로잡을 수 있을 것입니다."

하자, 화웅이 그 계책을 따랐다. 군사들을 배불리 먹이게 하고 밤을 틈 타서 관의 아래로 내려갔다.

이 날 밤은 유독 달이 밝고 바람이 맑았다. 손견의 영채에 이르렀을 때는 이미 한밤중이었으나 북을 치며 곧장 전진하였다. 손견이 황망하게 갑옷을 입고 말에 오르자 화웅과 맞닥뜨렸다. 두 말이 서로 교차하며 싸움이 몇 합이 못 되어, 후면에서 이숙의 군사가 이르렀다. 마침내 군사들에게 영채에 불을 놓게 하였다. 손견의 군사들이 어지럽게 싸우느라고 경황이 없었고, 조무(祖茂)만 손견을 따르며 포위망을 뚫고 달아났다. 뒤에서는 화웅의 군사들이 급히 쫓아왔다. 손견은 달아나면서 연달아 화살을 날렸다. 그러나 화웅은 몸을 틀어 한옆으로 흘려버렸다. 마침내 세 번째 화살을 날리려 할 때에는, 힘을 너무 써서 작화궁(鵲畫弓)이 부러지자 활을 버리고 말을 몰아 달아났다.

조무가 말하기를,

"주공이 머리에 쓴 붉은 모자가 적들이 인식하는 표적이 되오니, 모자를 벗어서 저에게 주십시오."

---

9) 세작(細作) : 염탐꾼. 염알이꾼. '염알이'는 '남의 사정이나 비밀 따위를 몰래 알아냄'의 뜻임. [爾雅釋言 聞倪也注]「左傳謂之諜」. [釋文]「諜 聞也 今之細作也」. [釋文]「諜 聞也 今謂之細作」.

하자, 손견이 붉은 모자를 벗어 조무의 투구와 바꿔 쓰고 길을 나누어 도망하였다. 화웅의 군사들은 '붉은 모자'만 바라보고 급히 쫓아갔는데, 손견은 소로를 따라 벗어날 수 있었다. 조무는 화웅의 빠른 추격을 받게 되자, 달빛 아래서 붉은 모자를 인가의 다 타지 않은 기둥 위에 걸어 두고 수풀 사이로 몸을 감췄다.

화웅의 군사가 붉은 모자를 보고 내려서 사방으로 에워쌌으나, 쉽게 접근하지는 못하였다. 화살을 쏘아대다가 바야흐로 이 계책을 알게 되자, 앞으로 나아가 붉은 모자를 취했다. 조무는 숲의 후면에서 쌍도를 휘두르며 나와 화웅을 엄습하였다. 화웅이 큰 소리로 외치며 조무를 한 칼에 찍어 말 아래로 떨어뜨렸다. 그리고 계속 날이 밝을 때까지 짓쳐 나갔다. 화웅은 바야흐로 병사들을 이끌고 관 위로 올랐다. 정보·황개·한당 등이 모두 와서 손견을 찾아보고, 다시금 군마들을 수습하여 둔쳤다. 손견은 죽은 조무를 애통해 마지않았다. 밤을 도와 사람을 시켜 첩보를 원소에게 알렸다.

원소가 크게 놀라서,

"손문대가 화웅의 손에 패할 줄을 상상도 못했구나!"

하고 곧 여러 제후들을 모아 의논하였다. 여러 사람이 다 이르렀는데 다만 공손찬이 늦게 왔다. 손견이 그를 장막 안으로 청해 앉게 하였다.

원소가 묻기를,

"지난날 포장군의 아우가 군율을 지키지 않고 스스로 병사를 일으켰다가 자신도 죽고 명을 어겨, 수많은 군사들을 잃었습니다. 오늘 손문대가 또 화웅에게 패하여 예기가 꺾이고 좌절하고 있으니, 이를 어찌하면 좋겠소?"

하자, 제후들이 다 말이 없었다.

원소가 눈을 들어 살펴보니, 공손찬의 뒤에 세 사람이 시립하고 있는데 그 차림새가 이상하였고, 모두가 냉소의 빛을 띠고 있었다.

원소가 다시 묻기를,

"공손태수의 뒤에 있는 사람들은 누구요?"

하니, 손공찬이 현덕(玄德)을 불러내어

"이는 내가 어렸을 때부터 형제처럼 지낸 평원령(平原令) 유비입니다."

하니, 조조가 묻기를,

"그렇다면 황건적을 파한 그 현덕 아닙니까?"

하거늘,

"그렇습니다."

하고 공손찬이 대답하였다. 곧 현덕에게 절하고 뵙기를 명하고 현덕의 공로와 아울러 출신 내력을 상세하게 말하였다.

원소가 말하기를,

"이는 황실의 종파이니 와서 앉게 하세요."

하고 명하였다. 유비는 겸손하게 사양하였다.

원소가 또 말하기를,

"내가 그대의 이름을 공경하는 것이 아니라, 나는 그대가 황실의 종친이라 그러는 것뿐이다."

하자, 현덕이 마침내 말석에 앉고 관우와 장비는 뒤에서 차수하고[10] 섰다.

문득 탐자가 와서 아뢴다.

"화웅이 철기군을 이끌고 관에서 내려왔는데 긴 장대에 손태수의 붉은 모자를 걸고, 영채 앞에 와서 욕을 해대며 싸움을 돋우고 있습니다."

---

10) 차수(叉手) : 공수(拱手). 고대의 예절의 한 가지. 두 손을 가슴 앞에 맞잡고 공경의 뜻을 나타내는 것을 이름. 본래는 '두 손을 어긋매겨 마주 잡음'의 뜻임. [辭源]「拱手曰 叉手」. [三國志 魏志 諸葛誕傳]「叉手屈膝」.

하였다.

원소가 묻기를,

"누가 가서 싸울꼬?"

하니, 원술의 배후에서 효장 유섭(兪涉)이 나오면서,

"소장이 나가 싸우겠습니다."

하였다.

원소가 기뻐서 곧 유섭을 시켜 나가 싸우게 하였는데, 곧 보고가 돌아왔다.

"유섭이 화웅과 싸우기 세 합이 못 되어, 화웅에게 죽었습니다."

하거늘, 모두들 놀랐다.

태수 한복이 나서며 말하기를,

"저에게 훌륭한 장수 번봉(藩鳳)이 있으니, 화웅을 죽일 수 있을 것입니다."

원소가 급히 출전하라 명하니, 번봉이 손에 큰 도끼를 들고 말에 올랐다. 나간 지 얼마 지나지도 않았는데 비마가 와서 보고 하되,

"번봉이 또 화웅에게 죽었습니다."

하니, 여러 사람들이 모두 실색하였다.

원소가 한탄하기를,

"애석하도다. 나의 상장 안량(顔良)·문추(文醜) 등이 여태 오지 않으니! 한 사람이라도 여기에 있다면 어찌 화웅을 두려워할꼬?"

하며 탄식한다.

이때 말이 끝나기도 전에, 뜰 아래서 한 사람이 나서며 큰 소리로,

"소장이 나가서 화웅의 머리를 베어 장하에 바치겠습니다."

하는데, 여러 사람들이 저를 보니, 그는 신장이 9척이요 수염의 길이가 2자였다. 붉은 고리눈에 누에의 눈썹에다 얼굴은 대추와 같이 붉

고 소리는 큰 종과 같은데, 장막의 앞에 서 있었다. 원소가 누구인가
하고 물었다.

공손찬이 말하기를,

"이는 유현덕의 아우 관우올시다."

하니, 원소가 묻기를

"지금 무슨 직책에 있는가?"

하고 물었다.

공손찬이 대답한다.

"유현덕의 수하로 마궁수로 있다 하오."

하니, 원술이 큰 소리로 꾸짖기를

"네가 나와 여기 있는 모든 제후들 중에 대장이 없다고 업신여기느
냐? 일개 궁수가 어찌 감히 어지러운 말을 하여 나를 나서게 하느냐!"

하였다.

조조가 급히 저를 제지하며,

"공께서는 노여움을 푸십시오. 이 사람이 이미 큰 소리를 쳤으니,
반드시 용맹과 지략이 있을 터이오니 시험 삼아 출마하라 하십시오.
만약에 그가 이기지 못할 것 같으면, 그때 책임을 지워도 늦지 않을
것이외다."

한다.

원소가 말하기를,

"일개 궁수로 하여금 나가 싸우게 한다면 반드시 화웅의 웃음거리가
될 것이오."

하거늘, 조조가 묻기를

"이 사람은 의용이[11] 범속하지 않으니 화웅이 어찌 저가 궁수임을
알겠소이까?"

하였다.

관우가 대답한다.

"만약 이기지 못한다면 청컨대 저의 목을 치옵소서."

하였다. 조조가 따끈한 술 한 잔을 건네며 마시고 나가라 하였다.

관우가 말하기를,

"술은 아직 두어두십시오. 제가 갔다가 곧 돌아오겠습니다."

하며 칼을 들고 장막을 나서서 몸을 날려 말에 올랐다.

여러 제후들이 관 밖에서 북을 치며, 크게 떨치는 소리가 들리고 함성이 크게 일었다. 마치 하늘과 땅이 뒤집히는 듯하고 산악이 무너지는 듯하여 여러 장수들이 크게 놀랐다. 마침 소식을 알려 할 때에 문득 말방울 소리가 들리는 곳에 운장이 중군(中軍)으로 몰아오더니, 화웅의 머리를 땅에 던지니 술은 아직도 온기가 가시지 않았다.

후인이 이를 예찬한 시가 있다.

위엄을 건곤에 떨치는 제일의 공이여
원문의 화고가 둥둥 울리는구나!
　威鎭乾坤第一功
　轅門畵鼓響鼕鼕.

운장은 술잔을 둔 채로 용맹을 떨쳐
술잔의 온기 아직 남았는데 화웅을 베었구나!
　雲長停盞施英勇
　酒尙溫時斬華雄.

---

11) 의용[儀表] : 몸을 가지는 태도. [左氏 文 六]「陳之藝極 引之**表儀**」. [史記 太史公自序]「人主天下**儀表**」.

조조는 크게 기뻐하였다. 다만 현덕의 등 뒤에서 장비가 뛰어 나오며, 큰 소리로 말하기를

"우리 형님이 화웅을 베었으니 이때를 타서 애관으로 나가지 않으면 동탁을 사로잡지 못할 터인데 다시 어느 때를 기다리고 있습니까?"

하자, 원술이 크게 노하여 꾸짖기를,

"우리 대신들도 모두 겸양하는데 일개 현의 수하 소졸로서, 어찌 감히 이 자리에서 무용과 위력을 뽐내느냐?12) 모두 장막 밖으로 내보내라!"

하였다.

조조가 대답하기를,

"공을 세운 자는 상을 주는 법인데, 어찌 귀천을 따지겠소?"

하니, 원술이 말한다.

"정말로 공들이 일개 현령을 이토록 중히 여긴다면, 나는 여기서 물러나겠소."

하자, 조조가 묻기를

"어찌 말 한 마디로써 대사를 그르치려 하오?"

하고, 공손찬과 현덕·관우·장비 등을 데리고 영채로 돌아갔다. 여러 관리들도 다 흩어졌다. 조조가 몰래 사람을 시켜 술과 고기를 보내어 세 사람을 위로하였다.

한편 화웅의 수하 패군들은 이 사실을 관에 알리자, 이숙은 당황하여 급히 문서를 닦아 동탁에게 알렸다. 동탁은 급히 이유·여포 등과 의논하였다. 이유가 말하기를,

---

12) 이 자리에서 무용과 위력을 뽐내느냐[耀武揚威] : 위세를 드러냄. [三國演義 第七十二回]「馬超士卒 蓄銳日久 到此**耀武揚威**, 勢不可當」. [警世迪言 第十一卷]「徐能此時已做了太爺 在家中**耀武揚威** 甚時得志」.

"오늘 상장 화웅을 잃은 것은 적의 기세가 크기 때문입니다. 원소가 맹주가 되어 있고 그의 숙부 원외는 현재 태부로 있으니, 만약에 저들이 이응외합[13] 한다면 심히 큰 일이 아닙니까? 먼저 저들을 없애 버리십시오. 청컨대 승상께서 대군을 이끌고 나가셔서, 적들을 초멸(剿滅)하십시오."

하였다.

동탁이 그러리라 여겨, 이각(李催)과 곽사(郭汜)에게 병사 5백을 영도해서 태부 원외의 집을 포위하고 늙은이와 어린애를 가리지 않고 다 죽여 버렸다. 그리고 먼저 원외의 수급을 가지고 사수관으로 가도록 명하였다. 동탁이 마침내 병사 20만으로 양로로 나뉘어 나아갔다. 한 길은 먼저 이각과 곽사에게 병사 5만을 이끌고 사수관으로 가서 지키게 하되, 불필요한 시살은 없게 하라 하였다.

동탁은 자신이 15만을 이끌고 이유·여포·번조·장제 등과 함께 호뢰관(虎牢官)을 지키기로 하였다. 이 관은 낙양에서 50리 떨어져 있었다. 군마가 관에 이르자, 동탁은 여포에게 3만 대군을 이끌고 가서 관 앞에 둔치고 영채를 세우게 하였다. 동탁 자신은 관위에 주둔하였다. 유성마가 소식을 가지고 원소의 영채에 들어와 알렸다. 원소가 여러 장수들과 의논하였다.

조조가 말하기를,

"동탁이 호뢰관에 둔치고 있어 제후들의 중로를 끊으려 하니, 이제 병사들을 반으로 나누어 적을 맞는 것이 좋을 듯하오."

---

13) **이응외합(裏應外合)**: 안팎이 서로 호응함. '안에 있는 세력과 밖에 있는 세력이 서로 내통함'의 뜻. 「내응」(內應). [史記 酈生傳]「足下擧兵攻之 臣爲**內應**」. [漢書 五王傳]「朱虛侯東牟侯 欲從中與大臣 爲**內應**以誅諸呂」. 「외합」(外合). [左氏 宣 七 不與謀曰會 注]「不獲已應命而出 則以**外合**爲文」.

하니, 원소가 왕광·교모·포신·원유·공융·장양·도겸·공손찬 등 8로의 제후에게 호뢰관에 가서 적을 맞게 하였다.

한편 조조에게는 군사들을 이끌고 오가며 돕게 하고, 8로의 제후들이 각자가 병사를 일으켜 갔다. 하내태수 왕광이 이끄는 병사들이 먼저 도착하였다. 여포는 철기군 3천을 이끌고 나는 듯이 달려왔다. 왕광은 군마들을 벌여 진세를 세우고 말을 타고 문기(門旗) 아래 와서 보니, 여포가 진 앞에 나왔는데 머리에는 삼차속발자금관을 쓰고 몸에는 서천홍금백화전포를 입고 속에 수면탄두연환개를 입고 허리에는 늑갑영롱사만대를 띠고 어깨에는 궁전(弓箭)을 메고 손에는 화극을[14] 들고 적토마[15] 위에 높이 앉아 있으니, 과연 사람 중에는 여포요 말 중에는 적토마라!

왕광이 머리를 돌려 묻기를,

"누가 나가서 싸울꼬?"

하니, 뒤에 섰던 한 장수가 말을 몰고 창을 꼬나들고 나왔다. 왕광이 저를 보니, 하내(河內)의 명장 방열(方悅)이었다. 두 말이 서로 겨루기 5합이 못 되어 여포의 극(戟)에 찔려 말 아래로 떨어지고, 여포는 화극을 꼬나들고 곧장 짓쳐 왔다. 왕광의 군사가 대패하여 사방으로 흩어져 달아났다. 여포가 동서를 충돌하며[16] 사람이 없는 곳을 가 듯하였

---

14) 화극(畵戟) : 방천화극(方天畵戟). 「화극조궁」(畵戟雕弓). 언월도나 창 모양으로 만든 옛날 무기의 한 가지. [東京夢華錄]「高旗大扇 **畵戟長矛** 五色介胄」. [長生殿 勦寇]「**畵戟雕弓**耀彩 軍令分明」.

15) 적토마(赤兎馬) : 적기(赤驥)·절따말. 관운장(關羽)이 탔다는 준마의 이름인데 하루에 천리를 달린다 함. 「팔준마」(八駿馬). [辭源]「駿馬名(三國志 呂布傳) 布有良馬曰 **赤兎**」. 「천리마」(千里馬). [戰國策 燕策]「郭隗日 古之人君 有以千金 使涓人求**千里馬**者 馬已死 買其骨五百金而歸云云 朞年 **千里馬**至者三」.

16) 동서를 충돌하며[東西衝殺] : 「동충서돌」(東衝西突). 닥치는 대로 마구 찌르고 치고 함. [桃花扇 修札]「隨機應辯的口頭 **左衝右攩的**膂力」.

다. 다행히 교모와 원유 두 장군이 다 함께 이르러 왕광을 구하니 여포가 바야흐로 물러갔다. 3로의 제후들이 각각 인마를 잃고 30리쯤 물러나와 하채하였다. 5로의 군마가 뒤따라 와서 모두 이르자 한 곳에 모여 의논하기를, 여포는 영웅이니 저를 대적할 수 없다고 말하였다.

마침 그렇게 의논하고 있을 때, 소교(小校)가 와서 아뢰기를

"여포가 싸움을 돋우고 있다."

하였다. 8군의 제후들이 일제히 말에 올랐다.

군사들은 여덟 대로 나누어서 높은 언덕에 포진하였다. 그리고 여포 쪽의 군마를 바라보니, 수기(繡旗)를 바람에 날리며 먼저 와서 짓쳐 들어오고 있었다. 상당(上黨)태수 장양의 수하부장 목순(穆順)이 말을 내어 창을 빼어들고 맞아 싸운다. 여포의 손에서 화극이 일어나며 찔려 말 아래 떨어지자, 여러 장수들이 크게 놀랐다.

북해태수 공융의 부장 무안국(武安國)이 철추를 들고 나는 듯이 말을 타고 나갔다. 여포가 화극을 휘두르며 말을 박차고 와서 맞아 싸웠다. 싸움이 10여 합에 이르자 한 번 화극에 안국의 손이 잘리자, 철추를 땅에 버리고 달아났다. 그때 8로의 병사가 일제히 나가서 무안국을 구하였다. 그제서야 여포는 군사들을 이끌고 돌아갔다. 여러 제후들도 모여서 의논하였다.

조조가 말하기를,

"여포의 용맹함을 대적할 장수가 없소이다. 18군의 제후들이 다 모여 함께 양책(良策)을 의논하십니다. 만약에 여포를 사로잡기만 한다면, 동탁을 쉽게 죽일 수 있을 것이외다."

라고 하였다.

막 의논하고 있을 때에, 여포가 다시 병사들을 이끌고 와서 싸움을 돋웠다. 그래서 8로의 제후들이 모두 다 나갔다. 공손찬이 창을 휘두

르며 직접 나가 여포와 싸웠으나, 싸움에 몇 합이 못 되어 공손찬이 패주하였다. 여포가 적토마를 몰아 급히 쫓아 왔다. 이 말은 하루에 천 리를 달리고 나는 듯이 달려 마치 바람과 같았다.

어느 결에 급히 쫓아와서, 여포가 화극을 들어 공손찬의 등 한복판을 찌르려 할 때, 곁의 한 장수가 고리눈을 부릅뜨고 범의 나룻을 거스르고 장팔사모를[17] 빼어들고 말을 달려 크게 소리치기를,

"이 세 성바지 종놈아, 도망가지 말아라.[18] 연인(燕人) 장비가 여기 있다."

하니, 여포가 보고 공손찬을 버리고 곧 장비를 맞아 싸운다.

장비는 정신을 가다듬고 여포와 싸웠다. 싸움이 50여 합에 이르렀으나 승부가 갈리지 않았다. 운장이 보고 말을 박차 82근의 청룡언월도를 휘두르며 와서 여포를 협공하였다. 세 필의 말이 고무래 정(丁)자로 어우러져 싸우는데, 싸움이 30여 합에 이르도록 여포를 쓰러뜨리지 못하였다. 유현덕이 쌍고검을 갈라 쥐고 황금마를 급히 몰아 옆구리로 뛰어들어 와서 싸움을 도왔다. 이 세 사람이 여포를 에워싸고 등잔을 돌리 듯 엄살하였다. 8로의 군사들이 모두 넋을 잃고 바라볼 뿐이었다. 여포가 마침내 배겨내지 못하고 짐짓 화극으로 현덕의 얼굴을 보고 찌르려 하매 현덕이 급히 피하였다.

이 틈을 타 여포가 화극을 땅에 끌며 나는 듯이 말을 돌렸다. 세 사람이

---

17) 장팔사모(丈八蛇矛) : 「장팔점강모」(丈八點鋼矛). 장비가 썼다는 칼. [晉書 劉曜載記]「手執丈八蛇矛 刀矛俱發」. [通俗編 武功]「丈八蛇矛出隴西 灣孤拂箭 白狼啼」.

18) 이 세 성바지 종놈아, 도망가지 말아라[三姓家奴休走] : 여포(呂布)를 가리키는 것으로, '의리 없이 이해만 따라서 종살이를 하는 천한 놈'의 의미. 여포는 자신의 친아버지 · 정원(丁原) · 동탁(董卓) 등을 아버지로 섬겼음을 이르는 것임. 「가노」(家奴). [漢書 地理志]「男沒入爲其家奴 女子爲婢」.

이를 그대로 버려둘 리가 없었다. 말에 박차를 가해 급히 쫓고, 8로의
병사들의 함성이 크게 일고 일제히 엄살하였다. 여포의 군마가 관의
위쪽을 바라보고 달아나매 현덕·관우·장비가 뒤를 따라 급히 쫓아갔다.
  옛사람이 일찍이 세 사람이 여포와 싸운 일을 소개 한 시가 있다.

   한조의 운수가 환제와 영제에 이르러
   그 붉은 불꽃이 장차 서쪽으로 기우네.
     漢朝天數當桓靈
     炎炎紅日將西傾.

   간신 동탁은 어린 임금을 폐하고서
   유약한 유협을 세워 권력을 희롱한다.
     奸臣董卓廢少帝
     劉協懦弱魂夢驚.

   조조는 대의를 위해 격문을 띄우니
   제후들 떨쳐나서 군사들 일으키네.
     曹操傳檄告天下
     諸侯奮怒皆興兵.

   원소를 맹주 삼고 함께 나서는 것은
   왕실을 바로잡아 태평을 누리잔 맹세로다.
     議立袁紹作盟主
     誓扶王室定太平.

온후 여포는 세상에 짝할 이 없고
뛰어난 그 재주 사해를 덮는도다.

　溫侯呂布世無比

　雄才四海誇英偉.

몸에는 용의 비늘 호화로운 갑옷차림이요
금관속발 머리에 꿩의 꼬리를 꽂았네.

　護軀銀鎧砌龍鱗

　束髮金冠簪雉尾.

울퉁불퉁한 보배로운 띠는 맹수를 삼키는 형태요
차려입은 전포에선 금방 봉황새 날 것 같네.

　參差寶帶獸平吞

　錯落錦袍飛鳳起.

용마가 한 번 뛰니 바람이 일어나고
화극을 휘두르니 서릿발이 서는구나.

　龍駒跳踏起天風

　畫戟燦煌射秋水.

관에 나와 싸움을 돋우니 뉘라 감히 나서랴
간담이 서늘해서 제후들 황황하다.

　出關搦戰誰敢當

　諸侯膽裂心惶惶.

소리치며 나선 장수 연인 장익덕이여
장팔사모 꼬나잡고 말을 몰아 나오네.
　踴出燕人張翼德
　手持蛇矛丈八鎗.

곧추선 범의 나룻 금줄을 번득이고
부릅뜬 고리눈에선 번갯불 이는도다.
　虎鬚倒豎翻金線
　環眼圓睜起電光.

여포와 싸워서 승패가 나지 않으매
진전의 관운장, 어이 보고만 있으랴.
　酣戰未能分勝敗
　陣前惱起關雲長.

보배로운 청룡도엔 서리 빛 어려 있고
앵무전포는 나비처럼 가벼이 나네.
　青龍寶刀燦霜雪
　鸚鵡戰袍飛蛺蝶.

말발굽 이는 곳에서는 귀신도 떨 터인데
쏘아보고 노하면 무엇이건 피를 흘리도다.
　馬蹄到處鬼神嚎
　目前一怒應流血.

효웅 유현덕은 쌍고검 나눠 쥐고
위엄을 가다듬고 용맹을 뽐내누나.

　梟雄玄德挈雙鋒

　抖擻天威施勇烈.

세 사람 둘러싸고 한동안 몰아치니
여포는 막아내기 급급 쉴 틈이 없구나.

　三人圍繞戰多時

　遮攔架隔無休歇.

함성은 진동해 천지가 뒤집히고
살기 가득차서 견우 북두 차갑도다.

　喊聲震動天地飜

　殺氣迷漫牛斗寒.

여포는 힘이 다 해 달아날 길을 찾아
멀리 가산을 바라고 말을 채쳐 돌아간다.

　呂布力窮尋走路

　遙望家山拍馬還.

방천화극 긴 창대를 거꾸로 잡고서
금박 오색채기 어지럽게 흩어진다.

　倒拖畫桿方天戟

　亂散銷金五彩旛.

적토마야 날 살려라 죽기로 말을 몰아
나는 듯이 몸을 피해 호뢰관 올라가네.
　頓斷絨絛走赤兔
　翻身飛上虎牢關.

　세 사람이 곧장 여포를 쫓아 관 아래 이르렀을 때, 관 위에는 서풍
에 청라산개가[19] 펄럭이고 있는 게 보였다.
　장비는 큰 소리로 외치기를,
　"이는 필시 동탁이다. 여포를 쫓는다고 신통할 게 무엇인가! 먼저
동탁을 잡는 것만 못하리라. 곧 풀의 뿌리는 제거하는 것이[20] 제일이
다."
하고는, 말을 몰아 관 위로 올라가서 동탁을 사로잡으려 하였다.
　이에,

　도적을 잡으려면 적의 수괴를 잡아야지
　그 기이한 공은 과연 기이한 사람을 기다린다.
　擒賊定須擒賊首
　奇功端的待奇人.

　승부가 어찌 되었을까. 하회를 보라.

---

19) 청라산개(靑羅傘蓋): 푸른 비단으로 만든 산개. '산개'는 귀인(貴人)들이 받는
　　일산(日傘). 「청라」. [孔武仲 炭步港觀螢詩]「爛如神仙珠玉闕 靑羅掩映千明紅」.
20) 곧 풀의 뿌리는 제거하는 것이[斬草除根]: 걱정이나 재앙이 될 만한 일은
　　아주 그 뿌리를 뽑아야 한다는 말. [左氏 隱文]「絕其本根 勿使能殖」. [魏收 檄深
　　朝文]「抽薪止沸 翦草除根」.

제6회

동탁은 금궐에 불을 지르는 등 흉악을 저지르고
손견은 옥쇄를 감추고 맹세를 저버리다.

焚禁闕董卓行兇

匿玉璽孫堅背約.

이때 장비는 말을 나는 듯이 몰아 관 아래까지 짓쳐 들어갔다. 관
위에서 화살과 돌멩이가 비 퍼붓듯이 날려[1] 부득이 나가지 못하고 돌
아왔다. 8로의 제후들이 함께 현덕·관우·장비의 공을 축하하고, 사
람을 시켜 원소의 영채에 첩보를 드렸다. 원소가 마침내 손견에게 격
문을 띄워 진병하라고 말하였다. 손견이 정보·황개 등을 이끌고 원
술의 영채에서 서로 만났다.

손견이 지휘봉으로 땅에 원을 그리며[2] 묻기를,

---

1) **화살과 돌멩이가 비 퍼붓듯이 날려[矢石如雨]** : 화살과 돌멩이가 마치 비 오
듯함. 여기서 '석(石)'은 '노궁(弩弓)'에 쓰는 돌임. 「矢石之難」은 전쟁의 어려
움, 즉 '병사들이 겪는 어려움'의 비유임. [史記 晉世家]「**矢石之難** 汗馬之勞 此
復受次賞」. [漢書 蕭何傳]「非褕**矢石之難**」.

2) **지휘봉으로 땅에 원을 그리며[以杖畫地]** : 스스로 벌을 받겠다는 「획지위뢰」
(劃地爲牢)에서 온 말로, 우리 삼아 땅에 원을 그리고 그 속에 들어가 있게
했던 데서 유래한 것임. 「획지위옥 의불입」(畫地爲獄 議不入). 땅에 선을 그
어 옥이라고 하여도 그 안에 들어가지 않으려 함은 옥리(獄吏)의 잔혹함을 싫
어하기 때문임. [漢書 路溫舒傳]「俗語曰 **畫地爲獄 議不入** 刻木爲吏 期不對 此
皆疾吏之風 悲痛之辭也」. [司馬遷 報任安書]「故士有**畫地爲牢** 勢不入 削木爲吏

"동탁과 나는 본래부터 특별한 간극이 없소. 지금 내가 몸을 돌보지 않고 친히 시석(矢石)을 무릅쓰고 와서 결사적으로 싸우는 것은, 위로는 나라를 위하여 도적을 토벌하는 것이고 아래로는 장군 가문과의 사사로운 인연 때문이오이다. 장군은 도리어 참소하는 말을 듣고 양초를 끊어 나로 하여금 패배하게 만들었으니, 장군은 마음이 편안하시오!"

하자, 원술은 당황하여 말을 못하고, 참소한 사람을 끌어내어 참하라 하고 손견에게 사죄하였다.

이때 갑자기 손견에게 첩보가 왔는데,

"관 위에서 한 장수가 말을 타고 영채에 와서 장군을 뵙고저 합니다."

고 아뢰었다. 손견이 원술과 헤어져 본영에 돌아와서 온 사람을 불러 물으려 할 때에 보니, 동탁의 아끼는 장수 이각이었다.

손견이 묻기를,

"자네가 무슨 일로 왔느냐?"

하니, 각이 대답하기를

"승상께서 존경하는 분은 오직 장군뿐입니다. 이제 저를 특사로 보내 친척을 맺고자 합니다. 승상의 따님이 있는데 장군의 아드님의 배필로 삼으시고자 하십니다."

하였다.

손견이 크게 노하여, 꾸짖어 말하기를

"동탁은 역천무도(逆天無道)하여 왕실을 뒤엎었으니, 나는 이제 그 구족을 멸하여 천하에 사례하려 하는데, 어찌 역적의 집안과 사돈을 맺는단 말이냐! 내 너를 참하지 않는 것은, 네가 빨리 돌아가서 관을

議不對 定計於鮮也」.

드리라고 너의 목숨을 살려 두는 것이다. 만약 늦어지면 뼈가 가루가
될 것이다!"3)

하였다.

이각이 머리를 감싸고 쥐걸음으로 돌아가서, 동탁에게 손견이 이와
같이 무례했다는 말을 아뢰었다. 동탁이 노하여 이유를 불러 물었다.
이유가 대답하기를,

"온후가 패한 지금 병사들은 싸울 마음이 없습니다. 만약 병사들을
이끌고 낙양으로 돌아가지 않는다면 임금을 장안으로 모셔 와서, 동
요에 부합하도록 하는 것이 낫겠습니다."

근자에 거리에선 동요가 유행하는데 그 내용은 이렇습니다.

서에도 한나라 동쪽에도 한나라
사슴이 장안으로 들어와야 비로소 무사하리.
　西頭一個漢　東頭一個漢
　鹿走入長安　方可無斯難.

신이 생각건대 이 말의 뜻은,

"'서쪽의 한나라'는 곧 고조께서 서도(西都)의 장안에서 흥왕(興旺)해
12대를 전한 것이고, '동쪽의 한나라'는 광무제께서 동도(東都) 낙양에서
흥왕하여 지금까지 12대를 전한 것을 뜻합니다. 하늘 운수에 부합하여
승상께서 장안으로 돌아가신다면, 비로소 근심이 없어질 것입니다."

하니,

동탁이 크게 기뻐하며 말하기를,

---

3) 뼈가 가루가 될 것이다[粉骨碎身] : '몸을 깨고 뼈를 가루로 만든다'는 뜻.
　[證道歌]「粉骨碎身未足酬 一句了然超百億」.

"자네의 말이 아니었다면 나는 기실 깨닫지 못했을 것이네."

하고, 드디어 여포를 이끌고 밤을 도와 낙양으로 돌아가서 천도 문제를 의논하였다.

문무백관들을 조당에 모아 놓고, 동탁이 말하기를

"한나라의 동도 낙양은 2백여 년이 지나서 기수(氣數)가 이미 쇠잔하였소이다. 내가 보기에 흥왕의 기운이 장안에 있으니, 나는 임금님의 어가를 모시고 서행하고저4) 하는데, 경등은 각각 속히 떠날 채비를 하시오."

하였다.

사도 양표(楊彪)가 말하기를,

"관중은5) 쇠잔·영락하였습니다. 이제 까닭 없이 종묘를 훼손하고 황릉을 버리신다면, 백성들이 놀라서 동요할 것입니다. 천하의 민심이 동요하기는 쉬우나 안돈하기는 지극히 어려운 일이오니 바라옵건대 승상께서는 깊이 살피시옵소서."

하였다.

동탁이 묻기를,

"자네가 국가의 큰 계획을 막으려 하느냐?"

하거늘, 대위 황완(黃琬)이 말하기를

"양사도의 말은 옳습니다. 지난날 왕망의 찬역과6) 갱시년7) 간의

---

4) 서행(西行) : 임금님을 모시고 서쪽을 정벌하러 감. '행'은 황제가 거둥하는 것을 이름. [呂氏春秋 圜道]「雲氣西行云云然 多夏不輟」[寒山詩]「渠若向西行 我便東邊走」.

5) 관중(關中) : 중국 섬서성(陝西省)의 위수(渭水) 분지 일대를 부르는 호칭임. 장안성을 중심으로 함곡관·산관·무관·숙관 등 네 관에 둘러싸여 있기에 이르는 것임. [史記 項羽紀]「關中阻山河四塞 地肥饒可都以覇」. [漢書 敍傳]「內强 關中 外和匈奴」.

적미의 난8) 때에 장안을 불질러 와력의 땅이9) 되었고, 아울러 백성들이 모두 유민이 되어, 겨우 백에 한 두 명만이 남아 있지 않은 상태입니다. 이제 궁실을 버리고 황폐한 땅을 취하는 것은, 마땅한 일이 아닙니다."

하였다.

동탁이 권유하기를,

"관동에서 적이 일어나서 천하가 어지럽지 않았는가. 장안으로 말하면 효함의 천험이10) 있으며, 또한 농우(隴右)가 아주 가까워 목재와 석재 그리고 벽돌과 기와 따위를 쉽게 얻을 수 있으니, 궁실을 짓는데 불과 한 달이 걸리지 않을 것이오이다. 다시는 어지러운 말을 하지

---

6) 왕망의 찬역(王莽 篡逆) : 왕망이 전한(前漢)의 평제(平帝)를 죽이고 두 살밖에 안된 유자 영(孺子 嬰)을 왕위에 앉혔다가 스스로 제위를 빼앗고 '신(新)'이란 나라를 세웠던 일. [中國人名]「字巨君……旋弑平帝 立孺子子嬰 群臣進符命稱假皇帝 未幾篡位」.「篡逆」. 임금의 자리를 뺏으려고 꾀하는 반역. '모반'(謀反). 군주에 대한 반역을 꾀함을 이름. [史記 高祖紀]「楚王信篡逆」. [後漢書 王充傳]「禍毒力深 篡逆已兆」.

7) 갱시(更始) : 갱시제(更始帝). 왕망에 반항하여 일어났던 군대가 옹립했던 장군 유현(劉玄)을 이르는데, 한의 경제(景帝)의 7대손이며 '갱시'는 연호임. [中文辭典]「後漢 淮陽王劉玄也」.

8) 적미의 난[赤眉之時] : 전한 말 왕망의 실정기에 산동성의 번숭(樊崇)에서 일어났던 농민들의 반란. 왕망은 군사들을 구별하기 위해 눈썹을 붉게 칠하여 얻은 이름임. [辭源]「西漢來之流賊……因朱其胥以相別曰 赤眉 後爲光武所平」. [後漢書 劉盆子傳]「樊崇起兵於莒 自號三老……與莽兵亂 乃朱其眉 以相識別 由是號曰 赤眉」.

9) 와력의 땅[瓦礫之地] : 기와 쪽과 돌멩이만 뒹구는 땅. 전쟁으로 완전히 폐허가 되었음을 이르는 것임. '와력'은 '와륵'의 원말임. [歷代名畵記]「好之則貴於金玉 不好則 賤於瓦礫」. [北史 李安世傳]「所以同于瓦礫」.

10) 효함의 천험(崤函天險) : 지형이 아주 험요함. 함곡관(函谷關)을 이르는 것인데 관액의 동쪽에 효산(崤山)이 있어서 '효함'이라 함. [文選 賈誼 過秦論]「秦孝公據 崤函之固 擁雍州之勢」. [文選 左思 魏都賦]「伊洛榛曠 崤函荒蕪」.

마시오."

하였다.

사도 순상(荀爽)이 간하기를,

"승상께서 만약 천도를 하시고자 한다면, 백성들이 소동하고 편안하지 못할 것입니다."

하니, 동탁이 크게 화를 내며,

"내가 천하의 계획을 하려 하는데, 어찌 적은 백성을 아끼겠는가!"

하고, 그날로 양표·황완·순상을 파직시켜 서민이 되게 하였다.

동탁이 수레에 오르자, 단지 두 사람만이 수레를 바라고 읍하였다. 저들을 보니 상서 주비(周毖)와 성문교위 오경(伍瓊)이었다.

동탁이 무슨 일이냐고 묻자, 주비가 대답하기를

"이제 듣건대 승상께서 장안으로 천도하신다는데, 그 때문에 와서 간하려 합니다."

하자, 동탁이 크게 화를 내며,

"나는 애초부터 너희 두 사람 말을 듣고 원소를 살려주고 썼던 것인데 이제 원소가 이미 배반하였으니, 너희 놈들도 같은 무리들이 아닌가!"

하고 무사들을 꾸짖어 성문으로 끌어내어 참수케 하였다. 동탁은 끝내 천도를 결심하고 내일을 한하고 곧 시행하라 명하였다.

이유가 말하기를,

"지금 전량(錢糧)이 부족한데 낙양에는 부자들이 극히 많으니, 저들의 가산을 몰수하여 관에 들이면 될 것입니다. 다만 원소 등의 문하로 쳐서 그 일당들을 죽이고 집과 재산을 모으면, 반드시 누거만(累巨萬)이 될 것입니다."

한다.

동탁이 철기군 5천을 내어 낙양의 부호들을 잡아들이니, 그 수가 천여 가라. 그들의 머리 위에 반신 역당(反臣逆黨)이라 크게 써서 꽂고, 모두 다 성 밖에서 죽이고는 그들의 재화를 취하였다. 이각과 곽사를 시켜서 낙양의 백성 수백만 명을 몰고 장안으로 가는데, 모든 백성들을 대(隊)로 나누고, 대와 대 사이에 군사를 붙여 서로 앞에서 끌고 뒤에서 몰게 하였다. 이들 백성들 중에는 죽어서 구렁텅이에 던져진 자들은 그 수를 헤아릴 수가 없었다. 또 종군하는 군사들은 남의 처자를 겁탈하고, 남의 양식을 빼앗아 곡성이 천지를 진동시켰다. 만약 행군에 늦어지는 사람이 있을 것 같으면, 배후에서 3천의 군사들이 재촉하고 손에 든 칼날을 휘둘러 길에서 죽였다.

동탁은 행군에 임하여 떠날 때에 모든 집에 불을 지르게 하여 백성들의 거실들을 태워버리고, 아울러 종묘와 궁궐에도 불을 질렀다. 남북의 양궁의 화염이 서로 잇닿고 장락궁 또한 다 초토화되었다. 또 여포를 시켜 선황(先皇) 및 후비(后妃)들의 능침을 파헤쳐 그 속의 금은보화를 취하게 하였다. 군사들은 틈을 타서 관민들의 분봉을 다 파헤쳤다. 동탁은 금은과 주단 여러 필과 좋아하는 물건을 천여 수레에 싣고, 천자와 후비 등을 겁박하며 마침내 장안을 버리고 갔다.

한편 동탁의 수하 장수 조잠은 동탁이 이미 낙양을 버리고 가자 곧, 사수관(汜水官)을 바쳐 항복하였다. 손견이 병사들을 몰고 먼저 들어가고 현덕·관우·장비 등은 호뢰관으로 짓쳐 들어갔으므로, 제후들은 각기 군사들을 이끌고 관 안으로 들어갔다.

이때 손견은 나는 듯이 낙양을 바라고 급히 달려가며 멀리 보니, 화염이 충천하며 검은 연기가 땅을 덮었다. 그리고 2, 3백 리가 모두 닭과 개 짖는 소리가 없고, 인가에는 밥 짓는 연기마저 보이지 않았다. 손견이 먼저 병사들을 이끌고 불을 끄게 하고, 여러 제후들에게 각각 황폐한 곳에 군마를 둔치게 하라고 명하였다.

조조가 와서 원소를 보고 묻기를,

"이제 동탁이 서쪽으로 갈 때 마침 이 기세를 틈 타 쫓아가는 것이 옳은 듯한데, 본초가 군사를 움직이지 않음은 무엇 때문이오?"

하니,

원소가 대답하기를,

"제후들의 병사가 다 피곤하여 뒤쫓는다 하여도 무익할까 두렵기 때문이외다."

한다.

조조가 또 묻기를,

"동탁, 그 도적이 궁실을 불 지르고 천자를 겁박하여 옮기게 하여, 나라가 온통 진동하여 돌아갈 바를 알지 못하니 이는 나라가 망할 때외다. 한 번 싸움에 천하가 정해질 터인데, 제공들은 무엇을 의심하여 진격하지 않는 것이오?"

하니, 여러 제후들이 모두 말하기를

"경거망동해서는 안 됩니다."

하였다.

조조가 크게 화를 내어,

"못난이들과는 함께 일을 도모할 수가 없구나!"

하고, 드디어 스스로 군사 만여 명을 이끌고 하후돈·하후연·조인·조홍·이전·악진 등과 함께 밤을 도와 와서 동탁을 급히 쫓았다.

이때 동탁이 영양(滎陽)지방에 이르니, 태수 서영(徐榮)이 나와 맞았다.

이유가 말하기를,

"승상께서는 새로이 낙양을 버리신 터에 추병을 막으셔야 합니다."

하고,

"서영에게 군사들을 영양성 밖의 언덕배기 곁에 매복시켰다가, 만약에 추병이 오면 엄살하라 이르십시오. 그런 연후에 길을 끊고 엄살하도록 명하시면, 다시는 추적하지 못할 것입니다."

하였다.

동탁이 그 계책에 따르고, 또 여포에게 명하여 정예병을 이끌고 뒤를 막으라고 하였다. 여포가 막 실행하려는 순간에 한 떼의 조조 군사들이 추격해 왔다.

여포가 크게 웃으며 말하기를,

"이유의 말이 맞았구나!"

하며, 바야흐로 군마를 벌여 세웠다.

조조가 말을 몰아 나오며 크게 외치기를,

"역적놈아, 천자를 겁박하고 백성들을 떠돌게 하며 장차 어디로 가려느냐?"

하니, 여포가 꾸짖는다.

"주군을 배반한 어린애놈아, 어찌 쓸데없는 말을 하느냐."

하자, 하후돈이 창을 꼬나들고 말을 몰아 곧장 여포를 취하였다. 싸움이 두어 합이 못되어 이각이 일군을 이끌고 왼쪽에서 짓쳐오자, 조조가 급히 하후연에게 적을 맞아 싸우라 하였다. 오른쪽에서 함성이 또 일어나고 곽사가 군사들을 이끌고 짓쳐오자, 조조는 급히 조인에게 적을 막으라 명하였다.

그러나 조조의 군마가 세를 감당하지 못하였다. 하후돈은 여포에게 대항하지 못하고 말을 달려 본진으로 돌아왔다. 여포가 철기군으로 엄살하자, 조조의 군사들이 대패하여 돌아서 영양을 바라보고 달아났다. 어느 거친 산자락에 이르렀을 때에는 시간이 거의 2경이나 되고, 달빛이 대낮처럼 밝았다. 겨우 숨을 돌려 잔병을 모으고 막 솥을 걸고

밥을 지으려 하는데, 사방에서 에워싸고 함성이 들려오고 서영의 매복했던 병사들이 다 나왔다. 조조는 황망하여 말을 채쳐 길을 뚫고 달아나다가, 서영과 맞닥뜨리자 몸을 돌려 다시 달아났다.

서영이 활에 화살을 먹여 조조의 어깨를 맞혔다. 조조는 화살을 맞은 채 도망하여 산 언덕을 지났다. 양쪽에서 군사들이 풀 속에 매복하고 있다가, 조조가 탄 말이 오자 창을 던졌다. 조조가 탄 말이 창을 맞고 쓰러졌다. 조조가 몸을 뒤채며 말에서 떨어져, 두 병사에게 사로잡히고 말았다. 이때 한 장수가 나는 듯이 말을 달려 칼을 휘둘러 두 군사를 찌르고 말에서 내려 조조를 구해 일으켰다. 조조가 저를 보니 조홍이었다.

조조가 말하기를,

"내가 여기에서 죽는구나. 아우여 속히 가거라!"

하니, 조홍이 대답하기를

"공은 속히 말에 오르소서, 제가 걸어가겠습니다."

한다.

조조가 묻기를,

"적병들이 급히 쫓아오는데 자네는 어찌하려는가?"

조홍이 대답하기를,

"천하에는 홍이 없어도 되지만 공이 없으면 안 됩니다."[11]

하매, 조조가 말한다.

"내가 만약 다시 살아난다면, 이는 자네의 힘이니라."

하고 말에 오르고, 조홍은 갑옷을 벗고 칼을 끌면서 말의 뒤를 따라

---

11) 천하에는 홍이 없어도 되지만 공이 없으면 안 됩니다 : '나보다 당신이 살아야 한다'는 말임. 원문에는 '天下可無洪 不可無公'으로 되어 있음. [禮記 表記]「故天下有道 則行有枝葉 天下無道 則辭有枝葉」.

달아났다. 달아나다 4경쯤에 한 줄기 큰 강이 막고 뒤에서는 함성이
점점 가까워 왔다.

조조가 급하게 말하기를,

"목숨이 이미 여기에 이르렀으니 다시 살기는 어렵겠구나!"

하자, 조홍이 급히 조조를 부축하여 말에서 내리게 하였다. 그는 갑옷
을 벗고 조조를 업고 물을 건넜다. 겨우 건너 쪽 강안에 이르자 추격
병들이 이미 도착하여 강 건너에서 활을 쏘아댔다.

조조는 물을 타고 달아났다. 날이 밝을 무렵 또 30여 리를 달아나
작은 언덕에서 쉬었다. 갑자기 함성이 일어나는 곳에 한 떼의 인마가
급히 쫓아오는데, 이는 서영이 상류를 따라 강을 건너 쫓아오는 것이
었다. 조조가 황급해 하는 사이에 하후돈과 하후연이 수십 기를 이끌
고 나는 듯이 달려오며, 큰 소리로 외치기를

"서영 이놈아, 우리의 주군을 상하게 하지 마라!"

하자, 서영은 곧 하후돈에게 달려들었다.

하후돈이 창을 빼어 들고 와서 맞았다. 말들이 서로 어울려 수합이
지나자, 하후돈이 서영을 찔러 말에서 떨어뜨리고 남은 병사들을 물리
쳐 버렸다. 조인·이전·악진 등이 각기 병사들을 이끌고 찾아 이르렀
다. 조조를 보고 근심과 기쁨이 교차하였다. 남은 병사 5백여 명을 모아
함께 하내(河內)로 돌아갔다. 동탁 또한 스스로 장안으로 진군하였다.

이때 여러 제후들은 각기 낙양에 둔치고 있었다. 손견은 궁중을 불
더미 속에서 구하여 성내에 둔병하고, 건장전(建章殿) 터 위에 장막을
쳤다. 손견은 군사들에게 명하여 궁궐의 기와 등을 닦아냈다. 또 동탁
이 파헤쳤던 능침을 다 닫아 걸었다. 태묘의 터 위에 풀로 전실 세
칸을 새로 짓고 모든 제후들을 청해 열성조의 위패를 세우고, 소·

양·돼지 등을 잡아 제사를 지냈다.

제사가 끝나자 다 흩어졌다. 손견이 영채로 돌아가는데 이날 밤은 유독 달이 밝았다. 이에 칼을 안고 나와 앉아 우러러 천문을 보니, 자미원(紫微垣)에 흰 기운이 자욱했다.

손견이 탄식하기를,

"제성이 밝지 못하고 적신들이 나라를 어지럽히고 있으니, 만백성이 도탄에 빠져12) 서울이 모두 비었구나!"

며 말을 마치자, 눈물이 흐르는 것을 깨닫지 못하였다.

이때 곁에 있던 군사가 한 편을 가리키며,

"전각 남쪽의 우물 속에서 오색의 광채가 일어납니다."

고 말한다.

손견이 군사를 불러 횃불을 밝히고 우물을 치우게 했다. 우물 속에서 한 부인의 시체가 나오는데, 이미 오래되었을 것이나 시체는 썩지 않았고 궁중 문양의 복식에 목에는 금낭을 차고 있었다. 그 주머니를 떼어 보니 안에 붉은 색의 작은 갑이 있었는데, 금사슬로 감겨져 있었다. 그 주머니를 열어보니 한 개의 옥새가 들어 있는데, 방원(方圓)이 4촌이요 위에는 다섯 마리의 용(五龍)이 서로 얽혀져 있는 모양이 새겨져 있었다. 한 모서리가 깨어져 있는데, 그것을 황금으로 때웠고, 그 위에 전서[篆文]로

"하늘의 명을 받았으니 영원히 번창하리라[受命於天 旣壽永昌]"

라고 여덟 자가 새겨져 있었다.

---

12) 만백성이 도탄에 빠져[萬民塗炭] : 모든 백성들이 다 고통스러운 지경에 빠져 있음. 「도탄지고」(塗炭之苦)는 백성들이 겪는 심한 고통을 이르는 말임. [書經 仲虺之誥篇]「有夏昏德 民墜塗炭」 [傳]「民之危險 若陷泥墜火 無救之者」. [後漢書 光武帝紀]「豪傑憤怒 兆人塗炭」.

손견이 옥새를 얻어 정보에게 물으니, 정보가 말하기를

"이는 전국새입니다.13) 이 옥새는 지난날 변화가 형산에서 얻은 것으로14) 돌 위에 봉황이 깃들이고 있었는데, 그 돌을 실어다가 초문왕(楚文王)에게 드렸답니다. 왕이 그 돌을 깨뜨리고 얻은 것이 이 옥입니다. 진(秦) 26년 옥공에게 명하여 옥을 다듬어 옥새를 만들었는데, 이사(李斯)가 그 위에 전서 8자를 새겼답니다.

그 뒤 28년 시황(始皇)이 사냥을 가 동정호에 이르렀을 때, 바람이 크게 일어 배가 뒤집혔는데 급히 옥새를 호수에 던졌더니, 곧 풍랑이 그쳤답니다. 36년에 이르러서 시황이 사냥을 하다가 화음현(華陰縣)에 이르렀을 때에, 어떤 사람이 옥새를 가지고 나와 길을 막고, 종자에게 주고는 '이것을 가져다가 조룡에게15) 주라.'면서 말을 마치자 보이지 않았답니다. 이 옥새가 다시 진나라로 돌아왔던 것인데, 다음 해에 시

---

13) **전국새(傳國璽)** : 황제의 상징인 도장. '受命于天 既壽永昌'의 여덟 자가 새겨져 있는데, '하늘의 명을 받들어 끝없이 번창할 것'이란 뜻임. 자영(子嬰)이 한의 고조 유방에게 바친 이래, 대대로 전해지게 되어 '전국새'라 부르게 되었다 함. [漢書 外戚傳]「初漢高祖入咸陽至霸上 秦王子嬰降於軹道 奉上始皇璽 及高祖誅項籍即天子位 因御服其璽 世世傳受 號曰漢傳國璽」. [宋書 禮志]「虞喜志林曰 傳國璽 自在六璽之外 天子凡七璽也」.

14) **변화가 형산에서 얻은 것으로[卞和於荊山之下]** : 초나라의 화씨(和氏)가 얻었다는 보옥(寶玉). [韓非子 卞和篇]「楚人和氏 得玉璞楚山中 奉而獻之厲王 厲王使玉人相之 玉人曰石也 王以和爲誑 而刖其左足 及厲王薨 武王卽位 和又奉其璞而獻之武王 武王使玉人相之 又曰石也 王又以和爲誑 而刖其右足 武王薨 文王卽位 和乃抱其璞而哭於楚山之下 三日三夜 泣盡而繼之以血 王聞之 使人問其故曰 天下之刖者多矣 子奚哭之悲也 和曰 吾非悲刖也 悲夫寶玉而題之以石 貞士而名之以誑 此吾所以悲也 王乃使玉人理其璞 而得寶焉 遂命曰和氏之璧」. [中文辭典]「卞和所進之玉 又稱和氏之璧 連城璧 夜光璧」.

15) **조룡(祖龍)** : 진의 시황제(始皇帝)를 가리킴. '조'는 시, '용'은 황제를 뜻함. [史記 秦始皇紀]使者從關東 夜過華陰平舒道 有人持璧 遮使者曰 爲我遺滈池君 因言曰 今年祖龍死」.

황께서 붕어하셨습니다. 뒤를 이어 자영이16) 옥새를 한고조에게 바쳤답니다.

뒤에 왕망의 찬역에 이르러 효원황태후(孝元皇太后)가 이 옥새로 왕심(王尋)과 소헌(蘇獻)을 때려서 모서리가 떨어진 것을 금으로 때웠는데, 광무제가 의양(宜陽)에서 이 보물을 얻어 지금까지에 이른 것입니다. 최근에 십상시가17) 나라를 어지럽혀 어린 황제가 북망산에18) 갔다가, 궁으로 돌아오는 길에 이를 잃었답니다.

이제 하늘이 주공께 이를 주셨으니, 이는 반드시 제위에 오르실 징조입니다.19) 이곳은 오래 머무를 곳이 아니오니, 속히 강동으로 돌아가셔서 대사를 도모하셔야 합니다."

하니, 손견은 말하기를

"자네의 말이 내 생각과 같구나. 내일 곧 병을 칭탁하고 돌아가도록 하겠네."

하였다.

---

16) **자영(子嬰)** : 진시황제의 손자이며 부소(扶蘇)의 아들임. 조고(趙高)가 진 2세인 호해(胡亥)를 죽이고 자영을 세워 왕이라 부름. [中文辭典]「秦始皇孫扶蘇子 趙高弑二世立之 降稱王號**子嬰** 計誅趙高……上迎降後爲項籍所殺」.

17) **십상시(十常侍)** : 산기상시(散騎常侍). [康熙字典]「**常侍**漢時宦官名 後逐沿習爲士人官制 加唐高適稱**高常侍** 李愬稱**李常侍** 是也」. [後漢書 百官志]「**中常侍**千石」. [中文辭典]「官名……**魏文帝黃初初置散騎** 合於**中常侍** 謂之**散騎常侍** 復用士人」.

18) **북망산(北邙山)** : 공동묘지. 북망(北邙)·망산(邙山). 하남성 낙양의 동북쪽에 있는 산명. 한나라 이후 공동묘지로 썼기 때문에 '사람이 죽어서 가는 곳'이란 의미로 발전하여 우리나라에까지 전파됨. [辭源]「山名卽**邙山** 亦曰**芒山** 又曰**北山** 又曰**北芒** 在河南洛陽縣 東北接孟津」. [晋書 楊濟傳]「濟有才藝 嘗從武帝 校獵**北邙**下」.

19) **제위에 오르실 징조[登九五之分]** : 황제의 자리에 오름. 원래는 역괘(易卦)의 팔효(八爻)의 이름인데, 구오효(九五爻)는 임금의 자리에 해당하는 상(象)임. [集注]「天德乃**天位也**」. [易經 繫辭上]「王者居**九五** 富貴之位」.

이렇게 의논이 이미 정해지자, 몰래 군사들을 단속해서 누설하지20) 말도록 하였다.

그러나 누가 상상했으랴! 많은 군사들 중에 원소의 고향 사람이 있었던 것을. 그는 이것을 빌어서 출세의 기회를 삼고자 하여21) 밤을 도와 몰래 영채를 빠져 나가 원소에게 알렸다. 원소는 상을 주고 몰래 군중에 머무르게 하였다.

다음날 손견이 와서 원소에게 하직 인사를 고하면서,

"제가 약간의 병이 있어서 장사로 돌아가고저 하여, 특히 공에게 와서 하직 인사를 드리는 것입니다."

하니, 원소가 웃으면서 묻기를

"나는 공이 병이 있음을 알고 있소. 전국새로부터 나온 것이 아니오?"

하니, 손견이 놀라면서,

"이 말은 무슨 말씀이오이까?"

한다. 원소가 묻기를

"이제 병사를 일으켜 적을 토벌하려 하는데, 나라를 위해 해를 제거하려 하오. 옥새는 이에 조정의 보물인데 공이 이미 얻었으면 마땅히 여러 사람들에게 말을 하고 맹주에게 맡겨두었다가, 동탁이 죽기를 기다려 다시 조정으로 돌려보내야 합니다. 이제 그것을 숨겨 가지고

---

20) 누설(洩漏) : 비밀이 새어나감. 큰 기밀(天意)이 새어 나감을 이르는 말. '기밀이 새어나가지 않게 하라'는 비유. [淮南子 原道訓]「則内有以通于 **天氣** (注) **機發**也」. [集仙傳]「黃帝**天機**之書 非奇人不可忘傳」. 「낭괄」(囊括)은 주머니 속에 넣어 졸라매는 것처럼 '말을 내뱉지 않음'의 뜻임. [賈誼 過秦論]「南席卷天下 包擧宇內 **囊括**四海之意 并呑八荒之心」. 주역에서는 「괄낭」(括囊)이라 했는데 '삼가야 한다'의 비유로 쓰였음. [易經 坤卦]「易曰括囊 天咎无譽 蓋言謹也」.

21) 출세의 기회를 삼고자 하여[進身之計] : 출세의 발판을 삼으려는 계책. 「진계」(進計). [漢書 賈誼傳]「**進計**者 猶曰毋爲」. [唐書 郭孝恪傳]「孝恪上謁秦王**進計**曰 王世充力竭計窮, 其面縛可跂足待」.

제6회 **159**

가려한다면 어찌하려는 게요?"

하였다.

　손견이 말하기를,

"무슨 까닭으로 옥새가 내게 있다 하시오!"

하매, 원소가 또 다시 묻는다.

"건장전의 우물 속에 무엇이 있었소?"

하자, 손견이 묻기를

"나는 그것을 가지지 않았는데 어찌 강제로 핍박을 하오?"

하였다.

　원소가 강하게 말하기를,

"속히 내 놓으시오. 스스로 화를 만들지 마오."

하자, 손견이 하늘을 가리키며 맹세하고, 22)

"내가 만일 그것을 얻어 사사로이 감추어 두었다면, 다른 날 선종을23) 못하고 칼과 화살 아래 죽을 것이외다."

하였다.

　여러 제후들이 말하기를,

"문대가 이토록 맹세를 하고 있는 것을 보면, 반드시 옥새가 없는가 싶소."

하자, 원소가 군사를 나오게 하고는 말하기를,

"우물을 칠 때에 이 사람이 있었느냐?"

---

22) 하늘을 가리키며 맹세하고[指天爲誓] : '굳게 맹세함'을 비유하는 말. 「지천서일」(指天誓日). [中國成語]「謂指天日爲誓 以示誠信」. [中文辭典]「謂立誓以示堅決也」.

23) 선종(善終) : 큰 죄과가 없이 죽음. 자신의 명대로 살다가 죽음. [史記 樂書]「可不謂戰戰恐懼 善守善終哉」. [晋書 魏叙傳]「晋興以來 三公能辭榮善終者 未之有也」.

하고 묻자 손견이 크게 화를 내어, 차고 있던 칼을 빼어 그 군사를 베려 하였다.

원소가 또한 칼을 빼어 들고,

"자네가 이 군사를 죽여서 나를 속이려 하느냐?"

하거늘, 원소의 뒤에 있던 안량과 문추가 다 칼을 빼어들었다.

손견의 뒤에 있던 정보와 황개·한당 등이 또한 칼을 빼어 손에 들었다. 여러 제후들이 일제히 두 사람을 말렸다. 손견이 말에 올라 영채에서 빠져나와 낙양으로 갔다. 원소가 크게 노하여 마침내 한 통의 편지를 써서 심복을 시켜 밤을 도와 형주로 가게 하여 자사 유표(劉表)에게 전하게 하고, 길을 막고 옥새를 빼앗으라 하였다.

다음 날 사람이 와서 고하기를, 조조가 동탁을 추격하여 갔다가 영양에서 대패하고 돌아왔다고 한다. 원소가 군사에게 명하여 조조를 영채 안에서 만나, 여러 제후들과 함께 술을 마시며 조조의 민울함을 풀었다.

그때 조조가 탄식하며 말하기를,

"나는 처음부터 대의를 위해 일어나, 나라를 위해 도적들을 제거하려 했소. 여러 제공들께서도 대의를 의지하고 왔을 것이오. 조조의 처음의 뜻은 본초에게 하내 백성 등을 데리고 맹진(孟津)으로 나가 달라 하고, 산조(酸棗)의 여러 군사들이 성고(成皐)를 굳게 지키며 오창(敖倉)을 점거하고, 환원(轘轅)과 대곡(大谷)을 막아서 요해처들에게 압력을 가하게 하고, 공로(公路)에게는 남양의 군사들을 거느리고 단현(丹縣)과 석현(析縣)에 주둔하며 무관(武關)에 들어가서, 삼보를[24] 위협하게 하고 싶었소. 그리고 구덩을 깊이 파고 높은 보루를 쌓아 싸우지 않고 의병하여[25] 천하의 형세를 보이고, 이순주역함으로써[26] 천하를 정립[立定]할

---

24) **삼보(三輔)** : 한나라 때 장안 및 그 일대에 있는 경조(京兆)·풍익(馮翊)·부풍(扶風) 등 3개 군을 일컫는 말임. [史記 大宛傳]「漢發三輔罪人」.

수 있을 것이라 생각하였소. 이제 의심으로 진격하지 않는다면 천하의 바람을 잃는 것이오. 나는 이것을 부끄러워하는 것이외다!"

하니, 원소 등이 대답할 말이 없었다.

자리가 파하자 조조는 원소 등이 각기 다른 마음을 품고 있는 것을 보고 일을 이룰 수 없다고 생각하고는, 스스로 군사를 이끌고 양주로 가버렸다.

공손찬이 현덕·관우·장비에게 말하기를,

"원소는 무능하여 머지않아 반드시 변고가 있을 것이네. 우리들 또한 돌아가세."

하고, 마침내 영채를 뽑아 북쪽으로 갔다.

평원(平原)에 이르자 현덕을 평원 상(相)을 삼고, 자신은 북평으로 가서 그곳을 지키며 군사를 기르는 일에 더욱 힘썼다. 연주태수 유대가 동군태수 교모에게 군량을 빌려줄 수 있느냐고 물으니, 교모는 변명하며 주지 않았다. 유대가 군사를 이끌고 교모의 군영으로 돌입하여, 교모를 죽여 버리고 그 무리들에게서 모두 항복을 받았다. 원소는 여러 사람들이 각자 흩어지는 것을 보고, 군사들에게 명하여 영채를 빼어 낙양을 떠나 관동으로 가버렸다.

한편 형주자사 유표(劉表)는 자를 경승(景升)이라 하며 산양의 고평(高平) 사람이었다. 이에 황실의 종친이며 어려서부터 교유를 좋아하여 명사 7인과 함께 친구가 되었는데, 당시 세상 사람들이 그들을 '강하팔준'(江夏八俊)이라 불렀다. 그들은 누구인가. 여남의 진상(陳翔) 자는

---

25) 의병(疑兵) : 군사가 많은 것처럼 허장성세하여 적의 눈을 속이는 것을 이름. [史記 淮陰侯]「信乃益爲**疑兵**」.

26) 이순주역함으로써[以順誅逆] : 순으로써 역적을 토벌함. [韓詩外傳 一]「宋人殺昭公……何則以其 **誅逆**存順」. [史記 晋世家]「發兵**誅逆**」.

중린(仲麟)·같은 군의 범방(范滂) 자는 맹박(孟博)·노국의 공욱(孔昱) 자는 세원(世元)·발해의 범강(范康) 자는 중진(仲眞)·산양의 단부(檀敷) 자는 문우(文友), 같은 군의 장검(張儉) 자는 원절(元節)·남양의 잠질(岑晊) 자는 공효(公孝) 등이었다. 유표는 이들 7인과 친구가 되었으며, 연평 사람으로 괴량(蒯良)·괴월(蒯越)과 양양 사람 채모(蔡瑁)에게 정사를 돕게 하였다. 그때 그는 원소의 편지를 보고, 명령에 따라 괴월과 채모에게 군사 1만을 이끌고 나가서 손견을 막게 하였다. 손견의 군사들이 막 도착하자 괴월이 진을 펴고 당장 먼저 말을 타고 나갔다.

손견이 묻기를,

"괴이도(蒯異度)는 무슨 까닭으로 병사를 이끌고 와서, 내가 가는 길을 막는가?"

하니, 괴월이 말하기를

"당신은 한나라의 신하로서 어찌 사사로이 전국새를 은닉하였는가? 빨리 내어 놓아라, 그러면 너를 돌아가게 하겠다!"

고 받았다.

손견이 대로하여 황개에게 명하여 나가 싸우게 하였다. 채모가 칼을 흔들며 와서 맞았다. 싸움이 수합에 이르자 황개가 채찍을 휘둘러 채모를 쳐, 호심경(護心鏡)에 적중하자 말을 돌려 달아났다. 손견은 승세를 타서 경계 안으로 들어섰다. 그때 산의 뒤쪽에서 북이 일제히 울리며 유표가 친히 군사를 이끌고 왔다.

손견이 말에서 나아가 예를 표시하며,

"경승께서 무슨 까닭으로 원소의 서신만을 믿고 이웃의 군을 핍박하십니까?"

하자, 유표가 묻기를

"자네가 전국새를 감추고 장차 반란을 일으키려 하느냐?"

하니, 손견이 말하기를,

"내가 만약 그 물건을 가지고 있다면, 칼과 화살을 맞고 죽을 것입
니다!"

한다.

"자네가 나를 믿게 하려거든, 군사들의 행장을27) 내가 수색할 수
있게 하게!"

하니, 손견이 노하면서 하는 말이

"경승께서 무슨 힘이 있다고 감히 나를 업수이 여기시는 게요!"

하고, 바야흐로 교전을 하려 하자, 유표가 곧 물러갔다. 손견이 말을
급히 쫓아가니, 두 산의 뒤에서 복병이 일제히 일어나고, 채모와 괴월
이 급히 쫓아왔다. 마침내 손견이 포위망 속에28) 들게 되었다

이에,

옥새를 얻어봤자 쓸 곳도 없는 것을
되래 이 때문에 군사를 움직이다니.
玉璽得來無用處
反因此寶動刀兵.

마침내 손견은 이 지경에서 어떻게 빠져 나갈까. 하회를 보라.

---

27) 행장[行李] : 행구(行具). 길 가는데 쓰는 여러 가지 물건이나 차림. [墨客揮
犀]「行李謂行人也 今人乃謂 **行裝**謂**行李**非也」.

28) 포위망 속에[困在垓心] : 경우나 처지 따위가 어찌할 도리가 없이 몹시 곤란
함. '적들에게 포위되어 꼼짝할 수 없음'의 뜻임. [水滸傳 第八三回]「徐寧与何
里奇搶到**垓心**交战 兩馬相逢 兵器并擧」. [東周列國志 第三回]「鄭伯**困在垓心**
…… 全无俱怯」. [中文辭典]「謂在圍困之中也 項羽被圍垓下 說部中所用**困在垓
心**語 或郎本此」.

제7회

원소는 반하에서 공손찬과 싸우고
손견은 강을 건너서 유표를 공격하다.
　袁紹磐河戰公孫
　孫堅跨江擊劉表.

이때 손견은 유표의 포위 속에 들어 있다가, 정보·황개·한당 세
장수가 죽기로써 구하여 포위에서 벗어났다. 그러나 병사 태반을 잃
고 길을 찾아 병사들과 함께 강동으로 돌아갔다.

이로부터 손견과 유표는 원수지간이 되었다.

한편, 원소는 하내에 둔병(屯兵)하고 있었으나 양초가 부족하였다.
기주목사 한복이 사람을 보내 양곡을 보내며, 군용으로 사용해 달라
고 하였다.

목사 봉기(逢紀)가 원소에게 말하기를,

"대장부가 천하를 종횡함에 있어서, 어찌 다른 사람이 양곡을 보내
주는 것을 먹으며 기다리는 사람이 있겠습니까! 기주는 전량이 많고
땅이 넓은 곳입니다. 장군께서 어찌 그곳을 취하지 않습니까?"
하였다.

원소가 말하기를,

"좋은 계책이 없구려."

하거늘, 봉기가 대답하기를

"몰래 사람을 시켜 편지를 공손찬에게 보내어 기주로 진병하도록 명하고 협공하기로 약속하면, 공손찬은 틀림없이 병사를 일으켜 공격할 것입니다. 한복을 본래 지략이 없는 무리입니다. 반드시 장군에게 기주의 일을 맡아주기를 청할 것이오니, 나가서 취하면 쉽사리 얻을 수 있을 것입니다."

하였다.

원소가 크게 기뻐하여, 곧 편지를 써서 공손찬에게 보냈다. 공손찬은 편지에서 함께 기주를 치자는 말에, 그 땅을 나눌 일을 생각하고 크게 기뻐하며 그날로 병사를 일으켰다. 원소는 몰래 사람을 한복에게 보냈다. 한복은 당황하여 순심(荀諶)·신평(辛評) 두 모사와 상의하였다.

순심이 말하기를,

"공손찬이 연(燕)·대(代)의 무리를 거느리고 짓쳐 들어오니, 그 예봉을 당해낼 수 없을 것입니다. 또한 유비·관우·장비 등이 저를 돕는다면 막기가 어려울 것입니다. 이제 원본초는 지혜와 용기가 뛰어난 사람이며, 수하에 명장들이 많사옵니다. 장군께서는 저에게 곤궁한 군사의 일을 맡기시면, 저는 반드시 장군을 후하게 대접할 것이니 이렇게 되면 공손찬을 걱정할 것이 없습니다."

한다.

한복이 곧 별가 관순(關純)을 보내어 원소를 청해오려 하니, 장사(長史) 경무(耿武)가 간하였다.

"원소는 의지할 곳이 없고 군사들이 곤궁하여 우리만 바라보고 있습니다. 비유컨대 무릎 위에 있는 어린 아이와 같아서1) 젖을 끊으면 굶어 죽을 것입니다. 어찌 기주의 일을 저에게 맡기시려 하십니까?

이는 호랑이를 끌어다가 양떼들 우리에 몰아넣은 것입니다."[2]

한다. 한복이 말하기를,

"나는 원래 원씨의 이속(吏屬)인 까닭에, 재능 또한 본초와 같지 못하오. 옛말에도 현자를 가려 그에게 사양했다고 하는데, 여러분들은 어찌하여 질투를 하는 것이오?"

하였다.

경무가 탄식하며 하는 말이,

"기주는 망했구나."

하였다.

이때에 관직을 버리고 간 사람이 30여 명이나 되었다. 특히 경무와 관순은 성 밖에 엎드려, 원소를 기다렸다. 며칠 후에 원소가 병사를 이끌고 이르렀다. 경무와 관순이 칼을 빼어 들고 나아가 원소를 찌르고자 하였다.

그러나 원소의 장수 안량이 경무를 베고 문추는 관순을 찔러 죽였다. 원소가 기주에 들어가 한복을 분위장군을 삼고, 전풍(田豊)·저수(沮授)·허유(許攸)·봉기 등에게 고을 일들을 나누어 맡기고, 한복의 권한을 다 빼앗아 버렸다. 한복은 후회했지만 미치지 못하였다.[3] 마

---

1) 비유컨대 무릎 위에 있는 어린 아이와 같아서[譬如嬰兒] : 비유컨대 어린 아이와 같음. [孟子 離婁下]「大人者 不失其赤子之心也 (注) 一說曰 赤子嬰兒也」. [戰國策 秦策一]「今秦婦人嬰兒 皆言商君之法」.

2) 이는 호랑이를 끌어다가 양떼들 우리에 몰아넣은 것입니다 : 원문에는 '此引虎入羊群也'로 되어 있음. [戰國策 中山經]「齊見嬰子曰 臣聞 君欲廢中山之王 將與趙魏伐之 過矣 且中山恐必爲 趙魏廢其王而務附焉 是君爲趙魏驅羊也」.

3) 후회했지만 미치지 못하였다[懊悔不及] : 후회해도 미치지 못함. 「후회막급」(後悔莫及)은 '아무리 후회하여도 다시 어쩔 수가 없음'의 뜻. 「후회」(後悔). [漢書]「官成名立 如此不去 懼有後悔」. [詩經 召南篇 江有汜]「不我以 其後也悔」. [史記 張儀傳]「懷手後悔 赦張儀 厚禮之如故」.

침내 데리고 있던 가솔마저 버리고 필마로4) 진류태수 장막(張邈)에게 투항하였다.

한편 공손찬은 원소가 기주에 웅거하고 있음을 이미 알고, 아우 공손월(公孫越)을 보내 와서 원소를 보고 기주를 나누어 갖고자 하였다. 원소가 말하기를,

"자네의 형이 직접 와서 청했으면 하네. 그러면 상의할 것이 있는데." 하니, 공손월이 돌아갔다. 미처 50리도 못 와서 길가에서 한 장수가 군마를 이끌고 나왔다.

입으로 크게 외치기를,

"나는 이에 동승상 댁의 장수(家將)이다!" 하고, 화살을 어지럽게 쏘니 공손월이 맞고 죽었다. 따르던 무리 중에 돌아가서 공손찬을 뵙고, 공손월이 이미 죽었음을 알렸다.

공손찬이 크게 화를 내며,

"원소가 나를 유인하여 병사를 일으켜 한복을 공격하더니, 저가 또 몰래 일을 꾸몄구나. 이제 또 거짓으로 동탁의 병사로 꾸며 내 아우를 쏘아 죽였으니, 이 원통함을 어찌 갚지 않겠는가!" 하고, 본부의 병사들을 다 일으켜 기주로 짓쳐 왔다.

원소가 공손찬의 군사들이 이른 것을 알고, 또한 병사들을 이끌고 나아갔다. 두 군사들이 반하(磐河)에서 마주쳤다. 원소의 군사들은 반하의 다리 동쪽에 있고, 공손찬의 군사들은 다리의 서쪽에서 마주섰다.

공손찬이 말을 타고 다리 위에서, 큰 소리로,

"의리를 배반한 무리들아, 어찌 감히 나를 파느냐!"

---

4) 필마(匹馬): 필마단기(匹馬單騎). 「필마단창」(匹馬單鎗). '필마단기로 창을 들고 싸움터로 나간다'는 뜻임. [五燈會元]「慧覺謂皓泰日 埋兵掉鬪未是作家 **匹馬單鎗**便請相見」.

하자, 원소 또한 말을 채쳐 다리 가에 이르러서, 공손찬을 가리키며

"한복이 재주가 없어 기주를 자원해서 나에게 양여하였거늘, 너와 무슨 관계가 있느냐!"

하자,

공손찬이 말하기를

"지난 날 너를 위해 충의를 다 했고 너를 맹주로 추대하였거늘, 오늘날 하는 짓은 참으로 이리의 마음에 개의 행동을 하는 무리로구나. 무슨 낯짝으로 세상에 서려느냐."

하였다.

원소가 크게 화를 내며,

"누가 나서서 저 놈을 잡아 오겠느냐?"

하니, 말이 끝나기도 전에 문추가 창을 꼬나들고 곧장 다리 위로 짓쳐 나왔다.

공손찬이 나가 다리 위에서 문추와 교전하였다. 싸움이 10여 합이 못되어 공손찬이 막아내지 못하고 패하여 달아났다. 문추는 승세를 타 급히 추격하였다. 공손찬이 달아나 진중으로 들어가자, 문추는 말을 달려 곧장 중군으로 들어가 오가며 충돌하였다. 공손찬의 수하 네 사람이 일제히 나와 맞아 싸웠다. 문추가 창으로 한 장수를 찔러 말에서 떨어뜨리자, 세 장수가 함께 도망쳤다. 문추가 곧 공손찬을 쫓아 진에서 몰아내자, 그는 산 계곡을 바라고 도망쳤다.

문추가 말을 몰아치며, 큰소리로 말하기를

"속히 말에서 내려 항복하라!"

하자, 공손찬은 활과 화살을 다 떨어뜨리고 머리의 투구가 땅에 떨어져, 머리를 풀어 흩트린 채 산 언덕으로 달아나다 굴러 떨어졌다. 문추가 급히 창으로 찌르려 하는데, 문득 풀언덕의 좌측에서 한 젊은

장수가 말을 달려 나와서 창으로 곧 문추를 취하려 하였다.

　공손찬이 몸을 빼어 언덕에 올라 그 젊은이를 자세히 보니, 신장이 8척이요 짙은 눈썹에 큰 눈을 하였는데, 얼굴이 넓고 군턱을 하였으며 위풍이 늠름한데 문추와 더불어 5, 60합에 이르도록 승부가 나지 않았다. 공손찬의 부하들이 이르러 구하려 하매 문추는 말을 돌려 돌아갔다. 그러나 그 젊은이는 문추를 쫓지 않았다. 공손찬이 급히 언덕을 내려와 그 젊은이에게 이름을 물었다.

　그 젊은이는 몸을 굽히고 대답하기를,

　"저는 상산(常山)의 진정(眞定)사람으로, 성은 조(趙)이고 이름은 운(雲)이며 자는 자룡(子龍)이라 합니다. 본시 원소 장군의 휘하에 있었으나, 원소가 충군구민(忠君救民)의 마음이 없음을 알고, 그를 버리고 휘하에 투항하러 오던 차에 이곳에서 뵙게 되었습니다."

하자, 공손찬이 크게 기뻐하며 함께 영채로 돌아와서 병사들을 정돈하였다.

　다음 날 공손찬은 군마를 좌우 양대로 나누어 진세를 날개와 같이 하였다. 말이 5백여 필인데 거의 대부분이 흰 말이었다. 공손찬이 일찍이 강인과[5] 싸울 때에 백마들을 몰아서 선봉에 세우고 스스로 호를 '백마장군'이라 하였었는데, 오랑캐들이 단지 백마가 빨리 달리는 것만 보고도 백마의 수가 지극히 많은 것으로 생각했기 때문이다.

　원소는 안량에게 명하여 문추를 선봉으로 삼고, 각각 궁노수 1천을 다시 좌우 양대로 나누었다. 그리고 명령하기를 좌대는 송곤찬의 우군을 쏘고, 우대는 그의 좌군을 쏘게 하였다. 다시 국의(麴義)에게 명

---

5) **강인(羌人)** : 중국 변방 민족의 하나로, 감숙(甘肅)·청해(淸海)·서강(西康)·서장(西藏) 일대에 흩어져 있는 티베트계의 유목 민족임. [後漢書 西羌傳]「**西羌之本** 出自三苗 羌姓之屬也」.

하여, 8백의 궁수와 보병 1만 5천을 진중에 벌여 있게 하였다.

원소는 스스로 마보군 수만을 이끌고 뒤에서 접응하였다. 공손찬이 처음으로 조운을 얻은지라 그 마음을 알지 못하여, 따로이 일군을 주어 뒤에 있게 하였다. 대장 엄강(嚴綱)을 보내어 선봉을 삼았다. 공손찬은 스스로 중군을 이끌고 다리 위에 서서, 가장자리를 크고 붉은 금선으로 두른 장수기를6) 말 앞에 세웠다. 진시가7) 되자 북을 울리며 싸움을 청하였는데, 사시(巳時)에 이르도록 원소의 군사들은 진격하지 않았다. 국의는 궁수들에게 명하여 다 차전패(遮箭牌) 아래 매복해 있다가, 징소리가 들리거든 활을 쏘게 하였다. 엄강이 북을 치고 함성을 지르며 곧 국의를 취하려 하였다. 국의의 군사들은 엄강의 병사들이 오는 것을 보고도, 모두가 엎드려 있으면서 움직이지 않았다.

곧장 아주 가까운 곳까지 이르자 일성포향이 울리고 8백의 궁노수들이 일제히 활을 쏘았다. 엄강이 급히 회군하려 하자 국의가 말을 박차고 칼을 휘두르며 나와, 그를 한 칼에 베어 말 아래로 떨어뜨렸다. 이로 인해 공손찬의 군사들은 대패하였고 좌우 양군이 구응하려 하였으나, 안량과 문추가 궁노수를 지휘하여 활을 쏘는 통에 모두 나오지 못하였다. 원소의 군사들이 함께 나와 다리의 경계부분까지 짓쳐 왔다. 국의의 말이 이르러 먼저 기를 잡은 장수를 죽이고, 수자기를 찍어 넘어뜨렸다. 공손찬은 수자기가 쓰러지는 것을 보고 말을 돌려 다리에서 달아났다.

---

6) 장수기(帥字旗) : '수'(帥)를 수 놓은 깃발. 그 군사의 주장(主將)을 상징하는 깃발. [周禮 校人]「則帥驅逆之車 (注) 帥猶將也」.

7) 진시(辰時) : 지금의 오전 7시부터 9시까지 2시간 사이. 시간 단위로 하루를 12분 하였는데 진시는 오전 8시경임. [中文辭典]「十二時之一 午前七時八時爲 辰時」.

국의가 군사들을 이끌고 직접 짓쳐 나와 후군에까지 이르러 조운과 맞닥뜨렸다. 조운은 창을 꼬나들고 말을 몰아 곧장 국의를 취하였다. 싸움이 몇 합이 되지 않아 한 창에 국의를 찔러 말 아래로 떨어뜨렸다. 조운 혼자서 나는 듯이 말을 달려, 원소의 군중에 들어가 좌충우돌하여8) 마치 무인지경에9) 들어간 듯하였다. 공손찬이 군사를 이끌고 짓쳐 돌아오니 원소의 군사들은 대패하였다.

한편 원소가 탐마로 하여금 알아보고 있을 때, 국의로부터 장수를 베고 기를 빼앗고 패주하는 병사들을 급히 쫓고 있다고 회보가 들어왔다. 이로 인해 그는 아무 준비도 하지 않고 전풍과 같이 장하(帳下)의 창을 가진 군사 수백 명과 활을 가진 수십 기만을 데리고 말을 타고 나와 큰 소리로 웃으면서,

"공손찬은 무능한 무리로구나!"

하였다.

바로 그때에 조운이 짓쳐 이르고 있는 것을 보았다. 궁수들이 급히 쏘기를 기다릴 때에, 조운이 계속 수십 인을 찌르매 여러 군사들이 다 달아났다. 또 뒷면에서는 공손찬의 군사들이 단단히 포위하고 올라 왔다.

전풍이 당황하여 원소에게 말하기를,

"주공께서는 빈 집의 담장 안으로라도 피하소서!"

하자, 원소는 투구를 땅에 던지고 큰 소리로,

---

8) **좌충우돌**(左衝右突) : 동충서돌(東衝西突). 이리저리 닥치는 대로 마구 찌르고 치고받고 함. [桃花扇 修札]「隨機應辯的口頭 **左衝右撞的**臂力」.

9) **마치 무인지경**(無人之境) : 마치 사람이 전혀 없는 곳을 가듯함. '제지하는 사람이 전혀 없음'의 비유. 「무인지지」(無人之地)는 '사람이 거주하지 않는 땅'의 뜻임. [三國志 魏志 鄧艾傳]「艾自陰平道行**無人之地**七百里」.

"대장부는 싸움에 임하면 진중에서 싸우다 죽는 것이다. 어찌 담장으로 숨어 살기를 바라겠느냐!"

고 외쳤다.

여러 군사들이 마음을 가다듬고 죽기로 싸우니, 조운이 충돌하며 들어오지 못하였다. 원소의 대부대 인마가 몰려오고 안량이 또한 군사들을 이끌고 와, 길의 양편에서 함께 짓쳐 왔다. 조운은 공손찬을 보호하고 포위를 뚫고 다리의 경계에 이르렀다. 원소가 병사들을 몰아 크게 나아가니 이때 물에 떨어져 죽은 자는 그 숫자를 알 수가 없었다. 원소가 앞에 서서 급히 추격해 왔는데 5리를 채 못 가서 산의 뒤쪽에서 함성이 일더니 한 떼의 인마가 나타났다.

앞에 세 명의 장수가 있는데 이에 현덕·관우·장비 등이었다. 이들은 평원에서 공손찬과 원소가 서로 싸우고 있는 것을 알고, 싸움을 도우려고 온 것이다. 이때 세 장수가 세 가지 병기를 가지고 나는 듯이 와, 곧장 원소를 취하려 하였다. 원소는 놀라서 혼이 나간 듯 손에 들고 있던 보검을 말 아래 떨어뜨렸다. 그리고 황급히 말을 몰아 도망하는데, 여러 사람들이 다리를 건너와서 죽음에서 구출하였다. 공손찬 또한 군사들을 수습하여 영채로 돌아갔다.

현덕·관우·장비 등의 안부를 물으며, 말하기를

"만약 현덕이 멀리서 와서 구하지 않았다면, 큰 낭패를 당할 뻔하였소이다."

하고 조운과 함께 서로 만나보게 하였다. 현덕은 조운을 심히 공경하고 사랑하여, 금방 놓고 싶지 않은 마음이 일었다.

한편 원소는 싸움에서 패하고는 굳게 지키고 나오지 않았다. 양군이 서로 대치하기를 한 달여에, 누가 장안에 가서 동탁에게 이 일을 알렸다.

이유가 동탁에게 말하기를,

"원소와 공손찬은 두 사람 다 지금의 호걸들입니다. 지금 반하에서 싸우고 있다 하니 마땅히 천자의 조서를 빌어서 사람을 보내어 저들을 화해시키면, 두 사람이 다 장군의 덕에 감격할 것입니다. 그리고 반드시 태사(太師)의 뜻을 따를 것입니다."

하니, 동탁은 흔쾌히 말하기를

"좋소."

하고, 다음날 곧 태부 마일제(馬日磾)와 태복 조기(趙岐) 등을 시켜 조서를 가지고 내려가게 하였다. 두 사람이 하북에 이르자 원소는 백리 밖에까지 나가서 재배하고 조서를 받았다.

다음날 두 사람은 공손찬의 진영에 이르러 선유하자, 이에 공손찬이 편지를 써서 원소에게 보내 서로 강화를 맺자고 하였다. 두 사람은 서울로 돌아가 복명하였다. 공손찬은 그 날로 군사를 물리고, 또 유현덕을 평원상에 천거하였다. 현덕과 조운은 헤어지게 되매, 서로 손을 잡고 눈물을 흘리면서 차마 헤어지지 못하였다.

조운이 탄식하며 말하기를,

"제가 지난날 공손찬을 오인하여 영웅으로 알았더니 오늘날 그 소행을 보니, 또한 원소와 같은 무리일 뿐입니다!"

하자, 현덕이 말하기를,

"공은 몸을 굽혀 저를 섬기도록 하구려. 우리 서로 볼 날이 있으리다."

하매, 눈물을 뿌리며 헤어졌다.

이때 원술이 남양에 있으면서 원소가 새로 기주를 얻었다는 소식을 듣고, 사신을 보내어 말 1천 필을 보내 달라고 하였다. 원소가 말을 주지 않자 원술은 노여워하고, 이로부터 형제가 불목하게 되었다. 또 원술은 사람을 형주로 보내어 유표에게 군량 20만 곡(斛)을 빌려줄 수 있는가 하고 물었으나, 유표 또한 빌려주지 않았다. 원술이 이를 한하여 몰래 글을 써서 손견에게 사람을 보내 유표를 치게 하였다.

그 편지의 내용은 대략 다음과 같았다.

지난날 유표가 길을 끊었던 것은 이에 우리 형 본초가 시킨 일이었습니다. 이제 본초가 또 유표와 함께 사사로이 모의하여 강동을 공격하려 합니다. 공께서는 속히 병사들을 일으켜 유표를 치셔야 합니다. 나는 공을 위해서 본초를 쳐서 두 가지 원한을 갚으려 합니다. 공이 형주를 취하시면 나는 기주를 취할 것이니, 일절 잘못됨이 없어야 합니다.

손견이 글을 보고나서,

"괘씸한 유표놈! 지난날 내 귀로를 막았던 일은, 지금도 때를 만나지 못하여 원한을 갚지 못하였거든 다시 몇 년을 더 기다리랴!"

하고, 장하의 정보·황개·한당 등과 의논하였다.

정보가 말하기를,

"원술은 간사한 꾀가 많은 사람입니다. 저의 말을 믿으면 안 됩니다."

하자, 손견이 묻기를

"내가 지금 원수를 갚고자 하는데, 어찌 원술의 도움을 바라겠소?"

하며 곧 황개를 먼저 강변으로 보내서 전선을 안배하여 군기와 군량을 많이 준비하게 하고, 큰 배에는 전마를 싣고 날짜를 정해 군사를 일으켰다. 강중의 세작이 이 일을 탐지하여 유표에게 보고하였다. 유표가 크게 놀라서 급히 문무 관료들을 모아 의논하였다.

괴량이 말하기를,

"염려할 것 없습니다. 황조(黃祖)에게 영을 내려 강하(江夏)의 병사들을 전구(前驅)로 삼고, 주공께서는 형양의 군사들을 이끌고 도우시면 됩니다. 손견이 강을 건너오는데, 무슨 수로 무력을 사용할 수 있겠습니까?"

하였다.

유표가 그러리라 생각하여, 황조에게 준비를 하도록 명하고 잇달아 대군을 일으켰다.

한편 손견에게는 아들이 넷이 있었는데 다 오씨의 소생이었다. 큰아들의 명은 책(策)이요 자는 백부(伯符)이고, 둘째는 명이 권(權)이고 자는 중모(仲謀)이다. 셋째는 명이 익(翊)이고 자가 숙필(叔弼)이며, 넷째는 명이 광(匡)이고 자는 계좌(季佐)이다. 오부인의 동생이 곧 손견의 둘째 아내가 되어 남매를 두었는데, 아들은 이름이 낭(朗)이고 자는 조안(早安)이며, 딸은 이름은 인(仁)이다. 손견은 또 유씨의 한 여자와 잠자리를 같이 했는데, 이름은 소(韶)요 자는 공례(公禮)였다. 손견은 아우가 한 사람 있었는데, 이름은 정(靜)이요 자는 유대(幼臺)였다.

손견이 길을 떠날 때, 손정이 여러 자식들을 이끌고 말 앞에 서서

"이제 동탁이 권력을 휘두르고 있고 천자께서 유약하셔서 해내가 크게 어지러운 중에 각자가 패권을 차지하려 합니다. 그동안 강동은 평온하였는데, 작은 원한 때문에 많은 병사들을 동원하는 것은 마땅하지 못합니다. 원컨대 형님께서는 자세히 살피소서."

하자, 손견이 말하기를

"아우는 여러 말을 말게. 내가 장차 천하를 휘어잡고자 하는데, 어찌 원한이 있는 걸 갚지 않겠는가!"

하였다.

큰 아들 손책이 대답하기를,

"아버지께서 꼭 가셔야 할 것 같으면 저도 따라 가겠습니다."
하매, 손견이 허락하고 같은 배에 타고 번성(樊城)을 향해 쳐들어갔다.

황조가 궁노수들을 강변에 매복하고 있다가, 배가 강가에 이르는
것을 보고 일제히 활을 쏘아댔다. 손견이 군사들에게 경거망동하지
않도록 명하고, 뱃속에 엎드려 오가며 저들을 유인하였다. 연이어 3
일 간 배를 여러 차례 강변에 대니, 황조의 군사들은 활 쏘는 일에만
몰두하여 화살이 이미 바닥이 나게 되었다. 손견이 갑자기 배 위에
나타나 보니, 긁어모은 화살이 십수만 개에 이르렀다. 그 날은 마침
순풍이 부는지라 손견의 군사들이 일제히 활을 쏘았다. 강변의 군사
들은 대적하지 못하고 달아났다.

손견의 군사들이 강가에 상륙하자, 정보·황개 등이 군사들을 양편
으로 나누어 곧장 황조의 영채를 취하였다. 그리고 뒤에서는 한당이
병사들을 몰아 크게 나아갔다. 삼면의 협공을 받자 황조가 대패하여,
번성을 버리고 급히 달아나 등성(鄧城)으로 들어갔다. 손견은 황개에
게 전선들을 지키게 하고, 그 자신이 병사들을 이끌고 추격하였다. 황
조가 군사들을 이끌고 나와 맞아서 들판에서 포진하였다.

손견은 전세를 벌여 놓고 문기 아래에 말을 대니, 손책이 갑옷을 입
고 창을 빼어 들고 아버지 곁에 섰다. 황조는 두 장수를 데리고 말을
타고 나오니, 한 장수는 강하의 장호(張虎)이고 다른 한 장수는 양양의
진생(陳生)이었다.

황조는 채찍을 들어 크게 꾸짖기를,

"강동의 쥐새끼 같은 놈이, 어찌 감히 한실의 경계를 침범하느냐!"
하며, 곧 장호에게 명하여 싸우게 했다.

손견의 진에서는 한당이 나가 맞았다. 두 장수가 서로 어울려 30여
합이 되자, 진생은 장호가 힘이 부치는 것이 겁이 나서 말을 달려 와

서 싸움을 도왔다. 손책이 이를 보고 손에 쥐고 있던 창을 내려 놓고 활에 화살을 먹여 진생의 얼굴을 정조준하여 쏘자 말에서 떨어졌다. 장호는 진생이 땅에 떨어지는 것을 보고 깜짝 놀랐다. 손을 쓸 겨를도 없이 한당의 칼이 그의 머리를 두 조각을 내었다. 정보가 말을 달려 곧장 적진 앞에 와서 황조를 사로 잡으려 하자, 투구와 전마를 버리고 보군들 속에 섞여 도망하여 생명을 건졌다. 손견은 패군들을 엄살하여 한수에 이르자, 황개에게 배를 한강으로 진격하라고 명하였다.

황조는 패군들을 수습하여 유표에게 와, 손견의 세력은 감당할 수 없다고 하였다. 유표가 당황하여 괴량을 불러 의논하였다.

괴량이 나서며 말하기를,

"이제 막 패하여 병사들이 싸울 마음이 없으니 단지 구렁텅이를 깊게 파고 보루를 높게 쌓아, 그 예봉을 피해야 합니다. 그리고 빨리 사람을 원소에게 보내어 구원을 청하면 이 포위망을 풀 수 있을 것입니다." 하였다.

채모(蔡瑁)가 대답하기를,

"자유(子柔)의 말은 아주 치졸한 계획입니다. 병사들이 성 아래 와 있어 곧 참호에 이르게 되는데, 어찌 손을 묶고 죽음을 기다리겠소! 제가 비록 재주는 없으나 원컨대 군사를 이끌고 성에서 나가 죽기로 써 싸우겠습니다."

하매, 유표가 그에게 허락하였다.

채모가 1만여 군사들을 이끌고 양양의 성 밖에 나가 현산(峴山)에 포진하였다. 손견이 싸움에서 이긴 병사들을 이끌고 휘몰아 갔다. 채모는 말을 몰아 나갔다.

손견이 말하기를,

"저가 유표 후처의 오라비라. 누가 나와 함께 저를 사로잡겠느냐?"

하니, 정보가 철척모(鐵脊矛)를 꼬나들고 말을 몰아 나가 채모와 싸웠다. 싸움이 4, 5합이 못되어 채모가 패하여 달아났다. 손견이 대군을 몰아 짓쳐 나가니 시체가 들판을 덮고 채모는 도망하여 양양으로 들어갔다.

괴량은 권유하기를,

"채모가 양책을 듣지 않고 나가 싸워 대패하였으니, 군법에 따라 참해야 합니다."

하였다.

유표는 그 누이를 새로 맞아들였으므로, 저에게 형벌을 가하는 것을 원치 않았다. 한편 손견은 군사를 사면으로 나누어 양양을 에워싸고 공격하였다. 하루는 문득 바람이 심하게 몰아쳐 '장군기'의 깃대가 바람에 꺾어졌다.

한당이 말하기를,

"이는 불길한 징조입니다. 잠시 군사들을 물리소서."

하니, 손견이 대답하되

"내가 연전연승하고 양양을 취하는 일이 조석지간에 있는데, 어찌 바람에 깃대가 부러진 것으로 인해 군사들을 물리겠소이까!"

하고, 한당의 말을 듣지 않고 더욱 급히 성을 공격하였다.

괴량이 유표에게 권유하기를,

"제가 간밤에 천문을 보니, 큰 별 하나가 떨어지려 해서 그 분야를 헤아려보니10) 마땅히 손견에게 맞춰집니다. 주공께서는 가급적 비밀

---

10) 그 분야를 헤아려보니[分野度之]: 그곳을 살펴봄. 지상의 행정구역을 하늘의 28수(宿)에 맞춰 하늘의 특정 분야에 성변(星變) 있으면, 지상의 해당 구역에 재앙이 생긴다고 생각하였음. [周禮 宗伯禮官之職]「保章氏掌天星 以志星辰日月之變動 以觀天下之遷 辨其吉凶 以星土辨九州之地所封 封域皆有分星 以

리 편지를 원소에게 사람을 보내 도움을 청하소서."
하였다.

　유표는 편지를 써서 말하기를,

　"누가 포위망을 뚫고 가겠는가."
하니, 장수 여공(呂公)이 물음에 응하여 나섰다.

　괴량이 말하기를,

　"네가 가겠다 했으니 내 계책을 들으시게. 너에게 군마 5백을 줄 것
이니, 특히 활을 잘 쏘는 자를 데리고 포위를 뚫고 곧장 현산으로 가
게. 저들이 틀림없이 급히 쫓아올 것이니, 자네는 백 명만 산 위에 배
치하여 돌을 많이 준비하게 하고 또 백여 명은 수풀 속에 매복하게
하게. 다만 추격병이 이를 때에 달아나지 말고, 이리저리 돌아 병사들
이 매복한 곳에 이르면 활을 쏘고 돌을 던지게. 만약 너희들이 이기면
연주호포를11) 놓게. 그러면 성중에서 곧 나가 접응할 것이고 추격병이
없으면 포를 놓지 말고 빨리 가게. 오늘밤은 달이 밝지 않으니 해가
지면 곧 성을 나가게."
하였다.

　여공이 계책을 받고 군마를 골라 황혼 무렵에, 몰래 동문을 열고 병
사들을 데리고 나섰다. 그때 손견은 장중에 있었는데, 문득 함성 소리
가 들려 급히 말에 올라 30여 기를 이끌고 영채를 나섰다.

　군사들이 와서 보고하기를,

　"한 떼의 군마가 짓쳐와 현산 쪽으로 갔습니다."

觀妖祥」. [國語 周語下]「歲之所在 則我有周之**分野**屬是也」.
11) 연주호포(連珠號礮) : 신호로 쓰는 호포. 연달아 터지게 만든 불화살. 본래
　‘포(礮)’는 돌을 날려 공격하던 기계임. [水滸傳]「只聽得祝家莊裡 一個**號礮** 直
　飛起半天裡云」.

하거늘, 손견은 장수들을 모으지 않고 30여 기만을 이끌고 급히 쫓아
갔다. 여공은 이미 풀이 우거진 곳에 들어가서 적당한 곳에 매복하였
다. 손견의 말은 빨라 단기로 홀로 가서 앞에 갔던 여공의 군사들과는
그리 멀리 떨어지지 않게 되었다.

손견이 단호하게 말하기를,

"이놈들 멈춰라."

하니, 여공이 고삐를 잡고 말머리를 돌려 손견에게 달려들었다. 두 말
이 어울려 한 합에 이르자, 여공이 갑자기 달아나 나는 듯이 산길로
가버렸다. 손견이 뒤를 따라 급히 들어갔으나 여공은 보이지 않았다.
손견이 막 산 위로 올라갈 때, 홀연 크게 소리가 나더니 산 위에서
돌이 어지럽게 아래로 날리고, 풀 속에서 일제히 화살이 날아왔다.

손견은 전신에 돌과 화살을 맞고 뇌장(腦漿)이 흘러나오고, 인마가
모두 현산에서 죽었다. 그때 손견의 나이 37세였다.

여공은 손견의 30기를 다 죽이고 연주호포를 놓았다. 성중에 있던
괴월·황조·채모 등이 각각 나누어 병사들을 이끌고 짓쳐 나가자, 강
동의 군사들이 큰 혼란에 빠졌다. 황개는 하늘을 흔드는 함성을 듣고
수군을 이끌고 짓쳐 왔다. 마침 수군을 영솔하고 달려오다가 황조와
마주쳤다. 싸움은 두 합이 못되어 그는 황조를 사로잡았다. 정보는 손
책을 보호하며 급히 길을 찾다가 여공과 마주쳤다.

정보는 말을 몰아 앞으로 향해 가 불과 두 합도 못 되어 한 창에
여공을 발아래로 떨어뜨렸다. 양군이 크게 싸워 날이 밝을 무렵에서
나 각자가 군사들을 수습하였다. 유표군은 성 안으로 들어갔다. 손책
이 한수에서 돌아와서야 아버지가 난전(亂箭)에 맞아 죽고 시신은 이
미 유표의 군사들에게 들려 성내로 들어간 것을 알고, 방성통곡하
자12) 여러 군사들이 모두 같이 울었다.

손책이 묻기를,

"아버지의 시신이 저들의 수중에 있는데, 어찌 고향으로 돌아가겠는가?"

하자, 황개가 다시 묻는다.

"우리도 황조를 사로잡아 여기에 있으니, 사람을 입성시켜 강화를 청하고 황조와 주공의 시신을 바꾸는 것이 어떻습니까?"

하고 말하는데, 말이 끝나기도 전에 군리(軍吏) 환계(桓階)가 나오며,

"나는 유표와 지난 날 정이 있으니, 원컨대 사신으로 저들의 성에 들어가게 해 주십시오."

하자, 손책이 그를 허락하였다.

환계가 성에 들어가 유표를 만나서 자세한 이야기를 하였다.

유표가 권유하기를,

"문대의 시신은 내가 이미 관을 써서 정중히 모셔 두었소. 속히 황조를 돌려보내면 양쪽에서 모두 병사를 거두고 다시는 침범하지 맙시다."

하였다.

환계가 사은하고 길을 떠나고자 하는데, 뜰 아래에서 괴량이

"안 됩니다. 안 됩니다. 내 한 마디 하겠소이다. 이제 강동의 제군들은 단 한 사람도 살아서 돌아가지 못할 것입니다. 청컨대 먼저 환계의 목을 베소서. 그런 다음에 계책을 씁시다."

하였다.

---

12) **방성통곡[放聲大哭]** : 「방성통곡」(放聲痛哭). 큰 소리를 내어 슬피 욺. 「통곡유체장태식」(痛哭流涕長太息)은 나라를 근심하는 나머지 눈물을 흘리고 통곡하고 장탄식을 함. [漢書 賈誼傳]「誼上疏曰 方今事勢可爲**痛哭**者一 可爲**流涕**者二 可爲**長太息**者六」. [胡詮 上高宗封事]「此膝一屈 不可復伸 國勢陵夷 不可復振 可爲**痛哭流涕長太息**也」.

이에,

　　적의 뒤를 쫓다가 손견이 목숨을 잃었네
　　화의를 구하던 환계가 또 죽게 되는가.
　　　追敵孫堅方殞命
　　　求和桓楷又遭殃.

환계의 목숨이 어찌 될까. 하회를 보라.

제8회

왕사도는 교묘히 연환계를 쓰고
동태사는 봉의정에서 큰 소란을 일으키다.
　王司徒巧使連環計
　董太師大鬧鳳儀亭.

　한편, 괴량이 말하기를,

"이제 손견이 이미 죽었고 그 자식들은 다 어립니다. 이 허약한 틈을 타서 급히 군사를 진군시키면, 강동 일대를 북 한 번에 얻을 수 있습니다. 만약 시체를 돌려주고 군사들을 물린다면 저들의 군사력을 키우는 것을 용인하는 것이니, 이는 형주의 근심거리가 될 것입니다."
하였다.

　이에 유표가 말하기를,

"황조가 저들에게 잡혀 있는데, 어찌 차마 저를 버리겠는가?"
하니, 괴량이 또 묻는다.

"무모한 황조를 버리고 강동을 취하는 것이 어찌 불가능하다 하겠습니까?"
하매, 유표가 대답하기를

"나와 황조는 마음으로 사귀었으니 저를 버리는 것은 의가 아니오."
하여, 마침내 환계를 보내 영중으로 돌아가, 손견의 시체와 황조를 맞바꾸기로 서로 약속하였다.

이리하여 유표는 황조를 찾아오고 손책은 나가 영구를 맞아들였다. 그리고 싸움을 그만두고 강동으로 돌아가서 아버지를 곡아(曲阿)의 언덕에 장사지냈다. 장사가 끝나자 군사들을 이끌고 강도에 가 있으면서, 어진 선비와 준걸들을 맞아들이며 자신을 낮추며 저들을 대접하니, 사방의 호걸들이 점점 그에게로 몰려들었다.

이 이야기는 더 하지 않겠다.

이때, 동탁이 장안에 있으면서 손견이 이미 죽었다는 소식을 듣고, 홀가분하다는 투로 말하기를

"내 마음속에 있던 근심[1] 하나가 없어졌구나!"

하며 묻기를,

"그의 자식들이 나이가 몇 살이나 되는고?"

한다. 옆에서 대답하기를,

"17세입니다."

하니, 동탁이 마음에 두지 않았다.

이로부터 더욱 교만하고 횡포가 심해져 스스로 상부라[2] 하며, 출입할 때에는 참람하게도 천자의 의장을 사용하였다. 또 한편으로 아우 동민(董旻)을 좌장군 호후(鄠侯)에 봉하고, 조카 동황(董璜)으로 시중을 삼아 금군을 거느리게 했다. 그리고 동씨 종족은 장유를 불문하고 다 열후(列侯)에 봉했다. 장안성에서 2백 50리 떨어진 곳에 미오성을[3] 신

---

1) 마음속에 있던 근심[心腹之患] : 심복지질(心腹之疾). 없애기 어려운 근심으로 '물리치기 어려운 적'의 비유임. [後漢書 陳蕃傳]「寇賊在外 四支之疾 內政不理 心服之患」. [左傳 哀公十一年]「越在我 **心腹之疾**也 壤地同而有欲於我」.

2) 상부(尙父) : 태공망(太公望) 여상(呂尙). 주의 무왕이 여상을 높여서 '상부'라 했음. [詩經 大雅篇 大明]「維師**尙父**……肆伐大商 會朝淸明 (箋) **尙父**呂望也 尊稱焉」. [文選 李康運命論]「太公渭濱之賤老也 而尙父於周」.

축하는데 역민(役民) 25만을 동원하였고 그 성곽의 높이와 두께를 장 안성과 같게 하였다. 또 그 안에 창고를 지었는데, 20여 년 간의 양식을 비축하고 백성 중에서 소년과 미녀 8백 인을 뽑아 두고 금옥·채단과 진귀한 주옥 등을 수를 알 수 없을 만큼 쌓아 두었다. 또 저들의 가속들을 그 안에 살게 하였다. 동탁은 장안을 왕래하며 혹은 보름 동안 혹은 한 달 동안 있기도 하여, 그때마다 공경들이 횡문4) 밖까지 나가서 전송하게 하였다. 동탁은 길에 장막을 치고 공경들을 모아 연회를 베풀었다.

하루는 동탁이 횡문을 나가는데 백관들이 다 나와서 전송하였다. 동탁은 잔치를 베풀며 머무르기도 하였는데, 마침 북지에서 항복받은 수백의 군사들이 도착하였다. 동탁은 곧 곁에 명하여 혹은 저들의 수족을 자르게 하고 혹은 눈을 파내게도 하며 또는 그 혀를 자르게 하거나 큰 솥에 넣어 삶게 하였다. 저들의 울부짖는 소리가 천지를 진동하여 백관들이 무서워 떨며 수저를 떨어뜨렸는데, 동탁은 마시고 먹으며 담소하며 태연하였다. 또 하루는 동탁이 성대(省臺)에서 큰 잔치를 베풀고 문무 백관들이 양쪽으로 늘어섰다. 술잔이 여러 순배 돌자 여포가 곧장 들어왔다.

동탁의 귀에 대고 몇 마디 하자, 동탁이 웃으면서

"원래 그랬었구나!"

---

3) 미오성(郿塢城) : 지금의 섬서성 미현의 북쪽에 있는 성. 동탁이 미국(郿國)에 오(塢)를 세우고 이를 만세오(萬歲塢)라 하였는데, 이를 세칭 '미오'라 했음. [中國地名]「在陝西郿縣北 董卓築塢於郿 高厚大丈 號曰**萬歲塢**」.「오벽」(塢壁). [後漢書 樊準傳]「修理**塢壁** 威名大行」. [晋書 劉波傳]「善談名理 會避**塢壁** 買胡百數欲害之」.

4) 횡문(橫門) : 장안성의 북서쪽에 있는 문. [漢書 西城傳]「丞相將軍 率百官送至**橫門**」. [杜甫 高都護總馬行]「靑絲絡頭爲君老 何由郤出**橫門**道」.

하였다. 그리고는 여포에게 잔치 자리에 있는 추사공 장온(張溫)을 끌어 내리게 하였다. 모든 백관들이 매우 놀랐다. 얼마 지나지 않아, 시종이 붉은 상 위에 장온의 머리를 담아 가지고 들어와서 바쳤다.

모든 문무 백관들이 넋이 빠졌는데, 동탁이 혼자서 웃으며

"여러분들은 놀라지 마세요. 장온이 원술과 결탁하여 나를 해하려 하였소이다. 사람을 시켜 보낸 편지가 잘못하여 내 아이 봉선이 있는 곳에 왔기에 저를 죽인 것입니다. 공들은 이 일과 관계가 없으니 두려워할 필요가 없소이다."

하매, 여러 관리들이 '예예' 하며 흩어졌다.

사도 왕윤이 부중에 돌아가 오늘 잔치 자리에서 있었던 일을 깊이 생각하고, 앉아 있어도 편치가 않았다. 밤이 깊어 달이 밝으매 지팡이를 짚고 후원이 들어가 도미꽃5) 곁에 앉아, 하늘을 우러러 눈물을 흘렸다. 문득 모란정 쪽에서 인기척이 있고 탄식소리가 들렸다. 왕윤이 몰래 가서 엿보니 이에 부중의 가기(歌伎) 초선(貂蟬)이었다. 그녀는 어려서부터 부중에 들어가 가무를 배우고, 나이 열여섯이 되자 자색과 기예가 모두 뛰어났다. 이에 왕윤이 저를 딸같이 대하였다.

이날 밤 왕윤이 한참 듣고 있다가,

"네게 무슨 사정이 있느냐?"

고 꾸짖으니, 초선이 무릎을 꿇고 대답하기를

"천첩에게 어찌 감히 사정(私情)이 있겠습니까?"

하거늘, 왕윤이 또 묻기를

"네게 사정이 없다면 어찌하여 야심한 밤에 이렇게 한숨을 짓느냐?"

한다.

---

5) **도미꽃(荼蘼)**: 겨우살이풀. [花本考]「本作荼蘼……則花作白色　無可疑矣」. [群芳譜]「一名獨步春　一名百官枝杖……一名沈香密友」.

초선이 묻기를,

"저의 가슴 속 사연을 들어 주시겠습니까?"

하거늘, 왕윤이 말하기를

"너는 조금도 숨기지 말고 사실대로 말하거라."

하니, 초선이 대답하기를

"소첩이 대인의 은혜를 입고 가무를 배우고 익혀 주시고 이와 같이 대우해 주시니, 비록 분골쇄신한들6) 만에 하나라도 갚겠습니까? 근자에 대인의 눈에 근심이 어린 것을 보고 반드시 나라에 큰 일이 있구나 생각했사오나, 감히 여쭙지 못했습니다. 오늘 저녁에 또 행동거지가(行坐) 불안하신 것을 보고 저절로 한숨이 나왔나이다. 대감께서 보시는 줄 생각도 못하였나이다. 만약에 첩이 쓰일 곳이 있다면, 만 번 죽어도 사양치 않을 것입니다."

하거늘, 왕윤이 지팡이로 땅을 치며 말하기를

"누가 한나라의 앞 일이 너의 수중에 있는 줄 알겠느냐! 나를 따라 화각(畫閣)으로 가자."

하매, 초선이 왕윤을 따라 전각에 이르렀다. 왕윤이 처첩을 꾸짖어 다 내보내고 초선을 앉게 하고는, 초선에게 머리를 땅에 대고 절을 하였다.

초선이 놀라 땅에 엎드려 묻는다.

"대인께서 어찌하여 이와 같이 하시나이까?"

하니, 왕윤이 말하기를

"너는 천하의 생령들을 불쌍하게 생각해다오!"

하고 말을 마치자, 눈물이 샘솟듯 쏟아졌다.

초선이 대답하기를,

---

6) 분골쇄신(粉骨碎身) : 뼈가 가루가 되고 몸이 부서지도록 노력하겠다는 뜻.
　[證道歌]「粉骨碎身未足酬 一句了然超百億」.

"아까도 천첩이 말씀드렸듯이 저에게 영을 주시면 무슨 일이든 사양하지 않겠나이다."

한다.

왕윤이 다시 묻는다.

"지금 백성들은 도현의 급한 지경에[7] 있고 군신들은 누란의 위기에[8] 있으니, 네가 아니고는 이를 구할 수가 없다. 또한 적신 동탁은 장차 찬위를 하고자 하는데 조정의 문무 백관들은 속수무책으로 이를 따르고 있다. 동탁의 의붓 아들이 하나 있는데, 성은 여이고 이름을 포라 하고 용맹이 뛰어나다. 내가 보기에 이 두 사람은 다 여자를 좋아하는 무리들이다. 이제 내가 연환계를[9] 써 보려고 한다.

먼저 너를 여포에게 시집보내기로 하고 뒤에 너를 동탁에게 바칠 것이니, 너는 곧 수단을 부려 저들 부자가 서로 반목하게 하여, 여포로 하여금 동탁을 죽여서 천하의 대악을 끊고자 한다. 나라는 붙들어 세우고 다시 강산을 세우려 하는 것이니, 이는 다 너의 힘에 달렸느니라. 너는 어떻게 생각하느냐?"

하니, 초선이 대답하기를

---

7) **도현의 급한 지경에[倒懸之危]** : 거꾸로 매달려 있는 위험. 곧 '위험이 바싹 가까이 다가옴'을 이름. [孟子 公孫丑篇 上]「當今之時 萬乘之國 行仁政 民之悅 之 猶解倒懸也」. [貞觀政要]「縱國家倒懸之急 猶必不可」.

8) **누란의 위기[累卵之急]** : 누란지위(累卵之危). '누란'은 '쌓아 놓은 알'이란 뜻으로 '몹시 위태로운 형편'을 비유하는 말임. [可馬相如 喻巴蜀檄]「去累卵之危 就永安之計 豈不美與」. [三國志 魏志 黃權傳]「若客有泰山之安 則主有累卵之危」.

9) **연환계(連環計)** : 계략 가운데서 짜낸 계략. 세작을 적진에 보내서 저들에게 어떤 꾀를 내통하는 것처럼 말하게 하고, 자기는 그 사이에서 승리를 거두는 계책. 곧 한 가지 계책이 아니라 몇 가지 계책이 함께 진행될 때를 이르는 말. [戰國策 齊策]「秦昭王嘗遣使者遺君王后玉連環 曰齊多智 而解此環否」. [莊子 天下]「今日適越而昔來 連環可解也」.

"첩이 대인께서 허락만 하신다면, 만 번 죽사온들 사양하지 않겠나이다. 바라건대 첩을 저에게 바치소서. 첩에게 처신할 방법이 있나이다."
라고 대답하자, 왕윤이 말하기를
"일이 만약 누설되면 우리 집안은 멸문의 화를10) 당할 것이다."
하자, 초선이 대답한다.
"대인께서는 걱정하지 마옵소서. 첩이 만약에 대의로 갚지 못하면 날카로운 칼날에 죽을 것입니다."
하자, 왕윤이 절하며 사례하였다.

다음 날, 곧 집에 소장하고 있던 명주 여러 알을 장인에게 주어 금관에 박아 넣게 하고는, 이를 몰래 여포에게 보냈다. 여포가 크게 기뻐하여 직접 왕윤의 집에 와서 치하하였다. 왕윤은 아름다운 음식을 미리 준비해 놓고 여포가 오기를 기다렸다. 왕윤은 문까지 나가서 영접하여 후원으로 맞아들여 상좌에 앉게 하였다.

여포가 말하기를,
"저는 상부(相府)의 일개 장수에 불과하고 사부는 조정의 대신인데, 무슨 까닭으로 이렇게 하십니까?"
하매, 왕윤이 대답하기를
"지금 천하에는 투명한 영웅이 없는 터에 오직 장군만 있을 뿐이외다. 제가 장군의 직책을 공경하는 것이 아니라 장군의 재주를 존경하는 것이외다."
하니 여포가 크게 기뻐하였다.

---

10) **멸문의 화[滅門之禍]** : 멸문을 당하는 큰 재앙. 죄질에 대해서 '삼족(三族)·구족(九族)'까지를 멸문시키기도 하였음. 「멸문지환」(滅門之患). 「멸문」(滅門). [史記 龜策傳]「因公行誅 恣意所傷 以破族滅門者 不可勝數」. [潛夫論 實邊]「類多滅門 少能還者」.

왕윤은 은근히 술을 권하며 입으로는 동탁과 여포의 덕을 끊임없이 칭찬하니, 여포가 크게 웃으며 술잔을 기울였다. 왕윤이 좌우를 물리치고 시첩만 데리고 술을 권하였다.

술이 한참에 이르자 왕윤이,

"내가 우리 딸아이를 부르리다."

하였다.

조금 있다가 2명의 시녀를 데리고 초선이 곱게 단장을 하고 나오니, 여포가 놀라서 누구냐고 물었다.

왕윤이 말하기를,

"제 딸 초선입니다. 왕윤이 장군의 사랑을 받아 친척이나 다름없어서, 장군께 대면하게 하는 것이외다."

하고, 곧 초선으로 하여금 여포에게 술을 따르게 하였다. 초선이 술잔을 여포에게 보내며 두 눈썹 아래 눈짓을 보냈다.

왕윤이 거짓 술이 취한 체하며 말하기를,

"애야, 장군께 취하시도록 술잔을 드려라. 우리 집이 온전히 장군만 의지하고 있지 않느냐?"

하였다.

여포가 초선에게 앉기를 권하는데, 초선이 짐짓 안으로 들어가려 하였다.

왕윤이 묻기를,

"장군께서는 우리 가문과 가까운 친구이니, 네가 앉아 있기로 무슨 방해가 있겠느냐?"

하자, 초선이 곧 왕윤의 곁에 앉았다.

여포는 눈으로 눈동자도 움직이지 않고 초선을 바라보며 또 서너 잔을 마셨다.

왕윤이 초선을 가리키며 여포에게 묻기를,

"나는 이 여식을 장군에게 보내고자 하는데 받아주시겠습니까?"

여포는 자리에서 일어나 사례한다.

"만약 그렇게 된다면 저는 견마지로를[11] 다 해서 보답하겠나이다."

한다. 왕윤이 말하기를,

"조만간 좋은 날을 골라 부중으로 보내리다."

하자, 여포가 무척 기뻐하며 자꾸만 초선에게 눈길을 주었다. 초선이
또한 정을 담은 추파를[12] 보냈다. 조금 있다가 자리를 파하자, 왕윤이,

"원래 장군을 저희 집에 머물게 하려 하였으나, 동탁 태사께서 의심
하실까 두렵소이다."

하자, 여포는 재삼재사 사례하고 갔다.

며칠이 지나서 왕윤은 조당에 들어가 동탁을 뵈었는데 여포는 곁에
없었다.

땅에 엎드려 청하기를,

"저는 태사를 저의 집 연회에 모시고자 하옵는데 어떠신지요?"

하자, 동탁이 기꺼이 말하기를

"사도께서 초청하시면 곧 달려가지요."

하거늘 왕윤이 사례하고 귀가하여, 수륙진미를 갖추고 전청(前廳)의 중
앙에 자리를 폈다. 바닥에는 비단을 펴고 안팎 사면에는 장막을 쳤다.

---

11) **견마지로(犬馬之勞)** : 개나 말처럼 주인에게 충성을 다한다는 말로, 남에게
'자기의 바치는 노력'을 겸손하게 일컫는 말. '견마'는 개나 말과 같이 천하고
보잘 것 없다는 뜻으로 '자기'를 아주 낮추어 일컫는 말임. 「犬馬心」. [史記
三王世家]「臣竊不勝**犬馬心**」. [漢書 汲黯傳]「常有**犬馬之心**」.

12) **추파(秋波)** : 환심을 사려고 아첨하는 은근한 태도나 기색. 본래는 '맑고 아
름다운 미녀의 눈길'을 비유함. [李商隱 天津西望詩]「天津西望腸眞斷 滿眼**秋
波**出苑牆」. [蘇軾 百步洪詩]「佳人未肯回**秋波** 幼輿(謝鯤 字) 欲語防飛梭」.

다음 날 오후에 동탁이 이르렀다. 왕윤이 조복을 갖추고 나가서 맞았다. 그를 재배하고 맞으며 동탁이 수레에서 내리자 좌우에서 갑사 백여 명이 늘어서고 호위하여 당에 들어와 두 줄로 도열해 섰다. 왕윤이 뜰에서 내려가 절하자, 동탁은 왕윤을 부축하여 오르게 하고 곁에 앉게 하였다.

왕윤이 말하기를,

"태사의 성덕이 우뚝하여 이윤과 주공도 미치지 못할 것입니다."

하자 동탁이 크게 기뻐하였다. 술을 내고 악공을 부르고 하여 왕윤은 동탁을 극진하게 대접하였다. 날이 저물고 술이 거나해지자 왕윤이 동탁을 후당에 들게 하였다. 동탁이 군사들을 물렀다.

왕윤은 두 손으로 잔을 받들어 올리며,

"제가 어려서부터 자못 천문을 익혔는데 밤에 건상을[13] 보니, 한가(漢家)의 기운이 이미 쇠진하였습니다. 태사의 공덕이 천하에 떨치니 마치 순이 요를 받고 우가 순을 계승한 것 같이, 마치 천심과 인의를 맞는 일입니다."

한다.

동탁이 말하기를,

"어찌 감히 그러기를 바라겠소!"

하자, 왕윤이 묻는다.

"자고로 유도(有道)는 무도(無道)를 징벌하고, 무덕(無德)은 유덕자(有德者)에게 양여하는 것입니다. 어찌 과분하다 하리이까!"

동탁이 웃으면서 대답하기를,

"만약에 천명(天命)이 나에게 돌아온다면, 사도께서 당연히 원훈이

---

13) 건상(乾象) : 하늘의 현상. [徐陸文]「執玉衡而運**乾象**」. [後漢書 郭太傳]「夜觀 **乾象** 晝察人事」.

될 것입니다."

하자, 왕윤이 절하며 사례한다. 방 안에 촛불을 밝히고 여자로 하여금 술과 음식을 내게 하였다.

왕윤이 말하기를,

"교방의 음악은14) 받들기에 부족합니다. 집에 가기(家伎)가 있으니, 보시렵니까?"

하자, 동탁이 대답한다.

"좋지요."

하고 응대하였다.

왕윤이 주렴을 드리게 하니, 생황(笙簧) 소리가 낭랑하고 초선이 주렴 밖에서 춤을 춘다. 이를 예찬한 시가 있다.

　　원래는 소양궁 속 사람으로서15)
　　놀란 기러기처럼16) 매인 몸이었네.
　　　原是昭陽宮裏人
　　　驚鴻宛轉掌中身.

---

14) 교방의 음악(教坊之樂) : 당대(唐代)에 설치된 음악·가무를 맡아 보던 기관이 었는데 실제 한·위 시대에는 이런 명칭이 없었음. [唐書 百官志]「開元二年 置**教坊**於蓬萊宮側 京都置左右**教坊** 掌俳優雜劇」. [白居易 琵琶行]「十三學得琵琶成 名屬**教坊**第一部」.

15) 소양궁 속 사람으로서[昭陽宮裏人] : 전한 성제(成帝)의 황후 조비연(趙飛燕)을 말하는데 미인으로 이름이 높았음. [漢書 外戚傳]「**飛燕** 孝成帝趙皇后也 本長安宮人 初生 父母不舉 三日不死 遂收養之 及壯屬陽阿主家 學歌舞 號曰**飛燕**」.

16) 놀란 기러기처럼[驚鴻] : 놀라서 날아오르는 기러기. 그러나 '미녀의 가냘프고 부드러운 몸매'를 표현하는 말로 바뀌었음. [文選 嵇康 贈秀才入軍詩]「仰落**驚鴻** 俯引淵魚」. [陸淤詩]「傷心橋下春波綠 曾是**驚鴻**照影來」.

금세 날아서 동정호의 봄을 지나는 것 같으이
양주곡에17) 맞춰 춤추니 연꽃같은 발걸음도 가벼워.
  只疑飛過洞庭春
  按徹梁州蓮步穩.

좋구나, 꽃바람에 나부끼는 한 가닥 가지도 새로워
채색한 집 향내는 따뜻하여 봄뜻을 견디지 못하네.
  好花風裊一枝新
  畫堂香煖不勝春.

또 시가 있다.

붉은 단판의18) 빠른 장단 제비 날기 바쁘구나
한 조각 떠 가던 구름이 화당에 이르렀네.
  紅牙催拍燕飛忙
  一片行雲到畫堂.

단아한 눈썹은 바람둥이들의 한을 부르고
화장한 몸 맵씨는 고인의 간장을 끊누나.
  眉黛促成遊子恨
  臉容初斷故人腸.

---

17) 동정·양주(洞庭·梁州) : 악곡의 이름. 동정춘곡(洞庭春曲)과 양주곡(梁州
曲). [剪燈新話 愛卿傳]「見趙子施禮畢 泣而歌**沁園春**一曲」. [中文辭典]「樂曲名
本作**凉州** 西涼所獻 後多誤作**梁州**」.
18) 단판(拍板) : 나무로 만든 박. 「단판」(檀板). [元史 禮樂志]「**拍板**制以木爲板
以繩聯之」. [通典 樂 木之屬 拍板]「**拍板** 長闊如手 重十餘枚 以韋連之 擊以代抃」.

천금의 유전으로도19) 살 수 없는 웃음이여
허리띠는 무엇하러 백가지 보물로 꾸몄는가.

　榆錢不買千金笑

　柳帶何須百寶妝.

춤이 끝난 주렴 너머 눈길을 보내며
초양왕이 누구인가 알지 못하네.

　舞罷隔簾偸目送

　不知誰是楚襄王.

춤이 끝나자 동탁이 가까이 오라고 하니, 초선은 주렴 안으로 들어
와 절을 올린다.
　동탁은 초선의 얼굴이 예쁜 것을 보고, 곧 묻기를
　"이 여인은 누구입니까?"
하였다.
　왕윤이 말하기를,
　"가기 초선입니다."
하니, 동탁이 또 묻기를
　"노래도 잘 하느냐?"
하고 묻는다.
　왕윤은 곧 초선에게 단판에 맞춰 나직하게 한 곡을 부르게 하였다.

　한 점 앵두 같은 입술 방싯이 열어

---

19) 유전(榆錢) : 은전의 하나인 유협전(榆莢錢). 돈의 모양이 느릅나무 씨의 꼬투리
　처럼 생겨서 붙인 이름임. [施肩吾 戲詠榆莢詩]「風吹**榆錢**落如雨 繞林繞屋來不住」.

하얀 이 드러내며 양춘곡을[20] 부르네.

一點櫻桃啓絳脣

兩行碎玉噴陽春.

정향 내 나는 꽃봉우리 칼날 같은 혀끝으로
간사한 난신들을 모두 베려 하는구나.

丁香舌吐橫鋼劍

要斬奸邪亂國臣.

동탁은 칭찬을 아끼지 않았다. 왕윤은 초선에게 술잔을 드리게 하
였다.

동탁은 술잔을 받으며,

"지금 네가 몇 살이냐?"

물으니, 초선이 대답하기를

"천첩은 지금 열여섯이옵니다."

한다.

동탁이 웃으면서,

"진실로 선녀로다!"

하였다.

왕윤이 일어나 말하기를,

"저는 이 딸아이를 태사께 바치고자 하옵는데, 받아들여 주시겠습
니까?"

---

20) **양춘곡(陽春曲)**: 곡명. 「양춘백설」(陽春白雪). [宋玉 對楚王問] 「客有歌於郢
中者 其始曰下里巴人 國中屬而和者數千人 其爲陽阿薤露 國中屬而和者數百人
其爲**陽春白雪** 國中屬而和者不過數十人 引商刻羽 雜以流徵 國中屬而和者不過數
人而已 是其曲彌高 其和彌寡」.

하니, 동탁이 짐짓 묻기를

"이처럼 은혜를 베푸는데 어찌 보답하겠습니까?"

하자, 왕윤이 대답한다.

"제 딸이 태사님을 뫼시게 되면, 그보다 더 큰 복이 어디 있겠나이까."

하였다.

동탁이 재삼 치하하자, 왕윤은 곧 수레를21) 준비시키고 먼저 초선을 상부로 보냈다. 동탁 또한 몸을 일으켜 인사를 하자, 왕윤은 친히 동탁을 상부까지 배웅하였다. 그런 연후에 하직 인사를 하고 집으로 돌아왔다.

길을 반도 못 와서 양 옆에 홍등(紅燈)이 비치는 것이 보이고, 여포가 화극을 들고 오다가 왕윤과 정면으로 마주쳤다.

여포는 곧 말을 멈추고 한 손으로 왕윤의 옷자락을 잡고 소리를 크게 하며 묻기를,

"사도께서 이미 초선이를 나에게 허락하고서 이제 또 태사에게 보내니, 어찌 서로를 농락합니까?"

하매, 왕윤이 저를 만류하며 말하기를

"여기서 말씀드리기 어려우니 저의 집으로 가십시다."

하고, 여포와 함께 집에 이르러 말에서 내려 후당으로 갔다.

인사가 끝나자 왕윤이 말하기를,

"장군께서는 무슨 까닭으로 늙은이를 의심하십니까?"

하니, 여포가 도리어 묻기를

"종자가 나에게 보고하기를 당신이 초선이를 수레에 태워 상부로

---

21) 수레[氈車]: 수레의 일종인데, 양털·짐승의 털로 짠 천을 수레에 둘러 추위를 막은 호화로운 수레. [宋玉 王德用傳]「德用以氈車載勇士 詐爲婦人 飾過邯鄲」. [南齊書 豫草王嶷傳]「上謀北伐 以虜所獻氈車賜嶷」.

보냈다 하는데, 이는 무슨 뜻입니까?"

하거늘, 왕윤이 대답하기를

"장군께서는 원래 알지 못하였습니까! 어제 태사께서 조회 중에 저를 향해, '내가 일이 있어 다음 날 너의 집에 들르겠다.' 하시지 않았습니까. 저는 이로 인해 작은 연회를 준비하고 기다렸습니다. 태사께서 음주 중에 말씀하시기를 '내 들으니 당신에게 딸이 있다는데, 이름을 초선이라 부른다지. 이미 내 아들 봉선이에게 허락하였다 하니, 나는 저의 말을 믿을 수가 없어서 한 번 불러 봤으면 하오.' 하시는데, 이 늙은이가 어찌 감히 어길 수 있겠습니까?

초선을 불러내어 아버님께 인사를 드리게 하였습니다. 그랬더니 태사께서 '오늘은 일진이 좋은 날이니, 내가 곧 너의 딸을 데리고 돌아가 아들 봉선이와 짝을 지어주리라.' 하십디다. 장군께서도 생각해 보시구려 태사께서 직접 오셨으니, 이 늙은이가 어찌 감히 막을 수 있으리까?"

하니, 여포가 대답하기를

"사도께서는 죄가 없으시오. 제가 일시 잘못 알았소이다. 내일 다시 사죄하러 오겠습니다."

하자, 왕윤이 말하기를

"제 딸이 자못 혼구(婚具) 따위가 있는데 장군의 부중으로 보내드릴 것입니다."

하자, 여포가 사례하고 돌아갔다.

다음 날 부중에 알아보니 일절 아무런 소식이 없었다. 곧장 당중으로 들어가 시녀들에게 물었다.

시녀가 대답하기를,

"간밤에 태사께서 새 사람과 동침하셨는데, 지금까지 일어나지 않으셨습니다.”

하거늘, 여포가 크게 노여워하며 몰래 동탁의 침실을 엿보았다.

그때 초선은 일어나서 창 아래에서 머리를 빗고 있었다. 문득 창밖의 연못에 한 사람의 그림자가 보였는데, 매우 장대하고 머리에는 속발을[22] 한 관을 쓰고 있으며, 몰래 눈을 들어 자신을 쳐다보고 있는데 틀림없이 여포였다. 초선이 양미간을 찌푸려 일부러 근심에 겨운 즐겁지 않은 모습을 보이고는, 다시 비단옷 소매로 자꾸 눈물을 닦았다. 여포가 몰래 한참을 보고는 이에 나가더니 조금 있다 또 들어왔다.

그때는 동탁이 이미 일어나 중당에 앉았다가, 여포를 보고 묻기를
“밖은 별일이 없느냐?”

하매, 여포가 말하기를
“별일이 없습니다.”

고 대답하며, 동탁의 곁에 시립하였다.

동탁이 바야흐로 식사를 하자 여포가 곁눈으로 살펴보니, 수놓은 주렴 안에 한 여인이 왔다 갔다 하다가 얼굴을 반쯤 돌려 눈으로 정을 보낸다. 여포는 초선인 줄 알고서는 정신이 없었다.

동탁은 여포의 이런 모습을 보고 마음속에 의심과 시기심을 품고,
“봉선아, 일이 없으니 물러가라.”

하거늘, 여포가 앙앙히 나갔다.

동탁은 초선이 들어온 후부터 색을 탐하여, 할 일을 못하고 근 달포 동안을 일을 처리하러 나가지 않았다. 동탁은 우연히 작은 병에 전염이 되었다.

초선은 옷을 벗지 않고 정성을 다해 받들어 동탁의 마음을 더욱 기

---

22) 속발(束髮) : 머리털을 위로 올려 상투로 틀거나 또는 잡아 묶음. [禮記 玉藻]「紐錦束髮 皆朱錦也」. [新書 容經]「束髮就大學」.

쁘게 하였다. 여포가 들어와서 문안을 드리자 마침 동탁은 잠이 들어 있었다. 초선이 침상의 뒤에서 반신을 드러내고 여포를 바라보고 있었다. 손으로 마음을 가리키고 또 동탁을 가리키며 눈물을 그치지 못하였다.

여포는 마음이 부서지는 듯 아팠다. 동탁은 몽롱히 두 눈을 뜨고 여포를 보니, 여포가 꼼짝 않고 서서 침상 뒤를 뚫어지게 바라보고 있다. 동탁이 몸을 돌려 보니, 바로 초선이 침상 뒤에 있는 것이다.

동탁은 크게 노하여 여포를 꾸짖기를,

"네가 감히 내가 사랑하는 여자를 희롱하느냐!"

하고 좌우를 불러 쫓아내게 하고 이후부터는 여포가 방에 들어오는 것을 허락하지 않았다.

여포는 노여움과 한을 품고 돌아가다가 길에서 이유를 만나자 그 까닭을 알렸다.

이유가 급히 들어가 동탁을 뵙고 말하기를,

"태사께서 천하를 얻고자 하시면서, 무슨 까닭으로 작은 허물을 들어 온후를 꾸짖으셨습니까? 갑자기 저가 마음이 변하면 대의를 그르치는 것입니다."

하자, 동탁이 묻는다.

"어찌하면 좋겠소?"

하매, 이유가 말하기를

"내일 아침 내당으로 불러서 금백을 선물하시고 좋게 저를 위로하시면, 자연스레 무사할 것입니다."

하자, 동탁이 그의 말대로 다음 날 사람을 시켜 여포에게 입당하게 하고 저를 위로하며 말하기를,

"내가 어제는 병중이어서 심신이 어지러워 너의 마음을 상하게 하

였으니, 너는 마음에 두지 말거라."

하며 금 열 근과 비단 20필을 주었다. 여포는 사례하고 돌아갔다. 그러나 몸은 비록 동탁의 좌우에 있으나, 마음은 기실 초선에게 매어 있었다.

동탁의 병은 다 나았고 입조하여 일을 하였다. 여포는 화극을 들고 따르며 궐내로 들어 갔으나, 동탁이 헌제와 함께 말을 하고 있는 틈을 타서 창을 들고 내문으로 들어가 말에 올라 지름길로 상부까지 와서, 창을 들고 입당하여 초선을 찾았다.

초선이 말하기를,

"당신은 후원의 봉의정에 가서 기다리세요."

하자 여포는 화극을 들고 지름길로 갔다. 정자의 난간 아래에서 한참을 기다리자, 초선이 꽃과 버들가지를 흔들며 오는 것을 보니, 과연 월궁의 선자와[23] 같았다.

초선이 울면서, 여포에게 말한다.

"내가 비록 왕사도의 친딸은 아니나, 당신을 위하여 이미 출가한 것이에요. 장군을 본 이후부터는 평생 모시게 될 것으로 생각하고 처음 평생 만족하게 생각하였더니, 태사께서 옳지 않은 생각으로 저의 몸을 더럽혔습니다. 첩은 곧 죽지 못한 것이 한이오나, 장군을 한 번 뵙고 목숨을 끊으려 하였습니다. 그렇기에 지금까지 욕됨을 참고 살아 있는 것입니다.

이제 다행히도 장군을 뵙게 되었으니 첩은 죽기를 원합니다. 이 몸이 이미 더럽혀졌으니 다시는 영웅을 섬길 수가 없사옵나이다.

원컨대 장군 앞에서 죽어 첩의 뜻을 밝히려 합니다."

---

23) **월궁의 선자(月宮仙子)** : 월궁의 항아. 「항아분월」(姮娥奔月). 예(羿)의 처 항아가 불사의 약을 도적질해 가지고 달나라로 도망갔다는 옛 우언(寓言)에서 나온 말. [淮南子 覽冥訓]「羿請不死之藥于西王母 **姮娥竊以奔月** (高注) 姮娥 羿妻 羿請**不死之藥於西王母** 未及服之 姮娥盜食之 得仙 **奔**入月中爲**月精**」.

하고, 말을 마치자 손으로 난간을 잡고 연못에 핀 꽃을 향해 뛰어들려 하였다.

여포는 황망하게 끌어안고, 눈물을 흘리며

"내 너의 마음을 안 지 이미 오래다! 다만 말을 하지 못했던 것이 한스럽구나!"

하자, 초선이 여포에게 매달리며,

"첩이 이승에서 장군의 아내가 될 수 없다면 내세를 기약하고자 하나이다."

하니, 여포가 결연히 말하기를

"나도 이승에서 네가 첩이 되는 것을 막을 수 없다면, 나는 영웅이 아니다!"

하니, 초선이 당부하기를

"첩은 하루를 일 년처럼[24] 지내고 있사오니 원컨대 장군께서는 저를 구해 주옵소서."

하고 말하자,

"나는 지금 몰래왔기 때문에 늙은 도적이 보고 의심할까 두렵다. 속히 가야 한다."

하거늘, 초선이 그의 옷자락을 당기며

"당신이 그렇게 도적을 두려워 할 것 같으면, 첩은 밝은 날을 기대할 수 없겠나이다."

하였다.

여포가 머뭇거리며 말하기를,

"내가 서서히 좋은 방법을 도모할 때까지만 허락해다오."

---

24) **하루를 일 년처럼[度日如年]** : 하루가 1년과 같음. '하루 지내기가 매우 힘듦'을 이르는 말임. [晋書 沮渠蒙遜載記]「人無競勸之心 苟爲度日之律」.

하고 말을 마치자 화극을 들고 가려 하였다.

초선이 말하기를,

"첩은 규방 안에 있으면서 장군의 명성을 들을 때마다 우레와 같아 당세의 오직 한 사람뿐인 줄 알았더니, 누가 다른 사람의 통제를 받는 줄을 상상이나 했겠습니까!"

말을 마치자, 눈물이 비 오듯하였다.

여포가 얼굴이 부끄러워 거듭 화극에 의지하고 몸을 돌려 초선을 끌어안고 좋은 말로 위로한다. 두 사람 다 부둥켜안고 차마 헤어지지 못하였다.

한편 동탁은 궁중에 있다가 머리를 돌려 여포가 보이지 않자, 마음 속에 의심을 품고 촉망하게 헌제와 헤어져 수레를 타고 상부로 돌아 왔다.

여포의 말이 상부 앞에 매어 있는 것을 보고, 문을 관리하는 아전에 게 물으니, 관리가 대답하기를

"온후께서 후당으로 들어갔습니다."

하자, 동탁이 좌우를 물리고 급히 후당으로 들어가 찾았다. 여포가 보이지 않자 초선을 불렀으나 초선 또한 보이지 않았다.

급히 주위에 물으니 시첩이 말하기를,

"초선은 후원에서 꽃을 보고 있나이다."

고 하거늘, 동탁이 후원에 들어갔다. 여포가 초선과 함께 봉의정 아래에서 같이 말을 하고 있는데, 화극을 옆에 세워 놓고 있었다. 동탁이 노하여 큰 소리로 불렀다. 여포는 동탁이 오는 것을 보고, 크게 놀라 몸을 돌려 급히 달아났다. 동탁은 화극을 집어들고 급히 뒤를 쫓았다. 여포는 빨리 달아났으나, 동탁은 몸이 비대하여 빨리 쫓을 수가 없었다. 그는 화극을 여포를 향해 던졌다.

그러나 여포는 화극을 쳐서 땅에 떨어뜨리고 그대로 달아났다. 동탁은 다시 화극을 집어들었으나, 여포는 이미 멀리 달아난 뒤였다. 동탁은 급히 원문으로 나가는데, 한 사람이 나는 듯이 달려오다가 부딪혀 동탁은 땅에 쓰러졌다.

이에,

하늘에 치솟는 노여움은 천 길이나 되는데
비대한 몸 땅에 넘어지니 언덕과도 같구나.
　沖天怒氣高千丈
　仆地肥軀做一堆.

필경 그 자가 누구인지 알 수 없으니, 다음 회를 보라.

제9회

여포는 사도를 도와 흉악한 역적을 제거하고
이각은 가후의 말을 듣고 장안을 범하다.
　除暴兇呂布助司徒
　犯長安李催聽賈詡.

이때, 동탁과 부딪쳐 쓰러지게 한 사람은 누구인가? 그는 바로 이유였다. 그때 이유는 동탁을 붙들어 일으켜 서원에 들어가 앉게 하였다.

동탁이 묻기를,

"자네가 어떻게 여기에 왔는가?"

하자, 이유가 대답하기를

"제가 마침 부중의 문에 이르렀는데, 태사께서 노하셔서 후원에서 찾아 묻는다는 것을1) 알았습니다. 급히 달려오다가 달아나는 여포와 맞닥뜨렸는데, '태사께서 나를 죽이려 한다' 하기에, 저는 황망하여 급히 후원에 들어 화해를 권하려 하다가 뜻밖에 은상(恩相)과 부딪쳤습니다. 죽을 죄를 지었습니다!"

하자, 동탁이 대답한다.

"그 역적 놈이 내가 사랑하는 아이를 희롱하였으니, 내 맹세코 저놈을 죽일 것이오!"

---

1) 찾아 묻는다는 것을[尋問] : 심방(尋訪). 물으며 찾음. [北齊書 儒林傳]「研精尋問 更求師友」.

하였다.

이유가 권유하기를,

"은상(恩相)께서 잘못 아신 것입니다. 옛날 초의 장왕(莊王)이 절영지회에서2) 애희를 희롱한 장웅(莊雄)을 벌하지 않았는데, 뒷날 진병에게 곤란하게 되자 그가 나서서 죽기로써 싸워 서로 구원하였습니다. 지금 초선은 한 여자에 지나지 않습니다. 그러나 여포는 태사의 심복 맹장입니다. 태사께서 만약에 초선을 여포에게 주시면, 여포는 대은에 감격하여 반드시 죽기로써 태사께 보은할 것입니다. 태사께서는 세 번 생각해 보시기를 청합니다."

하니, 동탁은 한동안 생각하다가 말하기를

"자네의 말이 맞으이. 내 다시 한 번 생각해 보겠네."

하자, 이유가 사례하고 나갔다.

동탁이 후당에 들어와서, 초선을 불러 묻기를

"네가 어찌하여 여포와 사통을 하였느냐?"

하니, 초선이 울면서 대답하기를

"첩이 후원에서 꽃을 보고 있는데 여포가 달려왔습니다. 첩이 놀라 피하자, 여포가 '나는 태사의 아들이다. 어찌하여 피하느냐?' 하며 화극을 들고 첩의 뒤를 쫓아서 봉의정에 이르렀습니다. 첩은 그 마음이

---

2) 절영지회(絶纓之會) : 초의 장왕(莊王)의 고사. 왕이 야연(夜宴)을 베풀었는데 누가 촛불이 꺼진 틈을 타서 왕후의 옷자락을 잡아끌자, 재빨리 그 자의 갓끈(纓)을 끊어 놓았다. 그리고 왕에게 고하여 그 사람을 밝혀내자고 하였으나, 왕은 모든 신하의 갓끈을 끊게 한 다음 불을 켰다. 뒷날 진(秦)나라와 싸울 때 그가 왕을 보호하며 적을 물리쳐 큰 공을 세웠다 함. [說苑 復恩篇]「楚莊王 賜羣臣酒 日暮酒酣 燈燭滅 有人引美人之衣者 美人援 **絶其冠纓** 告王趣火來上視 **絶纓**者 王曰 賜人酒 使醉失禮 奈何欲顯婦人之節而辱士乎 乃命左右曰 今日與寡 人飮 不**絶冠纓**者不懽 群臣百餘人 皆**絶去其冠纓** 而上火 盡懽而罷 後晉與楚戰 有 一臣常在前 五合五獲首 却敵卒得勝人 莊王怪問 乃夜**絶纓**者」.

불량해 보여 핍박을 당할까 겁이 나서 연못에 뛰어들어 자진할까 하였는데, 문득 저가 나를 끌어안는 것입니다. 아주 생사의 순간에 태사께서 오셔서 저의 생명을 구해주신 것입니다."

하였다.

동탁이 또 묻기를,

"내가 이제 너를 여포에게 주려하는데 너는 어떠냐?"

하니, 초선이 크게 놀라서 울며

"첩이 이미 태사를 섬기는데 이제 문득 가노(家奴)에게 주려 하시니, 첩은 차라리 죽어 욕되지 않겠습니다!"

하고, 마침내 벽에 걸린 보검을 빼어 들고 스스로 목을 찌르려 하였다.

동탁은 당황하여 칼을 빼앗고 포옹하며,

"내가 너를 희롱한 것이다!"

하였다.

초선은 동탁의 품에 쓰러져 얼굴을 가리고 울면서,

"이는 반드시 이유의 계략일 겝니다. 이유는 여포와 교분이 두터우니 이 계책을 낸 것일 겝니다. 그래서 대감의 체면이나 저의 목숨 같은 것은 돌아보지 않는 것입니다. 첩은 그 놈의 고기를 씹고야 말 것입니다!"

하자, 동탁이 말하기를

"내 어찌 차마 너를 버리겠느냐?"

하거늘, 초선이 대답하기를

"비록 태사께서 저를 아끼신다 해도 두려워서 이곳에 오래 살 수가 없습니다. 반드시 여포가 해코지를 할 것입니다."

하자, 동탁이 말한다.

"내가 내일 너와 함께 미오(郿塢)로 가서 즐기리라. 걱정하지 말거라."

하매, 초선이 바야흐로 눈물을 거두고 사례하였다.

다음 날, 이유가 동탁을 뵙고

"오늘이 길일이오니 초선을 여포에게 보내시지요."

하자, 동탁이 말하기를

"여포와 나는 부자지간이라 초선을 저에게 주는 것은 불편하오. 내 저의 죄를 묻지 않기로 하였으니, 자네가 내 뜻을 저에게 전하고 좋은 말로써 위로하시게."

하자, 이유가 권유하기를

"태사께서는 너무 부인에게 빠져서는 안 됩니다."

하매, 동탁이 얼굴빛이 변하며

"자네의 마누라를 기꺼이 여포에게 주겠느냐? 초선의 일을 다시는 재론하지 마오. 또다시 말을 하면 참하리다!"

하자, 이유가 나가며 하늘을 우러러 탄식하기를

"우리들 모두가 초선의 손에 죽겠구나!"

하였다.

후세 사람이 책을 읽다가, 이 부분에 이르러서 탄식한 시가 있다.

　여자를 이용한 왕사도의 묘책은
　병사와 무기를 쓰지 않았네.
　　司徒妙算托紅裙
　　不用干戈不用兵.

　세 번의 호뢰관 싸움은 헛되이 힘을 낭비한 것일 뿐3)

---

3) 세 번의 호뢰관 싸움은 헛되이 힘을 낭비한 것일 뿐[三戰虎牢] : 여포(呂布)를 상대로 유비·관우·장비 등 세 사람이 호뢰관(虎牢關)에서 싸운 일을 말함.

봉의정에서는 승전가를 부르네.

三戰虎牢徒費力

凱歌却奏鳳儀亭.

　동탁은 그날로 미오로 떠날 것을 명령하였다. 문무 백관들이 모두
나와 배웅하였다. 초선은 수레 위에서 여포가 여러 사람들 틈에 끼어,
멀리서 눈이 수레만 바라보고 있는 것을 보았다. 초선은 거짓 그 얼굴
을 감싸고 슬피 우는 모습을 지었다. 수레가 이미 멀리까지 갔으나,
여포는 언덕 위에서 천천히 말고삐를 잡은 채 수레가 남긴 먼지만 바
라보며 안타까워하고 통탄해 하였다.

　문득 뒤에서 한 사람이 묻기를,

　"온후께서는 어찌하여 태사를 따르지 않으시고 이곳에 있으며, 멀
리 바라만 보시면서 탄식하십니까?"

하였다. 여포가 저를 보니 이에 사도 왕윤이었다.

　서로 인사가 끝나자, 왕윤이 말하기를

　"이 늙은이가 그동안 잔병으로 문밖을 나오지 않았기 때문에, 오랫
동안 장군을 뵙지 못했습니다. 오늘 태사께서 미오로 가신다는 말씀
을 듣고, 병중이면서도 배송하려고 나왔습니다. 그런데 뜻밖에 장군
을 뵙게 되었소이다 그려. 장군께서 무슨 이유로 여기서 탄식만 하고
계신지 여쭈어도 되겠습니까?"

하니, 여포가 대답하되

　"바로 대감의 딸 때문입니다."

하였다.

　[漢書 地理志]「河南郡 成皐 故**虎牢** 或曰制」. [南史 宋少帝記]「魏軍剋**虎牢**」.

왕윤이 짐짓 놀라는 체하며,

"그동안 아직도 여식 아이를 장군께 보내지 않았습니까?"

하자, 여포가 말하기를

"도적이 초선이를 이때까지 총애하고 있구려!"

하매, 왕윤이 거짓 크게 놀라며

"이런 일이 있다니 믿기지 않습니다!"

하니, 여포가 전에 있었던 일들을 하나하나 왕윤에게 알렸다. 왕윤은 하늘을 향해 발을 구르며, 한동안 말을 잇지 못하였다.

그리고 나서 대답하기를,

"오늘 뜻밖에 태사께서 이토록 금수의 행동을 하시다니!"

하며, 여포의 손을 잡고 말하기를

"저의 집으로 가서 의논을 하십시다."

하니 여포는 왕윤을 따랐다.

왕윤이 밀실로 들어가서 술상을 내어 환대하였다. 여포는 또 봉의정에서 서로 만났던 일을 자세히 말하였다.

왕윤이 말하기를,

"태사께서 제 딸아이에게 음행을 저지르셨고 장군의 아내를 빼앗아 가셨으니, 진실로 천하의 비웃음거리가 될 것이외다. 이는 태사를 비웃는 것이 아니라 저와 장군을 비웃을 것이란 말씀입니다! 그러나 저는 이미 늙어 무능하오니 말할 필요가 없습니다. 다만 세상을 덮을 만한4) 장군께서 이런 욕을 당하는 것이 안타까울 뿐입니다!"

하자, 여포가 노기가 충천하여 책상을 치며 큰 소리로 부르짖었다.

---

4) 세상을 덮을 만한[蓋世英雄] : 세상을 덮을 만한 영웅. [項羽 垓下歌]「力拔山兮氣蓋世 時不利兮騅不逝 騅不逝兮可奈何 虞兮虞兮奈若何」. [韓非子 解老]「戰場勝敵 則論必蓋世」.

왕윤은 급히 사과하며,

"이 늙은이가 실언을 하였사오니, 장군께서는 노여움을 푸시옵소서."

하니, 여포가 말하기를

"맹세코 이 노적(老賊)을 죽일 것입니다. 그래서 나의 부끄러움도 씻겠소."

하매, 왕윤이 급히 여포의 입을 막으며

"장군께서는 그런 말을 마시오. 누가 저에게까지 미칠까 두렵소이다."

하자, 여포가 분연히 말하기를

"대장부가 천지간에 살면서, 어찌 이토록 울울하게 다른 사람의 수하로 살아가겠소이까!"

하거늘, 왕윤이 말하기를

"장군의 재능으로 진실로 동태사의 절제를 받으시다니 안 될 일이지요."

하였다.

여포가 대답하기를,

"내가 이 노적을 죽이고자 하오나 이에 부자의 정이 있으니, 후세 사람들이 어찌 생각을 할까 걱정입니다!"

하거늘, 왕윤이 빙그레 웃으면서

"장군은 성이 여씨이고 태사는 동씨입니다. 더구나 화극을 찌를 때에 어찌 부자의 정을 말하겠습니까?"

하였다.

여포가 불안히 말하기를,

"사도의 말씀이 아니었다면 제가 일을 그르칠 뻔하였습니다."

하거늘, 왕윤은 그가 이미 뜻을 정한 것을 알고는 곧 저를 설득하기를,

"장군께서 만약 황실을 받드신다면 이는 곧 충신일 것이니, 청사에5) 이름을 남기실 것이며 그 이름이 영원히 전해질 것입니다.6) 장

군께서 만약에 동탁을 도우신다면 이는 곧 반신(反臣)이 될 것이며, 역사가들의 사필(史筆)에 실려 그 더러운 냄새가 만년까지 갈 것입니다."

하자, 여포가 왕윤에게 절하며,

"저의 뜻은 이미 정해졌소이다. 사도께서는 의심치 마소서."

하거늘, 왕윤이 대답한다.

"단지 일이 성공하지 못하여 도리어 화를 부를까 걱정입니다."

하자, 여포가 칼을 허리에서 빼어 팔을 그어 피로써 맹세하였다.

왕윤이 무릎을 꿇고 말하기를,

"한의 사직이 끊이지 않게 된 것은 다 장군께서 힘 쓴 덕분입니다. 일체 일이 누설되면 안 됩니다. 기회가 이르면 계책을 세워 장군께 드리리다."

하니, 여포가 응낙하고 돌아갔다.

왕윤은 곧 복야7) 사손서(士孫瑞)와 사예교위 황완(黃琬)을 청하여 의논하였다.

사손서가 말하되,

"지금 금주(今主)께서 병중에 계시다가 요즘 쾌차하셨으니, 언변이 좋은 사람 하나를 보내서 미오에 가서 동탁과 의논하고, 한편으로는 천자께서 여포에게 비밀리 조서를 내려서 병사들을 조문(朝門) 안에 매

---

5) **청사(靑史)** : 사기(史記)를 일컫는 말. 종이가 없었던 시대에 푸른 대나무에 역사를 기록한 데서 온 말임. [范質 詩]「南史朝稱八達 千載穢**靑史**」. [李白 過四皓墓詩]「紫芝高詠罷 **靑史**舊名傳」.

6) **그 이름이 영원히 전해질 것입니다[流芳百歲]** : 유방후세(流芳後世). 꽃다운 이름이 오래 오래 전함. [晋書 桓溫傳]「旣不能**流芳後世** 不足復遺臭萬載耶」.

7) **복야[僕射]** : 상서복야(尚書僕射). 상서령의 밑에 있으며 문서를 개봉·전곡의 수납을 관리하고, 관리들의 고과(考課)·임면(任免)하는 두 복야가 있었음. [晋書 職官志]「**尚書令**秩千石」. [淵鑑類函 設官部 尚書令]「文獻通考曰 明無**尚書令官**」.

복시켰다가 동탁을 잡아 죽이면 될 것입니다. 이 계책이 상책입니다."

하자, 황완이 묻기를

"누구를 보내겠소?"

하거늘, 사손서가 대답하되

"여포와 같은 군에 사는 기도위 이숙은 동탁이 그의 관직을 올려 주지 않았기에 심히 원한을 품고 있습니다. 만약 이 사람을 보내면 동탁은 결코 의심치 않을 것입니다."

하자, 왕윤이 말하기를

"좋소!"

하고 여포와 함께 의논하였다.

여포가 말하기를,

"지난 날 나에게 정건양(丁建陽)을 죽이도록 권한 사람이 바로 이 사람입니다. 이제 만약에 가지 않으면 내가 먼저 저를 베리다."

하고 몰래 이숙을 청하였다.

여포가 묻기를,

"지난 날 공이 나에게 정건양을 죽이고 동탁에게 오게 하지 않았소. 이제 동탁이 위로는 천자를 속이고 아래로는 백성들을 학대하여, 그 죄가 온 천하에 가득하오.8) 그래서 사람과 신이 다 공분하고 있소. 공이 천자의 조서를 미오에 가지고 가서 동탁을 입조하게 하면, 복병을 두었다가 저를 죽여 한실을 붙들어 세우고 함께 충신이 되십시다. 당신의 뜻은 어떻소?"

하자, 이숙이 대답하되

---

8) 그 죄가 온 천하에 가득하오[罪惡貫盈] : 「죄충관영」(罪充貫盈). 죄악이 더할 나위 없이 꽉 참. '관영'은 '가득 참'의 뜻임. [蘇軾 贈錢道人詩]「我生涉憂患 常恐 長罪惡」. [三國志 魏志 中山恭王傳]「此亦謂大罪惡耳」.

"나 역시 이 도적을 오래전부터 제거하고자 하였으나, 같은 생각을 가진 사람이 없음을 안타까워했소이다. 이제 장군께서 이렇게 하신다면 이는 하늘이 주신 기회입니다. 제가 어찌 감히 두 마음을 품겠습니까?"

하고, 마침내 화살을 꺾어 맹세하였다.9)

왕윤이 말하기를,

"공이 이 중요한 일을 맡아 주신다면, 어찌 현관의 자리를 얻지 못함을 근심하겠소."

하였다.

다음 날 이숙은 수십 기를 이끌고 앞서 미오로 갔다. 사람 편에 천자의 조서를 가지고 간다고 일렀다. 동탁은 곧 이숙을 불러들였다. 이숙은 들어가 동탁을 뵙고 절하였다.

동탁이 묻기를,

"천자께서 무슨 일로 조서를 보내셨노?"

하자, 이숙이 대답한다.

"천자께서 병이 나으셔서 문무 백관들을 미앙전(未央殿)에 모으시고 태사께 선위하시는 일을 의논하고자 하십니다. 그래서 이 조서를 보내신 것입니다."

한다.

동탁이 또 묻기를,

"왕윤의 뜻은 어떠하던가?"

하매, 이숙이 대답하기를

"왕사도는 이미 대를 쌓도록 명하고 그 대를 '수선대(受禪臺)'라 하여, 주공께서 오시기만을 기다리고 계십니다."

---

9) 화살을 꺾어 맹세하였다[折箭爲誓] : 화살을 꺾어 맹세를 함. '자신의 굳은 의지를 보임'에 비유하는 말임. [程史]「虜旣得俊邁 折箭爲誓」.

하자, 동탁은 크게 기뻐하며,

"오늘 밤 용 한 마리가 내 몸을 휘감는 꿈을 꾸었더니, 과연 이 기쁜 소식을 듣는구려. 때가 닿을 때 놓치지 말아야 하느니!"

하며, 곧 심복인 장군 이각·곽사·장제·번조 등 네 사람에게 비웅군(飛熊軍) 3천으로 미오를 지키라 명하고, 자기는 그날로 서울로 돌아가기로 하였다.

그는 이숙을 보고, 은근히 말하기를,

"내가 왕이 되면 너는 마땅히 집금오(執金吾)가 되게 하마."

하자, 이숙이 배사하며 자신을 신(臣)이라 칭하였다.

동탁이 들어가 어머니께 인사를 하였는데, 그때 나이가 이미 90여 세였다.

동탁에게 묻기를,

"내 아들이 무슨 일로 왔는고?"

하자, 동탁이 대답하기를

"제가 곧 한의 왕위를 받으러 가옵니다. 어머님께서는 머지않아 태후가 되실 것입니다."

하니, 어미가 말하기를

"내 근자에 와서 살이 떨리고 마음이 놀라워지니 이는 길조가 아닐까 두려웠다."

하거늘, 동탁이 대답한다.

"장차 국모(國母)가 되실 터인데 어찌 미리 경보가 없겠습니까!"

하고, 어머니께 인사를 하고 떠난다.

동탁은 떠나기 전에 초선에게 이르기를,

"내가 천자가 되면 너는 당연히 귀비(貴妃)가 되는 것이다."

하자, 초선이 이미 그 속내를 분명히 알고 거짓으로 기뻐하며 인사를 올렸다.

동탁이 수레에 올라 미오를 떠나자 군사들이 앞 뒤에서 호위를 하며[10] 장안을 바라고 온다. 행차가 30리에 이르지 못해 동탁이 탄 수레가 갑자기 한쪽 바퀴가 부러져, 동탁은 수레에서 내려 말을 탔다. 또 일행이 10리도 못 가서 어찌된 일인지 말이 울며 날뛰어 고삐가 끊어졌다.

동탁이 이숙에게 묻기를,

"수레의 바퀴가 부러지고 말의 고삐가 끊어졌으니, 그 징조는 무슨 뜻인가?"

하자, 이숙이 대답하기를

"이는 태사께서 선위를 받게 됨을 나타내는 것입니다. 옛 것을 버리고 새 것으로 바뀌는 것으로, 장차 옥련(玉輦)과 금안(金鞍)을 타실 징조입니다."

하자, 동탁은 기뻐하며 그 말을 믿는다.

다음 날 행군을 할 때에 갑자기 광풍과 비가 몰아치고 안개가 하늘을 덮었다.

동탁이 이숙에게 묻기를,

"이는 무슨 상서로운 징조인가?"

하니, 이숙이 대답한다.

"주공께서 천자에 오르시매 반드시 붉은 광채와 채색 구름입니다.[11] 이는 장차 천자의 위세를 나타내는 것입니다."

---

10) 앞 뒤에서 호위를 하며[前遮後擁] : 여러 사람이 앞 뒤에서 받들어 모시고 감.
11) 붉은 광채와 채색 구름입니다[紅光紫霧] : 새로운 왕의 탄생을 알리는 '상서로운 현상임'의 비유. [吳越備史]「武肅王錢鏐初誕時 紅光滿室 將棄於井 祖秖知非常人 固不許 因小字曰婆留」. [江淹 赤紅賦]「紫霧上河 絳霧下漢」.

하자, 동탁이 또 기뻐하며 의심치 않았다. 행차가 성 밖에 이르자 백관들이 다 나와서 영접한다. 단지 이유는 병에 걸려 집에 있고 나와 맞지 못했다. 동탁이 상부로 들어가자 여포가 들어와 하례한다.

동탁이 말하기를,

"내가 천자가 되면 너는 당연히 천하의 병권을 모두 맡게 될 것이다."

하자 여포가 사례하고, 장막에 나아가 쉬었다. 이날 밤 수십 명의 아이들이 교외에서 노래를 부르는데, 그 내용은 바람결에 실려 장막 안에까지 들렸다.

노래의 내용은 다음과 같다.

천리초는 푸르기도 하여라
십일복은 다시 살지 못하리![12]
千里草何靑靑
十日卜不得生.

노래 소리가 심히 슬펐다.

동탁이 이숙에게 묻기를,

"동요는 길한 것이냐 흉한 것이냐?"

하자, 이숙이 말하기를

"또한 이 말은 유씨가 망하고 동씨가 흥한다는 뜻입니다."

고 대답하였다.

이튿날 아침에 동탁이 호위하는 시종들을[13] 거느리고 입조하는데,

---

12) **천일초 · 십일복(千日草 · 十日卜)**: '董卓'의 파자(破字)임. '千日草'는 '艹 + 千 + 里'로 '董'이고, '十日卜'은 '上 + 日 + 十'으로 '卓'을 뜻함.

13) **호위하는 시종(侍從)**: 직위가 높은 사람을 호위하는 사람. [宋書 袁湛傳]「居位無**儀從**之徒」. [齊書 明帝紀]「高宗獨乘下帷 **儀從**如素士」.

문득 한 도인이 푸른 도포를 입고 머리에는 흰 두건을 쓰고, 손에는 긴 장대를 잡고 장대 끝에다 백포 한 끝을 매었는데 양 끝에 '구(口)'자가 쓰여 있었다.

동탁이 이숙에게 묻기를,

"저 도인은 무얼 하고 있는 게냐?"

하자, 이숙이 대답하기를

"미친 늙은이입니다."

하고, 장사를 불러 몰아내게 하였다.

동탁이 입조하니 모두가 길에 나와 맞았다. 이숙이 손에 보검을 들고 수레를 따랐다. 행차가 북액문(北掖門)에 이르자 모든 군사들을 문 밖에 머무르게 하고, 오직 20여 사람만이 수레를 호위하며 함께 들어갔다. 동탁은 왕윤 등이 각각 보검을 잡고 전문에 서 있는 것을 바라다보았다.

놀라 이숙에게 묻기를,

"검을 가지고 있음은 무얼 뜻하느냐?"

하자, 이숙은 대답하지 않고 수레를 밀어 곧바로 들어갔다.

왕윤이 큰 소리로 말하기를,

"반적(反賊)이 여기 있다. 무사들은 어디 있느냐?"

하자 양쪽 곁에서 백여 명이 뛰쳐나와 저마다 극(戟)으로 찌르고 삭(槊)으로 찔렀다. 동탁은 속에 갑옷을 입었기 때문에 들어가지 않아 팔에 상처만 입고 수레에서 떨어졌다. 큰 소리로 말하기를,

"내 아들 봉선은 어디에 있느냐?"

하자, 여포가 수레의 뒤를 따르며,

"천자의 조서에 역적을 토벌하라 하지 않았는가!"

하며 화극으로 목을 찌르자, 이숙이 머리를 베어 손에 들었다.

여포가 왼손으로 화극을 들고 오른손으로는 품속에서 조서를 내어
큰 소리로 외치기를,

"조서를 받들어 역신 동탁을 베고 나머지는 불문에 부친다."
하자, 장리(將吏)들이 모두 만세를 외친다.

후세 사람이 동탁을 한탄한 시가 있다.

패업을 이루면 당당한 제왕이 되는 것을
이 일을 못 이루고 오히려 부가랑이¹⁴⁾ 되었네.
　覇業成時爲帝王
　不成且作富家郎.

누군들 하늘의 뜻이 굽음이 없음을 알았으리
미오는 바야흐로 성을 이루자 멸망했구나.
　誰知天意無私曲
　郿塢方成已滅亡.

이때, 여포는 큰 소리로 외치기를

"동탁을 도와 탐학한 자는 이유이다! 누가 저를 사로잡아 오겠는가?"
하자, 이숙이 자원하며 나섰다.

문득 대궐 문 밖에서 함성소리가 들리더니 사람들이 와서 보고하기
를, 이유의 집 노복들이 이미 이유를 묶어가지고 바치려 왔다 하였다.

---

14) **부가랑(富家郎)** : 젊어서 부를 쌓은 도령. 「부가옹」(富家翁)과 대가 됨. 부
옹(富翁). 부잣집 늙은이. '안락만을 추구하는 평범한 사람'의 뜻. [史記 留侯
世家 意慾留居之(注)]「徐廣曰 一體 噲諫曰 沛公欲有天下耶 將欲爲**富家翁**耶 沛
公曰 吾欲有天下」. [論衡 初稟]「**富家之翁** 貲累千金 生有富骨 至生積貨 至於年
老 遂成**富家**」.

왕윤이 명하기를 저자 밖에 끌어내어 참하라 하였고, 또 동탁의 시신을 거리에 매달게 하였다. 동탁은 몸이 비대하여 시신을 지키는 군사들이 배꼽에다 불꽃을 달아 등처럼 하였는데, 시체에서 기름이 흘러 땅에 흥건히 괴었다. 백성 중에 지나는 사람마다 손으로 그 머리를 때리고, 발로 시신을 밟지 않는 자가 없었다. 왕윤은 또 명하여 여포와 황보숭·이숙에게 병사 5만을 거느리고 미오에 가서, 동탁의 가산을 적몰하고 가솔 등을 죽이게 하였다.

한편 이각·곽사·장제·번조 등은 동탁이 이미 죽었다는 소식을 듣고 여포와 군사들을 이끌고 이른다는 소식을 듣자, 곧 비웅군을 이끌고 밤을 도와 양주(涼州)로 달아나 버렸다. 여포는 미오에 이르러 먼저 초선을 찾았다. 황보숭은 미오에 숨어 있는 양가의 여자들을 다 석방하게 하였다. 다만 동탁과 관련이 있는 친척은 노유를 가리지 않고 다 죽였다. 동탁의 어미 또한 죽음을 당했다. 동탁의 아우 동민(董旻)과 조카 동황(董璜)도 다 참수하라 명하였다.

그리고 미오에 쌓여 있던 황금 수십만 냥과 백금 수백만, 비단·금옥·그릇 등과 양식은 그 수량을 헤아릴 수가 없어서 왕윤에게 회보하였다. 왕윤은 군사들을 배불리 먹이고 도당에 잔치를 베풀어 장군들을 모아서 술을 대접하며 경하하였다.

술을 마시고 있는 중에, 문득 한 사람이 나서서 보고하기를

"동탁의 시신을 거리에 버렸더니, 문득 한 사람이 그 시체 앞에서 곡을 하더이다."

하였다. 왕윤이 노하여 말하기를,

"동탁이 주살당하여 모든 백성들이 기뻐하는데, 어떤 자가 감히 곡을 한단 말이냐!"

하고, 무사를 불러 말하기를

"내 앞에 잡아오라!"

하자, 조금 있다가 그가 잡혀 왔다.

여러 사람들이 저를 보고 놀라지 않는 이가 없었다. 그는 원래 다른 사람이 아니라 시중 채옹(蔡邕)이었다.

왕윤이 꾸짖기를,

"동탁은 역적이라 주살되어 온 나라가 다 다행으로 생각하고 있오. 자네 또한 한신이 되어서 나라의 경사에 참여하지 않고, 도리어 적을 위해 곡을 하다니 도대체 무슨 까닭이오?"

하자, 채옹이 엎드려 죄를 빌면서,

"제가 비록 재주가 없사오나 또한 대의를 알고 있습니다. 어찌 나라를 배반하고 동탁을 향해 곡을 했겠습니까? 단지 한 때나마 저를 만났던 감정으로 울게 된 것을 깨닫지 못하였습니다. 스스로 죄가 큼을 알고 있습니다. 원컨대 이를 통촉하옵소서. 저에게 경수월족의15) 벌을 내리시든가 저로 하여금 계속 한사(漢史)를 쓰게 하셔서, 죄를 속량하게 해 주신다면 저는 실로 다행하게 생각하겠습니다."

하자, 모두가 그의 재주를 안타까워하여 힘을 다해 저를 구하려 하였다.

태부 마일제(馬日磾)가 비밀히 왕윤에게 이르기를,

"백개(伯喈)는 세상이 다 아는 인물입니다. 만약 저로 하여금 계속 한나라의 역사를 서술하게 한다면, 진실로 기쁜 일이 될 것입니다. 또한 그의 효행이 평소부터 알려져 있는데, 만약 저를 죽이신다면 사람들의 신망을 잃을까 두렵습니다."

하였다.

---

15) **경수월족(黥首刖足)** : 오형(五刑)에 속하는 두 가지 형벌. '경수'는 죄인의 이마에 먹물을 뜨는(刺字) 형벌이고, '월족'은 발뒤꿈치를 베는 형벌임. 「오형」. [群書拾遺]「秦五刑曰 黥劓 斬左右趾 梟首 菹其骨」.

왕윤이 말하기를,

"옛날에 효무제(孝武帝)께서는 사마천(司馬遷)을 죽이지 않고 그 후 그로 하여금 역사를 저술하게 하여, 마침내 비방하는 글을 써서 세상에 유전하게 하였소이다. 이제 바야흐로 국운이 쇠미해지고 조정이 모두 어지러움에 빠졌는데, 망령된 신하로 하여금 어린 임금의 곁에서 집필하게 하는 것은 옳지 못하오. 그렇게 되면 우리들의 어리석음도 비방을 받게 될 것이외다."

하였다.

마일제가 더 말을 못하고 물러나와, 여러 사람들에게 묻기를

"왕윤은 후사가 없으려나! 착한 사람이란 나라의 기강이요[16] 역사를 저술함은 국가의 전범인데, 기강을 없애고 전범을 폐하면 어찌 오래 지탱할 수 있을까?"

하였다. 곧 왕윤은 마일제의 말을 듣지 않고 장수에게 명하여 채옹을 하옥시키고 교살하라 하였다.

그때, 사대부들이 이 소식을 듣고 다 눈물을 흘렸다. 후세 사람들이 채옹이 동탁을 위해 곡한 일에 대해 옳은 일은 아니지만, 왕윤이 저를 죽인 것은 또한 너무 심한 것이라고들 하였다.

이 일을 한탄한 시가 있다.

동탁이 전권하면서 어질지 못하였는데
시중(채옹)은 어찌하여 스스로를 망쳤나?

---

16) 착한 사람이란 나라의 기강이요…… : 원문에는 '**善人 國之紀也 制作國之典也 滅紀癈典 豈能久乎**'로 되어 있음. [論語 子路篇]「**善人爲邦百年**」. [左氏 襄 三十]「**善人國之主也**」. 「국전」(國典)은 '국가의 제의(祭儀)'임. [禮記 月令]「天子乃與公卿大夫 共飭國典」. [北史 王慧龍傳]「撰帝王制度十八篇 號曰國典」.

董卓專權肆不仁

侍中何自竟亡身?

당시에 제갈량은 융중에 있었으니

어찌 즐겨 가벼히 난신을 섬기겠는가.

當時諸葛隆中臥

安肯輕身事亂臣.

한편, 이각·곽사·장제·번조 등은 도망하여 섬서로 가서, 사람을
장안으로 보내 사면을 구하였다.

왕윤이 말하기를,

"동탁이 이토록 발호하게 된 것은 다 이 네 사람들이 도운 때문인
데, 이제 비록 천하가 다 저들을 사면한다 해도, 이 네 놈은 사면할
수 없다."

하자, 사자가 돌아가 이각에게 알렸다.

그는 대답하기를,

"사면을 얻지 못한다면 각자 도망하여 살 길을 찾을 수밖에 없소이다."

하자, 모사 가후(賈詡)가 말하기를,

"여러분들이 군사를 버리고 단독으로 행동한다면, 일개 정장에게
붙잡히고 말 것이외다. 이곳 섬서성 사람들과 본부의 군마를 모아 장
안으로 쳐들어 가 동탁의 원수를 갚는 것만 못합니다. 일이 순조롭게
만 된다면 조정을 받들어 천하를 바로 잡게 될 것이고, 만약 이기지
못한다면 그때 달아난다고 해도 늦지 않을 것입니다."

하매, 이각 등이 그의 말이 그러리라 여겨, 마침내 서량주(西涼州)에
말을 퍼뜨리기를,

"왕윤이 장차 이 지방 사람들을 모조리 쓸어버리려고 한다."

하니, 여러 사람들이 다 놀라고 당황해 하였다.

이에 다시 말을 퍼뜨려,

"모두 죽는다는 것은 무익한 일이니, 우리들을 따라 반기를 들지 않겠는가?"

하자, 모든 무리들이 다 따르기를 원했다.

이때, 모여든 무리가 10여 만에 이르자, 이들은 넷으로 나누어 장안으로 짓쳐 들어갔다. 도중에서 동탁의 사위 중랑장 우보(牛輔)를 만났는데, 군사 5천을 이끌고 장인의 원수를 갚으러 가고자 하였다. 이각은 곧 군사들을 합쳐 저로 하여금 앞서게 하고 네 사람은 계속 진발하였다.

왕윤은 서량의 병사들이 온다는 소식을 듣고, 여포와 함께 상의하였다.

여포가 말하기를,

"사도께서도 마음을 놓으세요. 이들 쥐새끼 같은 무리를 말씀할 게 뭐 있습니까!"

하고, 마침내 이숙이 군사들을 이끌고 적을 맞으러 나갔다.

이숙이 앞서 나가 싸움을 맞았는데, 마침 우보와 맞닥뜨리게 되자 크게 짓쳐 나아갔다. 우보는 적을 막기에 부족하고 패하고 돌아갔다. 뜻밖에 이날 밤 2경에 우보가 이숙이 준비하고 있지 않는 사이에 영채를 겁략하였다. 이숙의 군사들이 혼란에 빠져 30여 리나 달아났다. 군사들의 태반을 잃고 여포에게 왔다.

여포는 크게 화를 내며,

"네가 어찌 나의 정예 군사들의 예기를 꺾이게 했느냐!"

하고 이숙을 참하여 목을 군문에 매어 달았다.

다음 날 여포가 군사들을 이끌고 가서 우보의 군사들과 대적하였다. 우보는 여포를 대적할 수가 없어서 이에 다시 대패하여 달아났다.

이날 밤 우보는 심복 호적아(胡赤兒)를 불러, 상의하기를

"여포는 용맹이 뛰어나 누구도 막을 수가 없다! 이각 등 네 사람을 속이고 몰래 금은주단을 싸가지고 가까운 사람만 데리고 군사들을 버리고 가는 것이 어떤가."

하니, 호적아가 그렇게 하자 하였다.

이날 밤 우보는 금은보화를 거두어 영채를 버리고 달아났는데, 따르는 자가 네댓 명에 지나지 않았다. 장차 강을 건너려 하다가 호적아는 그가 가진 금은보화를 모두 차지하고 싶어서 마침내 우보를 죽이고 머리를 여포에게 바쳤다.

여포는 그 간의 사정을 묻자, 종인이 말하기를

"호적아가 우보를 죽이고 그의 금은보화를 빼앗은 것입니다."

하자, 여포는 노하여 곧 호적아를 끌어내어 참수하게 하였다.

그리고는 군사들을 이끌고 진군하여 이각이 이끄는 군사들과 마주쳤다. 여포는 저들이 전열을 가다듬기를 기다리지 않고 곧, 화극을 꼬나들고 말을 달려 나아가 들이쳤다. 이각의 군사들이 막아내지 못하고 50여 리나 물러나 산에 영채를 쳤다.

곽사·장제·번조 등이 함께 의논하기를,

"여포가 비록 용맹은 하나 지모가 없는 자이니 염려할 것이 못됩니다. 우리가 군사들을 이끌고 골 어귀에서 매일 같이 저들을 이끌어 내어 시살한 터이니, 곽사 장군께서는 군사들을 데리고 가서 저들의 후미를 공격하되, 팽월이 초나라 군사들을 놀라게 했던 전법을[17] 쓴

---

17) 팽월이 초나라 군사들을 놀라게 했던 전법[彭越撓楚之法] : 팽월이 초나라 군사들의 후방을 교란시켜 놀라게 했던 전법. 「팽월」은 진나라 말 항우의 휘하에 있다가 유방에게 귀의하여 많은 전공을 세운 장수임. [中國人名]「昌邑人 字仲

것처럼 징을 치며 진군하면 됩니다. 번공은 그 사이에 군사들을 둘로 나누어 지름길로 가 장안을 공격하십시오. 그러면 저들이 수미를 구응하지 못할 것이오니, 반드시 대패시킬 수 있습니다."

하고 계책을 세웠다.

한편, 여포가 군사들을 이끌고 산 아래에 이르니, 이각이 군사들을 이끌고 나와서 싸움을 돋웠다. 여포는 화가 나서 곧 짓쳐 들어가자, 이각은 대피하여 산 위로 달아났다. 산 위에서 화살과 돌이 비 오듯이 쏟아져 내려, 여포는 더 이상 진군할 수가 없었다. 그때 갑자기 곽사가 진의 후미에서 짓쳐 와서 여포는 급히 돌아서 싸웠다. 단지 북소리가 크게 울리는 소리가 들렸으나, 곽사의 군사들은 이미 물러가고 없었다. 여포는 군사들을 수습하고자 하였으나, 북소리가 울리는 곳에서 이각의 군사들이 나왔다. 여포는 대적하지 못하고 있는데, 배후에서 곽사가 또 군사들을 이끌고 짓쳐 왔다.

그러나 여포가 이르렀을 때에는 문득 뇌고가[18] 울리고 군사들을 수습해 가버린 뒤였다. 여포는 가슴이 터질 듯이 격노하였다. 이렇게 하기를 며칠 동안 반복되자 여포는 싸우고자 하나 싸울 수가 없고, 싸움을 그만두고자 하나 그만둘 수가 없었다. 여포는 화가 치밀고 있는데, 문득 비마가 달려와 장제와 번조가 두 길로 군마를 이끌고 장안으로 쳐들어 가 장안성이 위급하다 하였다. 여포가 급히 군사를 돌리려 하자, 곽사가 군사들을 이끌고 짓쳐 왔다.

여포는 싸울 마음이 없어서 돌아보고 달아나다 태반의 군마를 잃었다. 장안성 아래에 이르러 보니 적병들이 구름과 비가 몰려오듯 성지

高祖既誅韓信 越懼誅及己 帝使使掩越 囚至洛陽 廢爲庶人 遂夷越三族 梟其首」.

18) **뇌고(擂鼓)** : 북의 일종으로 한쪽 면만 가죽을 대었음. [宋史 禮志]「旗下**擂鼓**」.
　　[岑參 凱歌]「鳴笳**擂鼓**擁回軍」.

를 포위하고 있어서, 여포군이 싸움에 불리하게 되었다. 군사들은 여포의 포악함이 두려워 적에게 항복하는 자가 많아지자, 여포는 마음속으로 심히 걱정이 되었다.

며칠이 지나자 동탁의 잔당인 이몽(李蒙)과 왕방(王方)이 성안에서 내응하여 성문을 열어 놓았으므로, 네 길의 군사들이 일제히 입성하였다. 여포가 좌충우돌하면서 막았으나 막을 도리가 없었다.

수백 기를 이끌고 청쇄문(靑瑣門) 밖에서 왕윤을 불러 말하기를,

"형세가 위급합니다! 사도께서는 말을 타고 함께 나가서 양책을 의논 하십시다!"

하니, 왕윤이 말하기를

"만약 사직이 신령에 힘입어 나라의 안위를 얻는 것이 내가 원하는 것입니다. 만약 이미 얻을 수가 없다면 저는 몸을 바쳐 죽음을 택할 것입니다. 어려움에 임하여 구차하게 죽음을 면하는 짓을 나는 하지 않을 것입니다. 장군께서는 관동(關東)에 계신 여러분께, 나라를 위해 힘써 달라고 내가 부탁하더라 전해 주시구려!"

하였다.

여포가 재삼 권하여도 왕윤은 가기를 거절하였다. 얼마 지나지 않아 각 관문에서 화염이 하늘로 치솟자 여포는 가솔들을 버려둔 채로 백여 기만 이끌고 나는 듯이 관문을 빠져 나가 원술에게 투항하였다.

이각과 곽사는 병사들을 흩어서 심한 약탈을 하였다. 태상경 충불(种拂)·태복 노규(魯馗)·대홍려 주환(周奐)·성문교위 최열(崔烈)·월기교위 왕기(王頎) 등은 난리통에 다 죽었다. 마침내 적병들이 내정을 둘러싸서 형세가 급해지자, 시신들이 선평문(宣平門)에 올라가 난리가 그치기를 기다리도록 주청을 드렸다. 이각의 무리들은 황개를[19] 바라보자 군사들을 제지시키고 입으로 만세를 외쳤다.

헌제가 문에 의지하여 있다가 묻기를,

"경들이 주청도 하지 않은 채 장안에 몰려들어 왔으니, 어찌하려는 것인가?"

하니, 이각·곽사가 얼굴을 들어 아뢰기를

"동태사께서는 폐하의 사직지신인데,[20] 무단히 왕윤 등에게 피살되었습니다. 신 등이 특히 원수를 갚으러 왔을 뿐 감히 반역을 꾀함은 아닙니다. 단지 왕윤을 보면 신들은 곧 병사들을 물릴 것이옵나이다."

하였다.

왕윤은 그때 헌제의 곁에 있었는데 이 말을 듣고서 아뢰기를,

"신은 본래 나라를 지켜 갈 계책을 세웠으나 일이 이미 이 지경에 이르렀사오니 폐하께서는 신을 아끼지 마시옵고, 나라를 그르치지 마시옵소서. 신이 두 도적을 만나겠습니다."

하매, 헌제께서는 왔다 갔다 하시며 차마 허락하지 못하였다.

왕윤이 스스로 선평문의 누각에 올라가 누각 아래로 뛰어내렸다.

그러면서 큰 소리로,

"왕윤이 여기에 있다!"

고 외쳤다.

이각과 곽사가 칼을 빼어 들고 꾸짖기를,

---

19) 황개(黃蓋): 황색의 거개(車蓋). 옛 의장의 하나인데 빛깔에 따라 청개·홍개·황개 등이 있었음. 통치자의 수레에 세워 놓은 우산 비슷한 덮개. [漢書 黃霸傳]「賜車蓋 特高一丈」. [後漢書 五行志]「靈帝 光和元年 六月丁丑……墮北宮溫命殿東庭中 黑如 車蓋」.

20) 사직지신(社稷之臣): 나라의 안위를 담당할 만한 충신. 원래 사(社)는 '토신' (土神) '직'(稷)은 곡신(穀神)임. [禮記 祭儀篇]「建國之神位 右社稷而左宗廟」. [後漢書 禮儀志]「考經援神契曰 社者土地之主也 稷者五穀之長也 大司農鄭玄說 古者官有大功 則配食其神 故句農配食於社 棄配食於稷」.

"동태사께서 무슨 죄가 있기에 죽였느냐?"

하니, 왕윤이 묻기를

"동탁의 죄는 천지에 두루 닿아 가득 찼으니21) 말로 다 할 수 없노라. 저가 죽을 때에 장안의 백성들이 다 서로 얼싸안고 기뻐했는데 너희만 유독 듣지 못했느냐?"

하자, 이각과 곽사가 묻는다.

"태사께서 죄가 있으시다면 우리들은 무슨 죄가 있어서 사면을 하지 않았느냐?"

하거늘, 왕윤이 크게 꾸짖으면서 말하기를

"역적놈들이 말이 많구나! 나 왕윤은 오늘 이 자리에서 죽을 따름이다!"

하였다. 두 도적은 칼을 들어 왕윤을 누각 아래에서 죽였다.

후세 사람이 저를 예찬한 시가 있다.

왕윤이 계책을 내니
간신 동탁이 죽는구나.
　王允運機籌
　奸臣董卓休.

마음속 나라 위한 한
눈을 감아도 묘당의 근심 뿐.
　心懷國家恨,
　眉鎖廟堂憂.

---

21) 죄는 천지에 두루 닿아 가득 찼으니[彌天瓦地] : 죄가 하늘과 땅에 두루 닿아 도저히 어찌 할 수가 없다는 뜻. '죄가 하늘과 땅에 두루 닿다'의 비유임. [陰符經]「彌于天給于地」.[應璩 報梁季然書]「頓彌天之網 收萬因之魚」.

영기는 하늘에 닿았고

충성심은 북두에 꿰었네

　英氣連霄漢

　忠誠貫斗牛.

이제 그의 혼백은

오히려 봉황루를 둘렀도다.

　至今魂與魄

　猶遶鳳凰樓.

　여러 도적들이 왕윤을 죽이고 군사들을 보내서, 그 가족의 노유를
가리지 않고 다 살해하였다. 백성들은 눈물을 흘리지 않는 사람이 없
었다.

　이때 이각과 곽사는 같이 생각하기를,

　"일이 여기에까지 이르렀으니, 천자를 죽이지 않고 대사를 도모한
다는 것은 다시 어느 때를 기다리겠는가?"

하고, 곧 칼을 빼어들고 크게 소리치며, 안으로 짓쳐 들어갔다.

　이에,

괴수를 처단하고 한시름 놓았더니

졸개들이 날뛰어 또 화를 일으키누나.

　臣魁伏罪災方息

　從賊縱橫禍又來.

　헌제의 생명이 어찌 되었는지는 하회를 보라.

제10회

왕실을 위하여 마등은 의기를 들고
아비의 원수를 갚으려고 조조는 군사를 일으키다.
　　勤王室馬騰擧義
　　報父讎曹操興師.

　　한편, 이각과 곽사 두 도적은 헌제를 시살하려 하였다.
　　그러나 장제와 번조는 말하기를,
　　"안 됩니다. 오늘 우리가 만약 황제를 죽인다면, 백성들이 두려워
따르지 않을 것이외다. 마치 옛 황제를 받드는 것 같이 하면서 제후들
을 속여 들어오게 한 후에, 먼저 그 오른쪽 날개를 제거한 뒤에 저를
죽이면 천하를 도모할 수가 있을 것이외다."
하매, 이각과 곽사가 저의 말을 따라 무기들을 내려놓았다.
　　헌제가 문루에서 묻기를,
　　"왕윤이 죽었는데도 어찌하여 군사들은 몰리지 않는고?"
하시매, 이각과 곽사가 아뢰기를
　　"신들이 왕실에 공이 있지마는 아직 벼슬을 내리지 않으셔서 회군
하지 않고 있사옵니다."
하니, 헌제가 묻기를
　　"경등에게 무슨 관직을 내릴꼬?"
하시니, 이각·곽사·장제·번조 등 4인은 각자가 직함을 써서 헌제에

게 올리고 관직을 강요하였다.

헌제는 다만 저들의 요구대로 따를 수밖에 없어서, 이각에게는 거기장군 지양후를 봉하고 사예교위를 시키고, 곽사를 후장군 미양후를 삼고 각기 절월을 주어[1] 정사를 보게 하였다. 번조를 우장군 만년후를 삼고 장제는 표기장군 평양후를 삼아 군사들을 이끌고 가서 홍농(弘農)에 둔치게 하였다. 그 외에도 이몽과 왕방도 각각 교위가 되었다. 그런 뒤에야 왕의 은혜에 감사하고, 병사들을 이끌고 성을 나갔다.

한편 동탁의 시신과 머리를 다시 찾도록 명을 내려, 잘게 부스러진 뼈를 찾아 향을 피우고 나무로 시신의 모습을 만들어 겨우 안치하고, 크게 제사를 지냈다. 왕자(王者)의 의관과 관을 써서 길일을 택하여 미오로 천장하였다. 장사를 치르기로 약정한 날에, 하늘에서 큰 우레와 비가 내려서 평지에 물이 수십 자가 찼다. 그리고 벼락이 쳐서 관이 열려 시체의 머리가 관 밖으로 나왔다.

이각이 날이 맑기를 기다려 다시 장례를 치렀는데, 이날 밤에 또 다시 이런 일이 있었다. 세 차례 개장을 할 때에도 도무지 장례를 치를 수가 없었다. 피부와 뼈 부스러기들이 다 번개 불에 타 버렸으니, 동탁에 대한 하늘의 노여움이 이토록 심하였다!

이때, 이각과 곽사는 이미 패권을 장악하고는 백성들에게 잔학하였다. 몰래 심복들을 보내어 좌우에서 헌제를 모시게 하고 황제의 동정을 살폈다. 헌제로서는 이때가 마치 가시방석에 앉아 있는 듯하였다.[2] 조정 관원들의 승차는 모두가 이 두 도적에게 있었다. 이들은

---

1) **각기 절월을 주어[節鉞]** : 「절월」은 「절부월」(節斧鉞)의 준말. 관찰사나 대장 등이 부임할 때 임금이 내어주던 절과 부월. [後漢書 董卓傳]「韓暹爲大將軍 領司隷校尉 皆**假節鉞**」. [三國志 魏志 曹眞傳]「黃初 三年……中外諸軍事 **假節鉞**」.

인망(人望)을 얻기 위해, 특히 주준을 조정에 불러들여 봉하여 태복(太僕)을 삼고 조정에서 정사를 보게 하였다. 하루는 사람들이 서량태수 마등(馬騰)과 병주의 자사 한수 두 장수가 병사 10여 만을 이끌고 두 도적을 토벌하겠다며, 장안으로 짓쳐 온다는 보고가 들어왔다.

원래 이들 두 장수는 일찍이 사람을 시켜 장안으로 들어와, 시중 마우(馬宇)와 간의대부 충소(种邵)·좌중랑장 유범(劉範) 등 세 사람이 내응하여 함께 도적의 무리를 토벌하기로 모의를 하였던 터이다. 세 사람은 몰래 헌제에게 아뢰자, 마등을 정서장군에 봉하고 한수로 하여금 진서장군을 삼았다. 각기 비밀리에 조서를 받고, 힘을 합쳐 도적들을 토벌하기로 하였다. 이때 이각·곽사·장제·번조 등 네 사람은, 두 장수가 이르렀다는 소식을 듣고는 함께 방어책을 의논하였다.

모사 가후가 말하기를,

"두 사람은 멀리 왔기 때문에 마땅히 구덩이를 깊이 파고 보루를 높게 쌓아 굳게 지키면서 항거할 것입니다. 석 달이 못되어 저들의 군량이 다 할 것이고, 그러면 틀림없이 스스로 물러갈 것입니다. 그렇게 된 후에 군사들을 이끌고 저들을 추격하면, 두 사람을 사로잡을 수 있을 것입니다."

하였다.

이몽과 왕방이 나서서 대답하기를,

"이는 좋은 계책이 아닙니다. 원컨대 저희들에게 정병 1만을 빌려주시면 마등과 한수의 목을 베어 버리겠습니다."

하자, 가후가 말하기를

---

2) 마치 가시방석에 앉아 있는 듯하였다[舉動荊棘] : 가시방석에 앉은 듯이 행동함. '행동거지가 매우 불안하고 안정되지 못함'에 비유하는 말임. [三國志 魏志 諸葛亮傳]「舉動失宜」. [後漢書 費長房傳]「入深山 踐荊棘於羣虎之中」.

"이제 만약 저들과 싸운다면, 반드시 저들에게 패배할 것입니다."

하니, 이몽과 왕방은 일제히

"만약 저희 두 사람이 패한다면 목을 베소서. 저희들이 싸움에서 이 긴다면 공 또한 수급을 저희들에게 주시오."

하였다.

기후는 이각과 곽사에게,

"장안은 서쪽 2백 리 밖에 주질산(盩厔山)이 있는데, 그 길이 아주 험준합니다. 장제와 번조 두 장군으로 하여금 이 산에 주둔하게 하여 굳게 지키게 하고, 이몽과 왕방 두 사람은 군사들을 이끌고 적을 맞아 기다리면 이길 수 있을 것입니다."

하자, 이각과 곽사가 그 말대로 쫓아 1만 5천의 군사들을 이몽과 왕망에 주었다. 두 사람은 기꺼이 가서, 장안에서 2백 80리 떨어진 곳에 하채하였다. 서량의 군사들이 이르자 두 사람은 군사들을 이끌고 맞으러 갔다. 서량의 군사가 길을 막고 진세를 벌였다.

마등과 한수는 함께 고삐를 나란히 하고 나와, 이몽과 왕방을 가리키며 꾸짖기를

"반국의 도적들아! 누가 나가서 저놈들을 사로잡을꼬?"

하자, 말이 끝나기도 전에 한 젊은 장수가 보이는데, 얼굴이 마치 관옥(冠玉)과 같고 눈은 유성(流星)과 같으며 호랑이 목에 원숭이의 팔, 표범의 배에 이리의 허리를 하였다. 손에는 장창을 잡고 준마에 앉아 진중을 벗어나 나는 듯이 달려 나왔다. 원래 이 장수는 마등의 아들 마초(馬超)로 자를 맹기(孟起)라 하는데, 그때 당시 나이 17세로 용맹이 대적할 자가 없었다.

왕방이 마초가 어린 것을 얕잡아 보고, 말을 달려 맞아 싸웠다. 싸움이 두어 합이 못되어 마초의 한 창에 찔려 왕방이 말에서 떨어졌다.

마초는 말을 제어하며 곧 돌아왔다. 이몽은 왕방이 찔려 죽는 것을 보고 혼자서 말을 타고 마초의 배후에서 급히 쫓아갔다. 그러나 마초는 이를 알지 못하였다.

마등이 진문에서 크게 소리쳐,

"뒤에 쫓는 자가 있다!"

하였으나, 소리는 미치지 못하였다. 그러나 마초는 이내 이몽을 말 위에서 사로잡고 말았다.

원래 마초는 이몽이 쫓고 있음을 잘 알고 있었으나, 일부러 모르는 체 하다가 저의 말이 가까이 와서 창으로 찌르려는 순간 몸을 번개같이 뒤틀어, 원숭이 같은 긴 팔을 뻗어 이몽을 사로잡은 것이다. 군사들은 주장이 없어지자 바람을 일으키며 달아났다. 마등과 한수는 승세를 틈타서 짓쳐 나가 대승을 하였고 곧, 애구에 하채를 하여 이몽의 목을 참수하라 명하였다.

이각과 곽사는 이몽과 왕방이 다 마초에게 죽은 것을 알고, 가후의 선견지명[3] 믿게 되었다. 그리고 그의 계교를 중히 써서 모두 관액을 굳게 지키며, 저들에게 싸움만 돋우며 나가 싸우지 않았다. 과연 서량의 군사들은 두 달이 못되어 양초 모두가 부족해지자 회군을 의논하였다. 이때 장안에 있는 마우(馬宇)의 하인 하나가 와서, 집주인이 유범·충소와 함께 마등과 한수 등과 연결하여 내응하고자 한다는 말을 하였다. 이각과 곽사가 노하여 세 집안의 노소·양천을 가리지 않고 저자에서 다 죽이고, 세 사람의 수급을 곧 성문에 달도록 호령하였다.

마등과 한수는 군량이 바닥나고 내응하기로 한다는 일이 누설되자, 영채를 뽑아 군사들을 물렸다. 이각과 곽사는 장제와 번조에게 군사

---

3) 선견지명(先見之明) : 일이 일어나기도 전에 미리 내다보고 앎. [後漢書 楊彪傳]「對曰 愧無日磾**先見之明** 猶懷老牛舐犢之愛」.

들을 이끌고 가서 마등과 한수의 뒤를 쫓게 하니, 서량군은 대패하였다. 마초는 그 뒤에서 죽기로 싸워 장제를 물리쳤으나 번조가 한수를 쫓아 급히 뒤를 따랐다. 진창에[4] 가까워지자 한수가 말머리를 돌려 번조에게 말하기를,

"나나 공이나 같은 동향으로 오늘날 어찌하여 이 지경에 이르렀소?"

하니, 번조가 말고삐를 당기며 그 말에 대답한다.

"윗사람의 명을 거역할 수가 없는 일이오."

하매, 한수가 묻기를,

"내가 여기에 온 것은 나라를 위한 것일 뿐이오. 공은 어찌하여 서로를 핍박함이 이토록 심하오?"

하니, 번조가 듣고 나서 말머리를 돌려 군사들을 수습하여 영채로 돌아가며, 한수가 돌아갈 수 있게 해 주었다. 그러나 이각의 조카 이별(李別)이 번조가 한수를 놓아 보낸 것을 알고 그 사연을 회보하였다. 이각이 대노하여 곧 병사를 일으켜 번조를 치려 하였다.

그때 가후가 말하기를,

"지금은 민심이 안정되지 못하고 있는데, 전쟁을 자주 일으키는 것은 민심을 편하게 하지 못하는 것입니다. 잔치를 베풀어 장제와 번조의 공을 치하하고, 그 자리에서 저를 사로잡아 참하면 힘을 조금도 낭비하지 않을 것입니다."

하자, 이각이 크게 기뻐하여 곧 잔치를 베풀고 장제와 번조를 초청하

---

4) **진창(陳倉)** : 한 고조(劉邦)가 한왕(漢王)이 되어 한중으로 들어올 때, 장량(張良)의 계책에 따라 장안으로 통하는 포야로(褒斜路)의 잔도를 불태우고 들어왔던 곳. 지금의 섬서성 보계시(寶鷄市)의 동쪽에 있음. [中國地名]「漢王東出**陳倉** 敗雍王章邯之兵 諸葛亮圍**陳倉** 郝昭拒守 亮攻圍二十餘日 不能克而還」. [中文辭典]「秦置 故城在陝西城 **寶鷄縣東** 秦文公築」.

니, 두 장수는 기꺼이 참예하였다.

술자리가 무르익자, 이각이 갑자기 얼굴빛을 바꾸며 묻기를

"번조는 무슨 연유로 한수와 내통하여 모반을 꾀했는가?"

하니, 번조가 크게 놀라 미처 말을 못하자, 도부수가 끌고 나가 곧 번조를 책상 아래서 참수하였다. 장제가 깜짝 놀라 땅에 엎드렸다.

이각이 붙들어 일으키며,

"번조는 모반을 하여 저를 죽인 것이오. 공은 나의 심복인데 어찌하여 이렇게 놀라시오?"

하며, 번조의 군사들을 뽑아 장제에게 통솔하게 하였다.

장제는 군사를 돌려 홍농으로 갔다.

이각과 곽사가 서량병을 대패시킨 뒤로는 여러 제후 가운데 누구도 감히 꿈쩍도 못하였다. 가후는 여러 차례 백성들을 위무하도록 권하고 현자와 부호들과의 관계를 맺도록 권유하였다. 이로부터 조정에는 겨우 생기가 돌기 시작하였다.

그러나 청주에서 황건적이 일어날 줄을 꿈에도 생각하지 못하였다. 특히 수십만의 군사들을 모으고 두목들은 하나같이 양민을 겁략하였다. 태복 주준이 한 사람을 천거하며[5] 도적떼를 물리칠 수 있다고 하였다.

이각과 곽사가 그 사람이 누구냐고 묻자, 주준이 대답하기를,

"산동의 도적떼들을 파하기 위해서는 조맹덕이 아니면 안 됩니다."

하자, 이각이 묻기를

"조맹덕은 지금 어디에 있소이까."

---

5) **천거[保擧]** : 추천함. 관원이 담당 관아의 관원 중에서 재주가 있거나 공로가 있는 사람을 책임지고 임금에게 천거하던 일. [宋史 選擧志]「保擧堪將領者」.

하니, 주준이 대답하기를

"동군태수가 되어 있는데 많은 군사들을 데리고 있습니다. 만약에 이 사람에게 황건적을 토벌하도록 명하신다면, 적들은 며칠이 못되어 패할 것입니다."

하였다.

이각이 크게 기뻐서 그날 밤으로 조서를 내려 사람을 시켜 동군으로 가게 하였다. 조서에는 조조에게 제북상(濟北相) 포신(鮑信)과 같이 황건적을 토벌하라 하였다. 조조는 성지를 받들고서, 포신과 모여 함께 병사를 일으켜 적을 수양(壽陽)에서 격파하였다. 포신은 위험한 곳까지 쳐들어가 적에게 해를 입었다. 조조가 급히 적병을 추격하여 곧장 제북에 이르렀을 때에는, 항복하는 자가 수만 명에 이르렀다. 조조는 곧 이들을 앞세워 나갔는데, 병사들이 이르는 곳마다 항복하지 않는 자가 없었다. 백여 일이 못되어서 항병이 30여 만에 이르고 손에 들어온 남녀가 백여 만이 넘었다.

조조는 정예병을 가려 이들을 '청주병(青州兵)'이라 부르고, 나머지는 다 귀농하게 하였다. 조조는 이로부터 날로 명성이 높아졌다. 승첩의 보고가 장안에 이르자, 조정에서도 조조에게 벼슬을 더해서 진동장군을 삼았다. 조조는 연주(兗州)에서 현사들을 받아들였다. 숙질 두 사람이 조조에게 투항하였는데, 영천의 영음(穎陰) 사람으로 성이 순(荀)이요 이름은 욱(彧), 자는 문약(文若)으로 순곤(筍昆)의 아들이었다. 전에는 원소를 섬기다 지금 그를 버리고 조조에게 투항해 온 것이다.

조조는 그와 함께 말해보고 크게 기뻐하면서,

"자네는 나의 장자방일세!"[6]

---

6) **장자방(張子房)** : 장량(張良). 한 고조 유방의 모사(謀士)가 되어 항우를 무찌르고 천하를 평정하는 데 큰 공을 세움. 소하(蕭何)·한신(韓信) 등과 함께

하며, 행군사마를 삼았다.

　그의 조카는 순유(荀攸)는 자가 공달(公達)로 해내의 명사였다. 일찍이 황문시랑이 되었으나 후에 관직을 버리고 귀향하였는데, 숙부와 함께 조조에게 투항한 것이다. 조조는 그를 행군교수로 삼았다.

　순욱이 아뢰기를,

　"제가 듣기에는 연주에 한 현사가 있다 하는데, 지금 이 사람이 어디에 있는지를 알 수 없습니다."

하거늘, 조조가 누구냐고 물었다.

　이에 순욱이 말하기를,

　"이 사람은 동군의 동아(東阿) 사람으로 성은 정(程), 이름을 욱(昱)이라 하며 자가 중덕(仲德)입니다."

하자, 조조가 대답하기를

　"나 또한 그의 이름을 듣고 있은 지 오래오."

하고, 사람을 보내어 찾게 하였다. 그는 산 속에서 독서를 하고 있었는데 조조가 정중하게 청하였다. 정욱이 찾아오자 조조는 크게 기뻐하였다.

　정욱이 순욱에게 말하기를,

　"나는 고루하고 과문하여 공의 천거를 받기에는 당치 않습니다."

하며,

　"공의 고향 사람으로 성이 곽(郭)씨요 이름은 가(嘉), 자를 봉효(奉孝)라 하는 이가 있는데 당대의 현사입니다. 어찌해서 저를 초치하지 않소이까?"

　창업 삼걸(三傑)의 한 사람임. [史記 高祖紀]「高祖曰 夫**運籌策帷幄之中** 決勝於千里之外 吾不如子房 鎭國家撫百姓 給饋饟不絕糧道 吾不如蕭何 連百萬之軍 戰必勝攻必取 吾不如韓信」. [三國志 魏志 武帝紀]「**運籌演謀**」.

하거늘, 순욱이 크게 반성하며

"내가 잊고 있었구려!"

하고는, 조조에게 연주에 가서 곽가를 초청해 와 함께 천하의 일을 의논케 하였다.

곽가는 광무제의 적파(嫡派) 자손 하나를 천거하였는데, 그는 회남 성덕(成德) 사람으로, 성이 유(劉)요 이름은 엽(曄) 자를 자양(子陽)이라 하였다. 조조는 곧 유엽을 초청하였다. 그는 또 두 사람을 천거하였는데, 한 사람은 산양의 창읍(昌邑) 사람으로 성은 만(滿)이요, 이름은 총(寵), 자는 백녕(伯寧)이고, 다른 한 사람은 무성(武城) 사람으로 성은 려(呂)요, 이름은 건(虔), 자는 자각(子恪)이었다. 조조도 평소 두 사람의 이름을 알고 있는 터여서, 저들을 초빙하여 군중종사를 삼았다. 만총과 여건이 같이 한 사람을 천거하였는데, 이에 진유의 평구(平邱) 사람 이었다. 성은 모(毛)요 이름은 개(玠), 자를 효선(孝先)이라 하였다. 조조는 또 저를 초빙하여 종사를 삼았다.

또 수백 명의 군사를 거느린 사람이 와서 조조에게 투항하였다. 그는 태산의 거평(鉅平) 사람인데, 성은 우(于)요 이름은 금(禁)이라 하고 자는 문칙(文則)이다. 조조는 그 사람이 궁마술에 능숙함을 보고 무예가 출중하여 점군사마를 삼았다.

하루는 하후돈이 한 거한을 데리고 와서 뵙기를 청하거늘 조조가 누구냐고 물으니, 하후돈이 말하기를

"이 사람은 진류(陳留)라는 사람인데, 성은 전(典)이고 이름은 위(韋)라 하며 용맹이 아주 뛰어납니다. 예전에는 장막의 수하로 있다가 그 막하의 사람과 맞지 않아서, 직접 수십 명을 죽이고 산중에 숨어 있었 답니다. 제가 사냥을 나갔다가 위가 냇물을 건너 사슴을 쫓는 것을 보고 거두었는데, 이제 공에게 천거하는 것이외다."

하자, 조조가 말하기를

"내 보기에 이 사람의 용모가 아주 장하게 생긴 것을 보니, 또한 용력도 뛰어나리다."

하였다.

하후돈이 대답하기를,

"저가 일찍이 친구를 위해 원수를 죽여서 목을 내어 곧 저잣거리에 걸었던 일이 있어서, 누구도 감히 가까이 하지 못했다 합니다. 지금도 쇠로 된 화극을 사용하는 바, 그 무게가 80근이나 되고 말에 올라서면 그 말을 비호같이 부린답니다."

하자, 조조가 곧 위에게 그것을 시험해 보이게 하였다.

위가 화극을 끼고 말을 몰며 오갔다. 문득 장막 아래서 큰 깃발이 바람에 날려 쓰러지려7) 하였다. 여러 명의 군사들이 지탱하고자 애쓰나 세울 수가 없었다. 위가 말에서 내려 여러 군사들을 막고, 한 손으로 잡아 깃대를 잡고 바람을 맞고 서서도 조금도 움직이지 않았다.

조조가 말하기를,

"이는 옛날 악래로구나!"8)

하고, 마침내 장전도위를 삼고, 입고 있던 비단 전포를 벗어서, 준마를 새긴 안장과 함께 저에게 주었다.

이로부터 조조에게는 문이 있는 모신(謀臣)과 무가 있는 무신(武臣)이 있어, 산동에 위엄을 떨쳤다. 그리고 태산군수 응소(應劭)를 보내 낭야

---

7) 바람에 날려 쓰러지려[岌岌欲倒] : '급급'은 '형세가 위급함'을 이름. [孟子 萬章篇 上]「天下殆哉 岌岌乎」.

8) 악래(惡來) : 은 주(紂)의 신하인데 몹시 용력(勇力)이 있었다 함. 「악래다력」(惡來多力). [史記 殷本紀]「飛廉生惡來 **惡來多力** 飛廉善走 父子俱以材力事紂」. [晏子春秋]「**惡來手裂虎兕**」.

군으로 가서 아버지 조숭(曹嵩)을 모셔 왔다. 조숭은 진유에서 난을 피해 낭야에 은거하고 있었다. 편지를 받은 당일로 곧 아우 조덕(曹德)과 식구 40여 인·종자 백여 명을 데리고, 수레 백여 량에 타고 연주를 향해 오다가 그들 일행은 가는 도중에 서주를 지나게 되었다.

그곳의 태수는 도겸(陶謙)이었는데, 자를 공조(恭祖)라 하며 사람됨이 온후하고 착하였다. 그는 이전부터 조조와 관계를 맺고 싶어 했으나 그럴 만한 계기가 없었다. 조조의 부친이 지나간다는 것을 알고 경계에까지 나가서 영접하고 절하며 공경함을 표했다. 그리고 큰 잔치를 열어 이틀간을 환대하였다. 조숭이 길을 떠나려 하자 도겸은 성곽까지 나와서 배웅하고, 특별히 도위 장개(張闓)로 하여금 부병 5백으로 호송하게 하였다.

조숭의 가솔들의 행차가 화현·비현의 어름에 이르렀을 때는 계절이 늦여름에서 초가을에 접어들어, 큰 소나기가 쏟아져 일행은 한 고사찰에 들어가 쉬게 되었다.

그 절의 주지가 맞아들여 조숭의 가솔들을 안도하고, 장개의 군마들은 양편 회랑에 머물게 하였다. 군사의 옷과 장비가 모두 비를 맞아 젖어서 원망하는 소리가 높았다.

장개는 수하 두목들을 조용한 곳으로 불러 의논하기를,

"우리들은 본시 황건의 잔당들이었는데 강제로 도겸에게 항복하여 좋은 곳을 찾지 못하고 있는 터이다. 이제 조조의 가솔들의 수레에는 재물이 많으니 너희를 부귀하게 되기는 어렵지 않다. 오늘 밤 3경 즈음에 조숭 일가를 죽이고 재물을 빼앗아 함께 산속으로 들어 산적이[9]

---

9) 산적[落草] : 초야에 숨어들어 화적(火賊)떼(불한당 : 남의 재물을 마구 빼앗으며 행패를 부리고 돌아다니는 무리)가 됨. [宣和遺事 前集下] 「落草爲寇去也」. [水滸志 第二回] 「不得已上山落草」.

되면 어떠냐."

고 하자, 여러 무리들이 다 좋다고 하였다. 이날 밤에는 비바람이 그치지

않고 있었다.

조숭이 단정하게 앉아 있는데 문득 사방에서 함성이 크게 일어났다.

조덕이 칼을 들고 나갔다가 창에 찔려 죽었다. 조숭은 첩 하나만 데리고

황급히 방장 뒤로 해서 담을 넘어 달아나려 했으나, 첩이 살이 쪄서

나가지 못하였다. 조숭은 황급하여 첩과 측간에 숨었다가 난군에게

죽었다. 응소는 겨우 목숨을 건져 원소에게 투항해 갔다.

장개는 조숭의 가솔들을 다 죽이고 재물을 빼앗고는 불을 질러 절

을 태워버리고, 5백여 명과 함께 회남(淮南)으로 도망해 버렸다.

후세 사람이 이 일을 두고 지은 시가 있다.

　　간웅 조조는 세상에 자신만을 자랑해서
　　일찍이 여씨의 온 식구를 죽였도다.
　　　曹操奸雄世所誇
　　　曾將呂氏殺全家.

　　이제 제 집안이 몰살을 당하였으니
　　천리 순환의 업보는 어긋남이 없구나.
　　　如今闔戶逢人殺
　　　天理循環報不差.

그때 응소의 부하 중에 도망하여 목숨을 구한 군사가, 조조에게 이

일을 보고하였다. 조조는 그 소식을 듣고는 땅에 쓰러졌다. 여러 사람

들이 부축해서야 겨우 일어났다.

조조는 이를 갈면서,10)

"도겸의 군사들이 쫓아와 아버지를 죽였으니, 이 원수와 같은 하늘 아래 살 수가 없다11)! 내 이제 대군을 일으켜 서주를 소탕하여 내 원한을 풀리라!"

하고, 마침내 순욱과 정욱에게 군사 3만을 거느리고 견성(鄄城)·범현(范縣)·동아(東阿) 세 고을을 지키게 하고, 그 나머지는 모조리 거느리고 서주를 향해 갔다. 하후돈·우금·전위 등으로 선봉을 삼았다.

조조는 영을 내려 성을 빼앗을 때마다 성중의 백성들을 다 도륙하라 하며, 아버지의 원한을 풀고자 했다.

그때, 구강(九江)태수 변양(邊讓)은 도겸과 교분이 두터워, 직접 군사 5천을 이끌고 구원하러 왔다. 조조는 크게 노하여 하후돈을 시켜 중도에서 저를 죽여 버렸다. 이때 진궁은 동군종사로 있었는데, 도겸과는 교분이 두터웠다. 조조가 군사들을 일으켜 원수를 갚으려고 백성들을 다 죽이려 한다는 소식을 듣고는, 밤을 도와 조조를 보러 왔다. 조조는 그가 도겸의 세객으로12) 왔음을 이미 알고 만나려 하지 않았으나, 옛 은혜를 잊을 수가 없어서 단지 장막에 불러들여 만났다.

---

10) 이를 갈면서[切齒] : 절치부심(切齒腐心). 몹시 분해서 이를 갈며 속을 썩임. 「절치액완」(切齒扼腕). 치를 떨고 옷소매를 걷어 올리며 몹시 분개하는 것. [史記 刺客 荊軻傳]「樊於期偏袒 搤椀而進曰 此臣之日夜切齒腐心 (注) 切齒 齒相磨切也」. [戰國策 燕策]「荊軻私見樊於期曰 願得將軍之首 以獻秦王 秦王必喜而召見臣 臣左手把其袖 右手揕其胸 則將軍之仇報 而燕國見陵之恥除矣 樊於期曰 此臣之日夜切齒扼腕 乃今得聞教 遂自刎」.

11) 이 원수와 같은 하늘 아래 살 수가 없다[不共戴天] : 같은 하늘 아래에서 살 수 없음. 「불공대천지수」(不共戴天之讐). 「불구대천지수(不俱戴天之讐)」. [禮記 曲禮篇 上]「父之讐 弗與共戴天 兄弟之讐 不反兵 交遊之讐 不同國」.

12) 세객(說客) : 능숙한 말솜씨로 제후를 설복시켜, 자신이 얘기한 목적을 달성시키던 봉건시대의 정객(政客). [史記 酈食其傳]「酈生常爲說客」.

진궁이 말하기를,

"이제 듣건대 공께서 대병을 이끌고 서주에 와서 아버지의 원한을 갚고자 백성들을 다 죽이려 한다는데, 제가 이 일로 하여 진언할 일이 있어서 왔소이다."

하였다.

"도겸은 어진 인사라 이익을 쫓아 의를 저버리는 인물이 아니외다. 아버지께서 해를 입은 것은 이에 장개가 악한 때문이요 도겸의 죄는 아닙니다. 또한 서주의 백성들이 공에게 무슨 원한이 있사오리까? 백성을 죽이는 일은 잘못된 일이오니 심사숙고하소서."13)

하였다.

조조는 노하며 말하기를,

"옛날 공이 나를 버리고 가더니, 오늘은 무슨 면목으로 다시 와서 나를 만나러 왔소이까? 도겸이 내 가족을 죽였으니, 내 마땅히 그놈의 쓸개를 끄집어내고 염통을 도려내서 내 원한을 풀려 하오! 공이 비록 도겸을 위해서 나를 달래보려 하나, 내가 듣지 않으려 하니 어찌 하겠소?"

하자, 진궁이 하직하고 나오며 탄식하기를,

"내 무슨 낮으로 도겸을 만나겠는가!"

하고는, 마침내 말을 달려 진류태수 장막으로 갔다.

이때 조조의 대군이 이르는 곳마다, 성안의 백성들을 살육하고 분묘를 파헤치곤 하였다. 도겸은 서주에 있으면서, 조조가 군사들을 일으켜 백성들을 죽이고 원수를 갚는다는 말을 듣고, 하늘을 우러러 탄식하기를,

"내 하늘에 죄를 얻어 서주의 백성들로 하여금 이런 환란을 겪게 하는구나!"

---

13) **심사숙고하소서[三思而行]** : 심사숙고(深思熟考)한 후에 행동하라는 뜻임.
[論語 公冶長篇]「季文子**三思而後行** 子聞之曰 兩斯可矣」.

하고, 급히 장수들과 상의하였다.

조표(曹豹)가 말하기를,

"조조의 군사들이 이미 이르렀으니, 어찌 손을 묶어두고 죽기만을 기다리겠소! 제가 주군을 도와 저를 격파하리다."

하였다.

도겸은 병사들을 이끌고 나가 맞았다. 조조의 군사들이 멀리 보이는데 마치 서리와 눈이 들판을 덮은 것과 같았다.

중군에는 백기 양면에,

"원수를 갚아 원한을 풀자[報讐雪恨]"

는 넉자가 크게 쓰여 있었다.

군마가 진을 펴자 조조는 말을 타고 진에서 나왔는데, 몸에는 흰 옷[喪服]을 입고 채찍을 들어 크게 꾸짖었다.

도겸 또한 문기 아래에 나가서, 몸을 굽히고 조조에게 예를 하며

"저는 본시 공과 관계를 맺기를 원하여 장개로 하여금 호송케 한 것일 뿐이나, 그가 나쁜 마음을 고치지 못해서 일이 이 지경에까지 이른 것입니다. 실상 저는 그 까닭을 모르고 있사오니, 공께서 살펴주시기만 바랍니다."

하자, 조조가 크게 꾸짖기를

"이 늙은 필부야.14) 네가 내 아버지를 죽여 놓고 아직도 쓸 데 없는 말만 늘어놓는구나! 누가 가서 저 늙은 도적을 사로잡아 오겠느냐?"

하자, 하후돈이 대답하고 나왔다. 도겸은 황급히 진중으로 달아났다. 하후돈이 급히 추격해 오자, 조표가 창을 꼬나들고 말을 몰아 앞으로 나가서 적을 맞았다. 두 사람이 서로 교전을 하고 있는데, 갑자기 광풍

---

14) 필부(匹夫) : 평범한 사내. 「필부필부」(匹夫匹婦). [孟子 萬章篇 下]「思天下 之民 **匹夫匹婦** 有不與被堯舜之澤者 若己推而內之溝中 其自任天下之重也.

이 크게 일고 사석(沙石)이 날려, 양군이 다 혼란에 빠지게 되자 각각 병사들을 거두었다.

도겸이 성에 들어가 여러 장수들과 의논하기를,

"조조의 대병을 대적하기 어려우니, 내 마땅히 스스로 몸을 묶고 조조의 진영에 가 칼로 베게 해서, 서주의 백성들을 살리려 하오."

하였다.

말이 끝나기도 전에 한 사람이 나서서 말하기를,

"부군께서 오랜 동안 서주를 진무하셔서 백성들이 감읍하고 있습니다. 이제 조조의 군사들이 비록 많기는 하지만, 우리의 성을 무너뜨리지는 못할 것입니다. 부군께서 백성들과 같이 굳게 성을 지킨다면, 제가 비록 힘은 없으나 작은 계책을 써서, 조조가 죽더라도 장사지낼 곳이 없게 하겠나이다!"

하거늘, 문득 놀라서 곧 그 계책이 무엇인지 물었다.

이에,

교류하자던 것이 도리어 반감을 샀으니
죽을 곳에서 살아날 줄 누가 알았으랴?
　本爲納交反成怨
　那知絶處又逢生?

필경 이 사람은 누구일까? 다음 하회를 보라.

제11회

유황숙은 북해로 가서 공융을 구하고
여온후는 복양에서 조조를 격파하다.
劉皇叔北海救孔融
呂溫侯濮陽破曹操.

한편 계책을 드린 사람은 동해 구현(朐縣) 사람으로 성은 미(糜)이고 이름은 축(竺), 자는 자중(子仲)으로 대대로 부호였다. 일찍이 낙양으로 장사를 갔다가 수레를 타고 돌아오는 길에 한 아름다운 여인을 만났는데 같이 타기를 청하자, 미축은 수레에서 내려 걷고 부인에게 앉게 하였다. 부인은 미축에게 함께 앉게 하였다. 미축이 수레 위에 단정히 앉아서 눈으로 사악함을 보이지 않았다.

수리를 가서야 부인이 인사를 하며 헤어질 때, 미축에게 말하기를 "나는 남방의 화덕성군으로 상제의 명을 받고, 그대의 집에 불을 놓으러 가던 길입니다. 그러나 당신이 예로써 대하는 것을 보고 말하는 것이오. 당신은 빨리 돌아가서 재물을 꺼내세요. 내 밤에 다시 오리다." 하고, 말을 마치자 보이지 않았다.

미축이 크게 놀라서 나는 듯이 집으로 달려가서 집에 있는 소유물을 급히 끌어내었다. 그날 늦게 과연 주방에서 불길이 일어나 집이 다 타 버렸다. 미축은 이때부터 가재를 털어 가난한 이와 고통받는 사람들을 구제하였다.

후에 도겸이 별가종사로 초빙하여 왔는데, 그날 계책을 드리며

"원컨대 제가 직접 북해군에 가서 공융에게 기병을 청해 올 것이니, 속히 한 사람을 청주로 보내서 전해(田楷)에게 구원을 청하소서. 만약 이 두 곳에서 군마가 구하러 와 준다면, 조조는 반드시 퇴병할 것입니다." 하자 도겸이 그 계책대로 따랐다. 편지 2통을 써 장중에서 누가 청주에 구원을 청하러 가겠는가고 물으니, 한 사람이 자원하고 나섰다.

여러 사람들이 보니 광릉 사람으로 성은 진(陳)씨요 이름은 등(登), 자는 원룡(元龍)이라 하였다. 도겸은 먼저 진원룡에게 청주로 가게 하고, 그 후에 미축에게 편지를 가지고 북해로 가게 하였다. 그리고 자신은 군사들을 이끌고 성을 지키며 공격에 대비하였다.

한편 북해의 공융은 자를 문거(文擧)라 하며, 노나라의 곡부(曲阜) 사람이다. 공자의 20세 손으로 태산도위 공주(孔宙)의 아들이다. 어려서부터 총명하였는데 나이 열 살 때에 하남윤(河南尹) 이응(李膺)을 만나러 갔더니, 문지기가 들여 놓지를 않았다.

공융이 말하기를,

"나는 이응의 집과 서로 세교가 있다."

하여, 들어가 뵙게 되었다.

이응이 묻기를,

"너의 조상과 내 조상이 어떻게 친하냐?"

하자, 공융이 도리어 묻기를

"옛날 공자가 노자에게 예에 관해 물었는데, 융과 대감이 어찌 누대에 걸쳐 세교가 없다고 하십니까?"

이응이 저를 크게 기이하게 생각하였다. 조금 있어 태중대부 진위(陳煒)가 왔다.

이응이 융을 가리키며,

"이 아이가 기동(奇童)이오"

라고 말했다.

진위가 말하기를,

"어려서 총명하다 하여, 커서 반드시 총명한 것은 아닙니다."

하니, 융이 곧 대답한다.

"말씀대로라면 대감은 어려서 반드시 총명하였을 것입니다."

하자, 진위가 웃으면서 말하기를

"이 아이가 장성하면 반드시 당대의 위대한 그릇이 될 것이오."

하여, 이로부터 이름을 얻게 되었다 한다. 뒤에 중랑장이 되고 여러
번 승차하여 북해태수가 되었다.

지극히 손님들을 좋아하여 늘,

"자리에 손님이 가득하고 술독에 술이 비지 않는 것,1) 그것이 내
소원이다."

라고 하였다.

북해 태수로 6년간 있으면서 그는 민심을 얻었다. 그날도 손님들과
있는데, 수하가 와서 서주에서 미축이란 사람이 왔다고 알렸다. 공융
이 청해 들여 어떻게 왔는가고 물었다.

미축이 도겸의 편지를 보이면서,

"조조가 포위하고 있어 공의 구원을 청합니다."

하였다.

공융이 대답하기를,

---

1) 자리에 손님이 가득하고 술독에 술이 비지 않는 것[座上客常滿 樽中酒不空]
: 자리엔 늘 손님이 가득하고, 술동이엔 술이 떨어지지 않음. 「좌상객항만」
(座上客恒滿). [後漢書 孔融傳]「融爲北海相 歲餘復拜大中大夫 性好士……常歎
曰 **座上客恒滿 樽中酒不空** 吾無憂矣」.

"나와 도겸은 조상 때부터 교유가 두텁소. 자중이 또 직접 예까지 오셨으니 어찌 가서 돕지 않겠소. 다만 조맹덕과는 원수진 일이 없는데, 먼저 편지를 보내 화해를 청하는 것이 마땅할 것이외다. 그래도 저가 따르지 않으면 그 뒤에 군사를 일으키리다."

하였다.

미축이 말하기를,

"조조는 병세(兵勢)를 의지하여 결코 화해를 하지 않을 것이외다."

하였다. 공융은 한편으로는 군사들을 점고하고, 다른 한편으로는 사람을 시켜 편지를 보냈다. 그렇게 의논하는 중에 황건적당 관해(管亥)가 수만의 도당들을 데리고 짓쳐 온다는 첩보가 들어왔다. 공융이 크게 놀라 본부의 인마를 점고하고, 성을 나가 적을 맞아 싸웠다.

관해가 말을 타고 나서며 말하기를,

"나는 북해에 군량이 많다는 것을 알고 있다. 군량 1만 석을 빌려주면 곧 퇴병하겠으나, 그렇지 않으면 성지를 쳐서 노유를 가리지 않을 것이다!"

하였다.

공융이 저를 꾸짖어 말하기를,

"나는 한의 신하로서 한의 성지를 지키고 있는데, 어찌 있는 군량을 적에게 주겠느냐!"

하니, 관해가 대로하여 말을 박차고 칼을 휘두르며 곧장 공융을 취하려 하였다.

공융의 장수 종보(宗寶)가 창을 꼬나들고 말을 몰아가 싸움이 몇 합이 못되어, 관해의 칼에 맞아 말에서 떨어졌다. 공융의 병사들이 큰 혼란에 빠져 성중으로 도망해 들어왔다. 관해는 군사들을 나누어 사방을 포위하고 있어, 공융의 마음을 울적하게 하였다. 미축의 근심스러움은 더 말을 할 수가 없었다.

다음 날, 공융이 성에 올라가 멀리 바라보니, 적의 세력이 아주 강대하여 근심이 배가 되었다. 문득 성 밖에 한 사람이 창을 꼬나들고 적진으로 들어가 좌충우돌하는데, 마치 무인지경을 달리는 듯했다.

곧장 성문 아래 이르러 큰 소리로,

"문을 열어라."

하고 외쳤다.

공융은 그 사람이 누구인지 알지 못하여, 선뜻 문을 열지 못하였다. 적들이 급히 쫓아와서 참호의 주변을 에워싸매, 그 사람이 몸을 홱 돌려 수십 명을 말 아래 떨어뜨렸다. 적의 무리들이 물러나자 공융이 급히 성문을 열어 들어오게 하였다. 그 사람은 말에서 내려, 창을 버리고 곧장 성 위로 올라와 공융을 뵙고 절을 하였다.

공융이 이름을 물으니 대답하기를,

"저는 동래 황현(黃縣) 사람으로 성은 태사(太史)요 이름은 자(慈), 자를 자의(子義)라 합니다. 어머님께서는 부군(府君)의 은혜를 깊이 입고 있습니다. 제가 어제 요동에서 동해로 돌아와 부모를 보살피려 하다가, 도적들이 성을 침략하는 것을 알고 노모께서 말씀을 하시기를 '여러 해 동안 부군의 은혜가 깊은데 너는 마땅히 가서 도와라' 하시어 제가 단기(單騎)로써 왔습니다."

하거늘, 공융은 크게 기뻐하였다.

원래 공융과 태사자는 비록 면식은 없지만, 각기 저들이 영웅임을 알고 있던 터였다. 저가 멀리 외방(外方)에 나가 있고, 노모만 성에서 20여 리 떨어진 곳에 살고 있었다. 공융은 늘 사람을 보내어 곡식과 비단을 보내서 노모를 보살폈는데, 노모는 공융의 보살핌에 감사하여 태사자로 하여금 와서 구하게 한 것이었다. 공융은 태사자를 정중히 대하여 갑옷과 말을 주었다.

　태사자가 말하기를,

"저에게 정병 1천만 주신다면 성에 나가서 적들을 소탕하리이다."
하자, 공융이 권유하되

"태사자께서 비록 용맹하지만 적의 형세가 심히 성하니 가볍게 나
가서는 안 됩니다."
하였다.

　태사자가 또 말하기를,

"노모께서 사군의 은혜를 많이 입어서 특별히 저를 보내셨는데 포
위망을 뚫지 못할 것 같으면, 저 또한 노모의 얼굴을 뵈올 수 없습니
다. 원컨대 나가 싸우게 해 주십시오."
하였다.

　공융이 대답하기를,

"내 듣기에 유현덕은 당세의 영웅이라 하던데, 만약 저를 청해 와서
구원하게 하면 이 포위망을 뚫을 수 있을 것이나 보낼 만한 사람이
없소이다."
하자, 태사자가 말하되

"부군께서 서찰을 써 주시면 제가 급히 가겠습니다."
하였다. 공융이 크게 기뻐하며 편지를 써서 태사자에게 부탁하였다.

　태사자가 갑옷을 입고 말에 올라, 허리에는 궁시(弓矢)를 띠고 손에
는 쇠창[鐵鎗]을 들고 배불리 먹은 후 위의를 갖추어 성문을 열고 단기
로 나는 듯이 나갔다. 해자[壕]의 가까이에 이르자, 적장이 여러 명의
군사들을 데리고 와서 싸웠다.

　태사자가 계속해서 여러 사람들을 죽이고 포위망을 뚫고 나갔다.
관해는 성에서 나간 사람이 있음을 알고, 필시 구원병을 청하러 갔을

것으로 생각하고, 곧 자신이 수백 기를 이끌고 급히 쫓아 와서 포위하였다. 태사자가 안장에 활을 걸어놓고 서서 활에 화살을 먹여 사방으로 쏘아대자, 창을 쓰기도 전에 적의 무리가 땅에 떨어졌다. 수많은 적들이 감히 쫓아오지 못하였다.

태사자는 포위망에서 벗어나서, 밤새도록 평원으로 달려가서 유현덕을 뵈었다. 예가 끝나자 공융이 북해에서 포위되어 있는 일을 자세히 말하며 서찰을 드렸다.

현덕은 편지를 보자 태사자에게,

"족하는2) 뉘시오?"

하고 묻자, 태사자는 대답한다.

"저는 태사자란 사람으로 동해에 사는 비천한 사람입니다. 공융과는 육친 관계는 아니고, 또 향당(鄕黨)에 특히 정이 가까운 것도 아닙니다. 의기가 투합해서 함께 환난을 벗어나려 할 뿐입니다. 이제 관해가 난을 일으켜 북해를 포위하여 고립무원이어서, 위험이 조석 간에 달렸습니다. 듣기에 사군께서 인후하시고 의인을 찾아내어 위기에 빠진 사람을 구한다는 것을 알고, 특히 저에게 명하여 포위망을 뚫고 달려 와서 구원을 청하는 것입니다."

하였다.

현덕은 엄숙한 표정을 지으면서 대답하기를,

"공융이 북해에 있으면서도 세간엔 유비가 있는 줄을 알고 있었단 말인가?"

하고, 이에 운장·익덕과 같이 정병 3천을 점고하고 북해군으로 진군하였

---

2) 족하(足下) : 같은 또래 사이에서 상대를 높여 이르는 말. [漢書 高帝紀]「足下必欲誅無道」. [史記 項羽記]「奉白璧一雙 再拜獻大王足下」. 본래는 '상대의 발 아래'란 뜻임.

다. 관해는 구원군이 오는 것을 보고, 직접 군사들을 이끌고 나가서 적을 맞았다. 현덕의 군사가 적은 것을 보고 마음 쓰지 않았다. 현덕과 관우, 장비, 태사자가 말을 타고 앞에 서자, 관해가 분노하여 곧장 나왔다.

태사자가 앞으로 나가려고 기다리는데, 운장이 먼저 나가 곧 관해를 취하였다. 두 사람의 말이 서로 어울려 싸우자 여러 군사들이 함성을 질렀다. 관해는 곧 관운장을 취할 수 있으리라고 생각하였으나, 수십 합을 겨루는 중에 청룡도가 일어나며 관해를 쳐서 말 아래로 떨어뜨렸다. 태사자와 장비 두 사람이 말을 같이 나아가 창을 휘두르며 적진 속으로 짓쳐 들어갔다.

현덕은 병사들을 몰아 엄살하였다. 성 위에서 공융은 태사자와 관우·장비가 급히 적들을 쫓는데, 마치 호랑이가 양떼를 모는 것 같이 종횡으로 적을 무찌르는 것을 보고, 곧 병사들을 몰고 성문을 나갔다. 양편에서 협공을 하자 적들은 대패하여, 항복한 자는 수를 헤아릴 수 없고 잔당들은 패하여 궤멸하였다.

공융은 현덕을 성으로 맞아들여, 예가 끝난 후에 성대하게 잔치를 베풀어 경하하였다. 또 미축을 불러 현덕을 뵙게 하고, 장개가 조숭을 죽인 일을 자세하게 말하게 하며

"지금 조조는 병사들을 시켜 크게 약탈을 하며 서주를 포위하고 있는 중에, 특히 와서 구원을 청한 것이외다."

하니, 현덕이 말하기를

"도공조는 인현군자로서 뜻밖에 무고한 원한을 받는구려."

하였다.

공융이 묻는다.

"공께서는 한실의 종친으로, 지금 조조가 백성들에게 해악질을 하고 강한 것을 믿고 약자를 함부로 대하고 있는데, 어찌 저와 같이 가서

저들을 구하지 않으십니까?"

한다.

현덕이 대답하기를,

"저는 감히 사양하지 못하나, 병사가 적고 장수가 없으니 어찌합니까. 경거망동하지나 않을까 두렵습니다."

하였다.

공융이 말하기를,

"제가 도공조를 구하고자 하는 것은 비록 옛 우의가 있다 하나, 또한 대의를 위한 것입니다. 공은 어찌 혼자서만 의로운 마음을 가지고 있지 않습니까?"

하니, 현덕이 대답하되

"기왕에 이렇게 되었으니 문거께서 먼저 가십시오. 내가 공손찬에게 3, 5천 인마를 빌려서 곧 뒤따라가겠소이다."

하자, 공융이 당부하기를

"공께서는 절대로 신의를 잃지 마세요."

하였다.

현덕이 대답하기를,

"공은 이 유비를 어떤 사람이라 생각하시오. 성인께서 이르기를 '예로부터 사람은 다 죽지마는 신의가 없는 사람은 입신하지 못한다.'[3] 하였소이다. 이 유비도 군사를 얻건 얻지 못하던 간에 반드시 따라가리다."

하자, 공융이 허락하고 미축에게 먼저 돌아가서 서주에 알리라 하고 떠날 준비를 하였다.

---

3) 예로부터 사람은 다 죽지마는…… : 원문에는 '**自古皆有死 人無信不立**'으로 되어 있음. [詩經 小雅 甫田]「食我農人 **自古**有年」. [國語 魯語 下]「**自古**在昔」.

태사자가 사례하면서 말하기를,

"저는 어머니의 명을 받들고 와서 도왔는데, 이제 다행히 근심이 없어졌습니다. 양주자사 유요(劉繇)가 어머님과 같은 군에 있고, 서찰을 보내서 부르니 가지 않을 수가 없습니다. 다시 뵈올 때까지 용서하옵소서."

하자, 공융이 금백으로 사례했으나 어머님께서 받지 않을 것이라며 돌아가 뵈니, 기뻐하시면서 말하기를,

"나는 네가 북해를 돕게 된 것이 기쁘다."

하시고, 태사자가 양주로 가는 것을 허락해 주었다.

공융이 기병한 일은 더 말하지 않겠다.

이때 현덕은 북해를 떠나 공손찬을 뵈려고 왔다. 그리고 서주에서 있었던 일을 이야기하려 하였다.

공손찬이 말하기를,

"조조는 자네와는 원수진 일이 없는데, 무슨 까닭으로 병력을 얻으려 하오."

하거늘, 현덕이 대답하기를

"유비가 이미 허락한 일이니 신의를 지키지 않을 수 없습니다."

하매, 공손찬이 말하기를

"내가 자네에게 마보군 2천을 빌려 주겠네."

하였다.

현덕이 대답하기를,

"거기에다 조자룡(趙子龍) 일행을 보내 주셨으면 합니다."

하자, 공손찬이 이를 허락하였다. 현덕은 마침내 관우·장비에게 본부병 3천 인을 주어 전부를 삼고, 조자룡에게 2천을 주어 뒤를 따르게 하여 서주로 왔다. 이때 미축의 이야기를 들은 도겸은 북해가 또 유현

덕을 청해 와서 돕고, 진원룡도 돌아와서 청주의 전해(田楷)가 군사를 이끌고 왔다는 이야기를 듣자 비로소 안심하였다.

원래 공융과 전해는 군마를 둘로 나누었으나 조조의 위세가 맹렬하자, 멀리 떨어진 산 아래에 하채하고는 감히 가벼이 나가지 못하고 있었다. 조조는 양로에서 군사들이 이르는 것을 보고, 군사들을 나누어 대치시켰으나 감히 성을 공격하지는 못하였다.

한편, 현덕의 군사들이 도착하자 공융을 찾았다.

공융이 권유하기를,

"조조의 군세가 크고 용병을 잘하여 가벼이 나갈 수가 없소이다. 또한 저들의 동정을 살핀 후에 진병해야 하겠소이다."

하자, 현덕이 대답하기를

"다만 성중에 군량이 없을까 두렵습니다. 그렇게 되면 오래 버틸 수 없습니다. 제가 운장과 자룡에게 군사 4천을 이끌고 공의 밑에서 서로 돕게 하겠습니다. 한편 나와 장비는 조조의 진영으로 짓쳐 들어가, 지름길로 서주에 가서 도겸과 의논해 보겠소이다."

하자, 공융이 크게 기뻐하였다.

그는 전해와 만나서 기각지세를4) 이루기로 하고, 운장과 자룡에게 군사들을 이끌고 양편에서 접응하게 하였다. 이날 현덕과 장비는 1천 인마를 조조의 영채 주변에 투입시켰다. 바로 그때에 영채 안에서 징소리가 울리며, 군마와 보군들이 마치 밀물처럼 장수를 에워싸고 나왔다. 앞에 선 대장은 우금이었다.

---

4) 기각지세(掎角之勢) : 달리는 사슴의 뒷다리(掎)를 잡고 뿔(角)을 잡는 것처럼, '앞 뒤에서 적을 몰아칠 수 있는 태세'를 일컫는 말. '기각'은 '앞 뒤에서 서로 응하여 적을 견제함'. [左傳 襄公十四年]「譬如捕鹿 晋人角之 諸戎掎之」. [北史 爾朱榮傳]「曾啓北人 爲河內諸州欲爲掎角勢」.

그는 말의 고삐를 잡고 큰 소리로,

"어디에서 온 미친 무리들이냐? 어디로 가겠다는 것이냐!"

하였다.

장비가 보고 다시 말을 하지 않고 곧장 우금을 취했다. 두 말이 서로 어울려 싸움이 여러 합에 이르자, 현덕이 쌍고검을 높이 들고 병사들을 휘몰아 나가자 우금이 패하여 달아났다. 장비는 곧장 추격하여 곧장 서주성 아래에 이르렀다. 성 위에서 홍기에 흰 글씨로 크게 쓴 '평원 유현덕'이라 쓴 깃발을 보고, 도겸은 급히 성문을 열게 하였다. 현덕이 입성하자 도겸이 맞아 함께 부아(府衙)로 들어갔다. 인사가 끝나자 잔치를 베풀어 서로가 위로하였다.

도겸은 현덕의 의표가 헌앙(軒昂)하고 또 말씨가 활달한 것을 보고, 마음속으로 크게 기뻐하며 곧 미축에게 명하여 서주의 패인(牌印)을 현덕에게 양여하였다.

현덕이 놀라면서 말하기를,

"공은 무슨 뜻으로 이러십니까?"

하자, 도겸이 대답하기를

"지금 천하는 어지럽고 왕조의 기강은 문란해졌습니다. 이에 현덕공께서는 한나라의 종친으로, 마땅히 온 힘을 다해 사직을 붙들어야 합니다. 노부가 나이가 많고 무능하여 진심으로 서주를 장군에게 넘기기를 원합니다. 공께서는 사양하지 마소서. 이제 표문을 써서 나라에 주달하겠습니다."

하였다.

현덕이 자리에서 일어나 절하면서,

"제가 비록 한의 후손이나5) 공이 없고 덕이 없습니다. 평원상이 된 것도 오히려 직을 받기에 두려운 터에, 이제 대의를 위해 도우려고 왔을 뿐입니다. 공께서 이런 말씀을 하시니, 탄병지심이6) 있는지 이 유비의 마음을 떠보시려는 것이 아닙니까? 만약에 그런 마음이라면 하늘도 돕지 않을 것입니다."

하자, 도겸이 대답하기를

"이는 이 늙은이의 참 뜻입니다."

하였으나, 재삼 서로 사양하며 현덕이 받지 않는다.

미축이 나와서 말하기를,

"지금 병력이 성 아래에 와서 마땅히 퇴군지책을 상의하고 있습니다. 다른 날 다시 의논하셔도 될 것입니다."

하였다.

현덕이 대답하기를,

"제가 조조에게 서찰을 보내 화해를 청해 볼까 합니다. 조조가 따르지 않으면, 그때 시살해도 늦지 않을 것입니다."

하였다.

이에 세 영채에 격문을 전해서 병력을 움직이지 않게 하고, 사람을 시켜 편지를 조조에게 보냈다.

한편 조조는 군중에서 여러 장수들과 같이 의논하고 있었다. 그때 서주에서 전서를7) 가지고 사자가 왔다는 첩보를 듣고, 조조가 그 편지를 뜯어보니 유비에게 온 것이라.

편지의 내용은 다음과 같았다.

---

5) 후손[苗裔]: 대가 오래된 자손. 「묘서」(苗緒). [史記 項羽記續]「羽豈其苗裔邪」. [史記 高祖功臣候者年表]「國以永寧 爰及苗裔」.

6) 탄병지심(呑倂之心): 병탄·합병(倂呑合倂)하고자 하는 마음. 본래 「병탄」은 '남의 토지를 합쳐서 자기의 것으로 함'의 뜻임. [漢書 賈山傳]「倂呑海內」.

7) 전서(戰書): 개전(開戰)한다는 통지서. [中文辭典]「謂對敵軍通知文 戰之文書」.

제가 관외(關外)에서 공을 뵈온 때로부터 그 뒤, 각각 멀리 떨어져 있어서 만나지 못하였소이다. 전날 존부 조숭께서 장개의 불인(不仁) 때문에 피해를 입으신 것은 도공조의 죄가 아닙니다. 지금은 황건의 여당들 때문에 밖이 요란하고, 동탁의 여당들이 안에 둥지를 틀고 있습니다. 원컨대 명공께서는 먼저 조정의 위급함을 생각하시고, 사사로운 원수는 그 뒤에 갚으셔야 합니다. 서주의 병력을 철수하셔서 국난을 구하소서. 그렇게 되면 서주는 심히 다행일 것이고 천하는 안정될 것입니다.

조조는 편지를 보고나서, 크게 꾸짖기를
"유비가 어떤 인물이기에 감히 편지를 써서 나에게 전하는가! 또 편지 중간 중간에 나를 기풍하는 뜻을8) 담다니!"
하고,
"사자를 끌어내어 참하고, 힘을 다해 공격하라."
하였다.
곽가(郭嘉)가 간하기를,
"유비는 멀리서 구원병을 이끌고 왔으니, 먼저 예로써 대하고 후에 병사를 동원해도 됩니다. 주공께서는 응당 좋은 말로써 답장을 보내서 유비의 마음을 안심시키시고, 후에 병사를 내어 공격하십시오. 그러면 성은 깨질 것입니다."
하니, 조조가 그 말대로 따랐다. 사신을 환대하여 머무르게 하고, 기다렸다가 답장을 가지고 돌아가게 하였다. 바로 의논하고 있는 중에 유성마(流星馬)가 좋지 않은 일을 가져 왔다. 조조가 그 까닭을 물으니

---

8) 기풍하는 뜻을[譏諷之意] : 비꼬는 뜻. '기풍'은 '실없는 말을 빗대어 놀림'의 뜻임. [韓愈 石鼎聯句詩房]「應之如響 皆穎脫含譏諷」.

말하기를, 여포가 이미 연주를 기습하여 파하고, 복양(濮陽)으로 진출하여 웅거하고 있다는 것이었다.

원래 여포는 이각과 곽사의 난을 만난 뒤로부터 무관으로 도망쳐서 원술에게 투항해 갔었다. 원술은 여포가 배반을 일삼으며 정처하지 못하고 있음을 이상히 여겨 막고 들이지 않았다. 그래서 원소에게 투항하자 원소가 저를 받아들였는데, 상산에 웅거하고 있는 장연(張燕)을 파하고 나서부터는 원소 수하의 장수들에게 오만하게 행동하였다. 원소가 저를 제거하려 하니 여포는 이에 장양(張陽)에게로 가자, 장양이 저를 받아들였다.

그때, 방서(龐舒)는 장안에 있었는데, 개인적으로 여포의 처자를 숨겨 두었다가 저들을 여포에게 돌려보냈다. 이각과 곽사가 그 사실을 알고 마침내 방서를 참하고, 장양에게 편지를 보내 여포를 죽이라고 하였다. 여포는 이로 인해 장양을 버리고 장막을 찾게 되었다. 이때 장막의 동생 장초(張超)가 진궁(陳宮)을 데리고 장막을 보러 왔다.

진궁이 장막에게 말하기를,

"지금 천하가 무너지고 영웅들이 여기저기서 일어나는데, 공이 천리가 넘는 땅을 다스리고 있으면서 도리어 남의 절제를 받고 있으니, 또한 한심하지 않습니까! 이제 조조가 동정을 하여 연주가 비어 있고, 여포는 당세의 용사(勇士)라 만약 저와 함께 연주만 취한다면 패업을 도모할 수 있으리다."

하였다. 장막이 크게 기뻐하며 곧 여포에게 연주를 기습하여 파하고 복양에 웅거하게 하였다.

그리고 인성·동아·범현 세 곳은 순욱과 정욱이 사수한 덕분에 온전하였고, 다른 곳은 모두 무너졌다. 조인은 여러 번 싸움에서도 한번도 이기지 못하여, 특별히 이런 급보를 올린 것이다.

조조가 그 소식을 듣고 크게 놀라서,

"연주를 잃으면 내가 돌아갈 집이 없어지니 저를 도모하지 않으면 안 된다."

하자, 곽가가 권유하기를

"주공께서는 개인적으로는 유비에게 좋게 하시고, 군사를 물려 연주로 돌아가는 것이 좋겠습니다."

하자, 조조가 그대로 따라 곧 유비에게 답서를 보내고 영채를 뽑아 퇴병하였다.

한편 사자는 서주로 돌아오자 성에 들어가 도겸을 뵙고 서찰을 올리고, 조조의 병사가 물러난 것을 알렸다. 도겸이 크게 기뻐하여 사람을 시켜 공융·전해·운장·자룡 등을 성으로 불러 큰 모임을 가졌다. 연회가 끝나자 도겸은 현덕을 상좌로 불러 올려 공수하며 여러 사람들 앞에서 말하였다.

"노부는 나이가 많고 두 자식이 재주가 없어, 국가의 중임을 감당할 수 없습니다. 유공께서는 한실의 후예요 덕이 넓고 재주 또한 높아, 가히 서주를 다스릴 수 있을 것입니다. 노부가 한양을9) 할 수 있기를 청원합니다."

현덕이 말하기를,

"공문거가 저에게 서주를 구하라고 명하여, 저는 의를 위해 왔을 뿐입니다. 이제 무단히 점거하고 보면, 천하의 장수들이 유비에게 의리가 없는 인물이라 할 것입니다."

하자, 미축이 권유하기를

_____

9) 한양(閒養) : 세월을 한가히 보내면서 몸을 추스림.

"지금 한실이 쇠미해져 국내가 뒤집히는 지경에 이르렀습니다. 공을 세워 업을 이룰 때가 바로 지금입니다. 서주는 전량이 많고 호구가 백만에 이릅니다. 유사군께서 이 주를 다스리게 되는 것을 사양하지 마옵소서."

하였다.

현덕이 대답하기를,

"이 일은 결단코 따를 수 없소이다."

하니, 진등이 나서며 말하기를

"도부군께서는 잔병이 많아서 일을 제대로 보실 수가 없습니다. 명공께서는 더 이상 사양하지 마시구려."

하였다.

현덕이 묻기를,

"원공로는 사세삼공(四世三公)으로 하내에서 관심을 쏟고 있으며, 근자에 수춘에 있사오니 어찌 그에게 물려주지 않으십니까?"

하니, 공융이 말한다.

"원공로는 벌써 무덤 속의 해골이라 어찌 이를 말씀입니까! 오늘의 일은 하늘이 주시는 것인데, 취하지 않으면 후회해도 미치지 못할 것이외다."

하자, 현덕이 계속 고집을 부리며 듣지 않았다.

도겸이 눈물을 흘리며 말하기를,

"공이 나를 버리고 가신다면, 나는 죽어도 눈을 감지 못할 것이외다!"

하자, 관우가 나서며 말하기를

"이미 도공께서 양위를 의논하시니, 형님은 서주를 다스릴 일을 명하소서."

하자, 장비도 나서면서 권한다.

"저희들이 서주를 강요하지 않았는데 저들이 호의로 넘기겠다 하니, 무엇 때문에 그토록 고사하시는 게요?"

하였다.

현덕이 대답하기를,

"자네들이 나를 의롭지 못한 곳에 빠뜨리려 하는구나?"

하자, 도겸이 재삼 양여를 청하였다. 그러나 현덕은 끝내 이를 받아들이지 않았다.

도겸이 권유하기를,

"현덕께서 절대로 받지 못하시겠다면, 여기 가까운 곳에 소패(小沛)라는 곳이 있는데 군사들을 주둔하게 할 만합니다. 청컨대 잠시만이라도 이 읍에 주둔하시면서 서주를 보호해 주시면 어떻겠습니까?"

하자, 여러 사람들이 다 소패에 머물기를 원하거늘 현덕이 그를 따랐다. 도겸이 군사들의 노고를 치하하고 나자 조운이 하직을 고하였다. 현덕은 조운의 손을 잡고 눈물을 뿌리며 헤어졌다. 공융과 전해와도 헤어져 군사들을 이끌고 돌아갔다. 현덕은 관우·장비와 함께 본부 군사들을 이끌고 소패에 이르자, 성벽을 보수하고 백성들을 위로하였다.

한편 조조가 회군하자 조인이 나와 맞으면서, 여포의 세가 크고 진궁이 돕고 있어서 연주와 복양을 잃었습니다. 게다가 견성·동아·범현 등 세 고을은 순욱과 정욱 두 사람이 서로 연계하여, 죽기로써 성을 지키고 있다고 말하였다.

조조가 말하기를,

"내 생각에 여포는 용맹하나 지모가 없으니, 크게 염려할 것이 못 된다."

며, 영채를 잘 안돈하고 나서 다시 의논하기로 하였다.

여포는 조조가 회병하여 등현(滕縣)을 지난 줄 알고, 부장 설란(薛蘭)과 이봉(李封)을 불러 말하기를,

"내 자네 두 사람을 쓰려고 생각한 지 이미 오래이다. 자네들이 군사 1만을 이끌고 연주를 굳게 지키게. 내 친히 군사들을 이끌고 가서 조조가 돌아가기 전에 파하겠네."

하자, 두 사람이 응낙하였다.

그때, 진궁이 급히 들어와 묻기를,

"장군께서 연주를 버리고 어디로 가려 하십니까?"

하자, 여포가 대답하기를

"내가 복양에 병사를 주둔하여 정족지세를[10] 이루려 하오."

하자, 진궁이 반대하기를

"안 됩니다. 설란은 반드시 연주를 지키지 못할 것입니다. 여기서 남쪽으로 백 80리 즈음에 있는 태산의 험로에 정예병 1만여 명을 매복시킬 만합니다. 조병이 연주를 잃었다는 소식을 들으면 틀림없이 급히 올 것이오니, 저들이 반쯤 지나가기를 기다렸다가 일격에 사로잡을 수 있습니다."

하니, 여포가 말하기를

"내가 복양에 병사들 진을 친 데는 따로 계책이 있는데, 자네가 어찌 그것을 알겠는가!"

하고, 끝내 진궁의 말을 듣지 않고, 설란에게 연주를 맡기고 행군에 나섰다.

조조의 군사들이 태산의 험로에 이르자, 곽가가 말하기를,

---

10) 정족지세(鼎足之勢) : 솥의 세 발처럼 셋이 서로 맞서서 대치하는 형국. 옛날 솥은 발이 세 개여서 비유한 것임. [史記 淮陰侯傳]「莫若兩利 而俱存之三分天下 **鼎足而居**」.

"여기는 진군할 수가 없사옵니다. 이곳에 적의 복병이 있을까 걱정됩니다."

하니, 조조가 웃으면서 대답하기를

"여포는 계략이 없는 인물이오. 그렇기 때문에 설란에게 연주를 지키게 하고 스스로 복양에 갔을 것이니 어찌 이곳에 복병을 두었겠소?"

하고, 조인에게 이르기를,

"군사들을 이끌고 가 연주를 포위하여라. 나는 복양에 진군하여 여포를 치겠다."

고 일렀다.

진궁은 조조가 가까이 이르렀음을 듣고, 이에 계책을 올렸다.

"지금 조병은 멀리서 왔기 때문에 아주 지쳐 있습니다. 속전하는 것이 이로울 것이오니 군사들의 기력을 키워 줘서는 안 됩니다."

한다.

그러나 여포가 말하기를,

"나는 한 필 말로 천하를 종횡하였는데, 어찌 조조 따위를 근심하겠소! 하채하기를 기다렸다 내 저를 사로잡으리다."

하며, 듣지 않았다.

한편, 조조의 병사들은 복양 가까이에 이르러 성 아래에 영채를 세웠다. 다음날 여러 장수들을 이끌고 들판에 진을 벌였다. 그리고 조조는 문기 아래에 서서 여포의 군사들이 이르는 것을 바라보고 있었다. 둥근 진 앞에 여포가 말을 타고 도착하여 양편에 여덟 명의 건장들을 세웠는데, 제 1은 안문 마읍(馬邑) 사람으로 성은 장(張), 이름은 요(遼)로 자는 문원(文遠)이요, 제 2는 태산 화음 사람으로 성은 장(臧), 이름은 패(覇)로 자는 선고(宣高)였다. 이 두 사람은 또 각각 여섯 명의 건장을 거느렸는데, 학맹(郝萌) · 조성(曹性) · 성염(成廉) · 위속(魏續) · 송헌(宋

憲)·후성(侯成) 등이다. 여포의 군사는 5만이었는데 북소리가 진동하였다.

조조가 여포를 가리키며,

"나는 너와 원수진 일이 없는데, 네 어찌 내 고을을 뺏으려 하느냐?"

하니, 여포가 말하기를

"한의 성지는 모두 각자에게 나뉘어 있으니, 유독 너에게만 주어진 것이 아니지 않느냐?"

하며, 곧 장패를 내세워 싸움을 돋웠다.

조군에서는 악진이 나가 맞았다. 두 말이 서로 어울리고 쌍방의 창이 서로 부딪쳤다. 싸움이 30여 합이 되어도 승부가 갈리지 않았다. 하후돈이 말을 박차고 나가서 싸움을 도왔다. 여포의 진중에서는 장료가 나가 앞길을 막아서며 싸웠다. 여포는 성이 나서 화극을 빼어 들고 말을 몰아 짓쳐 나가니, 하후돈과 악진이 다 달아났다. 여포가 그 뒤를 엄살하니, 조조의 군사들이 대패하여 3, 40리나 물러갔다. 그제야 여포는 군사들을 수습하였다. 조조는 한 번 지고 영채로 돌아가서 여러 장수들과 의논하였다.

우금이 말하기를,

"제가 오늘 산 위에 올라서 보니, 복양의 서쪽에 여포의 영채가 하나 있는데 군사들이 많지 않습니다. 오늘 밤에 저들의 장수들은 우리가 패주한 것을 이야기하며 준비를 하고 있지 않을 것이오니, 병사들을 이끌고 가서 저들을 공격하십시다. 만약에 영채를 뺏는다면 여포가 틀림없이 두려워할 것이니, 이는 상책이 될 것입니다."

하자, 조조가 그 말을 따라 조홍·이전(李典)·모개·여건(呂虔)·우금·전위 등 여섯 장수가 마보군 2만을 뽑아 밤을 도와 소로를 따라 발진하였다.

이때, 여포는 영채에서 군사들의 노고를 위로하고 있었다. 진궁이,

"서쪽의 영채는 요긴한 곳입니다. 혹시라도 조조가 저를 습격하면 어쩌지요?"

하자, 여포가 묻기를

"저들이 오늘 싸움에서 패했는데 어찌 또 오겠소?"

하였다.

진궁이 말한다.

"조조는 용병에 뛰어난 인물입니다. 모름지기 저들이 공격해 오는 것에 꼭 방비해야 합니다."

하자, 여포는 고순(高順)·위속(魏續)과 함께 후성에게 병사들을 이끌고 가서 서채를 지키게 하였다.

한편, 조조는 황혼 무렵에 군사들을 이끌고 여포의 서채(西寨)에 이르러, 사방에서 돌입하였다. 영채의 병사들이 막지 못하고 사방으로 흩어져 달아나자, 조조가 영채를 탈환하였다. 4경쯤 되어서야 고순이 겨우 군사들을 이끌고 이르러 쳐들어왔다.

조조가 스스로 군사들을 이끌고 나와 맞았고 고순과 맞닥뜨려, 3군이 혼전하다가 날이 밝았다. 마침 그때 서쪽에서 북소리가 진동하더니 여포가 스스로 구원군을 이끌고 온다고 알려 왔다. 조조는 영채를 버리고 달아났다. 그 뒤를 고순·위속·후성 등이 급히 쫓아왔다. 그때 마침 여포가 친히 군사들을 이끌고 도착하였다. 우금과 악진 두 사람이 여포와 싸웠으나 막지 못하자, 조조는 북쪽으로 달아났다.

산의 후미에서 한 떼의 군사들이 나오는데, 왼쪽에는 장료, 오른쪽에는 장패였다. 조조가 여건과 조홍을 시켜 싸우게 하였으나, 불리하자 서쪽을 바라고 달아났다. 문득 또 함성이 크게 일며 한 떼의 군사들

이 몰려오더니, 학맹·조성·성염·송헌 등 4명의 장수들이 길을 막고 나섰다. 여러 장수들이 죽기로 싸우고 조조가 앞에서 치고 나갔다. 문득 방짜11) 소리가 울리는 곳에서 화살이 소낙비처럼 쏟아졌다.

조조는 앞으로 나갈 수도 없었고, 벗어날 계책도 없었다. 큰 소리로,

"누가 나를 좀 구하라!"

고, 외쳤다.

마군 속에서 한 장수가 뛰쳐나오는데 이에 전위였다. 손에 쌍철극을 들고 나오며,

"주공께서는 걱정 마소서!"

하며, 몸을 말 아래로 날려 쌍극을 꽂아두고 짧은 창 10여 개를 손에 쥐고서, 종인을 돌아보며

"적들이 10여 보까지 이르거든 나를 부르라!"

하고, 마침내 화살을 무릅쓰고 성큼성큼 앞으로 걸어 나갔다. 둘러 싼 군사들이 수십여 보까지 이르자 종인이 소리치기를,

"10보입니다."

라고 외쳤다.

전위가 말하기를,

"다섯 걸음까지 오거든 나를 불러라!"

하자, 종인이 또 대답하기를

"다섯 걸음입니다."

하고 외쳤다.

이때, 전위가 창을 날려 저들을 찌르는데, 한 창에 한 사람씩 말에

---

11) 방짜(梆子) : '방자'는 중국의 극(劇)의 한 가지임. 그 극에서 박자(拍子)를 맞추기 위하여 쓰이던 박자목(拍子木)을 일컬음. [南皮梆子尤著]「河南梆子 山東**梆子**之不同」. [水滸傳 第二回]「**梆子**一響 時誰敢不來」.

제11회 271

서 떨어뜨리고 헛나가는 창이 없이 선채로 열 사람을 죽였다. 남은 무리들은 다 달아나 버렸다. 전위가 다시 몸을 날려 말에 올라, 한 쌍의 철극을 빼어들고 적군을 죽이며 들어갔다. 학맹·조성·성염·송헌 등 네 장수들이 그를 막지 못하고 각자가 도망쳤다. 전위는 저들을 죽이고 저들이 흩어지고 나서 조조를 구출하자, 여러 장수들이 뒤이어 도착하여 길을 찾아 영채로 돌아왔다.

그때는 이미 해가 서산에 기울었는데, 배후에서 함성이 일더니 여포가 말을 몰아 화극을 빼어 들고 급히 쫓아오며 외치기를,

"조조는 도망가지 말아라!"

라고 외쳤다.

이때는 군사들은 피로에 지치고 말들이 곤핍하여 서로가 얼굴만 쳐다보면서,[12] 각자가 도망할 생각만 하고 있었다.

이에,

비록 잠시 포위망을 뚫고 달아 났으나
곧 적들이 추격하니 이 일을 어찌하랴.
雖能暫把重圍脫
只怕難當勁敵追.

조조의 목숨이 어찌 되는가는, 하회를 보라.

---

12) 서로가 얼굴만 쳐다보면서[面面相覰]: 말 없이 서로 얼굴만 물끄러미 바라봄. 크게 놀라서 어찌해야 좋을지 몰라 쳐다 봄. 「면면시처」(面面厮覰). [警世通言 第八卷]「崔寧聽得說渾家是鬼 到家中問丈人丈母 兩個面面厮覰走出門」.

제12회

도공조는 세 번씩이나 서주를 사양하고
조맹덕은 여포와 크게 싸우다.
　陶恭祖三讓徐州
　曹孟德大戰呂布.

　　조조가 매우 당황하여 달아나는 사이에, 정남쪽에서는 한 떼의 군
사들이 이르니, 이들은 하후돈이 이끄는 군사였다. 그들은 조조를 구
원하려고 와서 여포를 막아서서 크게 싸우고 있었다. 싸움이 황혼 무
렵에 이르자 큰 비가 붓듯이 쏟아져[1] 각각 군사들을 이끌고 흩어졌
다. 조조도 영채로 돌아왔다. 그리고 전위에게 후한 상을 내리고 벼슬
을 더하여 영군도위를 삼았다.
　　한편 여포는 영채에 이르러서 진궁과 의논하였다.
　　진궁이 말하기를,
　　"복양성에는 부호 전씨가 있는데 가동(家僮)이 천여 명이어서 거가
대족이라[2] 할 수 있습니다. 저에게 몰래 사람을 보내서, 조조의 영채

---

1) 큰 비가 붓듯이 쏟아져[大雨如注] : 「대우경분」(大雨傾盆). [陸游詩] 「黑雲塞空萬
　馬也 轉盼白雨如傾盆」. [蘇軾 詩] 「黑雲白雨如傾盆」. 「대우방타」(大雨滂沱). 큰
　비가 좍좍 쏟아짐. 「방타」는 '비가 몹시 내리는 모양'의 뜻임. [詩經 小雅篇
　漸漸之石] 「月離于畢 俾滂沱矣」.
2) 거가대족[巨室] : 거가대족(巨家大族). 대대로 번영한 문벌이 높은 집안. [歐
　陽修 題跋] 「今之譜學亡矣 雖名臣巨族 未嘗有家譜者 然而俗習苟簡廢 失者非一

에 서신을 보내게 하십시오. 편지에는 '여포는 포악하고 인의가 없어, 민심이 크게 원망하고 있다. 이제 병사들을 여양(黎陽)으로 옮기고자 하며, 고순만이 성내에 있을 뿐이니 밤에 진병해 오면 내응할 것입니다.' 하십시오.

만약 조조가 온다면 저들을 성중으로 유인해서 들여놓고, 사방의 성문에 불을 지르고 성 밖에 복병을 두십시오. 조조가 비록 경천위지의 재주가3) 있다 하나, 이 지경에 이르면 어찌 달아날 수 있겠습니까?"

하자, 여포가 그 계책을 따라 몰래 전씨를 설득하여 사람을 보내어 조조의 영채에 이르게 하였다.

조조는 최근의 패배로 인해 아주 망설이고 있었는데, 문득 전씨가 왔다는 소식이 왔다.

밀서를 바치며 이르기를,

"여포는 이미 여양으로 가서 성중이 비어 있습니다. 만약 속히 오신다면 마땅히 성중에서 내응할 것입니다. 성 위에 백기를 꽂고 큰 글씨로 '의(義)'자를 써서 이를 암호로 삼겠습니다."

한다,

조조가 크게 기뻐하며 대답하기를,

"하늘이 나에게 복양성을 얻게 하시는구나!"

하며, 온 사람에게 중한 상을 내리고 한편으로는 기병할 준비를 하였다.

豈止家譜而已」.

3) 경천위지의 재주(經天緯地之才) : 온천하를 경륜하여 다스릴 만한 재주로 극히 큰 재주를 이름. 본래 '경'은 날금, '위'는 씨금을 가리킴. [文選 左思. 魏都賦]「天經地緯 理有大歸」. [徐陵 爲貞陽候與陳司空書]「後主天經地緯 義貫人靈」. [庾信 文]「經天緯地才」.

유엽(劉曄)이 말하기를,

"여포가 비록 계책이 없다 하나, 진궁은 계책이 많은 인물입니다. 그 속에 속임수가 있을까 걱정입니다. 방책이 없으면 안 됩니다. 명공께서 꼭 가셔야만 한다면 군사들을 3대로 나누어서 2대는 성 밖에 매복시켜 응하게 하고 1대만 성 안으로 들여보내는 것이 좋겠습니다."

하자, 조조가 그 계책 그대로 따랐다.

군사들을 세 대로 나누어 복양성 아래에 이르렀다. 조조가 먼저 가서 성을 보니 성 위에 깃발이 날리는 것이 보이는데, 서문의 모서리에 '의'자를 쓴 백기가 보이자 속으로 기뻐하였다. 이날 오시(午時)에 성문이 열리며 두 장수가 군사를 이끌고 싸우러 나왔다. 전군은 후성이고 후군은 고순이었다. 조조는 즉시 전위에게 곧장 후성을 취하게 하니, 후성은 적을 막을 수 없게 되자 말을 돌려 성중으로 달아났다. 전위가 급히 쫓아가 적교4) 가까이 이르렀을 때에, 고순 또한 막아내지 못하고 모두 쫓겨 성중으로 들어갔다.

그 속에 한 군사가 혼란한 틈을 타서 와서 조조를 보고, 전씨의 심부름으로 왔다면서 밀서를 올렸다. 대략, '오늘 밤 초경에 성 위에 나발(鑼) 소리가 울리는 것을 신호로 하여 곧 진병하십시오. 제가 성문을 열겠습니다.'는 내용이었다. 조조는 하후돈에게 군사를 이끌고 왼쪽에 서고 조홍은 오른쪽을 맡게 하고는 자신은 하우연·이전·악진·전위 등 4명의 장수와 함께, 병사들을 이끌고 성안으로 들어갔다.

이전이 말하기를,

---

4) 적교[弔橋] : 적교(줄다리). 평소에는 해자(垓子 : 도랑못) 위에 걸쳐 놓아 사람이나 말이 다닐 수 있게 하고, 필요한 때에는 들어 올려 외부인의 침입을 막을 수 있게 만든 다리. [武備志]「釣橋造以楡槐木 上施三鐵環」. [福惠全書 保甲部 建築]「視門大小 造以弔橋」.

"주공께서 성 밖에 계시면, 저희들이 먼저 성안으로 들어가겠습니다."
하니, 조조가 대답하기를,

"내가 직접 가지 않으면 누가 즐겨 가겠느냐!"
하며, 맨 앞에서 군사들을 이끌고 곧장 들어갔다.

때는 초경 시분이어서 달이 뜨지 않은 때라, 단지 서문 위에서 나각(螺殼) 소리만 들렸다. 그때 문득 함성이 일어나며 횃불이 어지럽게 일어나고, 성문이 크게 열리며 적교가 내려졌다. 조조는 다투어 먼저 말을 박차고 들어갔다. 곧장 관아의 문에 이르렀으나 길 위엔 사람이 하나도 보이지 않았다.

조조는 그때서야 계책인 줄 알고 황망히 말머리를 돌리며,

"퇴각하라."
고 외쳤다. 관아에서 한소리 포향이 들렸다.

사방의 성문에서 불길이 일어나 하늘을 찌르고 북과 징소리가 울리며 함성은 마치 강물이 뒤집히듯 하였다. 동쪽 골목에는 장료가, 서쪽 골목에서는 장패가 뛰쳐나오면서 협공으로 엄살해 왔다. 조조가 북문을 향해 달아나는데, 길옆에서 학맹·조성과 또 일진이 뛰쳐나왔다. 조조가 급하여 남문으로 달리자 고순·후성이 막아섰다. 전위가 눈을 부릅뜨고 이를 악물고[5] 짓쳐 나갔다. 고순과 후성이 도리어 성 밖으로 쫓겨 나갔다. 전위가 짓쳐 적교에 이르러 머리를 돌려 보았으나 조조가 보이지 않았다. 몸을 뒤쳐 다시 짓치며 성안으로 들어오다가, 성문 아래에서 이전과 맞닥뜨렸다.

전위가 말하기를,

---

5) 눈을 부릅뜨고 이를 악물고[怒目咬牙] : 눈을 부릅뜨고 이를 갊. '몹시 화가 났음의 비유'임. 「노목시지」(怒目視之). [文選 劉伶 酒德頌]「奮袂攘衿 怒目切齒」. [顧況 從軍行]「怒目時一呼 萬騎皆辟易」.

"주공께서는 어디 계신가?"

고 물으니, 이전이 대답하기를

"나 또한 찾았으나 보이지 않소이다."

하였다.

전위가 당부하기를,

"자네는 성 밖에 가서 구원군을 청하게. 나는 성안에 들어가서 주공을 찾겠네."

하자 이전은 가버렸다. 전위가 짓치며 성중에 들어가 주공을 찾았으나 보이지 않았다. 다시 싸우며 성호(城壕) 주변에 나와서 악진과 마주쳤다.

악진이 묻기를,

"주공께서는 어디 계시오?"

하자, 전위는 대답한다.

"내가 두 번이나 드나들며 찾았으나 종시 찾지 못하였네."

하니, 악진이 말하기를

"함께 주공을 찾으러 짓쳐 들어갑시다!"

하고, 두 사람이 성문 주변에 이르자 성 위에서 불덩이가 떨어져 내렸다. 악진의 말이 들어갈 수가 없자, 전위가 연기를 무릅쓰고 불길을 뚫고 짓쳐 들어가 여기저기 찾아 다녔다.

한편 조조는 전위가 짓쳐 성 밖으로 나가는 것을 보았지만, 사방에서 인마들이 길을 막는 통에 남문으로 나가지 못하고, 다시 북문으로 되돌아오다가 화광 속에서 여포가 화극을 꼬나들고 말을 몰아오는 것과 마주쳤다. 조조는 손으로 얼굴을 가리고 말에 채찍을 쳐서 마침내 지나쳤다. 여포가 뒤에서 말을 박차며 급히 쫓아왔다.

화극으로 조조의 투구를 한 번 툭 치고는,

"조조는 어디 있느냐?"

고 물었다.

조조는 반대편을 가리키며 말하기를,

"앞에 황마를 탄 사람이 그입니다."

하였다.

여포는 그 말을 듣고서 조조를 버리고 말을 몰아 앞을 향해 급히 쫓아갔다. 조조는 말머리를 돌려 동문을 향하고 달리다가 마침 전위를 만났다. 전위는 조조를 호위하고 혈로를 뚫어 성문 가에 이르자, 불길이 더욱 심하게 일어나고 성 위에서는 시초(柴草)가 떨어져 주변이 온통 불바다였다.

전위가 화극으로 길을 열어 나는 듯이 말을 몰아 연기를 무릅쓰고 불길을 뚫고 먼저 나가고, 조조가 또한 그 뒤를 따랐다. 막 성문가에 이르렀을 때에, 성문 위의 한쪽이 불길에 싸여 들보가 무너져 내려 조조가 탄 말의 뒷다리를 쳐서 말이 땅에 엎어졌다.

조조가 얼결에 손으로 떨어져 내린 들보를 땅에다 밀어 떨어뜨렸는데, 그 통에 손이며 어깨 그리고 수염과 머리털이 다 타버리고 화상을 입었다. 전위가 말을 돌려 와 구할 때에 마침 하후연이 이르렀다. 두 사람이 같이 조조를 일으켜 불길을 뚫고 나왔다. 조조는 하후연의 말을 타고 전위는 짓쳐 길을 뚫고 하여, 큰 길로 나와 달아났다. 마침 혼전 중에 날이 밝아 조조는 겨우 영채로 돌아왔다.

여러 장수들이 와서 문안을 드리자, 조조는 얼굴을 들어 웃으면서,

"필부의 계책에6) 빠지다니, 내 반드시 갚아 주리라!"

─────────────

6) 필부의 계책[匹夫之計] : 하찮은 계책을 이름. 「필부」(匹夫). 평범한 사내. 「필부필부」(匹夫匹婦). [孟子 萬章篇 下]「思天下之民 **匹夫匹婦** 有不與被堯舜之澤者 若己推而內之溝中 其自任天下之重也.

하였다.

곽가가 청하기를,

"계책을 빨리 쓰셔야 합니다."

하거늘, 조조가 말한다.

"지금은 '장계취계할'[7) 뿐이네. 내가 화상을 입어 거의 죽게 되었다고 거짓말을 퍼뜨리면, 여포는 틀림없이 군사들을 이끌고 공격하러 올 것일세. 나는 마릉의 산중에 매복하고 있다가, 그 병사가 반쯤 건넜을 때 저를 공격하면 여포를 사로잡을 수 있을 것일세."

하자, 곽가가 동의하며 말하기를,

"진실로 양책입니다!"

하였다.

이때에 군사들에게 복을 입게 하고 발상하라고[8) 영을 내리고 거짓으로 조조가 죽었다고 퍼뜨렸다. 일찍이 복양에 있던 부하가 여포에게 조조가 화상을 입어 몸이 상하였고, 영채에 이르러 죽었다고 알렸다. 여포는 군사들을 점고하고 마릉산으로 왔다. 막 조조의 영채에 이르자, 큰 함성소리가 일어나더니 복병이 사방에서 일어났다. 여포가 죽기로 싸워 겨우 벗어났으나, 군마를 절반이나 잃고 패하여 복양으로 돌아와 성을 굳게 지키고 나가지 않았다.

이 해에는 갑자기 메뚜기 떼가 극성하여 벼를 다 먹어 치웠다. 관동 지방 전체가 곡식 한 곡(斛)에 50관(貫)씩 하고, 사람들이 서로 잡아먹

---

7) **장계취계(將計就計)** : 상대편의 계책을 미리 알아채고 그것을 이용하는 계교. [中文辭典]「謂就人之計以行之也」. [中國成語]「謂故意依照敵人的計劃來設計 引誘敵人入自己的圈套」.

8) **복을 입게 하고 발상하라고[挂孝發喪]** : 상복을 입게 하고 초상이 난 것을 알림. 거애(擧哀). [中文辭典]「俗謂戴孝曰 **挂孝** 亦作**掛孝** 謂喪家服著喪服也」.

기에 이르렀다. 조조는 군량이 다 떨어지자, 군사들을 이끌고 견성으로 돌아가 잠시 머물기로 하였다. 여포 또한 군사들을 이끌고 산양으로 가서 진을 치고 생활하기로 하였다. 이로 인하여 이 두 곳은 잠시 싸움이 그쳤다.

이때, 도겸은 서주에 있었는데 그때 나이가 63세였다. 갑자기 병이 들어 날로 중해지자, 미축과 진등을 청해서 일을 의논하였다. 미축이

"조조의 병사들은 물러갔고, 여포 또한 연주를 습격할 이유가 없어졌습니다. 이제 흉년이 들어 싸움이 그쳤지만, 내년 봄이 되면 또 다시 이를 것입니다.

부군께서 두 번이나 유현덕에게 양위하시고자 하셨으나, 그때에는 부군께서 아직 강건하셨기 때문에 현덕이 기꺼이 받아들이지 않은 것입니다. 이제 병이 깊으시니 마침 이로 인해 물려주시려 한다면, 현덕도 더 이상 사양하지는 못할 것입니다."

하자, 도겸이 크게 기뻐하며 사람을 소패에 보내, 현덕을 청해서 군무를 의논하였다. 현덕은 관우과 장비를 데리고 수십 기만으로 서주에 이르자, 도겸이 누워 있는 내실로 청해 들였다.

현덕이 문안 인사가 끝나자, 도겸이 말하기를

"현덕공을 오시라고 청한 것은 다른 특별한 일이 아니라, 노부의 병세가 이미 위독하여 조석간을 보전하기가 어렵기에, 명공께서 한조의 성지를 중히 여기셔서 서주의 패인을 받아주기를 바라서입니다. 그러면 노부가 죽어서라도 눈을 감을 수 있을 것입니다!"

하자, 현덕이 묻기를

"사군께서는 두 아들이 있는데, 어찌 저들에게 전하지 않으십니까?"

하였다.

도겸이 대답한다.

"큰 아들 상(商)과 둘째 응(應)은 둘 다 이 일을 잘 감당할 수가 없소이다. 노부가 죽고 나면 명공께서는 저들을 가르쳐 주시기를 바랄 뿐이오니, 일체 서주의 일에 참여하게 하지 마시옵소서."

하였다.

현덕이 또 묻기를,

"제가 어찌 능히 대임을 감당하겠나이까?"

하니, 도겸이 말하기를

"제가 한 사람을 천거할 것이니, 그 사람이 공을 보좌할 수 있을 것이외다. 저는 북해인으로 성은 손(孫)이고 이름은 건(乾)이며 자는 공우(公祐)라 합니다. 이 사람으로 하여금 종사를 시키시면 될 것이외다."

하고, 또 미축에게 이르기를

"유공은 당세의 인걸이니 자네는 마땅히 저를 잘 모시거라."

하였다. 현덕이 끝내 사양하는데, 도겸이 손으로써 자신의 가슴을 가리키며 죽었다.

여러 군사들의 애도가 끝나자 곧 패인을 현덕에게 드렸다. 그러나 현덕은 고사하였다.

다음 날 서주의 백성들이 부의 앞에 모여 울며 절하면서

"유공께서 만약에 저희 군을 다스리지 않으신다면, 저희들은 다 편안하게 살 수가 없습니다."

하였다.

관우와 장비 두 사람 또한 재삼재사 권하자, 그제서야 서주의 일을 맡기로 하였다. 그는 손건과 미축으로 하여금 자신을 보좌하게 하고, 진등을 막료로 삼았다. 소패의 모든 군사들을 서주로 입성하게 하고 백성들을 안돈시키는 방을 붙였다. 그리고 곧 상사를 치르게 하였다.

현덕은 대소 군사들에게 다 상복을 입게 하고, 크게 전(奠)을 올렸다. 상사가 끝나자 황하의 언덕에 장사지내고, 도겸의 유표를9) 조정에 바쳤다.

조조는 견성에 있으면서 도겸이 죽고, 유현덕이 서주목이 되었음을 알고 크게 노하였다.

"내 원수는 갚지도 못했는데, 네가 싸우지도 않고 앉아서 서주를 얻다니!10) 내 반드시 먼저 유비 놈을 죽이리라. 그 후에 도겸의 시신을 베어, 써 아버지의 원한을 갚으리라!"

하고, 즉시 영을 내려 그날로 군사를 일으켜 서주를 치려 하였다.

그때 순욱이 들어와 간하기를,

"옛날 고조께서는 관중을 보전하시고 광무께서는 하내에 웅거하시면서 먼저 근본을 공고히 하시고서, 천하를 바로 잡으려 하셨습니다. 그래서 나아가면 반드시 이기시고 물러나셔서는 굳게 지키셨습니다. 그런 까닭으로 비록 어려움 속에서도 끝내는 대업을 이루셨습니다. 명공께서는 본래 먼저 연주에서 거사하셨고, 또 황하와 제수(濟水)는 천하의 요지여서, 이는 또한 옛 관중과 하내와 같습니다.

지금 만약 서주를 취하러 가시면서 이곳에 병사를 많이 남겨두면 용병하기에 부족하고, 병사들을 적게 남겨 두면 여포가 빈틈을 타서 쳐들어 올 것이니, 이렇게 되면 연주는 잃게 될 것입니다. 만약 서주를 얻지 못한다면 명공께서는 어디로 돌아가시겠습니까? 이제 도겸이

---

9) **유표(遺表)** : 대신이 죽을 때 임금에게 올리던 글. [宋史 趙普傳]「辟爲從事 詞卒 **遺表**薦於朝」. [宋史 彭汝礪傳]「知江州 至郡數月而病去 其**遺表** 略云」.

10) **네가 싸우지도 않고 앉아서 서주를 얻다니![不費半箭之功]** : 공이 조금도 없음. 반 푼어치의 공도 없음을 이름.

비록 죽었다 하나, 이미 유비가 그곳을 지키고 있습니다.

서주의 백성들은 이미 유비에게 복속되었으니 유비를 도와 죽기로써 싸울 것입니다. 명공께서는 지금 연주를 버리고 서주를 취하려 하는 것입니다. 이는 큰 것을 버리고 작은 것을 취하는 것이고 근본을 버리고 지엽적인 것을 구하는 것이며, 편안한 것으로써 위태로운 것과 바꾸는 것입니다. 원컨대 심사숙고 하시옵소서."

하니, 조조가 이르기를

"지금 흉년이 들어 군량이 떨어져 가고 있으니, 군사들이 앉아서 이곳만을 지키는 것은 결코 좋은 방책(良策)이 아니외다."

하자, 순욱이 권유하기를

"동으로 나가 진지(陣地)를 쳐서 군사들을 먹이는 것만 못합니다. 여남과 영천은 황건의 여당인 하의(何儀)·황소(黃邵) 등이 주군을 겁략하고 약탈하여 금백과 식량이 많습니다. 이들 도적떼들은 쉽게 격파할 수 있을 것입니다. 저들을 파하고 그 양곡을 빼앗아 삼군을 먹이면 조정에서도 기뻐하고 백성들 또한 기뻐할 것이니, 이는 하늘을 따르는 일입니다."

조조는 기꺼이 그의 계책을 따라 하후돈을 남겨두고, 조인에게 견성 등을 지키게 하였다. 자신이 병사들을 이끌고 먼저 진지를 공략하고, 다음에 차례로 여남과 영천까지 이르렀다. 황건적인 하의와 황소 등은 조조의 군사가 이르는 것을 알고는, 무리들을 이끌고 나와 맞아 양산(羊山)에 모였다. 그때 적병이 비록 수적으로 많았으나 모두가 오합지졸이어서,11) 전혀 대오와 행렬은 갖추지 못했다.

---

11) 오합지졸[狐群狗黨] : 여우와 개 떼. 군사들이 대(隊)가 없는 오합지졸(烏合之卒)과 같다는 뜻임. 「오합지중」(烏合之衆)은 어중이 떠중이 등 맹목적으로 모여든 무리를 말함. [後漢書 邳彤傳]「卜者王郎集烏合之衆 震燕趙之北」.

조조는 강궁(強弓)과 경노(硬弩)를 쏘라고 명하고, 전위에게 말을 타고 나가게 하였다. 하의는 부원수를 시켜 싸우게 하였으나, 세 합이 못되어 전위의 창에 찔려 말 아래로 떨어졌다. 조조는 군사들을 이끌고 승세를 타 양산 아래의 영채까지 쫓아갔다. 다음날 황소가 직접 군사들을 이끌고 왔다. 둥글게 진을 치고 나자 한 장수가 걸어 나와 싸우려 하였다. 머리에는 황건을 두르고 몸에는 녹포를 입었고 손에는 철봉을 들었다.

그는 크게 외치기를,

"나는 절천야차(截天夜叉) 하만(何曼)이다! 누가 감히 나와 싸우겠느냐?"

하였다.

조홍이 보고 큰 소리로 꾸짖으며, 말에서 뛰어내려 칼을 뽑아 들고 걸어 나갔다. 두 사람은 진의 앞으로 나가 싸웠는데, 4, 50합에 이르도록 승부가 갈리지 않았다. 조홍이 거짓으로 패하고 달아나자 하만이 쫓아왔다.

조홍이 타도배작계를[12] 써서 몸을 돌려 껑충 뛰면서 하만을 한 번 찍고 다시 칼로 찔러 죽였다. 이전이 승세를 타서 나는 듯이 말을 달려 곧장 적진으로 들어갔다. 황소는 미처 막을 준비가 되어 있지 않아, 이전에게 사로잡혀 끌려 왔다. 조조의 병사들은 적의 무리들을 엄살하고, 금백과 군량을 무수히 빼앗았다. 하의는 세력이 고립되자 수백의 기병을 이끌고 갈피(葛皮)로 달아났다.

그러는 중에 산의 뒤쪽에서 한 떼의 군사들이 나왔다. 앞에 선 장수는 키가 8척이나 되고 허리는 열 아름이나[13] 되었다. 손에 큰 칼을

---

12) 타도배작계(拖刀背斫計) : 칼로 적의 등을 찍는 계책. 패한 체 달아나다가 비껴서면서 추격해 오던 적이 미처 서지 못하는 순간에, 적의 등쪽 어깨를 내리 찍는 계책.

들고서 앞길을 막았다. 하의가 창을 꼬나들고 맞아 싸웠으나, 단지 일합 만에 그 장수에게 사로잡혔다. 군사들은 모두 말에서 내려 결박당하고, 그 장수는 군사들을 모두 갈피오로 몰고 들어갔다.

한편 전위가 하의를 추습하여 갈피에 이르자, 장수가 군사들을 이끌고 맞으러 나왔다.

전위가 묻기를,

"너도 황건적의 잔당이냐?"

하고 묻자, 그 장수가 대답하기를

"황건의 수백 기병들이 나에게 다 잡혀서 갈피 안에 있다."

하였다.

전위가 또 묻기를,

"어찌해서 항복하지 않느냐!"

하니, 그 장수가 말하기를

"네가 만약에 내 손의 보검을 뺏는다면 내 곧 항복할 것이다!"

하매, 전위가 노하여 쌍철극을 빼어 들고 앞을 향해 싸우러 나갔다. 두 사람이 진시(辰時)로부터 오시(午時)가 될 때까지 싸웠으나 승부가 갈리지 않으매, 각각 잠시 쉬기로 하였다. 얼마 후에 그 장수가 또 나와서 싸움을 돋우자 전위가 나가 싸웠다. 싸움이 황혼까지 계속되자, 각각 말들이 지쳐 잠시 동안 싸움을 그쳤다. 전위의 수하 군사들이 달려가 조조에게 보고하였다.

조조가 크게 놀라 황급히 군사들을 이끌고 나와 보았다. 이튿날 그 장수가 또 나와 싸움을 돋우었다. 조조가 보니 그 사람은 위풍이 늠름하여 마음속으로 기뻐하며, 전위에게 오늘은 싸우다가 거짓 패하여

---

13) 열 아름이나[十圍] : 열 아름. '아름'은 굵기를 나타내는 단위임. [莊子]「櫟社樹百圍 無所用故壽」. [漢書 枚乘傳]「夫十圍之木 始生如蘗」.

돌아오라 하였다. 전위가 영을 받고 출전하였다. 싸움이 30합에 이르
자 전위가 패하여 달아나 본진으로 돌아왔다. 그 장수가 급히 쫓아와
진문에 이르렀을 때에, 궁노들이 돌아서서 활을 쏘아댔다. 조조는 급
히 군사들을 이끌고 5리쯤 물러나, 몰래 군사들을 시켜 갱도를 파게
하고 구수들을14) 매복시켰다. 다음날 다시 전위에게 영을 내려 백여
기병을 이끌고 나가게 하였다.

그 장수가 웃으면서,

"패장이 어찌 감히 또 왔느냐!"

하며, 곧 기마병을 이끌고 나와 싸웠다.

전위는 싸움이 몇 합 되지 않아서 다시 말을 돌려 달아났다. 그 장
수는 단지 앞만 보면서 급히 달려왔다. 미처 함정을 보지 못하고 말을
탄 채 함정에 빠지자, 구수들이 결박하여 조조에게 이끌고 왔다. 조조
는 장막에서 내려가 군사들을 꾸짖어 물리고 직접 그 결박을 풀어주
었다. 그리고 급히 옷을 취하여 입게 하고 앉으라 하고는, 저의 고향
과 이름을 물었다.

그 장사가 말하기를,

"나는 초국의 초현(譙縣) 사람이며, 성은 허(許)씨고 이름은 저(褚)라
하며 자를 중강(仲康)이라 합니다. 도적떼의 난을 만나 종족 수백 명을
이끌고, 성벽을 굳게 쌓고 그 속에서 저들을 막아 왔습니다.

하루는 도적들이 몰려오기에 나는 무리들에게 돌멩이를 많이 준비
하게 하고 내가 직접 돌을 던져 저들을 치니, 적중하지 않는 것이 없
어서 도적들이 물러갔습니다. 또 한 번은 도적들이 몰려 왔는데 성채
안에는 군량이 없어 할 수 없이, 적들과 화해하고 소를 주고 양식과

---

14) **구수(鉤手)**: 쇠갈고리(鐵由)를 든 병사. [中文辭典]「拳術手法之一……左右兩
手同時作**鉤手**者曰 **雙鉤**」.

바꿨는데, 적들이 소를 몰고 성채에 이르자 소들이 다 도망하여 돌아가려 하므로, 나는 두 손으로 소 두 마리의 꼬리를 잡은 채 백여 걸음 끌고갔습니다. 그랬더니 적들이 크게 놀라 감히 소를 뺏지 못하고 달아나 버렸습니다. 이 일로 해서 이곳을 무사히 지키게 되었습니다."

하였다.

조조가 또 말하기를,

"내 그대의 이름을 들은 지 이미 오래 되었소이다. 항복함이 어떻겠소?"

하니, 허저가 대답하기를

"그것은 진실로 제가 바라는 일입니다."

하였다. 그리하여 마침내 종족 수백 명과 함께 항복하였다.

조조는 허저를 도위로 삼고 상을 후하게 내렸다. 그와 함께 하의와 황소를 끌어내어 목을 벰으로써 여남과 영천을 다 평정하였다.

조조가 군사를 돌려 돌아가니 조인과 하후돈이 나와서 영접하고, 최근의 세작들이 얻어 온 첩보를 고하였다.

"연주의 설난과 이봉의 군사들이 다 노략질을 하러 나가서 성내가 텅 비었다 하니, 이 틈에 저를 치면 일격에 무너뜨릴 수 있을 것입니다."

하였다. 조조가 마침내 군사들을 이끌고 지름길을 따라 연주로 달려갔다. 설난과 이봉이 뜻밖이어서 단지 있는 병사들만 데리고 나와 맞아 싸웠다.

허저가 말하기를,

"제가 저들 두 놈을 잡아 지현의 예로[15] 삼을까 합니다."

하거늘, 조조가 기뻐하며 출전하게 하였다.

---

15) 지현의 예(贄見之禮) : 아랫사람이 윗사람을 뵐 때 행하는 예로 예물을 가지고 가서 뵘. [左傳]「男贄玉帛禽鳥 女贄榛栗棗脩」.

이봉이 화극을 들고 나와 맞았다. 두 말이 서로 어울려 두어 합 만에, 허저가 이봉의 목을 베어 땅 아래로 떨어지게 하였다. 설란은 급히 달아나 본진으로 돌아가다가, 적교 주변을 이전이 막고 있었다. 설란은 감히 성으로 돌아가지 못하고 군사들을 이끌고 거야(巨野) 쪽을 향해 달아났다. 여건이 말을 달려 쫓아가 한 화살에 쏘아 말 아래 떨어뜨리자, 군사들은 다 궤멸하여 흩어졌다.

조조가 다시 연주를 얻자, 정욱이 곧 병사들을 이끌고 복양으로 진병하기를 권하였다. 조조는 허저와 전위를 선봉장으로 삼고, 하후돈과 하후연을 좌군에 이전과 악진을 우군에 세우고, 자신은 중군이 되고 우금과 여건을 후군에 서게 하도록 하여 진용을 갖추었다.

병사들을 이끌고 복양에 이르자 여포가 직접 나가 싸우려 하였으나, 진궁이 간하기를

"직접 싸우러 나가서는 안 됩니다. 여러 장수들이 다 모인 후에 방책을 논의해야 합니다."

하자, 여포가 말하기를

"나를 누가 감히 핍박할 수 있겠소?"

하고, 진궁의 진언을 듣지 않고 군사들을 이끌고 나가, 화극을 비껴들고 적장을 크게 꾸짖었다. 허저가 곧 나갔다. 두 장수가 싸우기를 10여 합이나 되었으나 승부가 갈리지 않았다.

조조가 말하기를,

"여포는 한 사람으로는 이길 수 없소."

하고는 곧, 전위를 시켜 싸움을 돕게 하여 두 장수가 협공하게 되었다. 왼쪽에서는 하후돈과 하후연이, 오른쪽에선 이전과 악진이 일제히 나와 6명의 장수들이 함께 여포를 공격하였다.

여포는 막을 수가 없자 말을 돌려 성으로 돌아갔다. 성 위에서 전씨

(田氏)가 여포가 패하여 돌아오는 것을 보고, 급히 영을 내려 적교를 들어올리게 하였다. 여포가 큰 소리로 외치기를

"성문을 열라!"

고 외쳤으나, 전씨가 대답하기를

"나는 이미 조장군에게 항복하였소이다."

하자, 여포가 크게 꾸짖으며 군사들을 이끌고 정도(定陶)로 가버렸다. 진궁은 급히 동문을 열고 여포의 가솔들을 데리고 성을 나섰다. 조조는 마침내 복양성을 얻게 되자 전씨의 옛날 죄를 용서하였다.

유엽이 말하기를,

"여포는 용맹이 호랑이 같습니다. 오늘 비록 쫓겨 갔더라도 저를 용납해서는 안 됩니다."

하자, 조조가 유엽 등에게 복양을 지키게 하고는, 스스로 군사를 이끌고 급히 정도를 추격하였다.

그때, 여포는 장막·장초 등과 함께 진중에서 있었으나, 고순·장료·장패·후성 등은 군량을 마련하기 위해 해변 지방을 순시하며 돌아오지 않고 있었다. 조조의 군사들이 정도에 이르러서는 싸우지 않고 군사들은 40리 밖에 영채를 치고 있었는데, 마침 군에서는 때마침 보리가 익기 시작하였다.

조조는 곧 군사들에게 영을 내려, 보리를 베어 식량에 쓰게 하였다. 세작들이 이 일을 여포에게 알리자, 여포는 군사들을 이끌고 급히 왔다. 조조의 영채에 가까워지자, 영채의 왼쪽에 수풀이 무성한 것을 보고는 복병이 있을까 저어하여 그대로 돌아왔다.

조조는 여포가 군사들을 이끌고 돌아간 줄을 알고, 여러 장수들과 의논하기를

"여포가 숲속에 복병이 있는 줄 의심하고 있으니, 숲속에 많은 깃발

을 꽂아 저를 더욱 의심나게 하시오. 서쪽 영채는 긴 둑이 있고 물이 없으니, 정병을 매복시키기 좋소이다. 내일 여포는 틀림없이 숲을 태울 것이니 둑 안에 매복한 군사들이 퇴로를 끊는다면, 여포를 사로잡을 수 있을 것이오."

하였다.

이에 고수(鼓手) 50여 명을 시켜 영채에서 북을 치게 하고, 마을에서 잡은 남녀 포로에게 안에서 함성을 지르게 하였다. 그러는 중에 정예병들을 둑방 안에 매복시켰다.

한편 여포가 돌아와 진궁에게 말하니, 진궁이 말하기를

"조조는 기괴한 계책[危計]이 많은 인물이니, 가벼이 대해서는 안 됩니다."

하자, 여포가 대답하기를

"나는 화공을 쓰려 하오. 그러면 반드시 복병도 물리칠 수 있을 것이오."

하고, 진궁과 고순에게 성을 지키게 하였다.

여포는 다음날 대군을 이끌고 가다가 숲속에 깃발이 꽂혀 있는 것을 보고, 병사들을 몰아 일거에 공격하매 사방에서 불을 놓았으나 한 사람도 없었다. 영채를 공격하려 하자 문득 북소리가 진동하였다. 여포는 의혹이 나서 정하지 못하고 있는데, 갑자기 영채 뒤에서 한 떼의 군사들이 나오므로, 여포가 말을 몰아 급히 쫓았다.

그때, 함성소리가 들리매 둑 안에 매복하고 있던 군사들이 다 쏟아져 나왔다. 하후돈·하후연·허저·전위·이전·악진 등이 말을 몰아 짓쳐 나온다. 여포는 적과 대적할 생각도 못하고 극도로 낭패하여 달아났다. 여포를 따르던 장수 성렴(成廉)이 악진이 쏜 화살에 맞아 죽었다. 여포는 군사의 2/3 정도를 잃었고[16] 패졸이 이를 진궁에게 알렸다.

진궁이 권유하며 말하기를,

"빈 성을 지키기 어려우니 급히 떠나느니만 못하다."

하고, 마침내 고순과 함께 여포의 가솔들을 데리고 정도를 버리고 달아났다.

조조는 승전한 군사들을 데리고 성중으로 짓쳐 들어오니, 그 기세가 파죽지세17) 같았다. 장초는 자결하고 장막은 원술에게 투항하였다. 그리하여 산동의 일부가 조조의 수중에 들어갔다. 조조는 백성들을 안심시키고 성을 보수하였다. 그 다음 일은 더 말하지 않겠다.

한편 여포는 달아나다가 여러 장수들을 만나 다시 성으로 돌아왔고, 진궁도 여포를 찾아 서로 만났다.

여포가 말하기를,

"내 군사가 비록 소수이긴 하지만, 아직도 조조를 파할 수 있소이다."

하고는, 마침내 다시 군사들을 이끌고 왔다.

이에,

> 병가에서 승패는 진정 상사이니18)
> 권토중래란19) 실로 알 수 없는 일이네.

---

16) 군사의 2/3 정도를 잃었고[三停去了二停]: 대다수. 셋 중에서 둘(⅔)을 잃음.

17) 그 기세가 파죽지세[勢如劈竹]: 그 기세가 마치 대나무를 쪼개는 듯함. 「파죽지세」(破竹之勢). 많은 적을 물리치고 쳐들어가는 당당한 기세. [晉書 杜預傳]「預曰 今兵威已振 **譬如破竹** 數節之後 皆迎刃而解」. [北史 周高祖紀]「嚴軍以待 擊之必克 然後乘**破竹勢** 鼓行而東 足以窮其窟穴」.

18) 병가에서 승패란 진정 상사이니[兵家之常事]: 전장에서의 승패는 흔히 있을 수 있는 일임. '실패는 있을 수 있는 일이므로 낙심하지 말라'는 비유로 쓰이는 말임. [唐書 裴度傳]「帝曰 **一勝一負 兵家常勢**」.

19) 권토중래(捲土重來): '전쟁을 그만 둠'이라는 말임. 본래는 '권갑(捲甲)'인데

兵家勝敗眞常事

捲甲重來未可知.

여포의 승패는 어찌 되었을까? 하회를 보라.

이는 '갑옷을 말아 둠'의 뜻임. '권토중래'는 '어떤 일을 실패한 뒤에 힘을 내
어 다시 그 일에 착수한다'는 말인데, '권토'는 '땅을 마는 것 같은 세력으로
다시 온다'는 뜻임. [杜牧 題烏江亭詩]「江東子弟多才俊 捲土重來未可知」.

제13회

이각과 곽사가 크게 싸우고
양봉과 동승은 함께 어가를 구하다.
　李催郭氾大交兵
　楊奉董承雙救駕.

　한편 조조는 정도에서 여포를 대파하였다. 여포는 패잔군을 모아
군마들을 해변에 두고 있었는데, 여러 장수들이 모여들자 다시 조조
와 결전을 하고자 하였다.
　진궁이 말하기를,
　"지금 조조는 군세가 강하니 적과 싸워서는 안 됩니다. 먼저 몸을
안전하게 할 수 있을 곳을 찾아보고 나서 다시 와도 늦지 않을 것입니다."
한다.
　여포는 진궁에게 묻기를,
　"내가 원소에게 투항하는 것이 어떻겠소?"
하자, 진궁이 대답하기를
　"먼저 사람을 시켜 기주(冀州)에 가서 살피게 하고, 소식을 들은 후
에 가는 것이 좋을 듯합니다."
하자, 여포가 그의 말을 따랐다.
　이때 원소는 기주에 있으면서, 조조와 여포가 서로 버티고 있다는
소식을 들어 알고 있었는데, 모사 심배(審配)가 나와 말하기를

"여포는 승냥이와 같아서 만약 연주를 얻으면, 반드시 기주를 도모할 것입니다. 만약 조조가 지금 공격하는 것을 도울 것 같으면, 후환이 없을 것이오이다."

하니, 원소는 마침내 안량에게 병사 5만을 주어 가서 조조를 돕게 하였다. 세작들이 이런 소식을 탐지하여, 곧 여포에게 보고하였다. 여포가 크게 놀라 진궁과 더불어 의논하였다.

진궁이 권유하기를,

"듣건대 유현덕이 새로 서주를 다스린다 하니, 가서 저에게 투항함이 좋겠습니다."

하자, 여포가 그의 말을 따라 마침내 서주로 투항하러 왔다.

이런 소식을 접한 현덕이 말하기를,

"여포는 금세의 영웅이니 나가서 저를 맞으리다."

하자, 미축이 대답하기를

"여포는 호랑이 무리이오니 저를 받아들이면 안 됩니다. 저를 받아들이면 곧 사람을 상하게 할 것입니다."

하였다.

이에 현덕은 대답하기를,

"전에 여포가 아니었다면, 어찌 이 군의 환란을 풀었겠소. 지금 저가 궁지에 몰려서 나에게 투항하겠다는데, 어찌 다른 마음이 있겠소이까?"

하자, 장비가 나서며 말하기를

"형님은 인심도 좋구려. 그러나 이렇게 된 바에야 준비는 해야겠지요."

하였다.

현덕은 여러 장수들을 데리고 성 밖 30리까지 나가서 여포를 만나서 함께 입성하였다. 모두가 주의 관아에 올라와 예를 끝낸 후에 앉았

다. 여포가 묻기를,

"저는 왕사도와 함께 동탁을 죽인 후, 또 이각과 곽사의 변을 만나 관동을 떠돌았으나 여러 제후들이 용납해주지 않았습니다. 최근에는 조조가 어질지 못하여 서주를 침범하였는데, 사군께서 힘을 다해 도겸을 구하시니, 제가 이어 연주를 습격함으로써 조조의 세력을 나누려 했는데, 뜻밖에도 도리어 조조의 간계에 무너져 병사들과 장수를 태반이나 잃었습니다. 이제 사군께 투항하여 큰 일을 도모하려 하오니, 이를 어찌 생각하십니까?"

하거늘, 현덕이 말하기를

"도사군께서 최근 돌아가신 후에, 서주를 다스릴 사람이 없어서 제가 당분간 서주의 일을 맡고 있습니다. 이제 다행히 장군께서 여기에 오셨으니, 마땅히 장군께 서주를 넘겨드리려 합니다."

하고, 패인(牌印)을 여포에게 주려 하였다.

여포가 받으려 하다가 현덕의 뒤에 있는 관우와 장비 두 사람의 얼굴빛이 노여워하고 있음을 보았다.

여포는 짐짓 웃으면서,

"여포와 같은 일개 용부가 어찌 한 주를 다스리는 목민관이 되겠소이까?"

하자, 현덕은 그래도 여포에게 양보하였다.

이에 진궁이 말하기를,

"강한 손님이라 해서 주인을 억압해서는 안 됩니다.[1] 사군께서는 의심하지 마십시오."

하자, 비로소 현덕이 더 권하지 않았다. 곧 잔치를 베풀어 서로 환대

---

1) 강한 손님이라 해서⋯⋯[強賓不壓主] : 손님이 아무리 강하다 해도 주인을 억압할 수는 없다는 뜻으로, '객이 주인을 핍박할 수는 없음'의 비유.

하고는 편히 거처할 수 있는 집을 마련해 주었다. 다음날 여포는 화답의 자리를 마련하고 현덕을 초청하였다. 현덕은 관우와 장비와 같이 갔다. 술이 거나해지자 여포가 현덕을 청하여 후당으로 들어갔다. 관우와 장비가 따라 들어가자, 여포는 아내와 딸에게 나와서 현덕에게 절하게 하려 하매, 현덕은 재삼 사양하였다.

여포가 말하기를,

"현제는 사양하지 마세요."

하자, 장비가 듣고서 눈을 부라리며 큰 소리로 꾸짖기를,

"우리 형님은 금지옥엽이신데,2) 네가 지금 사람들에게 감히 우리 형님을 동생으로 삼느냐! 네 이놈 나와 봐라! 내 너와 3백 합이라도 겨루겠다!"

하였다. 현덕은 황망하여 만류하고, 관우가 장비를 데리고 나갔다.

현덕은 여포에게 말하기를,

"용렬한 아우가 술에 취해 쓸데없는 말을 한 것이니, 형께서는 너무 꾸짖지 마소서."

하였다. 여포는 말이 없었다. 잠시 후 흩어졌다.

여포는 현덕을 문까지 나와서 배웅하였는데, 장비가 말을 몰아 창을 비껴들고 와서, 큰 소리로 말하기를

"여포야! 나와서 나와 겨루자!"

하였다. 현덕은 급히 관우에게 저를 제지하게 하였다.

다음 날 여포가 현덕에게 와서 사죄하기를,

"사군께서 저를 버리지 않으시려 하나, 아우분들께서 저를 받아들이려 하지 않으시는 것 같아, 저는 마땅히 다른 곳을 찾아야 할 듯합

---

2) **금지옥엽(金枝玉葉)** : '귀여운 자손'을 소중하게 이르는 말로, 여기서는 '황족(皇族)'을 이름. [六帖]「金枝玉葉帝王之系也」.

니다.”

하자, 현덕이 대답하기를

“장군께서 가신다면 저의 죄가 큽니다. 용렬한 저의 아우가 가까운 날에 사죄드리도록 하겠습니다. 가까운 곳에 소패란 곳이 있사온데, 이곳은 지난날 저희 군사가 주둔하던 곳입니다. 장군께서 좁고 협소한 것을 혐의치 않으신다면, 말들을 쉬게 하면 어떻겠습니까. 군량과 군수 등은 응당 보내 드리겠습니다.”

하였다.

여포는 현덕에게 사례하고 스스로 군사를 이끌고 소패로 갔다. 현덕이 가서 장비를 나무란 것은 말할 것도 없는 일이다.

한편, 조조는 산동을 평정하고 조정에 표주를3) 올렸는데, 조정에서는 조조에게 건덕장군 비정후란 벼슬을 더하였다. 그때 이각은 스스로 대사마가 되었고 곽사는 대장군이 되어 거리낌 없이 전횡하였으나, 조정의 누구도 감히 말을 하지 못하였다.

태위 양표(楊彪)와 대사농 주준이 몰래 헌제에게 아뢰기를,

“지금 조조는 병사 20여 만을 거느리고 있고, 모신과 무장 수십 명이 있습니다. 이만한 정도의 사람을 얻는다면 이 사람이 사직을 지탱할 수 있을 것이고 간당들의 둥지를 제거하기만 한다면 나라가 안정될 것입니다.”

한다.

헌제가 울면서 말하기를,

“짐이 두 도적에게 속임과 능멸을 당한 지 오래다. 만약 저들의 목

---

3) **표주(表奏)**: 신하가 임금에게 글월을 올려 아룀. [漢書 兒寬傳]「**表奏**開六輔渠 定水令以廣漑田」. [文選 王儉 褚淵碑文]「固請移歲 **表奏**相望」.

을 벨 수만 있다면, 진실로 다행한 일일 것이다!"
하였다.

양표가 권유하기를,

"저에게 한 가지 계책이 있습니다. 먼저 두 도적이 서로 싸우게 한
후에, 조조에게 조서를 내려 죽이고 잔당들을 쓸어버리면 조정이 편
안해질 것입니다."
하자, 헌제가 묻기를

"계교란 어떤 것인고?"
하자, 양표가 대답하기를

"듣건대 곽사의 처가 아주 투기가 심하다 하오니, 사람을 시켜 곽사
의 처에게 반간계를4) 쓰면 두 도적들이 서로 싸울 것입니다."
하였다.

헌제는 곧 비밀 조서를 양표에게 주었다. 양표는 즉시 몰래 부인에
게 계교를 일러주었다.

양표의 처는 다른 일을 빙자하여 곽사의 부중으로 들어가서, 곽사
의 처에게 말하기를

"듣건대 곽장군과 이사마의 부인이 내통하고 있다는데, 그 정이 심
히 비밀리에 이루어지고 있다 합니다. 사마께서 그 일을 아시는 날에
는 반드시 해를 당하실 것입니다. 부인께서는 마땅히 저들의 사이를
끊어 놓을 묘책을 강구하여야 합니다."
하였다.

---

4) 반간계(反間計) : 반간책(反間策). 적의 사람으로 가장하여 진중에 들어가서
   상대방을 교란하는 계책을 이름. [史記 燕世家]「說王仕齊爲反間計 欲以亂齊」.
   [孫子兵法 用間篇 第十三]「故用間有五 有因間 有內間 有反間 有死間 有生
   間……反間者 因其敵間 而用之」. 이간책(離間策). [晉書 王豹傳]「離間骨肉」.

곽사의 처가 의심하여 말하기를,

"제가 밖에서 자고 들어오지 않더니! 이런 무치(無恥)한 일을 하고 있었구려! 부인이 알려주지 않았다면, 나는 모르고 있었을 게요. 당장에 저들의 일을 막으리다."

하였다.

양표의 처가 돌아가겠다 하니, 곽사의 처가 재삼재사 고맙다며 헤어졌다.

며칠이 지나서 곽사가 또 이각의 부중 연회에 참석하려 하니, 그의 처가 묻기를

"이각의 성격은 헤아리기 어려운데 하물며, 두 영웅은 병립하지 못할 것입니다. 저들이 술에 독을 타서 당신이 죽는다면 저는 장차 어찌합니까?"

하거늘, 곽사가 듣지 않으매 그 처가 재삼 가지 말기를 권하였다. 늦어지니 이각이 사람을 시켜 술과 안주를 보내 왔다. 곽사의 처가 몰래 술과 음식에 독을 타서 올렸다.

곽사가 마시려 하자 그 처가,

"음식이 밖에서 들어온 것이니 어찌 그냥 먹겠나이까?"

하고, 이에 음식을 먼저 개에게 먹게 하매 개가 그 자리에서 죽었다. 이때부터 곽사가 이각을 의심하기 시작하였다. 하루는 조회가 끝나자 이각이 극력 곽사를 집에 데리고 가서 음식을 대접하였다. 밤이 되어서야 곽사는 취해서 돌아왔는데, 우연히도 복통이 왔다.

그의 아내가 말하기를,

"필시 그 음식에 독이 들었을 것입니다."

하고, 급히 똥물을 퍼 오게 하여 토하고 나서야 가라앉았다.

곽사가 크게 화를 내며 말하기를,

"나와 이각은 함께 큰 일을 도모하였는데, 지금 무단히 나를 해하려고 도모하니 내가 먼저 손을 쓰지 않으면 반드시 독수(毒手)를 만날 것이다."

하고, 마침내 몰래 본부의 우수한 군사를 정비하여 이각을 공격하려 하였다. 일찍이 일을 이각에게 알린 사람이 있었다.

이각 또한 크게 노해 말하기를,

"곽아다(郭阿多)가 어찌 감히 이럴 수 있는가!"

하고는, 본부의 정예병을 점검하고 이에 곽사를 죽이려 나섰다. 두 사람이 동원한 군사들이 수만에 이르렀다. 이들이 장안성 아래에서 싸우는데, 이 무리들은 승세를 틈 타서 백성들을 겁탈하고 노략질을 하였다.

이각의 조카 이섬(李暹)은 군사를 이끌고 가서 대궐을 에워싸고, 수레 두 채를 이용하여 한 수레에는 천자를 태우고 한 수레에는 복황후를 태워, 가후(賈詡)와 좌영(左靈)에게 수레를 호송하게 하였다. 그 나머지 궁인과 내시들도 모두 걸어서 도망가게 하였다.

어가를 호위하여 후재문(後宰門)을 나서자, 곽사의 병사들과 맞닥뜨렸다. 저들은 일제히 활을 쏘아대서, 활에 맞아 죽은 궁인들은 수를 헤아릴 수 없었다.5) 이각이 뒤따라 짓쳐 오자 곽사의 병사들은 후퇴하였다. 그러자 어가를 겁박하여 위험을 무릅쓰고 성 밖으로 내몰며 설명도 하지 않은 채6) 호위하여 저의 영중에 이르렀다.

곽사는 병사들을 궁 안으로 들어가게 하고 모든 궁빈(宮嬪)·채녀들

---

5) 수를 헤아릴 수 없었다[不知其數] : 그 수를 헤아릴 수 없이 많음. [論語 學而篇]「人不知而不慍」. [列子 仲尼]「不識不知 順帝之則」.

6) 설명도 하지 않은 채[不由分說] : 이유 여하를 말할 것도 없음. 다짜고짜로. [中文辭典]「猶不容分說」.

은7) 모두 저의 진영으로 끌고 가며, 불을 놓아 궁전을 태워 버렸다.

곽사는 이각이 천자를 겁박해 간 것을 알고, 군사들을 이끌고 이각의 진영에 와서 시살하였다. 헌제와 복황후는 모두 놀라고 두려움에 떨었다.

후세 사람이 이를 한탄한 시가 있다.

광무가 일어나서 한실을 다시 일으켜
위 아래로 12황제가 이었구나.
  光武中興興漢世
  上下相承十二帝.

환제·영제가 무도해서 나라가 무너졌고
환관들의 천권에 말세가 되었도다.
  桓靈無道宗社墮
  閹臣擅權爲叔季.

무모한 하진이 삼공의 위에 있어
나라를 갉아 먹는 쥐새끼들 제거하려 간웅을 불러들였네.
  無謀何進作三公
  欲除社鼠招奸雄.

이리떼 몰아내고 호랑이를 들였으니

---

7) 채녀(采女): 궁녀(宮女). 한대(漢代)에 궁녀들을 민가에서 차출해 왔는데 이들을 채녀라 하였음. [後漢書 皇后紀論]「置美人宮人**采女**三等 (注) 采者擇也」. [李白 詩]「宮中**采女**顔如花」.

서주의 역적 그 생활이 음흉하구나.

豺獺雎驅虎狼入

西州逆豎生淫凶.

왕윤의 충성심은8) 미녀에게 부탁해
동탁과 여포 사이를 갈라놓았네.

王允赤心托紅粉

致令董呂成矛盾.

적의 괴수가 진멸해 천하가 편안하더니
누가 이각과 곽사가 분을 품을 줄 알았으랴.

渠魁殄滅天下寧

誰知李郭心懷憤.

신주의 가시밭 길을 다투니 이 일을 어이할까
육궁이 모두 굶주리고 전란을 걱정하네.

神州荊棘爭奈何

六宮饑饉愁干戈.

인심은 이미 떠나고 천명도 가버리니
영웅은 일어나서 산하를 나누누나.

人心既離天命去

英雄割據分山河.

---

8) **충성심[赤心]**: 눈곱만치도 사심(私心)이 없는 일편단심. [後漢書 光武紀]「降
者更相語曰 蕭王推**赤心**置人腹中 安待不投死乎」.

후왕은 이를 거울삼아 업을 서로 다투니
귀중한 국토를9) 등한히 말지어다.

　後王規此存兢業

　莫把金甌等閒缺.

백성은 다 죽어 남은 생령이 없으니
산하를 물들인 피 원한의 혈적이라.

　生靈糜爛肝腦塗

　剩水殘山多怨血.

나는 역사를 보고 비감함을 못 이기니
고금의 궁궐에는 보리이삭만 우거졌네.

　我觀遺史不勝悲

　今古茫茫歎黍離.

백성의 임금된 자 굳건히 뿌리 지켜10)
태아검11) 누가 잡으려나 강유를12) 온전히 하라.

---

9) **국토[金甌]**: 나라의 강토. 원래는 '금 또는 쇠로 만든 단지나 사발'의 뜻인
데, '매우 단단한 사물'을 비유하는 말임. 「금구무결」(金甌無缺)은 금으로 만
든 독과 같이 나라가 견고하고 완전함을 이름. [南史 朱异傳]「武帝曰 我**國家**猶
若**金甌 無一傷缺**」.

10) **굳건히 뿌리 지켜[苞桑戒]**: 뽕나무 뿌리의 경계란 뜻으로, '근본을 다지고
공고히 하라'는 말로 쓰임. [易經 否卦]「九五 休否 大人吉 其亡其亡 繫于**苞桑**」.

11) **태아검(太阿劍)**: 보검의 이름. [晋書 張華傳]「中有雙劍 並刻題 一曰龍泉 一
曰**太阿**」. [越絕書 外傳記寶劍]「楚王令風胡子之吳……作爲鐵劍三枚 一曰龍淵
二曰**泰阿** 三曰工布」.

12) **강유(綱維)**: 나라의 법도. 삼강과 사유. [史記 淮陰候傳]「秦之**綱**絕而**維**地」.

人君當守苞桑戒

太阿誰持全綱維.

　이때, 곽사의 군사들이 이르니 이각은 군영을 나가 싸웠다. 곽사는 전세가 불리해지자 잠시 또 후퇴하였다. 이각은 이내 헌제와 복황후의 어가를 미오로 옮기고, 조카 이섬에게 감시하도록 하였다. 그리고는 오가는 사람을 차단하고 음식을 들이지 못하게 하니, 모시는 자들은 굶주린 기색이 있었다. 헌제가 사람에게 명하여 이각에게 쌀 5말과 갈비 5짝을 구하여 신하들에게 주려 하였다.

　이각은 노해서 말하기를,

　"아침저녁으로 음식을 들이는데, 어찌 더 다른 것을 찾는단 말이냐?"

하고 상한 고기와 썩은 곡식을 주었는데, 냄새가 나서 먹을 수가 없었다.

　헌제가 이각을 꾸짖기를,

　"역적놈이 어찌 이토록 나를 속이느냐!"

하자, 시중 양기(楊琦)가 급히 아뢰기를

　"이각은 성미가 난폭한 자입니다. 사세가 이 지경에 이르렀으니 폐하께서 참고 또 참으셔야 합니다. 그 성미를 덧뜨리면 안 됩니다."

하니, 헌제가 머리를 떨구고 말없이 흘리는 눈물이 소매 자락에 가득 찼다.

　문득 좌우가 아뢰기를,

　"군마가 한 길에서 창과 칼을 번쩍이고, 금고(金鼓)가 하늘을 울리면서 어가를 구하려고 앞에 왔습니다."

하거늘, 헌제가 누구인가 하고 물으니 곽사라 하자, 황제는 더욱 수심

　[漢書 司馬遷傳]「時引綱維 盡思慮」.

에 싸였다. 그때 언덕 밖에서 함성이 크게 일어났다.

원래 이각이 군사들을 이끌고 나가, 곽사를 가리키며 꾸짖기를

"내가 너를 박대하지 않았거늘, 네가 어찌하여 나를 해하려 도모하였느냐?"

하거늘, 곽사가 말하기를

"네가 적반하장이로구나!13) 어찌 너를 죽이지 않으랴!"

하자, 이각이 대답하기를

"나는 어가를 보호하고 이곳에 있다. 어찌 반역이라 하느냐?"

하니, 곽사가 묻기를

"네가 어가를 겁박하면서 어찌 보호하고 있다 하느냐?"

하였다.

곽사가 말한다.

"더 말할 것 없다! 우리 두 사람이 각자의 군사들을 쓰지 말고 다만 서로 겨루어서, 이긴 편이 황제를 맡기로 하고 파하자."

하였다. 두 사람이 곧 진영 앞으로 짓쳐 나갔다. 싸움이 10합이 되어도 승부가 갈리지 않았다.

그때 양표가 말을 박차며 달려와서는 큰 소리로,

"두 분께서는 잠깐 싸움을 멈추시오. 노부가 중관(衆官)을 모셔다가 두 분께서 화해하시도록 하겠습니다."

하거늘, 이각과 곽사가 각자 진영으로 돌아갔다. 양표와 주준이 조정의 관료 60여 인을 모아 놓고, 먼저 곽사의 진영에 가서 화해를 권하였다. 곽사는 뜻밖에 여러 관료들을 다 가두어 버렸다.

여러 관원들이 말하기를,

---

13) 적반하장[反賊] : 자기 나라를 배반한 역적(叛賊).

"우리들은 좋은 생각으로 왔는데 어찌 이렇게 대접한단 말이오?"

하니, 곽사가 말하기를,

"이각이 천자를 겁박하고 있는데, 나는 공경들을 얻었으니 겁박하지 않겠소."

하였다.

양표가 묻기를,

"한쪽에서는 천자를 겁박하고 다른 쪽에서는 공경들을 겁박하니, 속뜻은 어찌하자는 것이오?"

하니, 곽사가 대로하여 곧 칼을 빼어 양표를 죽이려고 하였다. 중랑장 양밀(楊密)이 힘써 권하자, 곽사는 겨우 양표와 주준을 놓아주고 그 나머지를 모두 영중에 가둬 두었다.

그렇게 되자 양표가 주준에게,

"사직지신으로서14) 임금을 구하지 못하고, 어찌 하늘 아래 헛되이 살겠소!"

하고, 말을 마치자 서로 끌어안고 통곡하며 혼절하여 쓰러졌다. 주준은 귀가한 후 병을 얻어 죽었다. 이 일이 있은 후부터 이각과 곽사가 매일 싸웠는데, 연이어 50여 일이 되니 죽은 자는 헤아릴 수조차 없었다.

한편 이각은 평소에 좌도(左道)의 요사술을 좋아하여, 늘 여무(女巫)를 시켜 북을 치며 군중에서 신을 내리게 하였다. 가후가 여러 번 간하였으나 듣지 않았다.

시중 양기가 몰래 헌제에게 아뢰기를,

---

14) 사직지신(社稷之臣) : 주석지신(柱石之臣). 나라의 안위를 맡을 만한 충신. [禮記]「有臣柳莊也者 非寡人之臣 社稷之臣也」. [論語 季氏篇]「是社稷之臣也 何以伐爲」. [漢書 爰盎傳]「社稷臣 主在與在 主亡與亡」.

"신이 보건데 가후는 비록 이각의 심복이나 실은 일찍이 임금을 잊은 적이 없사오니, 폐하께서는 마땅히 그와 의논하시는 것이 좋겠습니다."

하였다. 바로 그때 가후가 들어왔다.

헌제가 좌우를 모두 물리고 울면서 가후를 설득하기를,

"경은 능히 한조를 불쌍히 여겨 짐의 목숨을 구해 주겠는가?"

하자, 가후는 땅에 엎드려 아뢰기를,

"그것은 진실로 제가 원하는 것입니다. 폐하께서는 더 말씀을 아니 하셔도, 신이 알아서 도모하겠나이다."

하매, 폐하께서 눈물을 흘리며 고마워하였다. 조금 있다가 이각이 헌제를 뵈려고 왔는데 검을 차고 들어왔다. 헌제의 얼굴빛이 흙빛이 되었다.

이각이 헌제에게 말씀드리기를,

"곽사는 신하가 아닙니다. 공경들을 감금하고 폐하를 겁박하려 하였사오니, 신이 아니었다면 어가는 놈의 손에 떨어질 뻔했습니다."

하자, 헌제가 공수로 사의를 표하니 이각이 나갔다. 그때 황보역(皇甫酈)이 임금을 뵈려고 들어왔다. 헌제는 그가 말을 잘하고 또, 이각과 동향인 것을 알고 있었으므로 그에게 양편을 화해시키라고 하였다. 황보역이 조서를 받들고 곽사의 진영으로 가서 말하였다.

곽사가 말하기를,

"이각이 천자를 내놓을 것 같으면, 나는 곧 공경들을 풀어주리다."

하였다.

황보역이 곧 이각을 찾아가서,

"이제 천자께서 내가 서량 사람으로 공과 동향인 것을 아시고, 두 사람은 화해시키라고 특명을 주셨습니다. 곽사는 이미 조서를 받들기로 하였는데 공의 뜻은 어떻소?"

하자, 이각이 대답하기를

"나는 여포를 패퇴시킨 큰 공을 세웠고, 폐하를 4년 동안 보좌하여 많은 공적이 있는 것은 천하가 다 알고 있소. 곽아다는 말 도적이니 어찌 감히 공경들을 겁박하며 천권(擅權)한다는 말이오. 그리고 나와 싸우겠다고 하니, 내 저놈을 반드시 죽일 것이외다!15) 자네가 나의 전략이나 군사 수가 많음을 보고도 곽사를 이기지 못할 것 같소?" 하고, 물었다.

황보역이 말하기를,

"그렇지 않소이다. 옛날 유궁국(有窮國)의 후예16)가 저의 활 재주만 믿고, 환난을 생각하지 않고 있다가 결국 멸망하였소이다. 최근에는 동태사가 얼마나 강했습니까. 당신께서는 그것을 직접 눈으로 보지 않았소이까. 여포가 은혜를 입고도 도리어 모반을 해서 눈 깜짝할 사이에17) 목이 성문에 걸리지 않았소이까. 군사력이 강하다는 것은 믿을 바가 못 됩니다. 장군께서는 상장에 오르셨고 부월(斧鉞)과 장절(仗節)을 가지셨습니다.

그리고 자손들과 종족이 다 높은 자리에 있으며 국은을 두텁게 입고 있소이다. 이제 곽사가 공경들을 겁박하고 있고, 장군께서는 폐하를 겁박하고 있으니 과연 누가 가볍고 누가 무겁다 하겠소이까?"

---

15) 내 저놈을 반드시 죽일 것이외다[誓必誅之] : 맹세코 반드시 죽일 것임. 「천필주지」(天必誅之).

16) 후예(后羿) : 하(夏)나라 때의 유궁국(有窮國)의 왕 후이(后夷). 활의 명인으로 알려졌는데 하상(夏相)을 죽이고 그 자리를 빼앗았으나, 정사를 돌보지 않고 있다가 신하 한착(寒浞)에게 피살 되었음. [書經 五子之歌]「有窮后羿 因民 弗忍 距于河」. [左氏 襄 四]「后羿自鉏遷于窮石 因夏民以代夏政 恃其射也」.

17) 눈 깜짝할 사이에[斯須之間] : 삽시간(霎時間)·편각(片刻)·수유간(須臾間). [西京叢話]「片時則 成石」. [中庸 第一章]「道也者 下可須臾離也 可離非道也」.

하니, 이각이 크게 노하여 칼을 빼어 들고 꾸짖기를

"천자께서 너를 보내어 나를 욕보이려는 것이 아니냐? 내 먼저 너의 목을 베리라!"

하자, 기도위 양봉(楊奉)이 간하기를,

"지금 곽사를 제거하지도 못하였는데, 천자의 사자를 죽인다면 곽사에게 병사를 일으킬 명분을 주는 것이고, 제후들이 다 저를 도울 것입니다."

하고, 가후 또한 힘써 권하자 이각의 노여움이 조금 가라앉았다. 가후가 황보역을 데리고 나왔다.

황보역이 저를 꾸짖기를,

"이각이 조서를 받들려 하지 않으니, 천자를 시해하고 찬탈하려는구려!"

하였다.

시중 호막(胡邈)이 급히 그의 말을 막으며,

"그런 말을 하지 마시오! 신상에 해로울 것입니다."

하자, 황보역이 저를 꾸짖으며

"호경재야! 너 또한 조정의 신하로서 어찌 도적에 붙었느냐? '주군이 욕을 당하면 신하는 죽는다'18) 했거늘, 내가 이각에게 죽음을 당한다면 이는 명분에 맞는 것이다."

하며, 크게 꾸짖기를 마지않았다.

헌제가 그 정황을 아시고 급히 황보역을 서량으로 돌아오게 하셨다.

---

18) 주군이 욕을 당하면 신하는 죽는다[君辱臣死] : 임금이 욕을 당하게 되면 신하는 임금을 위해 목숨을 바친다는 뜻으로, '아랫사람이 윗사람을 도와 생사고락을 함께 함'의 비유로 쓰임. [國語 越語]「范蠡曰 爲人臣者 君憂臣勞 **君辱臣死**」. [韓非子]「**主辱臣苦** 上下相與同憂久矣」.

한편, 이각의 군사들은 거의 대부분이 서량 사람들이요, 게다가 강족(姜族)의 도움을 받고 있었다.

문득 황보역이 서량 사람들에게 말을 퍼뜨리기를,

"이각이 모반을 하고 그를 따르던 자들이 적당이 되었으니 후환이 남아 있다."

하니, 서량 사람들이 거의 다 황보역의 말을 듣고는 군사들의 마음이 점점 흐트러졌다. 이각도 황보역의 말을 듣고 크게 노하여 호분(虎賁) 왕창(王昌)을 시켜 추격하게 하였다.

왕창은 황보역이 충의지사임을 알고 있던 터라 끝내 추격하여 가지 않고, 다만 보고하기를

"황보역이 이미 어디까지 갔는지 알 수가 없습니다."

라고 했다.

가후가 또 비밀리에 강인(姜人)들을 속여 말하기를,

"천자께서 이미 너희들의 충의심을 알고 또 오랫동안 싸움의 노고를 아셔서 몰래 조서를 내려, 너희들이 고향에 돌아가 있으면 차후에 마땅히 중상(重賞)이 있을 것이다."

라고 말하였다. 강인들은 이각이 벼슬이나 상을 주지 않는 것을 원망하던 차에, 가후의 말을 듣고는 모두가 병사들을 이끌고 가버렸다.

가후는 또 헌제에게 비밀리에 고하기를,

"이각은 욕심이 많고 무모하여 지금 병사들의 마음이 흐트러져 겁을 먹고 있을 것이 오니, 좋은 상을 주어서 마음을 돌려야 합니다."

하자, 헌제는 조서를 내려 이각을 봉하여 대사마를 삼았다.

이각은 기뻐하며 말하기를,

"이는 무녀의 강신 기도의 힘 때문이로다!"

하고, 무녀를 중상하고, 군사들이나 장군들에게는 상을 주지 않았다.

기도위 양봉이 크게 노하여 송과(宋果)에게 묻기를,

"우리들은 죽음의 문턱을 넘다들고 목을 시석에 맡기는 모험을 하였는데, 공은 오히려 무당에게도 미치지 못하지 않느냐?"

하니, 송과 도리어 묻기를

"어찌 이 도적놈을 죽이지 않겠는가, 그리고 천자를 구하지 않겠는가?"

하였다.

양봉이 말하기를,

"당신이 중군에서 방화하는 것을 신호로 삼아, 내 응당 병사들을 이끌고 밖에서 돕겠소이다."

하며 두 사람이 약속을 하고, 그날 밤 2경에 거사를 하기로 하였다.

그 일의 비밀이 보장되지 못할 것은 생각하지 못 했는데, 이각에게 보고한 자가 있었다. 이각이 대로하여 사람을 시켜 송과를 사로잡아 먼저 죽였다. 양봉은 군사를 이끌고 밖에 있었으나, 신호를 알리는 불이 보이지 않았다. 이각은 자신이 군사들을 이끌고 나가, 양봉과 만나서 영채 앞에서 4경까지 혼전을 벌였다. 양봉은 이각을 이기지 못하고 군사들을 데리고 서안(西安)으로 투항해 갔다. 이 싸움으로 이각의 군사들은 점점 쇠약해져 갔다. 다시금 곽사가 무시로 공격해 와서 죽는 자가 많이 생겼다.

갑자기 와서 보고하기를,

"장제가 대군을 이끌고 섬서에서 와서 두 사람이 화해하기를 청하며, 만약 이를 받아들이지 않는 쪽은 군사들을 이끌고 공격하겠다."

고 하였다. 이각은 곧 개인적인 생색을 내기 위해, 먼저 사람을 장제에게 보내 화해를 허락한다고 하였다. 곽사 또한 허락할 수밖에 없었다. 장제는 임금님께 상소를 올려 천자의 어가를 홍농으로 행차하게 하였다.

헌제는 기뻐하며 말한다.

"짐이 동도를 생각한 지 오래이다. 이제 이렇게 돌아갈 수 있게 되니 천만다행한 일이다!"

하시고, 조서를 내려 장제를 표기장군으로 삼았다.

장제는 양식과 주육을 진상하였고 백관들에게도 공급하였다. 곽사는 공경들을 놓아 영내에서 내보냈다. 이각은 어가를 수습하여 동도로 향하고, 옛 어림군(御林軍) 수백으로 하여금 창을 잡고 호송하게 하였다.

임금의 어가가 신풍(新豊)을 지나서 패릉(覇陵)에 이르자, 때는 마침 가을이라 가을바람이19) 일었다. 문득 함성 소리가 크게 일어나더니 수백의 군사들이 다리 위에 이르러 어가를 막았다.

그리고는 소리를 가다듬어 묻기를,

"오는 사람이 누구냐?"

하였다.

시중 양기가 말을 박차고 나와, 다리 위에서 말하기를

"성가가 여기를 지나가는데 뉘 감히 이를 막느냐?"

하니, 두 장수가 나서서 말하기를

"우리들은 곽장군의 명을 받들어, 이 다리를 지키며 간세배(奸細背)들을 막고 있소이다. 정말 성가라면 모름지기 직접 헌제를 뵈어야 믿을 수 있겠소이다."

하자, 양기가 주렴을 높이 들었다.

헌제가 말하기를,

"내가 여기 있는데 경등은 어째서 물러서지 않는가?"

---

19) 가을바람[金風] : 추풍(秋風). '가을바람'의 다른 이름. 가을은 오행에 있어서 금(金)에 속하므로 '추풍'을 '금풍'이라 함. [歲華紀麗]「玉帝規時 **金風**屆序」.

하시니, 여러 장수들이 일제히 만세를 부르며 양쪽으로 갈라서고 어가는 지나갈 수 있었다.

　두 장수들이 곽사에게 보고하기를,

　"어가는 벌써 지나갔습니다."

하니, 곽사가 묻기를

　"내가 장제와 같이 어가를 겁박해 미오로 가려 하였는데, 너희들이 어째서 무단히 지나가도록 두었단 말이냐?"

하고, 두 장수를 베고 급히 쫓아갔다. 그때 어가는 마침 화음현에 도착하였다.

　등 뒤에서 함성이 하늘을 뒤흔들며 큰 소리로 부르짖기를,

　"어가는 움직이지 말아라!"

하매, 헌제가 울면서 대신들에게,

　"바야흐로 이리의 굴을 벗어나는 가 했더니 또 호랑이 굴을 만났구려. 이를 어찌하면 좋겠소?"

하였으나, 모두가 놀라 정신이 없었다.

　적의 무리들은 점점 가까이 오고 있는데, 그때 한 줄기 목소리가 들리더니 산의 뒤쪽에서 한 장수가 나왔다. 앞에 큰 깃발을 들었는데 그 위에는 '대한 양봉(大漢楊奉)' 넉 자가 쓰여 있고, 군사 1천여 명을 이끌고 짓쳐 왔다.

　원래 양봉은 이각이 패배했다는 것을 알고는, 곧 군사들을 이끌고 종남산(終南山) 아래에 진을 쳤다. 그러다가 어가가 이르렀다는 소식을 듣고, 특히 어가를 보호하러 왔던 것이다. 곧 내려서 진세를 펼치매 곽사의 장수 최용(崔勇)이 말을 몰아 나오며, 양봉을 반적이라며 크게 꾸짖었다.

　양봉이 대로하여 진중을 돌아보며,

"공명(公明)은 어디 있느냐?"

하니, 한 장수가 큰 도끼를 잡고 나는 듯이 화류마를[20] 몰아 나가 곧 최용을 취하였다. 두 말이 서로 어우러져 단지 한 합 만에 최용의 목을 베어 말 아래 떨어뜨렸다. 양봉은 승세를 타고 엄살하니 곽사가 크게 패하고 20여 리나 달아났다. 양봉은 이에 군사들을 수습하고 와서 천자를 뵈었다.

천자가 말하기를,

"경이 짐을 구했구나. 자네의 공이 크도다!"

하시자, 양봉은 머리를 조아려 고마워하였다.

헌제가 말하기를,

"마침 적장의 목을 벤 자가 누구인가?"

하시거늘, 양봉이 그 장수를 데려와 수레 아래에서 알현하게 하며,

"이 사람은 하동의 양군 사람이온데, 성은 서(徐)이고 이름은 황(晃)이라 하오며 자는 공명(公明)이라 합니다."

하니, 황제께서 저의 노고를 위로하였다.

양봉이 어가를 호위하여 화음현에 이르러 주필하자[21] 장군 단외(段煨)가 의복과 음식을 올렸다. 이날 밤에 천자는 양봉의 영중에 머물렀다.

곽사는 싸움에서 한 진을 패하고, 다음날 또 군사들을 점고하고 병영의 앞에 나왔다. 서황이 먼저 말을 타고 나가 맞았다. 곽사의 대군

---

20) **화류마(驊騮)**: 화류마(驊騮馬). 준마(駿馬). [莊子 秋水篇]「騏驥驊騮 一日馳千里」. [故事成語考 鳥獸]「騄駬驊騮 良馬之號」. 「화류개도」(驊騮開道)는 '화류마가 길을 연다'로 발전 가능성이 있다는 뜻임.

21) **주필(駐蹕)**: 임금이 나들이 하는 중에 잠시 멈추고 머무르거나 묵던 일. [任昉 表]「駐蹕長陵 輀軒不知所適」. [舊唐書 太宗紀]「貞觀十九年六月 高麗別將高延壽等 以其衆降 因名所幸山 爲駐蹕山 刻石紀功焉」.

이 팔면에서 포위하고 들어오자, 천자와 양봉이 포위망 속에 들게[22] 되었다. 아주 위급한 중에 있는데, 홀연 동남쪽에서 함성이 크게 들리더니 한 장수가 군사들을 이끌고 짓쳐 왔다. 적들이 흩어져 달아나며, 서황은 승세를 타고 공격하여 곽사를 대패시켰다. 그 사람이 와서 천자를 뵈었는데, 그는 국척[23] 동승(董承)이었다. 헌제께서 울면서 그동안의 일들을 하소연하셨다.

동승이 아뢰기를,

"폐하께서는 근심하지 마옵소서. 신과 양장군이 맹세코 두 적들의 목을 베어, 천하를 편안하게 하리이다."

하자, 헌제는 빨리 동도로 가도록 영을 내렸다. 밤을 도와 어가를 움직여서 다행히 홍농으로 행차하였다.

한편 곽사는 패군을 이끌고 돌아가다가 이각을 만났다.

곽사가 말하기를,

"양봉과 동승이 어가를 구해서 홍농으로 가려 하오. 만약 저들이 산동에 이르면 자리가 안정될 것이고, 그렇게 되면 이 일이 천하에 알려 여러 제후들로 하여금 우리를 함께 벌하게 할 것이니, 우리는 삼족을 보전할 수 없을 것이외다."

하니, 이각이 대답하기를

"지금 장제가 병사들을 이끌고 장안에 웅거하고 있으니, 경거망동

---

22) 포위망 속에 들게[困在核心] : 적에게 포위되어 처지가 몹시 곤란함. [水滸傳 第八三回]「徐寧与何里竒搶到**核心**交战 兩馬相逢 兵器并擧」. [東周列國志 第三回]「鄭伯**困在核心**……全无俱怯」. [中文辭典]「謂在圍困之中也 項羽被圍垓下 說部中所用**困在垓心**語 或卽本此」.

23) 국척(國戚) : 임금의 인척(姻戚). 동승은 동귀비의 친정 아버지이며 헌제(獻帝)의 장인임. [晋書 王愷傳]「愷旣地族**國戚** 性復豪侈」. [宋書 臧質傳]「質**國戚** 勳臣 忠誠篤亮」.

해서는 아니 되오이다. 나와 당신이 화합하고 그 틈에 군사들을 한 곳에 모아서, 홍농으로 진격하여 한군을 죽이고 천하를 양분하여 차지하면 어떠하겠소?"

하자, 곽사가 기꺼이 허락하였다. 두 사람이 병사들을 합치고 가는 길에 노략질을 하니, 저들이 지나는 곳마다 마을이 텅 비게 되었다. 양봉과 동승이 적병들이 멀리서 오는 것을 알고 마침내 군사들을 돌려, 적들과 동간(東澗)에서 크게 싸웠다.

곽사와 이각이 서로 의논하기를,

"우리는 군사들이 많고 적들은 적으니, 싸우면 이길 수 있을 것이외다."

하였다.

이때에 이각은 좌측에 곽사는 우측에서 산과 들판을 덮었다. 양봉과 동승은 둘로 나뉘어 싸웠다. 겨우 천자와 태후가 탄 수레를 구출하였으나, 백관과 궁인 그리고 부책과 전적 등24) 온갖 어용지물(御用之物)들은 다 포기할 수밖에 없었다. 곽사는 군사들을 이끌고 홍농에 들어가 약탈을 하였다. 동승과 양봉이 어가를 몰고 섬북 지방으로 달아나는데, 이각과 곽사가 군사와 장수들을 나누어 급히 쫓아왔다.

동승과 양봉은 한편으로는 이각과 곽사에게 사람을 보내 강화를 요청하고, 한편으로는 몰래 성지를 하동으로 보내서 급히 백파수였던25) 한섬(韓暹)·이락(李樂)·호재(胡才)에게, 칙지를 전하고 세 곳의

---

24) 부책과 전적(簿册典籍) : 장부와 주요 문서들을 일컬음. '부책'은 장부, '전적' 은 책임. [三國志 吳志 陸抗傳]「考之典籍」. [三國志 蜀志 譙周傳]「誦讀典籍」.

25) 백파수(白波帥) : 백파적의 두목. 당시 '백파곡(西河 白波谷)'에 숨어 있던 장각(張角)의 잔당들을 '백파적'이라 하였음. 강에 출몰하는 떼강도를 '백파 (白波)'라 함. [後漢書 靈帝紀]「靈帝中平元年 張角反 皇甫嵩討之 角餘賊在西河 白波谷 時俗號白波賊」. [後漢書 董卓傳]「初靈帝末 黃巾餘黨郭太等 復起西河白波谷 轉寇太原 遂破河東 百姓流轉 三輔號爲白波賊 衆十餘萬」.

병사들로 하여금 와서 어가를 구응하게 하였다. 이 중에 이락은 소취산(嘯聚山)의 산적패의 수괴였으나, 지금 부득이 해서 저를 부른 것이다. 세 곳의 군사들이 천자가 저들을 사면하고 벼슬을 주겠다는 소식을 듣고 어찌 오지 않겠는가. 모두가 다 영채의 군사들을 동원하여 와서 동승과 약속을 정한 다음 일제히 홍농을 취하였다.

그때, 이각과 곽사가 도착하는 곳마다 백성들을 겁박하고 약탈하며, 노약자들을 죽이고 젊은이들은 군사로 동원하였다. 적을 만나면 민병들을 '감사군(敢死軍)'이라 하여 앞세웠는데, 그 세력이 대단했다.

이락의 군사가 이르러 위양(渭陽)에서 그들과 만났다. 곽사가 군사와 장수들에게 의복과 물건들을 길에 버리게 하였다. 이락의 군사들이 의복이 가득한 것을 보고, 다투어 그것들을 취하느라고 대오(隊伍)를 잃었다. 이각과 곽사의 군사들은 사방에서 싸워, 이락군은 대패했다. 양봉과 동승은 막아내지 못하고 어가를 보호하고 북쪽으로 달아나는데, 뒤에서 적군이 급히 쫓아 왔다.

이락이 권유하기를,

"일이 급하게 되었구나! 천자에게 어가를 버리고 말을 타고 먼저 가시게 하십시다!"

하자, 헌제가 말하기를

"짐은 백관들을 버리고 혼자만 갈 수 없다."

하시자, 여러 관리들이 눈물을 흘리며 헌제를 따랐다.

호재는 난군에게 죽음을 당했다. 동승과 양봉은 도적들이 급히 추격하는 것을 보고, 천자에게 어가를 버리시게 하고 걸어서 황하 가에 이르렀다. 이락의 무리가 한 작은 고깃배를 얻어 왔다. 때마침 날씨가 추워져서 천자와 왕후 등을 부축하여 강가에 이르렀다. 강가에 이르자 물결이 더욱 높아져 배를 탈 수가 없었다. 뒤에서는 쫓아오던 추병들도 거의 이르게 되었다.

그때, 양봉이 말하기를,

"말고삐의 끈으로 배를 매고 그것을 천자의 허리에 매면 배에 탈 수가 있을 것입니다."

하자, 무리들 중에 국구 복덕(伏德)이 흰 비단 10여 필을 끼고 나서며,

"내가 난리 중에 이 비단을 얻은 것이니 이것으로 연결하십시다."

하였다. 행군교위 상홍(尙弘)이 비단으로 천자와 황후 등을 감싸고, 무리들에게 먼저 천자를 매달아 아래로 내려 배에 타시게 하였다.

이락이 칼을 들고 배 위에서 있고 황후의 오라비 복덕이 황후를 등에 업고 내려 배에 탔다. 강가에는 배를 타지 못한 사람들이 닻줄을 잡고 놓지 않았다. 이락은 저들을 모두 찍어 물속에 떨어뜨렸다. 천자와 황후가 건너자 다시 배를 놓아서 사람들을 건너게 하였다. 건너기를 다투는 자들은 모두가 손가락이 잘려서 그 울음소리가 하늘을 진동시켰다.

겨우 건너 쪽 해안에 이르러서야 보니, 황제를 좌우에서 모시는 사람은 겨우 10여 인만 남았다. 양봉은 달구지 하나를 얻어서 황제를 태우고 대양(大陽)에 이르렀다. 굶은 채로 어느 기와집에 들어 늦게서야 자게 되었는데, 한 노인이 조밥을 드려서 황제와 황후께서 같이 드셨는데 너무 거칠어서 넘기시지 못하였다.

다음 날 조서를 내려 이락은 정북장군에, 한섬은 정동장군를 삼고 어가를 호위하여 앞에 섰다. 그때 두 대신이 찾아와서 어가 앞에서 울었다. 그들은 태위 양표와 태복 한융(韓融)이었다. 황제와 황후께서도 같이 우셨다.

한융이 아뢰기를,

"이각과 곽사 두 도적들이 자못 저의 말을 믿을 것이오니, 신에게

명을 주시면 가서 두 사람에게 병사를 거두게 설득하겠습니다. 폐하
께서는 용체를 돌보소서."

하였다. 한융은 황제의 명을 받고 떠났다.

이락이 황제로 하여금 양봉의 진영에 들어가 잠시 쉬시기를 청하였
다. 양표는 황제에게 안읍현(安邑縣)에 도움을 청하기를 주청하였다.
어가가 안읍현에 이르렀으나, 전혀 큰 집이 없어서 황제와 황후께서
띠집에 거하시게 됐다.

그 집은 여닫을 문도 없고 사방은 가시나무를 심어 울타리를 하고
있었다. 황제와 대신들은 모옥(茅屋)에서 정사를 의논하고, 제장들은
병사들을 이끌고 울타리 밖에서 경호를 하였다. 이락 등이 전권을 가
지고 있어, 백관들은 조금도 범할 수가 없었다. 급기야는 황제의 면전
에서도 때리고 꾸짖었으며, 고의로 탁주나 조밥을 황제에게 보냈다.
황제께서는 억지로 참았다. 이락과 한섬은 또 연명으로 무뢰배·부곡
(部曲)·무의(巫醫)·주졸(走卒) 등 2백여 명에게 교위와 어사 등의 관직
을 내리게 하였다. 미쳐 인(印)을 새기지 못하여 송곳으로 그려서 주어
전혀 체통이 서지 않았다.

이때, 한융이 이각과 곽사를 달래어 두 사람이 그 말을 좇아, 백관
들과 궁인들을 놓아주었다. 이 해에는 흉년이 들어 백성들이 다 나물
을 캐어 먹고 굶어 죽은 시체가 들에 널려 있었다. 하내태수 장양이
쌀과 고기를 드렸고 하동태수 왕읍(王邑)이 비단을 바쳐, 황제께서 겨
우 편안함을 얻을 수 있었다. 동승과 양봉이 의논하여 한편으로는 사
람을 시켜 낙양의 궁원을 보수하게 하고, 양봉의 군사들은 어가를 호
위하고 동도로 돌아가려 하였다. 그러나 이락은 따르려 하지 않았다.

동승이 이락에게 말하기를,

"낙양은 본시 천자께서 도읍으로 세운 곳이오. 안읍은 너무 좁아서

어찌 어가를 용납한단 말이오? 이제 어가를 받들고 낙양으로 가는 것이 순리외다."

하니, 이락이 권유하기를

"당신들은 어가를 모시고 가시오. 나는 이곳에 있겠소이다."

하였다. 동승과 양봉은 이에 어가를 모시고 길을 나섰다.

이락이 몰래 사람을 보내 이각과 곽사가 함께 어가를 겁박하게 하였다. 동승과 양봉 그리고 한섬은 그 모의를 알고, 밤을 도와서 군사들을 배치하고 어가를 호송하여, 기관(箕關)을 바라고 길을 재촉하였다. 이락이 들어서 알고 이각과 곽사의 군사들이 이르기 전에, 자신이 본부의 인마를 이끌고 와서 급히 추격하였다.

4경이 지나서야 기산(箕山) 아래에 이르렀는데, 크게 부르짖기를

"어가는 가지 마라! 이각과 곽사가 여기 있다!"

하자, 헌제는 놀라고 또 낙담하였다. 산 위에서 불빛이 일시에 일어났다.

이에,

지난번에는 두 도적이 둘로 갈렸더니
이번에는 세 도적이 합해 한 패가 되었구나.
前番兩賊分爲二
今番三賊合爲一.

한나라 천자가 어려움에서, 어떻게 벗어나는지 알 수가 없다. 하회를 보라.

제14회

조맹덕은 어가를 허도로 옮기고
여봉선은 밤을 타서 먼저 서주를 습격하다.
　曹孟德移駕幸許都
　呂奉先乘夜襲徐郡.

한편 이락은 군사를 이끌고 이각·곽사라 사칭하여 어가를 따라오
자 천자께서는 크게 놀라셨다.

양봉이 말하기를,

"이는 이락입니다."

하고, 서황에게 나가 저를 막게 하였다.

이락은 자신이 직접 나가서 싸웠다. 두 말이 서로 어울린 지 한 합
이 못되어 이락이 서황의 도끼에 찍혀 말 아래로 떨어졌다. 그리고
짓쳐 가자 잔당들이 흩어져, 어가를 호위하여 기관을 지났다. 태수 장
양(張楊)이 양식과 비단을 갖추어 어가를 지도(軹道)에서 맞았다.

헌제는 장양을 봉하여 대사마로 삼았다. 장양은 헌제에게 사은하고
둔병을 하기 위해 야왕(野王)으로 갔다. 헌제께서 낙양에 입성하시니,
궁실이 다 타버리고 시가지가 황무지가 되어 있었다. 눈에 들어오는
것은 다 쑥대밭이고, 궁원 중에서 남은 것은 단지 퇴락하고 허물어진
담벽뿐이었다. 양봉에게 명하여 우선 작은 궁전을 짓게 하고 임시로
거처하게 하며 백성들의 조회를 받는데, 다 가시덤불에 서 있는 형편이

었다.

헌제는 소를 내려 연호를 흥평(興平)에서 건안(建安) 원년으로 고쳤다. 이 해에는 또한 흉년이 들었다. 낙양에서는 백성들이 겨우 수백 가구에 지나지 않았는데, 그나마 먹을 것이 없어서 다 성 밖에 나가서 나무의 껍질을 벗기고 풀뿌리를 캐어서[1] 먹었다. 조정에서는 상서랑 이하가 다 성 밖에 나가서 나무를 해오고 하였는데, 무너진 담장 사이에도 죽은 자가 많았다. 한나라 말기의 기운이 쇠약해졌다 하여도 이보다 더 심할 수가 없었다.

후세 사람 중에 이를 한탄한 시가 있다.

망탕산에서[2] 피를 흘리며 백사가 죽더니
적제의 아들 한 패공이 천하를 종횡하다.
　血流芒碭白蛇亡
　赤幟縱橫遊四方.

진의 사슴을 잡아 사직을 다시 일으키고
초의 추마를 죽여 나라를 정하다.
　秦鹿逐飜興社稷

---

1) 나무의 껍질을 벗기고 풀뿌리를 캐어서[剝樹皮 掘草根]: 나무껍질을 벗겨 먹고 풀뿌리를 캐어 먹는다는 뜻으로 '매우 어려움'을 비유함. 「초근목피」(草根木皮)는 '영양가 적은 악식(惡食)의 비유임. [金史 食貨志]「山東行省僕敬安貞言 泗州被災 道饉相望 所食者草根木皮而已」.

2) 망탕산(芒碭山): 망산과 탕산. 한 고조 유방(적제의 아들)이 미천할 때에 여기 숨어든 적이 있었는데, 후에 흰 뱀을 죽이고 회병하여 천하를 얻게 되었다 함. [中國地名]「在江蘇碭山縣東南 接河南永城縣界 與碭山相去八里 漢高祖微時 嘗亡匿芒碭山中 有有皇藏峪 即高祖所匿處」.

楚騅推倒立封疆.

천자가 유약하여 간사한 무리 일어나고
기색이 마르니 도적들 미쳐 날뛰누나.
　天子懦弱姦邪起
　氣色凋零盜賊狂.

두 서울의 어려웠던 그때를 생각해 보면
철인들도 눈물 없이는 참아내지 못할 것을.
　看到兩京遭難處
　鐵人無淚也恓惶.

태위 양표가 헌제에게 아뢰기를,
"전에도 조서를 내리셨습니다마는 이를 발송하지 못하였습니다. 지금 조조가 산동에 있어 군사들이 강하고 장수들의 세가 성하오니, 입조하게 하셔서 왕실을 보좌케 하옵소서."
하니, 헌제가 묻기를
"짐이 전에 이미 조서를 내렸느니 경들이 어찌 또 다시 이야기를 하느냐?"
하자, 양표가 성지를 받들어 곧 사람을 시켜 산동에 가서 조조를 불러 오게 하였다.
　한편 조조는 산동에 있으면서, 어가가 이미 낙양으로 돌아온 것을 알고 모사들을 모아 의논하였다.
　순욱이 말하기를,
"옛날 진문공(秦文公)이 주양왕(周襄王)을 받들 때 여러 제후들이 모두 복종하였고, 한 고조께서 의제를3) 위해 발상하매 천하의 민심이 돌아왔습니다. 이제 천자께서 몽진까지4) 하신 터에 장군께서 이때를 타서 먼저 창의하셔서5), 천자의 뜻을 받들어 중망(衆望)에 응하신다면 큰 뜻을6) 이룰 수 있습니다. 만약 일찍이 도모하지 않는다면 다른 사람이 우리보다 먼저 할 것입니다."

하자, 조조가 크게 기뻐하였다. 곧바로 병사들을 수습하여 떠나게 하려 하는데, 문득 천자의 사자가 조서를 받들고 왔다고 알려 왔다. 조조는 천자의 조서를 받들어 그날로 병사들을 일으켰다.

한편 헌제는 낙양에 있으며 모든 것들이 미비해서, 성곽이 무너졌어도 이를 수축할 수가 없었다.

그때, 이각과 곽사가 병사들을 이끌고 도착하였다는 보고를 듣고는, 헌제는 크게 놀라서 양봉에게,

"산동에 보낸 사신이 돌아오지도 않았는데, 이각과 곽사의 병사들이 왔다 하니 어찌하면 좋겠소?"

하자, 양봉과 한섬이 말씀드리기를

"신이 적들과 더불어 결사 항전하여 폐하를 보호 하겠나이다."

---

3) 의제(義帝) : 초회왕(楚懷王) 심(心)을 말함. 항우가 그를 의제로 추대하여 천하 패권의 명분으로 삼았으나 후에 사람을 시켜 죽였음. [辭源]「楚懷王孫心在民間 項梁求得之尊爲楚懷王 及項羽入關 遂尊爲義帝」.

4) 몽진(蒙塵) : 파천(播遷). 임금이 도성을 떠나 피란함. [左傳 僖公二十四年]「天子蒙塵于外 敢不奔問官守」.

5) 창의(倡義) : 기의(起義). 국난을 당하여 의병을 일으킴. [中文辭典]「起義兵也 與唱義同」.

6) 큰 뜻[不世之略] : 아주 보기 드문 큰 계략. 「불세지재」(不世之才)・「불세출」(不世出)은 세상에 아주 드물다는 뜻임. [韓愈 送許郢州序]「于公身居方伯之尊 蓄不世之材而能與卑鄙庸陋 相應答如影響」. [淮南子 泰族訓]「夫欲治之主 不世出」. [史記 淮陰侯傳]「功無二於天下 而略不世出者也」.

하였다.

동승이 나서며 말하기를,

"성곽이 견고하지 못하고 병사들이 많지 않으니 싸운다 해도 이기지 못할 것입니다. 그때엔 다시 어찌하시려오? 다시 어가를 뫼시고 산동으로 가서 저들을 피하는 것이 좋겠소이다."

하자, 헌제는 그 말을 따라 그날로 어가를 출발시켜 산동을 바라보고 떠났다. 문무 백관들은 다 말이 없어 모두 걸어서 어가를 따랐다.

낙양을 벗어나 행차가 1리도 못갔을 때[7] 저편에서 먼지가 하늘을 덮듯이 일어나는 것이 보이더니, 금고 소리가 하늘로 퍼지고 끝없는 인마가 왔다. 헌제와 황후는 전율하며 말을 못하였다. 문득 한 사람이 말을 타고 나는 듯이 오는 것이 보이더니, 이에 먼저 산동에 갔던 사신이 앞으로 나왔다.

그는 어가 앞에 나와 엎드려,

"조장군이 산동의 모든 군사들을 일으켜 따라 오고 있습니다. 이각과 곽사가 낙양을 범하였다는 소식을 듣고, 먼저 하후돈을 선봉으로 삼아 상장군 10여 명과 정예병 5만을 이끌고 어가를 보호하려 앞서 오고 있습니다."

하였다.

헌제는 비로소 안심하고 있는데, 조금 있다가 하후돈이 허저·전위 등을 이끌고 어가 앞에 나아가 임금을 뵙는데, 모두가 다 군례를 갖춰 보였다. 헌제의 위무가 막 끝나려 할 때에, 문득 정동에서 또 한 떼의 군사가 이르렀다고 알려 왔다. 헌제가 곧 하후돈에게 명하여 가서 알아보게 하였다.

---

7) 행차가 1리도 못갔을 때[一箭之地] : 화살이 닿을 수 있는 곳. 아주 가까운 곳. [紅樓夢 第三回]「走了一箭之地 將轉彎時 便歇下」.

돌아와 아뢰기를,

"이는 조조의 보군입니다."

하였다. 얼마 있자 조홍·이전·악진 등이 와서 어가를 뵈었다.

통성명이 끝나자 조홍이 아뢰기를

"신의 형이 적들이 가까이 있는 것을 알고 하후돈이 혼자서 막기가 힘들 것을 걱정하여, 신 등에게 길을 재촉하여 와서 돕게 하였습니다."
하였다.

헌제는 말한다.

"조장군은 진실로 사직지신이구려!"[8]

하고, 앞에서 어가를 호위하게 하였다.

그때, 탐마가 와서 보고하기를,

"이각과 곽사가 이끄는 병사들이 몰려옵니다."

하자, 헌제는 하후돈에게 군사들을 두 길로 나눠 배치하고 저들을 막으라고 말하였다. 하후돈은 조홍과 더불어 양익(兩翼)으로 나누어서 기마병을 먼저 내보내고 보병들이 그 뒤를 따르게 하여 힘을 다 해 공격하였다. 이각과 곽사의 병사들은 크게 패하고 베인 수급만도 만여 명에 이르렀다. 이때에 황제에게 낙양으로 돌아가시기를 청하고, 성곽 밖에 군사들을 주둔시켰다.

다음 날 조조가 대부대의 인마를 이끌고 이르렀다. 군영을 안돈하고 성에 들어와 헌제를 뵈올 때에는 뜰 아래에 절을 하였다. 헌제께서

---

8) **사직지신(社稷之臣)** : 나라의 안위를 맡을 만한 충신. 「주석지신」(柱石之臣). 나라. 원래 사(社)는 '토신'(土神) '직'(稷)은 곡신(穀神)임. [禮記 祭儀篇] 「建國之神位 右社稷而左宗廟」. [後漢書 禮儀志] 「考經援神契日 社者土地之主也 稷者五穀之長也 大司農鄭玄說 古者官有大功 則配食其神 故句農配食於社 棄配食於稷」.

는 몸을 펴게 하여, 수고로움을 위로하고 달랬다.

조조가 아뢰기를,

"신은 일찍부터 국은을 입어, 이를 갚겠다는 생각을 다져왔습니다. 이제 이각과 곽사의 죄악은 하늘에 차 있습니다. 저에게는 정병 20여만 명이 있사오니, 역적을 토벌할 때에 이기지 못할 것이 없사옵나이다. 폐하께서는 용체를 보존하셔서 사직을 중히 여기시옵소서."

하였다. 헌제는 조조에게 사예교위를 제수하시고 절월을 하사하고 녹상서사에 봉하였다.

한편 이각과 곽사 등은 조조가 멀리서 왔음을 알고 속전할 것을 의논하였다.

가후가 간하기를,

"안 됩니다. 조조는 정예병과 용장들을 데리고 있으니 저에게 투항하여, 목숨을 살려달라는 수밖에는 없습니다."

하거늘, 이각이 노하여 말하기를

"네 감히 나의 예기를 꺾으려느냐!"

하고, 칼을 빼어 가후를 참하려 하였으나 여러 장수들이 만류하였다. 이날 밤 가후는 단기로 고향으로 돌아갔다.9)

다음 날 이각의 군마가 와서 조조의 병사들을 맞았다. 조조는 먼저 허저·조인·전위에게 3백의 철기병을 주어, 이각의 진중을 세 차례나 들이치게 하고 비로소 진을 펼쳤다. 둥글게 진을 치자 이각의 조카 이섬과 이별이 말을 타고 나왔다. 그때 미처 입을 열기도 전에, 허저가 나는 듯이 말을 몰아가서 한 칼에 이섬의 목을 떨어뜨렸다. 이별이

---

9) 단기로 고향으로 돌아갔다[單馬走回] : 필마단기로 돌아옴. 「필마단창」(匹馬單槍). '필마단기로 창을 들고 싸움터로 나간다'는 뜻임. [五燈會元]「慧覺謂皓泰曰 埋兵掉鬪未是作家 **匹馬單鎗**便請相見」.

놀라서 말 아래로 거꾸러지자 허저가 저를 베고, 한 쌍의 머리를 손에 들고 진중으로 돌아왔다.

조조가 허저의 등을 어루만지면서,

"자네는 진실로 나의 번쾌로다!10)"

하였다.

하후돈이 병사들을 이끌고 왼쪽에서 조인은 오른쪽에서 나가게 하고는, 조조는 자신이 중군을 거느리고 들이치기로 하였다. 북소리가 크게 일자 삼군이 일제히 진격하였다. 적병들은 당해 내지 못하고 대패하여 달아났다. 조조는 친히 보검을 빼어 들고 진을 지휘하여, 군사들을 이끌고 밤을 도와 추격하니 죽은 자가 셀 수조차 없고 투항하는 자가 많았다.

이각과 곽사는 서쪽을 바라고 도망쳤다. 쩔쩔매는 꼴이 마치 상가의 개와 같았다.11) 자신들 스스로가 몸을 의탁할 곳이 없음을 알고, 산 속 잡초 속으로 들어가 버렸다. 조조는 회병하여 낙양성 밖에 군사들을 주둔시켰다.

양봉과 한섬 두 사람이 의논하기를,

---

10) 번쾌(樊噲) : 한 고조 유방의 공신. 천하 장사로 비천한 신분이었으나 유방을 도와 공을 세우면서 연무공(燕武公) 되고 무양후에 봉해짐. 특히 홍문연에서 검무로 유방을 구함. [中國人名]「漢 沛人……項羽會沛公於鴻門 范增謀殺沛公 噲持盾直入譙讓羽 時日微噲 沛公幾殆 及定天下 累遷左丞相 封舞陽侯」.

11) 마치 상가의 개와 같았다[喪家之狗] : 상갓집의 개. '여위고 기운 없이 초라한 모습으로 이곳 저곳을 기웃거리는 사람'을 빈정거리는 말. [孔子家語 入官篇]「孔子適鄭 與弟子相失 獨立東門外 或人謂子貢曰 東門外有一人焉 其長九尺有六寸 河目隆顙 其頭似堯 其肩似皐繇 其腰似子産 然自腰以下不及禹者三寸 纍然如喪家之狗 子貢以告 孔子欣然而歎曰 形狀未也 如喪家之狗 然乎哉 然乎哉」. [集解]「王肅曰 喪家之狗 主人哀荒 不見飮食 故纍然而不得意 孔子生於亂世 道不得行 故纍然 不志之貌也」.

"지금 조조가 대공을 세웠으니 반드시 큰 권한을12) 손에 넣을 것이오. 어찌하면 우리들을 용납하게 할 수 있을까요?"

하였다.

이에 천자께 들어가 아뢰기를 이각과 곽사를 쫓아가 죽이겠다는 명분으로, 본부군을 이끌고 대량(大梁)으로 가버렸다.

하루는 헌제가 사람을 조조의 진영으로 보내어 의논할 일이 있으니 입궁하라 하였다. 조조는 천자의 사신이 이르자 불러들여 만났다. 그 사람은 미목이13) 청수하고 정기가 넘쳐 보였다.

조조는 속으로 생각하기를,

"지금 동도는 큰 흉년으로 관군과 군민들이 다 주린 기색인데, 이 사람들은 어찌 이렇게 살이 쪘을까?"

하고 묻기를,

"공은 존안이 청수하고 윤기가 흐르니, 음식을 어찌 조리하기에 그렇소?"

하니,

"저에게 특별한 방법이 있겠습니까. 단지 담식을14) 한 지 30년입니다."

라고 대답하였다.

조조는 그제서야 머리를 끄덕이고 또,

"그대는 지금 무슨 관직에 있소이까?"

하니,

---

12) 큰 권한[重權] : 중요한 권한. [史記 太史公 自序]「任重權 不可以非理撓」. [韓非子 備內]「民安 則下無重權 下無重權 則權勢滅」.

13) 미목(眉目) : 얼굴 모양·용모. [三國志 魏志 崔琰傳]「琰聲高暢 眉目疏朗」. [漢書 霍光傳]「光爲人沈靜詳審 疏眉目 美須髥」.

14) 담식(淡食) : 싱겁게 먹음. [福惠全書 雜課部 監課]「百姓豈能淡食乎」. [中文辭典]「監味甚小之食物」.

"저는 효렴에 올랐고 원래 원소와 장양 밑에서는 종사로 있었습니다. 이제 천자께서 환도하신 후에는, 황제를 뵙고 벼슬이 정의랑에 임명되었습니다. 제음(濟陰) 정도(定陶) 사람으로, 성은 동(董)이고 이름은 소(昭)이며 자를 공인(公仁)이라 합니다."

하자, 조조가 곁에 사람들을 물리고

"이름을 들은 지는 오래 되었소이다! 다행이 이렇게 보게 되었소."

하고, 술을 내어오게 하여 장막 안에서 상대하며 순욱을 불러 서로를 인사하게 하였다.

문득 사람이 와서 보고하기를,

"한 떼의 군사들이 동쪽에서 오다가 갔는데 누구인지를 알 수가 없습니다."

하매, 조조가 급히 사람을 보내 탐지하게 하였다.

동소가 말하기를,

"이는 이각의 장수 양봉과 백파수 한섬이 명공께 오려다가 병사들을 이끌고 대량으로 가는가 봅니다."

하자, 조조가 묻는다.

"조조를 의심하는 것이오니까?"

하자, 동소가 말하기를

"이들은 지모가 없는 인물들이온대, 명공께서 어찌 그리 걱정하십니까?"

하였다.

조조가 또 묻기를,

"이각과 곽사 두 도적에게로 가면 어찌합니까?"

하자, 동소가 말하기를

"호랑이가 발톱이 없고 새가 날개가 없으니15), 오래지 않아 명공께서 사로잡을 수 있을 것이오니 개의치 마시옵소서."

하였다.

조조는 동소의 말에 의기가 투합하여 곧 조정의 대사에 대해 물었다.

동소는 권유하기를,

"명공께서 의병을 일으켜서 폭란을 제거하셨고 조정에 들어가서 천자를 보좌하실 터이니 이는 오패의 공에[16] 해당합니다. 다만 여러 장수들이 사람이 다르니 의견 또한 달라 반드시 복종하지는 않을 것입니다. 이제 만약 여기에 머물러 있으면 여러모로 불편할 것이니, 어가를 허도(許都)로 뫼시고 가는 것이 상책일 것입니다. 그러나 조정이 여러 곳을 떠돌다가[17] 이제 막 서울로 돌아와서 온 나라가 잠시라도 안정되기를 바라고 있습니다.

이제 다시 어가를 옮기신다면, 백성들이 좋아하지 않을 것입니다. 무릇 비상시의 일을 할 때에는, 비상한 방법을 써야 공을 세울 수 있는 것입니다.[18] 원컨대 장군께서 결단을 내리십시오."

하였다.

---

15) 호랑이가 발톱이 없고 새가 날개가 없으니 : 정말 중요한 것이 없다는 뜻으로 '모든 힘을 완전히 잃음'의 비유. 원문에는 '虎無爪 鳥無翼'으로 되어 있음.
16) 오패의 공(五霸之功) : 오패의 공. '오패'는 전국시대 강성하여 한 때의 패업을 이룬 사람. 제환공(齊桓公)·진문공(晉文公)·진목공(秦穆公)·송양공(宋襄公)·초장왕(楚莊王) 등을 일컬음. [賈誼 過秦論]「五霸旣滅」.
17) 조정이 여러 곳을 떠돌다가[播越] : 유리(遊離). 여기 저기 떠돌아다님. '파'는 산(散), '월'은 원(遠)의 뜻임. [國語 晉語二]「晉梁由靡告于秦穆公曰 隱悼播越 托在草莽 未有所依」. [左傳 昭公二十六年]「不穀震盪播越 竄在荊蠻」.
18) 비상한 방법을 써야 공을 세울 수 있는 것입니다[夫非常之事 有非常之功] : 비상시의 일을 하면 비상한 공을 세울 수 있음의 뜻으로, '비상시에는 비상한 방법을 써야 함'의 비유임. [三國志 魏志 杜畿傳]「夫欲爲非常之事 不可動衆心」. [韓非子 備內]「是故明王不擧不參之事 不食非常之食」.

조조가 동소의 손을 잡고 웃으며 말하기를,

"이는 본시 나의 생각이외다. 단지 양봉이 대량에 있고 대신들은 조정에 있어, 다들 변고가 있지 않을까 하오."

하니, 동소가 말하기를

"쉬운 일입니다. 양봉에게 서찰을 보내서 먼저 그 마음을 안심시키고, 대신들에게는 '낙양에는 양곡이 없어서 어가를 허도로 모시고 가고자 하는데, 그곳은 노양(魯陽)이 가까워서 양곡을 옮기는데 무리가 없을 것이니 너무 걱정하지 마시오.' 하면, 대신들이 계획을 듣고 나서야 기꺼이 따를 것입니다."

하였다. 조조는 크게 기뻐하였다.

동소와 헤어질 때, 조조가 그의 손을 잡고 당부하기를

"무릇 나는 꾀하는 바가 있으니, 오직 공이 잘 가르쳐 주시오."

하자, 동소가 사례[稱辭]하며 갔다. 조조는 이날부터 여러 모사들과 함께 천도에 관한 일들을 비밀리에 의논하였다.

그때, 시중 태사령 왕립(王立)이 사사로이 종정 유예(劉艾)에게,

"내가 천문을 보니 지난 봄부터 태백(太白)이 두우(斗牛) 간에서 진성(鎭星)을 범하며 천진을19) 지나고, 형혹이20) 또한 역행해 있고 태백과 함께 천관에서21) 모였으니 금화(金火)가 서로 만나고 있음이라. 반드시 새로운 천자가 나실 것이외다. 내가 보기에 한의 기수가 끝나고 진(晋)과 위(魏)의 땅에서 반드시 일어나는 자가 있을 것이외다."

---

19) 천진(天津) : 은하를 가로 지르고 있는 별의 이름. [晋書 天文志]「天津九星 橫河中 一日天漢 一日天江 主四瀆津梁」.
20) 형혹(熒惑) : 화성(火星). 형혹성. [史記 宋世家]「景公三十七年 熒惑守心 宋之分野也」. [史記 天官書]「熒惑出則有兵 入則兵散」.
21) 천관(天關) : 북두칠성. [楊雄 長楊賦]「高祖奉命 順斗極 運天關」. [天官星占]「北辰 一名天關」.

하고, 또 몰래 헌제에게 아뢰기를,

"천명은 거취가 있으며 오행은 항상 성하는 것은 아닙니다. 화(火)를 대신 할 수 있는 것은 토(土)입니다. 한을 대신할 천자는 틀림없이 위에 있을 것입니다."22)

하였다.

조조가 그 이야기를 듣고 사람을 시켜, 왕립에게 말하기를

"내가 공이 조정에 충성함을 알고 있는 터이나, 천도(天道)는 심원한 것이니 말을 많이 하지 않는 것이 좋겠소이다."

하고, 조조는 이 이야기를 순욱에게 하였다.

순욱이 말하기를,

"한조는 화덕으로 왕이 되었고 명공께서는 토명(土命)이십니다. 허도는 토에 속하니 거기에 가면 반드시 좋은 일이 있을 것입니다. 화는 토를 낳고 토는 목을 왕성하게 하는 것입니다. 왕립도 동소와 똑같이 말을 하고 있으니, 다른 날에 틀림없이 흥한 일이 있을 것입니다."

하였다. 조조는 뜻을 굳혔다.

다음 날 들어가 헌제를 뵙고 아뢰기를,

"동도는 황폐한 지 오래 되어서 수리하는 것은 어렵습니다. 아울러 양식을 운반하기도 아주 어렵습니다. 허도는 노량에서 가깝고 성곽과 궁실, 전량과 민물(民物)이 넉넉하게 준비되어 있습니다. 신은 감히 어가를 허도로 행행하시기를 청합니다. 오직 폐하께서 따라주시기만 바랄 뿐입니다."

하자, 헌제가 따르지 않을 수 없었다.

여러 신하들이 다 조조의 위세를 두려워하고 또 감히 이의를 제기

---

22) 틀림없이 위에 있을 것입니다[當在魏] : 위(魏)는 중국의 지역배분상 오행의 토(土)에 해당하는 지역이기 때문에 이르는 말임.

할 수도 없어서, 마침내 날을 정하여 어가를 움직이게 되었다. 조조가 군사들을 이끌고 어가를 호위하자 문무 백관들이 모두 따랐다. 행차가 몇 리 못 가서 앞에 한 높은 언덕에 이르렀다. 홀연 함성이 크게 일며 양봉과 한섬이 군사들을 이끌고 길을 막고 나섰다.

서황이 먼저 나서서 크게 부르짖기를,

"조조는 어가를 겁박하고 어디로 가느냐!"

하거늘, 조조가 말을 몰고 나가서 서황의 위풍이 늠름한 것을 보고 속으로 기특하게 여기며, 곧 허저에게 말을 타고 나가 서황과 싸우게 하였다. 칼과 부월이 서로 어우러져 50여 합이 되도록 승패가 갈리지 않았다.

조조는 곧 징을 쳐 군사들을 거두고, 모사들을 불러 의논하기를,

"양봉과 한섬은 도가 부족하지만 서황은 참으로 좋은 장수요. 내 차마 힘으로써 저를 꺾고 싶지 않으니, 계책을 써서 저를 불러들였으면 하오."

하였다.

행군종사 만총(滿寵)이,

"주공께서는 염려하지 마십시오. 저는 서황과 동향이라 면식이 있사오니23), 오늘 저녁에 군사로 변장하고 몰래 그의 진영에 들어가서 설득하면, 진심으로 마음을 다해 투항해 올 것입니다."

하자, 조조는 기꺼이 그를 보냈다.

이날 밤 만총은 소졸로 꾸미고 어지러운 틈을 타 저들의 군중에 들어가, 서황의 장막 앞에 이르러 몰래 살펴보니 서황이 촛불 앞에 갑옷

---

23) 면식이 있사오니[一面之交] : 일면지분(一面之分). 한 번 만나본 친분. 「일면여구」(一面如舊)는 '처음 만났는데도 옛 벗처럼 친한 사람'의 뜻임. [晉書 張華傳]「陸機兄弟 志氣高爽 自以吳之名家 初入洛 不推中國人士 見華**一面如舊** 欽華德範 如師資之禮焉」.

을 입은 채 앉아 있는 것이 보였다.

만총이 갑자기 그 앞에 이르러 읍하고 말하기를,

"친구는 헤어진 후 무탈하신가!"

하니, 서황이 놀라 일어나 그를 자세히 살펴보고 묻기를,

"자네는 산양의 만백녕(滿伯寧)이 아닌가! 어찌 여기에 왔소?"

하거늘, 만총이 말하기를

"나는 지금 조장군을 위해 일을 하고 있네. 오늘 진전에서 옛 친구를 보고, 한 마디 하고자 홀로 죽음을 무릅쓰고 왔네."

하였다. 서황이 그에게 자리를 권하며 온 뜻을 물었다.

만총이 대답하기를,

"자네의 용맹과 지략은 세상에 드문데, 어찌하여 양봉과 한섬의 무리에게 몸을 의탁하고 있는가? 조장군은 당세의 영웅이어서, 어진 사람을 좋아하고 선비를 예로써 대우하고 있는 것은 천하가 다 아는 바요. 오늘 진전에서 그대의 용맹함을 보시고 아주 경애하였네. 그래서 차마 죽기로 싸우지 않고, 특별히 나를 보내시어 만나보고 오라 하였네. 그대는 어찌하여 어둠을 버리고 밝음을 택하여 함께 대업을 이루어보지 않겠는가?"

하자, 서황이 한참 동안 말없이 앉아 있다가 이내 탄식하면서 말하기를,

"내가 양봉과 한섬 등이 대업을 이룰 수 없는 것을 알면서도, 저들을 따른 지 오래되어 차마 버릴 수가 없네."

한다.

만총이 묻기를,

"자네는 어찌 '약은 새는 나무를 가려서 둥지를 틀고,24) 현신은 주

---

24) 약은 새는 나무를 가려서 둥지를 틀고[良禽擇木而棲] : 어진 선비는 '임금의 어질고 어리석음을 잘 파악한 후에 섬긴다'는 비유. [左傳 袁十一年]「孔文子之

군을 택하여 모신다'는 말을 듣지 못하였는가? 섬길 만한 주공을 만났는데도 기회를 놓친다면25) 이는 장부라 할 수 없지 않은가?"

하였다.

서황이 일어나서 사례하며,

"자네의 말대로 따르겠네."

하였다.

만총이 다시 묻기를,

"어찌 양봉과 한섬을 없애지 않고 가면 진현하는 예라26) 하겠는가?"

하자, 서황이 말하기를

"신하로써 주군을 살해하는 것은 의에 어긋나는 일이라 나는 결단을 할 수가 없네."

하거늘, 만총이 대답하기를

"그대는 진실로 의로운 사람이네!"

하고, 마침내 수하 수십 기만 이끌고 밤을 타고 만총과 함께 와서 조조에게 투항하였다. 그런 중에 이 일이 양봉에게 알려지자 양봉이 크게 노하여, 스스로 천여 기를 이끌고 추격해 오며 부르짖기를,

"서황, 이 반적아, 달아나지 마라!"

하는데, 바로 그때에 갑자기 포성이 크게 울리더니, 산의 위 아래에서 불길이 일제히 밝아지며 매복된 군사들이 사방에서 나왔다.

將攻大叔也 訪於仲尼 仲尼曰 胡簋之事 則嘗學之矣 甲兵之事 未之聞也 退命駕而行曰 **鳥則擇木** 木豈能擇鳥」. [三國志 蜀志]「**良禽擇木而棲 賢臣擇主而事**」.

25) 기회를 놓친다면[交臂失之]: 좋은 기회를 잃음. 「교일비」(交一臂)는 '어깨를 나란히 하고 있음'의 뜻임. [莊子 田子方篇]「顏淵問於仲尼曰 夫子步亦步 趨亦趨 夫子奔逸絶塵 而回瞠若乎後矣 夫子曰 吾終身與汝**交一臂而失之** 可不哀歟」.

26) 진현하는 예[進見之禮]: 예물을 가지고 가서 뵘. 「지현지예」(贄見之禮). [左傳]「**男贄**玉帛禽鳥 **女贄**榛栗棗脩」.

조조가 친히 군사들을 이끌고 맨 앞에서, 크게 소리치며

"내가 여기서 기다린 지 오래다. 도망가지 마라!"

하니, 양봉이 크게 놀라 급히 회군하려 하자 서둘러 조조의 군사들이 둘러쌌다.

바로 그때, 한섬이 병사들을 이끌고 구원하러 왔다. 양측의 군사들이 혼전하고 있을 때 양봉은 간신히 포위망을 벗어났다. 조조는 저들의 군사가 혼란에 빠지자, 승세를 몰아 공격하였다. 한섬·양봉의 군사들 태반이 항복하였다. 양봉과 한섬은 세가 약해지자, 패병을 이끌고 원술에게 가서 투항했다.

조조가 군사들을 수습하여 영채로 돌아오니, 만총이 서황을 데리고 들어와 뵈었다. 조조가 크게 기뻐하며 저를 후하게 대접하였다. 이에 조조는 어가를 허도로 영접하게 하고, 궁실과 전우(殿宇)를 짓고 종묘 사직과 성대사원아문(省臺司院衙門)들을 세우고, 또 성곽과 부고(府庫)를 수축하고는 동승 등 13사람을 봉하여 열후(列候)로 삼았다.

그리고 공이 있는 이를 상주고 죄가 있는 사람을 벌하였는데, 모두가 조조의 조치를 받아들였다. 조조는 스스로 봉하여 대장군 무평후가 되고, 순욱을 시중상서령을 삼았다. 순유를 군사에 곽가를 사마좨주로 삼고, 유엽을 사공연조, 모개와 임준을 전농중랑장을 삼아 전량(錢糧)을 감독하게 하였다. 정욱을 동평상, 범성(范成)과 동소를 낙양령을 삼고, 만총을 허도령, 하후돈과 하후연·조인·조홍 등을 다 장군으로 삼았다. 여건·이전·악진·우금·서황 등은 다 교위로, 허저·전위 등을 도위로 삼았다. 그리고 나머지 장사들에게 각각 관직을 봉하였다.

이로부터 대권이 다 조조에게 돌아가게 되니 조정의 큰 일은 먼저 조조에게 보고한 연후에야 비로소 천자에게 주달됐다.

조조는 이미 대사를 정하고 나자 후당에서 잔치를 베풀고는,

여러 모사들을 모아 함께 의논하기를,

"유비가 서주에 군사를 주둔시키고 스스로 고을의 일들을 통솔하고 있고, 최근에는 여포가 패병을 이끌고 저에게 투항하였는데, 유비가 소패에 가서 머무르게 하였다니, 만약 두 사람이 같은 마음으로 병사를 이끌고 침범해 오면 어쩌나 하는 것이 걱정이외다. 공들은 어떻게 저를 도모할지 무슨 묘책이 없겠소?"

하니, 허저가 말하기를

"저에게 정병 5만만 주신다면, 유비와 여포의 목을 베어다가 승상께 바치겠습니다."

하니, 순욱이 나서면서

"장군은 용맹하기는 하지만, 지모를 사용할 줄 모릅니다. 이제 허도를 새로 도읍으로 정하여 병사들을 조달할 방법이 없습니다."

하며 한 가지 계책을 내놓는데 그것은 '두 마리 호랑이가 서로 잡아먹게 하는 계책'이었다.

지금 유비가 비록 서주를 이끌고 있다 하나, 이는 조서를 받지 못한 것입니다. 명공께서 헌제에게 주청을 드려, 유비에게 서주목을 제수한다는 조서를 내리게 하십시오. 그리고 밀서 한 통을 따로 보내서 여포를 죽이라 하세요. 그런 다음 일이 성사되면 유비는 저를 돕던 맹장이 없어지는 것이니, 저를 도모할 수 있을 것입니다. 일이 성사되지 못한다 해도, 여포가 반드시 유비를 죽일 것입니다. 이를 일러 '이호 경식지계'라[27] 합니다. 조조는 그 말에 따라 즉시 조서를 내려 주시기를 주청하고, 사자를 보내 조서를 받들고 서주로 가게 하였다. 그

---

27) 이호 경식지계(二虎競食之計) : 두 마리 호랑이가 먹이를 다투게 하는 계책. '서로가 경쟁하게 한다'는 뜻.

리고 유비에게 정동장군 의성정후 서주목을 봉하고 함께 밀서 한 통을 보냈다.

한편 유현덕은 서주에 있으면서, 황제께서 허도로 가셨다는 소식을 듣고 임금님께 경하를 표하려는 참이었다. 그러던 차에 문득 천자의 사자가 이르렀다 하여, 성 밖까지 나가서 영접해 들였다. 왕의 은명(恩命)을 배수하는 예가 끝나자, 잔치를 베풀어 온 사자를 환대하였다.

사자가 말하기를,

"군후께서 이 은명을 받으시게 된 것은, 진실로 조장군께서 임금께 힘써 천거하신 것입니다."

하자, 현덕이 사은하였다. 사자는 이에 밀서 한 통을 꺼내어 현덕에게 주었다.

현덕이 보고나서 말하기를,

"이 일은 함께 의논해 보아야 하겠소."

하고, 자리를 파하고 사자를 역관에서 편히 쉬게 하였다. 현덕이 밤에 여러 장군들과 이 일에 관해 의논하였다.

장비가 나서며 묻기를,

"여포는 본래 의인이 아닙니다. 저를 죽이는데 무엇을 주저하십니까?"

하자, 현덕이 말하기를

"저는 세가 궁하여 우리에게 투항해 온 사람인데, 내가 만약 저를 죽인다면 또한 의롭지 못한 것이다."

하였다.

장비가 또 속으로 생각하기를,

"착한 사람과는 일을 치르지 못한다니까!"[28]

---

28) **착한 사람과는 일을 치르지 못한다니까** : 원문에는 '**好人難做**'로 되어 있음. '착한 사람은 우유부단하여 일을 같이 할 수 없음'의 비유임. 「호인」. [詩經

하였으나, 현덕은 저의 말을 따르지 않았다. 다음날 여포가 인사를 드리러 왔다.

현덕이 맞아들이니, 여포가 말하기를

"공께서 조정의 은명을 받으셨다는 소식을 들었습니다. 특별히 와서 하례를 드립니다."

하매, 현덕이 겸손하게 사례하였다. 그때 장비가 칼을 들고 들어와 여포를 죽이려 하였다.

현덕은 황망하여 막고 여포는 크게 놀라서,

"장장군은 무슨 까닭으로 나를 죽이려 하오?"

하니, 장비가 큰 소리로 말한다.

"조조가 너는 의리가 없는 놈이니, 우리 형님께 편지로 너를 죽이라고 하였다!"

하자, 현덕이 큰 소리로 물러가라 하였다. 그리고는 여포와 함께 후당에 들어가서 전에 있던 일을 사실대로 말하였다. 조조가 보낸 밀서를 여포에게 보여주었다.

여포가 보고 나서 눈물을 흘리며,

"이는 조조가 우리 두 사람 사이에 불화를 일으키려는 속셈입니다!"

하자, 현덕이 말하기를,

"형장은 걱정하지 마십시오. 유비는 맹세코 이 의롭지 못한 일을 하지 않으리다."

하니, 여포가 두 번 세 번 사례하였다. 유비는 여포와 술을 마시고 늦게서야 돌려보냈다.

관우와 장비가 말하기를,

魏風 葛屨]「要之襋之**好人**服之 (傳) **好人** 好女手之人」.

"형님께서는 어째서 여포를 죽이지 않는 것입니까?"

하니, 현덕이 대답하기를

"이는 조맹덕이 나와 여포가 함께 공모하여 저를 칠까 두려워서 이 계책을 쓴 것이다. 나와 여포가 서로 싸우게 하고 저는 그 중간에서 이득을 취하려는 게야. 내가 어찌 제가 시키는 대로 하겠느냐?"

하자, 관우가 머리를 끄덕이며 옳다고 했다. 그러나 장비는,

"나는 여포를 죽여 후한을 없애는 것이 좋다고 생각하오!"

하자, 현덕이 말하기를

"그런 일은 대장부가 할 일이 아니네!"

하였다.

다음날 현덕은 사자가 회경(回京)하는 것을 배웅하러 나와 사은하는 표문을 주고, 아울러 조조에게 보내는 회답을 주었는데,

"말씀한 내용은 천천히 하겠다."

는 것이었다.

사자가 돌아 조조에게 복명하기를, 현덕이 여포를 죽이는 일을 하지 않더라 하였다.

조조가 순욱에게 묻기를,

"이 계책이 이루어지지 않았으니 어찌하오?"

하자 순욱이 대답한다.

"또 한 가지 계책이 있사온데, 이는 '호랑이로 하여금 이리를 잡게 하는 계책'입니다."

하거늘, 조조가 묻기를

"그 계책은 어떤 것이오?"

하자, 순욱이 대답하기를

"몰래 사람을 원술에게 보내 알려 주시되, 유비가 밀서를 보내 알려

오기를 남군(南郡)을 치겠다고 말하더라 하십시오. 원술이 그 소식을 들으면 반드시 크게 노하여 공격에 대비할 것입니다. 그러면 명공께서는 유비에게 원술을 토벌하라고 조서를 내리십시오. 두 사람이 함께 싸우면 여포는 틀림없이 다른 마음이 생길 것입니다. 이를 일러 '구호탄랑지계'라²⁹⁾ 합니다."

조조가 크게 기뻐하면서, 먼저 사람을 원술에게 보냈다. 그리고는 거짓 천자의 조서를 만들어 서주로 가지고 가게 하였다.

한편 현덕이 서주에 있다가 사자가 명을 가지고 왔다는 소식을 듣고는, 성 밖까지 나가서 저를 영접하였다. 천자의 조서를 뜯어보니 곧 군사를 일으켜 원술을 치라는 내용이었다. 현덕은 명을 따르겠다고 말하고는 먼저 사자를 돌려보냈다.

미축이 말하기를,

"이 또한 조조의 계책입니다."

하자, 현덕이 대답하기를

"비록 저의 계책이기는 하지만 왕명을 어길 수는 없소이다."

하고, 마침내 군마를 점고하고 날을 정해 기병하기로 하였다.

손건이 말하기를,

"먼저 성을 지킬 사람을 정해 주셔야 합니다."

하자, 현덕은 묻기를

"두 아우 중에서 누가 지키겠소?"

하자, 관우가 말하기를

"제가 남아서 성을 지키겠습니다."

하였다. 현덕이 대답하기를,

---

29) **구호탄랑지계(驅虎吞狼之計)** : 호랑이로 하여금 이리를 잡게 하는 계책.

"내가 조석으로 자네와 일들을 의논하려 하는데, 어찌 서로 떨어져 있겠는가."

하니, 장비가 나서며

"제가 남아서 이 성을 지키겠습니다."

한다.

현덕이 대답하기를,

"자네는 이 성을 지키지 못할 것이네. 그 하나는 한 번 술을 마시면 성질이 드세져 병사들에게 매질을 할 것이고, 다른 하나는 일의 경이에[30] 대해 다른 사람이 하는 말을 듣지 않으니 내가 어찌 마음을 놓겠는가."

하였다.

장비가 다짐한다.

"제가 지금 이후부터는 술을 마시지 않을 것이며, 절대로 군사를 때리지 않겠습니다. 또 제반 일들을 권하고 간하는 소리를 들어서 시행하겠습니다."

하자, 미축이 말하기를

"입으로 하는 말을 마음이 따르지 않을까 걱정입니다."

하니, 장비가 노하면서

"내가 형님을 따른 지 여러 해가 되네. 일찍이 신임을 잃은 적이 없는데 자네가 어찌 나를 그렇게 가볍게 여길 수 있는가!"

하였다.

그제서야 현덕이 말하기를,

"자네가 말은 그렇게 하지만, 내 종시 마음이 놓이지 않으이."

---

30) 경이(輕易) : 경시(輕視)함. 가볍고 쉽게 생각함. [史記 蘇秦傳]「此一人之身 富貴則親戚畏懼之 貧賤則輕易之 況衆人乎」. [列子 說符]「常有輕易人之志」.

하며, 진원룡(陳元龍)에게 돌아와 저를 도와주었으면 한다 하고는,

"절대로 술을 먹어서는 안 되며 일을 그르치지 않도록 하게."

하였다. 현덕이 부탁을 끝내고 마보군 3만을 이끌고, 서주를 떠나 남양을 바라고 진군하였다.

한편 원술은 유비가 임금께 표주를 올려 그가 다스리고 있는 주군을 빼앗고 싶어 한다는 말을 듣고, 이에 크게 노하여

"너는 본래 자리를 짜고 미투리를 삼던 녀석이었는데31) 이제 큰 군을 점거하고 제후들과 같은 반열에 서려 하느냐. 내 틀림없이 너를 정벌하고자 하고 있었더니, 네가 오히려 나를 도모하려 한단 말이냐! 심히 통탄스러운 일이로다!"

하고, 이에 상장군 기영(紀靈)에게 10만 병사들을 이끌고 서주를 치게 하였다. 두 쪽의 군사들이 우이(盱眙)에서 만났다. 현덕은 군사들이 적어 산 옆에 의지하여 물가에다가 영채를 세웠다. 기영은 산동 사람인데 무게가 50근이나 되는 삼첨도32) 한 자루를 들고 나왔다.

이날 병사들을 이끌고 진중에서 나와 크게 꾸짖기를,

"유현덕 이 촌놈아, 어찌 감히 우리의 경계를 침범하느냐!"

하자, 현덕이 말하기를

"나는 천자의 조서를 받고서 신하가 아닌 놈을 토벌하려고 왔다. 네가 이제 감히 와서 맞서려 하느냐. 그 죄는 죽어 마땅하도다!"

라고 말하자, 기영이 대로하여 말을 박차고 칼을 휘두르며 곧장 현덕

---

31) 자리를 짜고 미투리를 삼던 녀석이었는데[織蓆編屨之夫] : 유비(劉備)의 신분이 미천했음을 이르는 말임. [孟子 滕文公 上]「其徒數十人 皆衣褐 捆屨織蓆 以爲食」. [後漢書 李恂傳]「獨與諸生 織蓆自給」.

32) 삼첨도(三尖刀) : 세 가지 양날의 칼. 세 갈래로 되어 있고 양쪽에 칼날이 있는 검. [元積 論實詩]「鏌鋣無人淬 兩刃幽壤鐵」.

을 취하려 하였다.

관공이 크게 소리쳐,

"필부는 강한 체 하지 마라!"

하며 말을 몰고 나가서 기영과 크게 싸웠다. 싸움이 30여 합에 이르러도 승부가 나지 않았다. 기영이 큰 소리로 잠시 쉬었다 하자고 하여 관우는 말을 돌려 돌아와, 진 앞에서 잠깐 동안 기다렸다. 기영은 곧 부장 순정(荀正)을 내어보냈다.

관공이 말하기를,

"기영을 오라 하라. 너와 같은 놈과 자웅을 겨루기 싫다!"

하니, 순정이 말하기를

"너는 일개 무명 장수로서 기장군의 적수가 못 된다!"

하였다.

관공이 크게 노하여 곧장 순정을 취하러 나갔다. 두 말이 어울리기 일합이 못되어 순정을 찍어 말 아래 떨어뜨렸다. 현덕은 병사들을 몰아 짓쳐 갔다. 기영이 대패하여 회음(淮陰)의 하구(河口)까지 물러가, 감히 나와 싸우려 하지 않았다. 다만 군사들을 시켜서 몰래 진영을 넘어 와서 현덕의 영채를 겁략하게 하였으나, 거개가 서주 병사들에게 죽고 말았다.

양군이 서로 대치하고[33] 있는 상황에 대해서는 더 말하지 않는다.

한편 장비는 스스로 나가서 현덕이 기병하는 것을 전송한 후에, 일체의 잡무를 모두 진원룡에게 관리하게 하고는 군기에 관한 큰 일만을 스스로 짐작해서 처리하였다. 하루는 연석을 마련하고 각 관리들

33) 대치[相拒] : 서로 자기의 의견을 고집하고 사양하지 아니함. 「상지」(相指). [史記 項羽紀]「楚漢**相指**未決」. [三國志 魏志 明帝紀]「今已與聘**相指**」.

을 참석하게 하였다.

여러 사람들이 자리에 앉자, 장비가 말하기를

"우리 형님께서 가시며 나에게 술을 조금만 먹으라고 분부하셨소. 일을 그르칠까 걱정해서 말입니다. 여러분들께서 오늘 하루만 취하고, 다음날부터는 모두가 술을 경계하여 나를 돕고 성을 지켜 주시오. 오늘은 모두가 마음껏 드십시다."

하였다.

말이 끝나자 몸을 일으켜 관리들과 함께 술을 권하였다.

술잔이 조표(曹豹)에게 이르자,

"나는 하늘에 맹세하였기에 술을 마시지 않겠습니다."

하였다.

장비가 말하기를,

"이 죽일 놈. 어찌해서 술을 먹지 않겠다는 게냐? 내 너에게 술 한 잔을 먹이리라."

하자, 조표가 두려워하며 딱 한 잔만 마셨다.

장비가 각 관리들에게 술잔을 돌리고, 자기는 큰 술잔으로 계속 수십 잔을 마셨다. 그러나 크게 취한 줄도 모르고 또 일어나서 여러 관리들에게 술잔을 돌렸다.

술잔이 조표에게 이르자 대답하기를,

"저는 정말 술을 못합니다."

하자, 장비가 묻기를

"네가 아까는 잔을 받더니 지금은 어찌해서 거절하느냐?"

하였으나 조표는 거듭 사양하였다. 장비는 취한 뒤에도 계속 술을 마시게 하며 화를 내면서,

"네가 나의 장령을 거역하려느냐. 매 백 대를 치겠다."

하고 곧 군사들에게 명하였다.

진원룡이 묻기를,

"현덕공께서 떠나실 때에 무엇을 분부하셨소?"

하니, 장비가 대답하기를

"자네는 문관이니 문관의 일이나 관장하고, 내가 하는 일에 간섭하지 마시오!"

하였다.

조표는 어쩔 수 없이 사정하기를

"익덕공, 내 딸 사위의 얼굴을 봐서 나를 용서해 주시오."

하고 빌었다. 장비는 묻는다.

"네 사위가 도대체 누구란 말이냐?"

하자, 조표가 대답하기를

"여포이외다."

하니, 장비는 더욱 노하여

"내 본시 너를 치려는 것은 아니었다. 그런데 네가 여포를 끌어다 나를 놀라게 하려 하니 내 너를 치겠다! 내가 너를 치는 것은 곧 여포를 치는 것이다!"

하였다. 여러 사람들이 권하였으나 말릴 수가 없었고 기어이 조표가 매 50대를 맞게 되어서야 여러 사람들이 간신히 말려서 겨우 그쳤다. 자리가 파하자 조표는 돌아갔다.

그는 장비에게 깊은 한을 품고, 밤을 도와 사람을 시켜 한 통의 편지를 써서 소패의 여포에게 보냈다. 편지에는 장비의 무례함을 쓰고 또 말하기를, 지금 현덕은 회남에 가 있고 오늘 밤 장비는 술에 취해 있어 병사들을 이끌고 서주를 내습하면 될 것이니, 이 기회를 놓치지 말라 하였다.

여포가 편지를 보고 곧 진궁을 청하여 의논하였다.

진궁이 권유하기를,

"소패는 본래 오래 있을 곳이 못 됩니다. 이제 서주에서 이미 틈이 생겼으니 이 기회를 잃지 말고 곧 취하소서. 후회해도 미치지 못할 것입니다."

하매, 여포가 진궁의 말을 따랐다. 곧 갑옷을 입고 말에 올라 5백여 기를 이끌고 먼저 떠나고, 진궁은 대군을 이끌고 진군하였으며 고순이 뒤를 따라 발진하였다. 소패와 서주는 겨우 4, 50리 떨어져 있어서, 말을 타면 곧 다다를 수 있는 거리였다. 여포가 성 아래에 이르렀을 때는 겨우 4경이 되었을까 하였다. 달빛이 유난히 밝고 성 위에서는 전혀 모르고 있는 듯했다.

여포가 성문에 이르자, 큰 소리로

"유사군께서 보내는 기밀사가 이르렀소."

하고 외치자, 성 위에 있던 군사가 조표에게 알렸다.

조표가 성 위에 올라서 여포를 보고, 곧 군사들에게 성문을 열게 하였다. 여포가 암호를 외치자 여러 군사들이 일제히 들어가며 함성을 질렀다. 장비는 그때 술에 취해 부중에 누워 있었는데, 좌우가 황급히 흔들어 깨웠다.

그리고는 말하기를,

"여포가 속여 성문을 열고 짓쳐 오고 있습니다!"

하자 장비가 크게 노하여, 급히 갑옷을 챙겨 입고 장팔사모를 들고 겨우 부중의 문을 나섰다. 말에 오르려 할 때 여포의 군사들이 이르러 마주쳤다. 장비는 이때까지 술이 다 깨지 않아서 제대로 싸울 수가 없었다. 여포는 평소 장비의 용맹함을 알고 있던 터라, 감히 쉽게 접근하지 못했다. 이때 18기의 연장(燕將)이 장비를 보호하여 길을 뚫고 동문으로 나갔으나, 급박해서 현덕의 가솔들이 있는 부중은 미처 돌아볼 사이가 없었다.

한편 조표는 장비가 단지 10여 기의 보호를 받고 있으며, 또 저가 술에 취해 있는 것을 보고 마침내 1백여 명의 군사들을 이끌고 급히 추격하였다. 장비가 그를 보고 대로하여 말을 박차고 나와 맞았다. 싸움이 겨우 3합 만에 조표가 패하여 달아나자, 장비가 하변까지 급히 쫓아가서 한 창에 조표의 등을 찔렀다. 조표는 말을 탄 채 물속에 빠져 죽었다. 장비가 성 밖에서 군사들을 부르자 성을 빠져 나온 군사들이 모두 장비를 따라 회남으로 투항해 갔다. 여포는 성에 들어가 백성들을 안심시키고 군사 1백여 명을 시켜 현덕의 가솔들을 지키게 하고, 누구도 무단히 들어가지 못하게 하였다.

그때 장비는 수십 기만 이끌고 곧장 우이에 가서 현덕을 뵙고, 조표와 여포가 안과 밖에서 응하여 서주를 야습한 일을 자세히 보고하였다.

여러 사람들이 모두 실색하자, 현덕이 탄식하기를,

"얻었다고 어찌 기뻐만 하며, 잃었다고 어찌 걱정만 하랴!"[34]

하였다.

관공이 묻는다.

"형수님은 어찌 되셨느냐?"

하자, 장비는 말하기를

"다 성중에 있습니다."

---

34) 얻었다고 어찌 기뻐만 하며, 잃었다고 어찌 걱정만 하랴 : 원문에는 '得何足喜 失何足憂'로 되어 있음. '득과 실은 잘 헤아려 보아야 한다'는 뜻임. [蜀志 先主劉 備傳]「北海相孔融 謂先主曰 袁公路 豈憂國忘家者邪 家中枯骨 何足介意」. [後漢書 度尙傳]「所亡少少 何足介意」.

하매, 현덕은 말이 없었다.

관공이 발로 땅을 구르고 원망하며,

"너에게 당초 성을 맡길 때에 뭐라 했더냐? 형님께서 뭐라 부탁했더냐? 오늘 성을 뺏기고 형수 등 가솔마저 저들의 수중에 있으니 어찌하면 좋으냐!"

하였다.

장비가 그 말을 듣고 황공하기 짝이 없어서35), 칼을 빼어 스스로 목을 찌르려36) 하였다.

이에,

잔을 들고 술을 마실 땐 아주 호방하더니
칼을 뽑아 목을 찌른들 이미 늦었구나.
　　舉盃暢飮情何放
　　拔劍捐生悔已遲!

장비의 목숨이 어찌 되었는지는, 하회를 보라.

---

35) 황공하기 짝이 없어서[惶恐無地]: 황공하여 몸 둘 곳을 모름. '황공'은 두렵고 무서움의 뜻임. 「황송무지」(惶悚無地). [漢書 朱博傳]「右曹掾史皆移病臥 博問其故 對言惶恐」. [鮑照 請暇啓]「執啓涕結 伏追惶悚」.

36) 칼을 빼어 스스로 목을 찌르려[自刎]: 「자문이사」(自刎而死). 자경이사(自剄而死). 스스로 목을 찔러 죽음. [戰國策 魏策]「樊於期 偏袒阨腕而進曰 此臣日夜 切齒拊心也 乃今得聞敎 遂自刎」. [戰國策 燕策]「欲自殺以激 荊軻曰 願足下急過太子 言光已死 明不言也 自剄而死」.

제15회

태사자는 소패왕 손책과 대판 싸우고
손백부는 엄백호와 크게 싸우다.
　太史慈酣鬪小霸王
　孫伯符大戰嚴白虎.

　한편 장비가 칼을 뽑아 목을 찌르려 할 때, 현덕은 앞으로 나아가 끌어안고 칼을 빼앗아 땅에 던지며,

　"옛사람이 말하기를 '형제는 수족과 같고 처자식은 의복과 같다'[1] 하였다. 의복은 찢어지면 다시 꿰맬 수 있지만, 수족은 끊어지면 어찌 이을 수 있겠느냐? 우리 세 사람이 도원의 결의를 맺어 같은 날 태어날 수는 없지만, 오직 같이 죽자 하지 않았느냐. 지금 비록 성지와 가솔들을 잃었지만, 어찌 차마 형제가 중도에서 죽는 것을 보고 있겠느냐? 하물며 성지는 본래 내 것이 아니었다.

　가족들이 비록 저들에게 잡혀 있다 해도 여포는 틀림없이 저들을 해치지 않을 것이니, 오히려 저들을 구해낼 계획을 세워야 한다. 아우가 한때 잘못 하였다 하여, 어찌 살아 있는 목숨을 버리려 하느냐."

---

1) 형제는 수족과 같고 처자식은 의복과 같다[兄弟如手足 妻子如衣服] : 형제는 수족과 같고 처자는 의복과 같음. [李華 弔古戰場文]「誰無 **兄弟 如足如手 妻子 如衣服**」. [宋史 張存傳]「恣兄弟擇取 常曰 **兄弟手足也** 妻妾外舍人耳 何先外人而後手足乎」.

하고, 말이 끝나자 대곡하니 관우와 장비도 함께 울었다.

이때 원술은 여포가 서주를 기습하였음을 알고, 밤을 도와 사람을 시켜 여포가 있는 곳에 보내서, 양곡 5만 섬·말 5백 필·금은 1만 냥·비단 1천여 필을 보낼 터이니, 유비를 협공하자고 했다. 여포는 기뻐하며 고순에게 병사 5만을 이끌고 가서 현덕의 후미를 공격하게 하였다. 현덕은 이 소식을 듣고 굵은비가 내리는 틈을 타서, 병사를 거두어 우이를 버리고 동쪽의 광릉(廣陵)을 취하려 하였다. 고순이 군사들을 이끌고 왔으나 현덕이 이미 떠나버린 후였다.

고순이 기영과 만나서 주기로 한 물건을 달라고 하였으나, 기영은 "공은 일단 군사를 물리시오. 내가 주군의 계획을 보고 결정하리다." 하였다.

고순은 이에 기영과 작별하고 회군하여, 여포에게 기영이 하던 말을 세세하게 설명하였다. 여포가 의심하고 있는데, 문득 원술의 편지가 이르렀다.

편지의 내용은,

"고순이 왔었으나 유비를 제거하지 못하였소. 또 유비를 잡을 때까지 기다리다가, 그때 주기로 한 물품을 보내리다." 하였다.

여포는 노하여 원술이 신의가 없음을 꾸짖고, 병사를 내여 저를 치고자 하였다.

그때 진궁이 말하기를,

"안 됩니다. 원술은 수춘(壽春)에 웅거하고 있고, 또 많은 병사들과 군량이 있으니 가벼이 여길 적이 아닙니다. 현덕에게 청하여 소패에 주둔하게 하여, 우리의 우익을 삼는 것이 좋겠소이다. 다른 날 현덕을 선봉으로 삼아 그때 먼저 원술을 취하고 후에 원소를 취한다면, 천하를 손 안에 넣을 수 있을 것입니다."

하자, 여포가 그 말을 듣고 편지를 써서 현덕에게 사람을 보냈다.

한편 현덕은 군사들을 이끌고 가서 광릉을 취하려 하다가, 원술의 침입을 입어 군사 태반을 잃고 돌아오는 길에 마침 여포의 사자를 만났다. 현덕은 올리는 서찰을 보고 크게 기뻐하였다. 관우와 장비가

"여포는 의리가 없는 놈이오니 믿어서는 아니 됩니다."

하자, 현덕은 묻기를

"저가 이미 호의를 가지고 나를 대하는데, 어찌 저를 의심한단 말인가?"

하고, 마침내 서주로 돌아왔다.

여포는 현덕이 의심할까 걱정되어 먼저 사람을 보내 가솔들을 돌려보냈다. 감(甘)부인과 미(糜)부인은 현덕을 보고 여포가 병사들을 시켜 문을 지키게 하고는 사람들을 들어오지 못하게 하고, 또 늘 사람을 보내어 대접하여 부족함이 없었다는 말들을 자세하게 하였다.

현덕은 관우와 장비에게 이르기를,

"나는 여포가 반드시 내 가솔들을 해하지 않을 것을 알고 있었네."

하고, 이에 입성하여 여포에게 사례하였다.

장비는 여포에게 감정이 있어서 따라가지 않고, 선발대로 두 형수를 뫼시고 소패로 갔다. 현덕은 들어가 여포를 보고 배사하였다.

여포가 말하기를,

"나는 성을 빼앗을 생각이 아니었는데, 아우인 장비가 술을 마시고 사람을 죽이려 한 까닭에 일을 그르칠까 걱정이 되어 온 것이외다."

하였다.

현덕이 당부하기를,

"저는 형장에게 이 성을 넘겨줄 생각을 전부터 해왔습니다."

하거늘, 여포는 거짓으로 현덕에게 성을 양도할 뜻을 보였다. 현덕이

애써 사양하고 소패로 돌아와 군사들을 주둔시켰다. 관우와 장비는 마음속에 이는 분을 삭이지 못하였다.

현덕이 당부하기를,

"몸을 낮춰 분수를 지키면서 때를 기다려야지, 천명과 다투어서는 안 되네."

하며 달랬다. 여포는 현덕에게 군량과 비단 등 녹을 보내주게 하였다. 이로부터 두 사람은 서로 화목하게 지냈다. 이 이야기는 더 하지 않는다.

한편 원술은 장수들을 위해 수춘에서 큰 잔치를 베풀었다. 사람들이 와서 손책이 여강태수 육강(陸康)을 정벌하고, 승리하여 돌아왔다고 보고하였다. 원술이 손책을 부르매 손책은 뜰 아래에서 배알하였다. 싸움에서 수고했다는 인사가 끝나자, 곧 옆에 앉게 하고 잔치를 즐겼다.

원래 손책은 부상(父喪)을 당한 후부터는 강남에 퇴거하여 강호의 선비들을 예우하며 인재를 구해 들였다. 그러나 뒤에 외숙인 단양태수 오경(吳景)이 서주자사 도겸과 불화하여 손책은 어머니와 가솔들을 곡아(曲阿)로 옮기고, 자신은 원술에게 투항했던 것이다.

원술은 그를 심히 아껴서, 늘 탄식하기를

"나로 하여금 손책과 같은 아들이 있다면, 죽는다 한들 무슨 여한이 있겠는가!"

하며, 저를 회의교위(懷義校尉)를 삼게 하고, 군사들을 이끌고 가서 경현태수 조랑(祖郞)을 공격하게 하여 승리를 거뒀다. 이로 인해 원술은 손책의 용맹을 보고 다시 육강을 치게 했는데, 이번에도 또 이기고 돌아온 것이다.

그날 연회가 끝나자 손책은 영채로 돌아갔다. 손책은 원술이 연석에서 자기를 대하는 것이 심히 무례하고 오만했던 일을 생각하면서, 마음이 울적해 달 아래서 뜰을 거닐고 있었다. 그러면서 아버지 손견 같은 이가 영웅이라 생각하며, 자신이 지금 윤락하는2) 지경에 이름을 생각하고 자신도 모르게 목 놓아 울었다.

그때, 갑자기 한 사람이 밖에서 들어오는 것이 보이더니, 크게 웃으면서

"백부께서는 왜 그러시오이까? 아버님께서 살아 계셨을 때에는 저를 많이 쓰셨습니다. 만일 결단을 내리지 못하는 일이 있으시다면, 어찌하여 저에게 하문하지 않으시고 혼자서 우십니까?"

하였다. 손책이 저를 보니 단양(丹陽)의 고장(故障) 사람으로 성은 주(朱)요, 명은 치(治)이며 자가 군리(君理)였다. 그는 손견의 옛 종사관이었다.

손책이 눈물을 거두고 말하기를,

"제가 우는 것은 아버지의 뜻을 계승하지 못하고 있기 때문이외다."

하자, 주치가 묻기를

"그렇다면 어찌 원공로께 거짓으로라도 오경을 구하겠다고 말하고 병사를 빌려, 강동을 정벌하여 대업을 도모하려 하지 않고, 오랫동안 원술의 밑에서 곤궁하게 생활하고 있습니까?"

하며 의논하고 있는데, 한 사람이 갑자기 들어오며

"공등이 의논하는 것을 저는 이미 알고 있습니다. 내 수하에 정장 1백 인이 있으니 잠시 손백부를 도울 수 있소이다."

한다. 손책이 저를 보니, 이에 원술의 모사로 여남의 세양(細陽) 사람

---

2) 윤락(淪落) : 영락하여 타향으로 떠돌아다님. [柳宗元 上桂州 李中丞遷盧達啓]「今乃凋喪淪落 莫有達者」. [李白 白久在盧霍詩]「家本紫雲山 道風未淪落」.

이라. 성은 여(呂)이고 명은 범(範)이며 자가 자형(子衡)이었다. 손책이 기뻐하며 자리를 권하고 함께 의논하였다.

여범이 말하기를,

"단지 원공로께서 병사들을 빌려 주지 않을까 걱정이외다."

하거늘, 손책이 대답하기를

"내게 돌아가신 아버님께서 남기신 전국옥새가 있으니, 이것을 전당하고 빌리면 될 것입니다."

한다. 여범이 권유하기를,

"원공로께서 오래 전부터 그것을 얻고자 하였소이다! 전국옥새를 맡기면 틀림없이 병사를 빌려 줄 것입니다."

하였다. 이로써 세 사람은 계획을 정하고 다음 날, 손책이 들어가 원술을 뵙고 울며 말하기를,

"아비의 원수를 갚지 못하고 있는데, 또 제 외숙인 오경은 또 양주자사 유요의 핍박을 받고 있고, 저의 노모와 가솔들이 다 곡아에 있으니 필시 해를 입을 것입니다. 제게 병사 수천만 빌려 주시면 강을 건너가 어려움에 처한 가솔들을 구하고 근친(覲親)도 할 수 있을 것입니다. 그러나 명공께서 믿지 않으실까 걱정되어, 아버지께서 물려주신 옥새가 있기에 이를 맡기려 합니다."

하였다.

원술은 옥새가 있다는 말을 듣고 그것을 보더니, 크게 기뻐하며

"내가 자네의 옥새를 갖고 싶어서가 아니라, 이제 이것을 맡겨 두겠다 하니 그렇게 하게. 내가 병사 3천과 말 5백 필을 자네에게 주겠네. 그곳을 평정한 후에는 곧 돌아오게. 지금은 자네의 직위가 낮아서 대권을 장악하기 어려울 것이라. 내 자네를 절충교위 진구장군에 봉하도록 표를 올릴 것이니, 곧 날을 정해 떠나도록 하게."

하였다.

손책이 배사하고 마침내 군마를 이끌고 주치와 여범, 그리고 옛 장수 정보·황개·한당 등을 데리고 날을 택해 기병하였다. 손책의 군사들이 역양(歷陽)에 이르렀을 때에, 한 떼의 군사들이 왔다. 앞에선 사람은 자질이 풍유스럽고 의용이 수려하였다. 손책이 저를 보니 말에서 내려 절을 하는데, 그는 여강(廬江)의 강서(江舒) 사람으로 성은 주(周), 이름은 유(瑜)라 하며 자가 공근(公瑾)이었다.

그는 원래 손견이 동탁을 토벌할 때에 서성(舒城)으로 이사를 하였고, 손책과 나이가 같았다. 그래서 정의가 두터워서 서로 의형제를3) 맺은 사이였다. 손책이 주유보다 두 달 앞서서 주유는 손책을 형으로 받들었다. 주유의 숙부 주상(周尙)은 단양태수로 있는데, 지금 어버이를 뵈러 가는 길에, 손책과 만나게 되었던 것이다. 손책은 주유를 만나자 아주 기뻐하며 자신의 속마음을 털어 놓았다.

주유가 말하기를,

"나도 작은 힘을 보태서4) 함께 일을 도모했으면 합니다."

하매, 손책이 기뻐하며,

"내가 공근을 얻었으니, 큰 일이 잘 풀릴 것이외다."

하고, 곧 주치·여범 등과 서로 인사를 하게 하였다.

주유가 손책에게 말하기를,

"형이 대사를 이루려 하는데 강동에 있는 장씨 성을 가진 두 장수[二

---

3) 의형제[結爲昆仲] : 의형제의 연을 맺음. [中文辭典]「昆兄也 其次曰仲 因稱人
之兄弟曰昆仲」.

4) 나도 작은 힘을 보태서[犬馬之力] : 남에게 '자기가 바치는 노력'을 아주 겸
손하게 일컫는 말. '견마'는 개나 말과 같이 천하고 보잘 것 없다는 뜻으로
'자기'를 아주 낮추어 일컫는 말임. 「犬馬心」. [史記 三王世家]「臣竊不勝犬馬
心」. [漢書 汲黯傳]「常有犬馬之心」.

張]들을 아시오?"

하고 물었다.

　손책이 다시 묻기를

"두 장수가 누구요?"

하자, 주유가 대답한다.

"한 사람은 팽성(彭城)의 장소(張昭)인데 자는 자포(子布)라 하고, 또
한 사람은 광릉의 장굉(張紘)인데 자를 자강(子綱)이라 합니다. 두 사람
이 다 천하를 경륜할 수 있는 재주가5) 있으나, 난을 피해 이곳에 살
고 있소이다. 형님은 어찌 저들을 초빙하지 않으시오?"

하였다. 손책이 기뻐하며 곧 편지를 쓰고 예를 다해 초빙하러 사람을
보냈다. 그러나 두 사람 다 사양하고 오지 않았다. 손책이 친히 그 집
까지 가서 이야기를 나누고, 힘써 저들을 초빙하자 두 사람이 다 허락
하였다. 손책은 장소를 장사(長史)로 삼아 무군중랑장을 겸하게 하고,
장굉을 참모 정의교위로 삼아, 유요를 공격할 방도를 상의하였다.

　한편 유요는 자는 정례(正禮)라 하며, 동래 모평(牟平) 사람으로 역시
한실의 종친이요, 태위(太尉) 유총(劉寵)의 조카이며 연주자사 유대(劉岱)
의 아우이다. 옛날에는 양주자사로 수춘에 주둔하고 있었는데, 원술에
게 쫓겨서 급히 강동을 건너 곡아에 온 것이다. 바로 이때 손책이 병사
들을 이끌고 온다는 소식을 듣고 급히, 여러 장수들과 의논하였다.

　부장 장영(張英)이 나서서 대답하기를,

"제가 일군을 이끌고 우저(牛渚)에 주둔하면, 설사 백만 대군이 있다

---

5) 천하를 경륜할 수 있는 재주[經天緯地之才] : 천하를 다스릴 만한 극히 큰
　재주. 본래 '경'은 날금, '위'는 씨금을 가리킴. [文選 左思 魏都賦]「天經地緯
　理有大歸」. [徐陵 爲貞陽候與陳司空書]「後主天經地緯 義貫人靈」. [庾信 文]「經
　天緯地才」.

해도 또한 걱정 없을 것입니다."

한다. 말이 끝나기도 전에 장막의 한 사람이 크게 외치기를,

"제가 전부(前部)의 선봉이 되겠습니다."

하거늘, 여러 사람들이 저를 보니 이에 동래 황현 사람 태사자라. 태사자는 북해의 포위망에서 벗어나면서부터 곧 와서 유요를 뵙고, 유요의 막하에 머물고 있었다. 그날 손책이 병사들을 이끌고 도착했다는 소식을 듣고, 자청해서 전부의 선봉이 되겠다고 나선 것이다.

유요가 말하기를,

"자네는 아직 나이가 어려서 대장이 될 수 없네. 다만 나의 좌우에 있으면서 명령을 기다리게."

하매, 태사자는 불만스러워 하며 물러났다.

장영이 병사들을 이끌고 우저에 이르러 군량 10만 곡을 저각(邸閣)에 쌓아두었다. 손책이 병사들을 이끌고 이르자 장영이 나가 맞았다. 양쪽 군사들이 우저의 강벌(牛渚灘)에서 대치하였다. 손책이 말을 몰아 나오자 장영이 크게 꾸짖으며 욕설을 퍼붓는데, 황개가 나와 장영을 맞았다.

그러나 수합이 못 되어 갑자기 장영의 군중에서 큰 혼란이 일어났다. 무슨 일인가 하니, 영채 속에서 어떤 자가 불을 질렀다고 알려왔다. 장영은 급히 회군하였는데, 손책은 군사들을 이끌고 와서 승세를 타 엄살하였다. 장영은 우저를 버리고 깊은 산을 바라고 도망하였다. 원래 영채에 불을 지른 것은 두 건장한 장수였다. 한 사람은 구강의 수춘 사람으로, 성은 장(蔣) 이름은 흠(欽)이라 하며 자가 공혁(公奕)이고, 또 한 사람은 구강의 하채(下蔡) 사람으로, 성은 주(周) 이름은 태(泰)라 하며 자가 유평(幼平)이었다. 두 사람 다 난세를 만나 사람을 모아 양자강(洋子江)에서 노략질을 일삼아 살았는데, 전부터 손책이 강동

의 호걸로서 현인을 받아들인다는 소문을 듣고 도당 3백여 명을 이끌고 투항해 온 것이다. 손책이 크게 기뻐하여 그들을 거전교위로 삼았다. 이번 싸움에서 우저에 있던 군량·군기는 물론, 투항한 병사가 4천여 명이나 되었다. 손책은 마침내 병사들을 신정(神亭)까지 진격시켰다.

한편 장영이 대패하고 돌아와 유요를 뵈오니, 유요는 노하여 저를 참하려 하였다. 모사 착융(笮融)과 설예(薛禮)가 권하여 겨우 면하였다. 그에게 영릉성(英陵城)에 병사를 주둔시켜 적을 막게 하였다. 유요는 스스로 신정에 있는 병사들을 이끌고 신정령(神亭嶺) 남쪽에 영채를 세우고, 손책은 북쪽에 영채를 세웠다.

손책이 그곳 사람들에게 묻기를,

"근처의 산에 한의 광무제의 묘당이 있지 않은가?"

하니, 그곳 사람이 대답하기를

"묘당이 고개 위에 있습니다."

하였다.

손책이 말하기를,

"내가 오늘 밤 꿈에 광무제께서 나를 불러 뵈었으니, 그곳에 가서 참배하려 하오."

하였다.

장사와 장소가 대답하기를,

"안 됩니다. 고개의 남쪽에 유요가 아직도 복병하고 있으면 어찌하려 하십니까?"

하거늘, 손책이 묻기를

"신령께서 나를 도우시니, 내 어찌 두려워하겠소?"

하고, 갑옷을 챙겨 입고 창을 들고 말에 올라 정보·황개·한당·장흠·주태 등과 함께 13기를 이끌고 영채를 빠져나가, 고개 위로 올라 가서 묘당에 분향하였다.

말에서 내려 참배가 끝나자, 손책이 앞을 향해 무릎을 꿇고

"만약이 손책이 강동에서 나라를 세운다면 다시 옛 아버지의 기틀 을 일으키고, 묘당과 사우를 중수하고 사시로 제사를 올리겠나이다." 고, 축원을 드렸다.

묘당을 나와 말에 올라서, 여러 장수들을 돌아보며,

"나는 고개를 지나서 유요의 영채를 살펴보겠소이다."

하니, 여러 장수들이 안 된다고 하였으나, 손책은 따르지 않고 드디어 고개 위에 올라서서 남쪽의 수풀을 바라보았다. 일찍이 길에 배치하 고 있던 군사들이 나는 듯이 유요에게 보고하였다.

유요가 말하기를,

"이는 필시 손책이 적을 유인하는 계책일 것이니, 저를 추격하지 말 아라."

하매, 태사자가 뛰쳐나와서 묻기를,

"이때 손책을 잡지 않고 어느 때를 기다리십니까?"

하고, 유요의 말을 기다리지 않고 마침내 갑옷을 입고 말에 올라 창을 꼬나들고 영채를 나가며,

"담이 큰 자들은 모두 내 뒤를 따라라!"

하였다. 그러나 장수들은 꼼짝도 하지 않았다.

오직 한 장수가 나서며,

"태사자는 진짜 맹장이로다! 내 저를 도우리라."

하며 말을 몰아 같이 나갔으나, 여러 장수들이 비웃었다.

한편 손책은 한 반나절 가량 돌아보고 바야흐로 말을 돌려 고개를 넘으려는데, 고개 위에서 함성이 들려왔다.

"손책은 도망하지 말아라."

하거늘, 머리를 돌려 보니 두 필 말이 나는 듯이 고개로 내려오고 있었다. 손책의 장수 13기가 일제히 한옆으로 벌여 섰다. 손책은 창을 빗기들고 말에 올라 고개 아래로 내려오기를 기다렸다.

태사자가 큰 소리로,

"누가 손책이냐?"

하거늘, 손책이 도리어 묻기를

"너는 누구냐?"

하니, 답하기를

"내가 곧 동래의 태사자이다. 특별히 손책을 잡으러 왔다!"

한다.

손책이 웃으면서 말하기를,

"내가 바로 손책이다. 너희 두 놈이 일제히 덤벼라 나 혼자 막겠다. 나는 두렵지 않다! 내가 너희들이 두려웠다면 손백부가 아니다!"

하자, 태사자가 대답하기를

"너희들이 모두 덤벼든다 해도 나 또한 두려울 것이 없다!"

하고, 말을 몰고 창을 비껴들며 곧장 손책을 취하려 하였다.

손책이 창을 꼬나들고 나와 맞았다. 두 필의 말이 서로 어우러져 싸움이 50여 합에 이르렀으나 승부가 갈리지 않았다. 정보 등이 속으로 기이하다고 감탄하였다. 태사자는 손책의 창법에서 조금도 허점이 없음을 보고, 이에 거짓으로 패하여 달아나자 손책은 급히 쫓아왔다. 태사자는 문득 옛길을 이용하지 않고 고개로 오르면서 산을 에둘러서 갔다.

손책이 급히 이르러 큰 소리로 말하기를,

"달아나는 것은 호한이6) 아니다."

고 외치자, 태사자는 마음속으로 생각하기를

"저자에게는 따르는 장수가 12명이나, 나는 단지 한 사람뿐이다. 곧 저를 사로잡는다 해도, 저의 수하 장수들에게 빼앗길 것이 아닌가. 한 마장만 더 가면 저의 수하들이 찾을 수 없을 것이니 저를 잡기에 적당하리라."

생각해서, 싸우다가 달아나고 달아나다 싸우곤 하였다. 손책이 저를 놓치지 않기 위해 곧장 쫓아가 평평한 냇가에 이르렀다. 태사자가 말을 돌려 다시 싸우려 하자 또 50여 합이나 되었다.

손책이 한 번 창을 찌르자 태사자는 재빨리 창을 잡았다. 태사자는 창으로 손책을 찌르는데, 손책 또한 재빨리 돌아서며 창을 잡았다. 두 사람이 힘을 써서 끌어당기면서 같이 말에서 떨어졌다. 말들은 달아나버려 어디로 갔는지를 알 수가 없었다. 두 사람은 창을 버리고 서로 어울려 싸워, 갑옷이 찢어졌다. 손책의 손이 재빠르게 태사자의 등을 단검으로 찌르자, 태사자 역시 손책의 투구를 벗겨 들었다. 손책은 창을 잡고 태사자를 찌르려 하자, 태사자 역시 투구로 막았다.

갑자기 뒤에서 함성이 일어나 보니 유요가 접응군을 이끌고 도착하였는데 약 1천여 명이었다. 손책이 아주 다급해 하매 정보 등 12여 기가 충돌하며 이르자, 손책과 태사자는 겨우 손을 놓았다. 태사자가 군중에서 말을 한 필 얻어 타고 창을 들고 말에 올라 다시 나왔다. 손책역시 정보에게서 말을 얻고서 창을 들고 말에 올랐다. 유요의 1천여 군사들과 정보 등 12장수들이 출전을 하는데, 싸움이 신정의 고개 아래에까지 밀려 내려 왔다. 그때 함성이 일어나는 곳에 주유가 군사들

---

6) 호한(好漢) : 훌륭한 놈·대장부. 원문에는 '不算好漢'으로 되어 있음. 〔舊唐書 狄仁傑傳〕「則天嘗問仁傑曰 朕要一好漢任使有乎 仁傑曰 荊州長史 張柬史 其人雖老眞宰相才也」.

을 이끌고 이르렀다. 유요 자신이 대군을 이끌고 짓쳐 고개 아래로
내려 왔다. 때는 황혼에 가까워지고 폭우가 사납게 몰아치자, 양편은
군사들을 거두었다.

다음 날 손책이 군사들을 이끌고 유요의 진영 앞에 이르니, 유요 역시
군사를 이끌고 나와 맞았다. 양군이 원형으로 대치하자, 손책이 창을
잡고 태사자의 단극을 매달고 진 앞에 나서서, 군사들에게 큰 소리로
"태사자가 빨리 달아났기에 망정이지 그렇지 않았다면, 이미 나의
창에 찔려 죽었을 것이다!"
하고 외쳤다.

태사자 또한 손책의 투구를 들고 진 앞에 나서서, 군사들에게 큰 소
리로,
"손책의 머리는 이미 여기에 있다!"
한다. 양군이 함성을 지르며 한편으로는 승리를 자신하고 또 한편으
로는 강함을 과시하였다. 태사자가 말을 몰고 나오면서 손책과 더불
어 승부를 결정하려 하매, 손책이 나가려 하였다.

정보가 말하기를,
"주공께서 수고하실 필요가 없습니다. 제가 나가서 저를 사로잡아
오겠습니다."
하며 정보가 나가 진 앞에 이르렀다.

태사자가 말하기를,
"너는 나의 적수가 못 된다. 손책에게 나오라 해라!"
고 하거늘, 정보가 대로하여 창을 꼬나들고 직접 태사자를 취하였다.
두 필 말이 서로 어울려 싸움이 30여 합이 되자, 유요가 급히 징을
쳐 군사를 거두었다.

태사자가 묻기를,

"내가 바로 적장을 사로잡으려는데, 무슨 까닭으로 군사들을 거두셨습니까?"

고 묻자, 유요가 말하기를

"전갈에 주유가 군사들을 이끌고 곡아를 취한다 하자, 여강의 송자(松滋) 사람 진무(陳武), 자가 자열(子烈)이란 자가 주유를 접응하여 들였다 하네. 우리 집안의 기업을 이미 잃은 터에 여기 오래 머무를 수가 없네. 속히 말릉(秣陵)으로 가서, 설예·착융 등의 군마와 합쳐 급히 접응하러 가려네."

하였다. 태사자도 유요를 따라 퇴군하였으나, 손책은 추격하지 않고 인마를 거두어 갔다.

장사 장소가 말한다.

"저들의 군사들은 주유가 이곳을 급습한 것을 알고 싸울 마음이 없으니, 오늘밤 저들의 영채를 겁략하기 좋은 때입니다."

하자, 손책은 그러리라 여겨 그날 밤 군사들을 5로에 나누어 몰아 진군하였다. 유요의 군사들은 크게 패하여 이리저리 흩어졌다.[7] 태사자는 혼자서 감당하기 어렵게 되자, 수십 기만을 이끌고 밤을 도와 경현(涇縣)으로 투항해 가버렸다.

이때, 손책은 또 수하에 진무를 얻어 보좌하게 하였다. 그는 키가 7척이나 되고, 얼굴빛이 누렇고 눈동자가 붉으며 형용이 괴이하였다. 손책은 그를 아주 좋아하여 교위로 삼고 늘 선봉에 서게 하여 설예(薛禮)를 공격하게 하였다. 불과 수십 기만을 이끌고 돌입하여 50여 수급을 베었다. 설예는 문을 닫아걸고는 감히 나오질 못했다.

---

7) 이리저리 흩어졌다[四分五落] : 사분오열(四分五裂). [六韜 龍韜 奇兵篇]「四分五裂者 所以擊圓破方也」. [戰國策 魏策]「不合於韓 則韓攻其西 不親於楚 則楚攻其南 此所謂四分五裂之道也」.

손책이 성을 공격하려는 차에, 갑자기 탐보자가 와서 보고하기를 유요가 착융과 같이 우저로 간다고 알려 왔다. 손책은 대로하여 자신이 대군을 이끌고 우저로 갔다. 유요와 착융 두 사람이 말을 몰아 나와 맞았다.

손책이 묻기를,

"내가 지금 여기에 이르렀거늘, 너희가 어찌해 항복하지 않느냐?"

하자, 유요의 뒤에서 한 사람이 창을 꼬나들고 나서는데, 부장 우미(于麋)다. 손책이 저를 맞아 3합이 못되어 사로잡아 가지고 진중으로 돌아 왔다. 유요의 휘하 장수 번능(樊能)이 우미가 잡혀가는 것을 보고 창을 꼬나들고 쫓아왔다. 저의 창이 거의 손책의 등 한복판을 찌르려 하자, 손책의 진중 군사들이 큰 소리로

"뒤에서 몰래 쫓아오는 자가 있습니다!"

고 외친다.

손책이 머리를 돌리자 홀연 번능의 말이 쫓아오거늘, 큰 소리를 치니 소리가 마치 우레 소리 같았다. 번능이 놀라서 몸을 뒤채며 말 아래 떨어져 머리가 깨져 죽었다. 손책이 문기 아래 이르러 우미를 내려놓으니 이미 겨드랑이에 끼어 죽어 있었다. 눈 깜짝할 사이에 한 장수를 겨드랑이에 껴서 죽이고, 한 장수를 고함을 쳐서 죽인 것이다. 이 일이 있은 후부터는 사람들이 손책을 '소패왕'(小覇王)이라 불렀다.

그날, 유요의 군사들은 크게 패하고 인마의 태반이 손책에게 항복하였다. 손책이 베인 수급만도 1만 여에 달했다. 유요와 착융은 함께 예장(豫章)에 있는 유표에게로 갔다. 손책은 군사들을 이끌고 돌아와 다시 말릉을 공격하러 갔다. 그는 직접 성의 해자에 이르러 설예를 설득해 투항하게 하려는데, 성 위에서 냉전을 쏘아8) 손책의 왼쪽 허벅지에 정통으로 맞았다. 손책은 몸을 뒤치며 말에서 떨어졌다.

여러 장수들이 급히 일으켜 영채에 돌아와, 화살을 뽑고 금창약을 붙여 주었다. 손책의 군중에서는 주장(主將)이 화살을 맞아 죽었다는 헛소문을 퍼뜨렸다. 또 발상을 하고 영채를 뽑아 일제히 퇴군하였다. 설예가 손책이 이미 죽었다는 소문을 듣고, 밤을 도와 성내의 군사들을 일으켜 용장 장영과 진횡(陳橫)으로 하여금 성을 나가 저들을 쫓아갔다.

갑자기 복병들이 사방에서 일어나며, 손책이 맨 앞에서 말을 타고 와서 소리치기를,

"손책이 여기 있다!"

하니, 군사들이 다 놀라서 창과 칼을 버리고 땅에 엎드려 절했다.

손책은 한 사람도 죽이지 말라고 하였다. 장영은 말을 돌려서 달아나다가 진무의 창에 찔려 죽었다. 진횡 또한 장흠의 화살을 맞아 죽고 설예는 혼전하는 군중 속에서 죽었다. 손책은 말릉에 입성하여 백성들을 안돈하였다. 그 후 군사들을 경현으로 이동하여 태사자를 잡으려 하였다.

한편, 태사자는 장병 2천여 명을 초모해서, 부병들과 함께 유요의 원수를 갚으려 하고 있었다. 손책은 주유와 의논하여 태사를 사로잡으려는 계책을 논의하였다. 주유는 경현을 삼면에서 공격하고 단지 동문으로 달아날 수 있게 한 후, 성에서 25리 떨어진 곳의 3로에 각각 매복군을 깔아두자 하였다. 태사자가 그 속에 들어오면 인마들이 다 지쳐서 이를 것이니, 그렇게 되면 저를 사로잡을 수 있을 것이라 하였다. 원래 태사자가 초모한 군사들의 태반이 시골 백성들이라 기율이 없었고, 또 경현은 성두(城頭)가 높지 않았다.

---

8) 냉전(冷箭)을 쏘아 : 암전(暗箭). 몰래 숨어서 쏘는 화살. [辭源]「今俗以乘人不備 暗計傷人者 謂之冷箭」.

그날 밤 손책은 진무에게 옷차림을 가뜬하게 하고, 단검만을 가지고 먼저 성 위에 올라가 불을 놓게 하였다. 태사자는 성 위에서 불이 일어나자 말에 올라 동문으로 달아났다. 그 뒤로 손책이 군사들을 이끌고 급히 쫓았다. 태사자가 막 달아나고 있을 때, 뒤에서 군사들이 급히 쫓다가 30여 리에 이르러서 쫓아오지 않았다.

태사자는 50여 리나 달려와 인마가 곤핍한 상태인데, 갈대 숲 속에서 함성이 갑자기 일어났다. 태사자는 급히 달아나려 하는데, 양쪽에서 반마삭이9) 일제히 날아와 장수와 말의 다리를 걸어 쓰러뜨렸다. 그리하여 태사자는 사로잡혀 대채(大寨)로 끌려갔다. 손책은 태사자를 사로잡았음을 알고 친히 영채 앞에 나가 군사들을 물리고 손수 그의 포박을 풀어 주었다.

또 자신의 금포를 입게 하고 영채로 청해 들여, 말하기를

"나는 자의(子義)가 진짜 대장부란 것을 알고 있소이다. 유요와 같은 보잘 것 없는 무리들[蠢輩]이 대장군으로 쓰지 않아서, 이렇게 패배하게 된 것이외다."

하였다.

태사자는 손책이 저에 대한 대접이 후한 것을 보고, 드디어 항복을 청하였다.

손책은 태사자의 손을 잡고 웃으면서,

"신정에서 서로 싸울 때에 만약 공께서 나를 사로잡았다면, 서로가 살려주지는 않았을 것이지요?"

하니, 태사자가 말하기를

"알 수 없지요."

---

9) **반마삭(絆馬索)** : 적의 말 다리를 걸어서 쓰러뜨리는 줄. [中文辭典]「以索暗藏地下 爲絆倒敵人之馬之用者」.

하자, 손책이 청하여 장막으로 들어가 상좌에 권하여 앉히고 연회를 베풀어 환대하였다.

태사자가 말하기를,

"유군(劉繇)이 패하여 사졸들의 마음이 모두 떠났습니다. 제가 직접 가서 남은 병사들의 마음을 수습했으면 하여 명공을 돕고자 합니다만 서로 믿음이 있는지 알지 못하겠습니다."

하자, 손책이 일어나 사례하기를

"이는 제가 정말 바라는 일입니다. 이제 공에게 약속을 하였으니 다음날 정오(日中)까지 공이 무사히 돌아오시기를 바라겠소이다."

하니, 태사자는 허락하고 갔다.

여러 장수들이 말하기를,

"태사자는 이번에 가면 절대로 돌아오지 않을 것입니다."

하였으나, 손책은 대답하기를

"자의는 신의가 있는 사람이니, 결코 나를 배반하지 않을 것이외다."

하였으나 여러 장수들이 다 믿지 않았다.

다음 날 영문에 장대를 세워 놓고 해의 그림자를 살피는데, 해가 정오가 되자 태사자가 1천여 군사들을 이끌고 영채에 이르렀다. 손책이 크게 기뻐하매, 여러 장수들이 다 손책의 사람을 알아보는 능력에 탄복하였다.

이에 손책은 수많은 군사들을 모으고 강동으로 내려가 백성들을 안심시키고 군중들을 구휼하니 투항하는 자가 수없이 많았다. 강동의 백성들이 다 손책을 '손랑'(孫郞)이라 불렀다. 단지 손랑의 병사들이 이르렀다는 소문만 들어도, 다 놀라서 달아났다. 그의 군사들이 이르는 곳에는 한 사람도 노략질을 하거나 약탈을 허용하지 않으니, 심지어 개와 닭들도 놀라지 않았다. 백성들이 모두 기뻐하며 소에 술을 싣고 영채에 와서 군사들의 노고를 치하하였다. 그때마다 손책은 금백으로 물건 값을 치르니 칭찬하는 소리가 두루 퍼졌다.

유요의 옛 군사들 중에서 종군하기를 원하는 자는 그 청원을 받아 주고, 종군을 원치 않는 자는 상을 주어 귀농하게 하였다. 강남의 백성들이 우러러 칭송하지 않는 자가 없었다. 이로 인하여 병세가 크게 성해졌다. 손책은 어머니와 숙부 그리고 형제들을 곡아로 데려오고, 동생 손권과 주태에게 선성(宣城)을 지키게 하였다. 그리고 자신은 병사들을 이끌고 남쪽으로 오군(吳郡)을 취하러 갔다.

그때 엄백호(嚴白虎)란 자가 있어서 자칭 '동오덕왕'(東吳德王)이라 하며 오군에 웅거하고 있었는데, 부장을 보내어 오정(烏程)과 가흥(嘉興)을 지키게 하고 있었다. 하루는 백호가 손책의 병사들이 이르렀다는 소식을 듣고, 동생 엄여(嚴與)를 시켜 출병하여 풍교(楓橋)에서 만나게 되었다. 엄여가 칼을 비껴들고 말을 타고 다리 위로 나왔다. 군사 중에서 이 소식을 알려와 손책이 곧 나가려 하였다.

장굉(張紘)이 간하기를,

"무릇 주장은 삼군의 목숨이 걸려 있는 분이니, 가벼이 작은 도적을 만나서는 안 됩니다. 원컨대 장군께서는 자중하소서."

하매, 손책이 말하기를

"선생의 말씀은 금석과 같으나10) 친히 나가서 시석을 무릅쓰지 않으면, 장수나 군사들이 명을 따르지 않을까 두렵습니다."

하고, 한당으로 하여금 말을 몰아 나가게 하였다.

한당이 다리 위에 이르렀을 때에 장흠과 진무가 벌써 작은 배로 강기

---

10) 금석과 같으나[金石] : 쇠붙이와 돌. '굳고 단단하여 변함이 없음'의 비유. 「금석지언」(金石之言). [荀子 非相篇]「贈人以言 重於金石珠玉」. [晋書 陶回傳贊]「陶回規過 言同金石」.

늪을 따라, 안쪽으로 짓쳐 들어가자 난전이 기슭 위 군사들에게 떨어졌다. 두 사람은 강기슭에 몸을 날려 짓쳐 들어가니 엄여가 패주하였다. 한당이 군사들을 이끌고 곧장 성문 아래까지 들어가자, 적들은 성안으로 들어가 버렸다.

손책은 군사들을 나누어 수륙으로 함께 나가 오성을 에워 쌌다. 사흘이나 되었으나 한 사람도 나와 싸우지 않았다. 손책은 군사들을 이끌고 성문 밖에 이르러 항복을 권하였다.

그때, 성문 위에 한 비장이[11] 왼손으로 들보를 집고 서서 오른손으로 성 아래를 가리키며 크게 꾸짖고 있었다.

태사자가 말을 타고 나와 활에 화살을 먹여, 장수들을 돌아보며 말하기를

"내가 저 장수의 왼손을 맞출 터이니 보라!"

하고 말을 마치기도 전에 활시위 소리가 울리더니, 과연 그의 왼손을 적중시켜 들보 위에 못 박아 놓았다. 성의 위아래에서 이를 보던 사람들이 모두 박수를 쳤다. 여러 사람들이 저를 구하여 내려갔다.

엄백호가 크게 놀라면서,

"저 군사들 속에 이런 사람이 있다니, 어찌 싸울 수 있겠는가!"

하고, 마침내 화친을 청할 생각을 하였다. 다음날 엄여를 시켜 성에서 나가 손책을 만나게 하였다. 손책이 저를 장막에 청해 들여 술을 마셨다.

술이 어느 정도 이르자, 엄여에게 묻기를

"자네 형의 생각은 어떻습니까?"

하니, 엄여가 말하기를

---

11) **비장(裨將)**: 부장(副將)·편비(偏裨). [史記 衛將軍 驃騎傳] 「覇日 自大將軍出 未嘗斬**裨將**」. [稱謂錄 兵頭 裨將] 「李光弼專任之將日**裨將** 又日**偏將**」.

"장군과 강동을 반분하고자 하십니다."

하였다.

손책이 크게 노하며 묻기를,

"쥐새끼 같은 무리가 어찌 감히 나와 같이 하려 하느냐!"

하고 엄여를 참하라 하였다.

엄여가 칼을 빼고 일어서려 하는데, 손책이 검을 날려 저를 찌르자 그 자리에 쓰러졌다. 손책은 머리를 베어 사람을 시켜 성안으로 보냈다. 백호는 적을 대적할 수 없다고 생각하여 성을 버리고 달아났다.

손책의 병사들이 이들을 추습하였다. 황개는 가흥을 공격하여 빼앗고, 태사자는 오정을 빼앗아 여러 주가 평정되었다. 백호는 달아나 여항(餘杭)으로 가는 길에 백성들을 겁략하고 약탈을 자행하다가 그곳 사람 능조(凌操)가 향인들과 패배한 병사를 이끌고 나와서 치자, 회계를 바라고 달아났다. 능조 부자 두 사람은 손책에게 왔는데, 손책은 저들을 종정교위로 삼아 함께 병사들을 이끌고 강을 건넜다.

엄백호가 도적들을 다시 모아 서쪽 나루 입구에 포진하고 있었다. 정보가 저들과 싸우자 다시 크게 패하여 달아났다. 손책의 군사들은 밤을 도와 저들을 쫓아 회계까지 이르렀다. 회계태수 왕랑(王朗)은 병사들을 이끌고 나가서 백호를 구하려 하였으나, 그때 한 사람이 나서며

"안 됩니다. 손책은 인의를 쓰는 장수이고 백호는 포악한 무리들을 이끌고 있사오니, 마땅히 저를 사로잡아 손책에게 바치는 것이 옳을까 합니다."

하였다. 왕랑이 저를 보니, 회계의 여요(餘姚) 사람으로 성은 우(虞)이고, 명은 번(飜)이라 하는데 자가 중상(中翔)으로 군의 아전의 일을 하고 있는 사람이다. 왕랑이 노하여 저를 꾸짖으매, 우번이 크게 탄식하며 물러 나왔다. 왕랑은 드디어 군사들을 이끌고 나가 백호와 합세하

고, 함께 산음(山陰) 벌판에 진을 쳤다.

양군이 서로 대치한 중에 손책이 말을 몰고 나와, 왕랑에게 묻기를

"내가 인의의 병사들을 일으켜 절강(浙江)을 안무하려 왔는데, 네가 어찌 도적을 돕느냐?"

하였다.

왕랑이 그 말을 듣고, 꾸짖기를

"너는 아직도 욕심이 차지 않았느냐! 이미 오군을 얻었으면서, 또 강제로 나의 지경을 빼앗으려 하느냐! 오늘은 특히 엄씨의 원수를 갚아야겠다."

하였다.

손책이 크게 노하여 곧 교전에 들어가려 하는데, 태사자가 먼저 나섰다. 왕랑이 말을 박차고 칼을 흔들면서 태사자와 더불어 싸웠다. 싸움이 몇 합 못 되어 왕랑의 장수 주흔(周昕)이 짓쳐 나와 싸움을 도왔다. 손책의 진중에서는 황개가 나는 듯이 말을 달려 주흔을 맞아 싸웠다. 양 진영에서 북소리가 진동하며 서로가 사생결단을 하고 있는데, 갑자기 왕랑의 진 뒤에서 혼란이 일며 한 떼의 군사들이 달려 나왔다. 왕랑이 크게 놀라 급히 말을 돌려 와서 맞았다.

원래 주유와 정보가 군사들을 이끌고 옆에서 무찌르며 나와서 앞뒤에서 협공을 한 것이다. 왕랑은 적은 군사들로 맞아 싸우지 못하고, 백호와 같이 주흔을 치며 혈로를 열고 성 안으로 달아나 버렸다. 적교를 들어 올려 굳게 성문을 닫아걸었다.

손책의 대군은 승세를 몰아 급히 성 아래까지 이르러, 군사들을 배치하고는 사대문을 공격하였다. 왕랑이 성중에서 손책의 공격이 심한 것을 보고는, 병사들을 이끌고 나가 일전을 벌이려 하였다.

엄백호가 말하기를,

"손책의 병세가 심히 크니 족히 구덩이를 깊이 파고 보루를 높게 쌓아 굳게 지키면서 나가지 마십니다. 그렇게 한 달이 지나면 저들은 군량이 떨어져서 스스로 물러날 것이외다. 그때 빈틈을 타서 저들을 엄습하면 싸우지 않고도 저들을 깨뜨릴 수 있을 것이외다."

하자, 왕랑은 그 의견대로 회계성을 굳게 지키고 나가지 않았다.

손책은 계속 여러 날을 공격하였으나 성공하지 못하였다. 그래서 장수들과 성을 깨뜨릴 일을 의논하였다.

손정(孫靜)이 말하기를,

"왕랑이 성을 굳게 지키기로 한다면, 쉽게 뺏기 어려울 것입니다. 회계성의 군량의 태반이 사독(查瀆)에 있는데, 그곳은 여기로부터 수십 리 떨어져 있습니다. 만약 병사들을 시켜 그곳을 먼저 점거해 버린다면 이른바 '적들이 방비가 없을 때 공격하는 것이고 예상하지 못한 곳에 출격하는 것'이12) 될 것입니다."

손책이 크게 기뻐하며,

"숙부의 묘한 전술 때문에 적을 타파할 수 있게 되었습니다!"

하고, 곧 영을 내려 각 문에 불을 올리게 하고, 거짓 허세로 꾸며 군기를 꽂고 의병을13) 배치한 후, 밤을 도와 포위를 풀고 남쪽으로 갔다.

주유가 진언하기를,

"주공께서 대병을 이끌고 가시면, 왕랑이 필시 성을 나와 급히 쫓을 것입니다. 그렇게 되면 기병을14) 써서 저를 이길 수 있을 것입니다."

---

12) 적들이 방비가 없을 때 공격하는 것이고 예상하지 못한 곳에 출격하는 것이 [攻其無備] : 준비가 없는 곳을 공격함. '공격에 대한 준비가 허술함'의 뜻. [韓非子 喩老篇]「天下無道 攻擊不休」.

13) 의병(疑兵) : 군사가 많은 것처럼 꾸밈. [史記 淮陰侯]「信乃益爲疑兵」.

14) 기병(奇兵) : 적을 기습하는 병사. [漢書 藝文志]「權謀十三家 權謀者 以正守國 以奇用兵 先計而後戰 兼形勢 包陰陽 用技巧者也」.

하거늘, 손책이 말하기를,

"나는 이미 준비가 되었으니 오늘 밤에 성을 취하시오."

하고, 드디어 군마를 이끌고 나섰다.

한편 왕랑은 손책의 군사가 물러갔다는 소식을 듣고, 자신이 여러 사람들을 데리고 적루(敵樓)에 올라가 관망하다가, 성 아래에서 연기와 불길이 함께 일고 깃발들이 정연하게 꽂혀 있음을 보고, 마음속에 의심을 지울 수가 없었다.

주흔이 권유하기를,

"손책이 도망갔습니다. 특히 이 계책은 우리들을 의심하게 하려는 것입니다. 쫓아가 저들을 습격하십시다."

하자, 엄백호가 말하기를,

"손책이 지금 가버렸다면 사독으로 가지 않았을까요? 내가 부병(部兵)들을 이끌고 주장군과 함께 저들을 추격하게 해 주십시오."

하였다.

왕랑이 대답하기를,

"사독은 우리들의 군량이 있는 곳이니 특별히 방비를 잘 해야 하네. 자네가 병사들을 이끌고 먼저 가면 내 뒤따라 가겠네."

하였다.

백호와 주흔이 5천여 군사들을 이끌고 성을 나가 급히 쫓았다. 장수들은 초경 무렵에 성에서 20여 리나 떨어진 곳까지 갔는데, 갑자기 숲 속에서 북소리가 크게 울리더니 횃불이 일제히 올랐다. 백호가 크게 놀라 곧 말고삐를 당겨 돌아서 달아났다.

그때, 한 장수가 앞을 막아섰다. 불길 속에서 저를 보니 손책이었다. 주흔이 칼을 흔들며 와서 맞았으나 손책의 창에 찔려 죽으매, 남은 군사들이 다 항복하였다. 백호는 혈로(血路)를 겨우 열어 여항을 바라고 달아났다. 왕랑은 앞에 갔던 군사들이 이미 패했다는 소식을 듣고는 감히 성으로 들어가지 못하고, 부하들을 이끌고 바닷가로 도망갔다. 손책은 다시 대군을 돌려 승세를 타고 성지를 취하였다. 백성들을 안돈하고 있는데, 하루가 못 되어 한 장수가 엄백호의 수급을 가지고 와서 바치며 투항하였다.

손책이 그 사람을 보니, 신장이 8척이고 얼굴은 넓적하고 입이 매우 컸다. 이름을 물으니 회계의 여요 사람으로, 성은 동(董), 이름은 습(襲)이라 하며 자가 원대(元代)였다. 손책이 크게 기뻐하며 별부사마로 삼았다. 이로부터 강동이 모두 평정되어 숙부 손정에게 성을 지키게 하고, 또 주치를 오군태수를 맡게 하고는 군사를 거두어 강동으로 돌아갔다.

한편, 손권과 주태는 선성을 지키고 있는데, 갑자기 산적들이 일어나서 사방에서 짓쳐왔다. 때는 깊은 밤이라 적을 막을 수가 없자, 주태는 손권을 안아서 말에 태웠다. 수십 명의 도적들이 칼을 들고 찍으려고 왔다. 주태는 갑옷도 입지 못하고[赤體] 보행(步行)이었는데도, 칼을 들어 10여 명의 도적들을 죽였다. 뒤에서 한 도적이 말을 몰아 창을 꼬나들고 곧장 주태에게로 왔다. 주태가 그의 창을 손으로 잡고 말 아래로 끌어내렸다. 창을 뺏고 혈로를 뚫어 손권을 구출하자, 남은 적들은 모두 멀리 도망쳤다.

주태는 열두 군데나 창에 찔려서 염증이 생겨, 목숨이 경각에 달렸다는15) 소식을 듣자 손책이 크게 놀랐다.

---

15) 목숨이 경각에 달렸다는[命在須臾] : 명재경각(命在頃刻)·명재조석(命在朝夕). 거의 죽게 되어서 목숨이 곧 넘어갈 지경에 이름. 「수유」(須臾). 잠깐. 편각(片刻). [漢書 文三王傳]「徼行得踰於須臾」. [史記 淮陰候傳]「足下所以得須

장막에 있던 동습이,

"제가 일찍이 해적들과 같이 있었던 적이 있었는데, 몸의 여러 곳을 창에 찔려 상처를 입어 걱정하고 있을 때에, 회계의 현리 우번이 의원을 추천하여 반달 만에 치유하였습니다."

하거늘, 손책이 묻기를

"우번이라면 우중상이 아닌가?"

하니, 동습이 대답한다.

"그렇습니다."

하거늘, 손책이 말하기를

"이는 현사로다. 내 당장 그를 쓰리다."

하고, 장소와 동습에게 함께 가서 우번을 초빙해 오라고 하였다. 우번이 이르자, 손책이 예로써 대하며 공조(功曹)를 삼고는 의원을 구하고 있는 상황을 말하였다.

우번이 권유하기를,

"이 사람은 패국(沛國) 초군(譙群) 사람으로 성은 화요, 이름은 타라 하는데16) 자가 원화(元化)입니다. 실로 당세의 신의(神醫)라 할 만합니다. 곧 그를 초청해 보이십시오."

하였다.

하루 만에 그가 이르매 손책이 그 사람을 보니, 동안에 학발이요 표연함이 마치 세상을 떠난 듯한 모습이었다. 이에 상빈으로 대접하며

臾至今者 以項王尙存也」.

16) 성은 화요, 이름은 타라 하는데[華佗]: 후한(後漢) 때의 명의. [三國魏志 方伎傳]「華佗 字元化」. [裴松之 注]「佗別傳曰 劉勳女左膝有瘡 癢而不痛 瘡悠復發 如此七八年 迎佗使視 佗以繩繫犬頸 使走馬牽犬 向五十里 因取刀斷犬腹 以向瘡口 須臾 有若蛇者從瘡中出 七日愈」.

주태의 금창을 보게 하였다.

　화타가 말하기를,

　"이는 쉬운 일입니다."

하고, 약을 써서 한 달 만에 치유하였다. 손책이 크게 기뻐하여 화타에게 후히 사례하였다. 그리고 드디어 진병하여 산적들을 다 제거하니 강남이 모두 평정 되었다.

　손책이 장사들을 나누어 각 곳의 애구를17) 지키게 하고, 한편으로는 조정에 표주를 올리고 또 한편으로는 조조와 교분을 맺었다. 그리고 또 한편으로는 사람을 시켜 글월을 전하고 옥새를 도로 찾아오게 하였다.

　이때, 원술은 속으로 황제의 칭호를 쓰고 싶은 마음에 손책에게 답장을 보내서, 다른 일을 핑계 삼아 옥새를 돌려보내지 않았다.

　그리고는 급히 장사 양대장(楊大將), 도독 장훈(張勳)·기영·교유(橋蕤)와 상장 뇌박(雷薄)·진란(陳蘭) 등 30여 인과 상의하기를,

　"손책이 나에게서 군마를 빌어 일으켜 오늘날 강동 등지의 땅을 다 얻고서도, 은혜를 갚을 생각도 않고 오히려 옥새를 찾으려 온다 하니 진실로 무례하기 짝이 없소. 당장 무슨 계책으로 저를 도모할 것인지 말들을 해 보시오."

하자, 장사 양대장이 말하기를

　"손책이 장강의 험준한 곳에 웅거하고 있고 정병과 많은 군량을 가지고 있사오니, 당장 저를 도모하기는 어려울 것입니다. 지금은 우선 유비를 토벌하고 지난날 까닭 없이 공격한 것부터 갚은 후에, 손책을 도모해도 늦지 않을 것입니다. 저에게 한 계책이 있사오니, 유비를 당장 사로잡을 수 있을 것입니다."

---

17) 애구(隘口) : 액구. 아주 험하고 좁은 목. [齊書 州郡志]「有三關之隘」.

하였다.

　이에,

　　강동에 가지 않고도 호랑이와 표범을 잡을 수 있으니
　　뜻밖에 서주군에 와서 교룡과 싸우는구나.
　　　不去江東圖虎豹
　　　却來徐郡鬪蛟龍.

　그 계책이 어떤 것인지는, 하회를 보라.

《제2권으로 이어짐》

찾아보기

삼국의 비교

삼국의 지도

昌黎　潘陽　玄菟　丸都　高句麗

遼東

烏丸　幽州　遼西　碣石山　平壤　樂浪

北京　燕國　范陽　天津　渤海　渤海

青州　東萊

平原　齊國　北海國　馬韓

濟南國　弁韓

城陽

兗州　琅邪國

濟陰

沛國

謚國　下邳　徐州

譙

淮水

揚州

(壽春)

盧江　南京　吳郡　上海　東中國海

建業　杭州

長江

盧江　會稽

鄱陽　臨海

豫章　吳

臨川　建安

福州

南中國海

0　100　200　300km

⊙ -----	국도
■ -----	부도
○ -----	주도
● -----	군도
◆ -----	현재 도시
▲ -----	산
✕ -----	전투 지역
( ) -----	기타
━━━	국경
▬ ▬ ▬	만리장성

魏 (220~265)

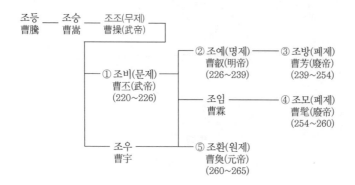

조등 —— 조숭 —— 조조(무제)
曹騰　　曹嵩　　曹操(武帝)

① 조비(문제)
曹丕(武帝)
(220~226)

② 조예(명제)
曹叡(明帝)
(226~239)

③ 조방(폐제)
曹芳(廢帝)
(239~254)

조임
曹霖

④ 조모(폐제)
曹髦(廢帝)
(254~260)

조우
曹宇

⑤ 조환(원제)
曹奐(元帝)
(260~265)

蜀 (221~263)

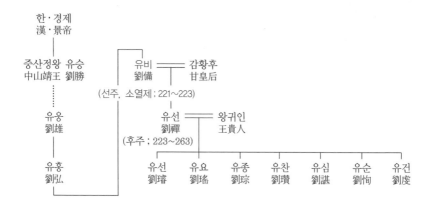

한·경제
漢·景帝

중산정왕 유승
中山靖王 劉勝

유비 ══ 감황후
劉備　　甘皇后
(선주, 소열제 ; 221~223)

유선 ══ 왕귀인
劉禪　　王貴人
(후주 ; 223~263)

유웅
劉雄

유홍
劉弘

유선　유요　유종　유찬　유심　유순　유건
劉璿　劉瑤　劉琮　劉瓚　劉諶　劉恂　劉虔

吳 (222~280)

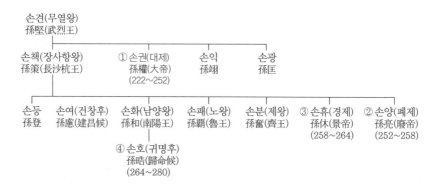

손견(무열왕)
孫堅(武烈王)

손책(장사항왕)
孫策(長沙杭王)

① 손권(대제)
孫權(大帝)
(222~252)

손익
孫翊

손광
孫匡

손등　손여(건창후)　손화(남양왕)　손패(노왕)　손분(제왕)　③ 손휴(경제)　② 손양(폐제)
孫登　孫慮(建昌候)　孫和(南陽王)　孫霸(魯王)　孫奮(齊王)　孫休(景帝)　孫亮(廢帝)
　　　　　　　　　　　　　　　　　　　　　　　　　　　　　　(258~264)　(252~258)

④ 손호(귀명후)
孫皓(歸命候)
(264~280)

박을수(朴乙洙)

▸ 主要著書 · 論文

『한국시조문학전사』(성문각, 1978)

『한국시조대사전(상·하)』(아세아문화사, 1992)

『한국고전문학전집 11, 시조Ⅱ』(고려대 민족문화연구소, 1995)

『국어국문학연구의 오늘』(회갑기념논총, 아세아문화사, 1998)

『시조의 서발유취』(아세아문화사, 2001)

『한국개화기저항시가론(수정판)』(아세아문화사, 2001)

『시화, 사랑 그 그리움의 샘』(아세아문화사, 2002)

『회와 윤양래연구』(아세아문화사, 2003)

『시조문학론』(글익는들, 2005)

『만전당 홍가신연구』(글익는들, 2006)

『한국시가문학사』(아세아문화사, 2006)

『신한국문학사(개정판)』(글익는들, 2007)

『한국시조대사전(별책보유)』(아세아문화사, 2007)

『머리위엔 별빛 가득한 하늘이』(글익는들, 2007)

『삼국연의』(전9권)(보고사, 2015)

「고시조연구」(석사학위논문, 1965)

「개화기의 저항시가연구」(학위논문, 1984)

역주 삼국연의 *1*

2016년 1월 15일 초판 1쇄 펴냄

저　자 나관중
역　자 박을수
발행인 김흥국
발행처 보고사

책임편집 이경민
표지디자인 오동준

등록 1990년 12월 13일 제6-0429호
주소 경기도 파주시 회동길 337-15 보고사 2층
전화 031-955-9797(대표)
　　　02-922-5120~1(편집), 02-922-2246(영업)
팩스 02-922-6990
메일 kanapub3@naver.com / bogosabooks@naver.com
http://www.bogosabooks.co.kr

ISBN 979-11-5516-181-4
　　　979-11-5516-180-7　04820(세트)
ⓒ박을수, 2016

정가 15,000원
이 도서의 국립중앙도서관 출판예정도서목록(CIP)은 서지정보유통지원시스템 홈페이지
(http://seoji.nl.go.kr)와 국가자료공동목록시스템(http://www.nl.go.kr/kolisnet)에서
이용하실 수 있습니다.(CIP제어번호: CIP2015033966)